MARGRET WEIS
TRACY HICKMAN

Die Kinder der Drachenlanze 2

Die Welt der DRACHENLANZE bei Blanvalet:

Die Chronik der DRACHENLANZE

1. Drachenzwielicht (24510) • **2. Drachenjäger** (24511) • **3. Drachenwinter** (24512) • **4. Drachenzauber** (24513) • **5. Drachenkrieg** (24516) • **6. Drachendämmerung** (24517)

Die Legenden der DRACHENLANZE

1. Die Brüder (24527) • **2. Die Stadt der Göttin** (24528) • **3. Der Krieg der Brüder** (24530) • **4. Die Königin der Finsternis** (24531) • **5. Der Hammer der Götter** (24533) • **6. Caramons Rückkehr** (24534)

Die Raistlin-Chroniken

1. Die Zauberprüfung (24907) • **2. Der Zorn des Drachen** (24930)

Die Geschichte der DRACHENLANZE

1. Die Zitadelle des Magus (24538) • **2. Der Magische Turm** (24539) • **3. Die Jagd des Todes** (24540) • **4. Der Zauber des Palin** (24541) • **5. Der edle Ritter** (24542) • **6. Raistlins Tochter** (24543)

Der Krieger der DRACHENLANZE

1. Der Dieb der Zauberkraft (24816) • **2. Die Ritter der Krone** (24817) • **3. Verhängnisvolle Fahrt** (24845) • **4. Tödliche Beute** (24846) • **5. Die Ehre des Minotaurus** (24847) • **6. Die Ritter des Schwerts** (24887) • **7. Theros Eisenfeld** (24888) • **8. Der Lanzenschmied** (24889) • **9. Diebesglück** (24890) • **Die Ritter der Rose** (24891)

Drachenauge – Stories aus der Welt der Drachenlanze (24908)
Drachenlanze – Die Neue Generation (24621)

Die Erben der DRACHENLANZE

1. Drachensommer (24708) • **2. Drachenfeuer** (24718) • **3. Drachennest** (24782) • **4. Die Grube der Feuerdrachen** (24783) • **5. Der letzte Getreue** (24938) • **6. Der Marionettenkönig** (24939) • **7. Die blinde Priesterin** (24967)

Die Nacht der DRACHENLANZE

1. Die silbernen Stufen (24143) • **2. Auf roten Schwingen** (24144) • **3. Die schwarzen Ritter** (24167) • **4. Der Sturz der Götter** (24186) • **5. Der Tag des Sturms** (24187) • **6. Die List der Drachen** (24188) • **7. Sturz ins Ungewisse** (24228) • **8. Der Dorn des Drachen** (24229) • **9. Die Erlösung** (24253)

Die Kinder der DACHENLANZE

1. Drachensturm (24971) • **2. Die Drachenkönigin** (24972) • **3. Krieg der Seelen** (24171) • **4. Der verlorene Stern** (24172) • **5. Die Drachen des verlorenen Mondes** (24238) • **6. Die Herrin der Dunkelheit** (24244)

Weitere Bände sind in Vorbereitung.

MARGARET WEIS · TRACY HICKMAN

Die Kinder der Drachenlanze 2

Die Drachenkönigin

Aus dem Amerikanischen
von Imke Brodersen

OFFICIAL Wizards OF THE COAST LICENSED PRODUCT

DRAGONLANCE®

BLANVALET

Das Buch erschien im Original unter dem Titel
»DRAGONLANCE® Saga, The War of Souls I, Dragons of a Fallen Sun«
(Chapters 17–33) bei Wizards of the Coast, Inc., Renton, USA

Umwelthinweis:
Alle bedruckten Materialien dieses Taschenbuches
sind chlorfrei und umweltschonend.
Das Papier enthält Recycling-Anteile.

2.Auflage

Deutsche Erstveröffentlichung 3/2001

U. S., CANADA, ASIA, PACIFIC & LATIN AMERICA
Wizards of the Coast, Inc.
P.O. Box 707
Renton, WA 98057-0707
+ 1-800-324-6496

EUROPEAN HEADQUARTERS
Wizards of the Coast, Belgium
P.B. 2031
2600 Berchem
Belgium
+32-70-23-32-77

Visit our website at http://www.wizards.com

Published in the Federal Republic of Germany by
Goldmann Verlag, München
Blanvalet Taschenbücher erscheinen im Goldmann Verlag, einem
Unternehmen der Verlagsgruppe Bertelsmann GmbH.
Deutschsprachige Rechte beim Wilhelm Goldmann Verlag, München,
in der Verlagsgruppe Bertelsmann GmbH
Umschlaggestaltung: Design Team München
Umschlagillustration: Agt. Schlück/Kelly
Satz: deutsch-türkischer fotosatz, Berlin
Druck: Elsnerdruck, Berlin
Verlagsnummer: 24972
Redaktion: Cornelia Köhler
V. B. · Herstellung: Peter Papenbrok
Printed in Germany
ISBN 3-442-24972-4
www.blanvalet-verlag.de

Die Kinder der Drachenlanze

Burg Dargaard
Nachtlund
Hylo
Granat-
Berge
Solamnia
Throt
Ergoth
Kaolyn
Südliches
Ergoth
Zitadelle
des Lichts
Schallmeer-
Insel
Abanasinia
Strasse von Algoni
Wächter-
gipfel
Solace
Neu-
meer
Der Neue
Sumpf
Düsterwald
Wald von
Qualinesti
Qualinost
Pax Tharkas
Qualinesti
Thorbardin
Kharolis-
gebirge
Wald von
Wayreth

N
GEBIRGE VON DARGAARD
KERN
NERAKA
BLUT-MEER
NERAKA
KHALKIST-GEBIRGE
FÜRSTEN DES UNHEILS
SANCTION
THORADIN
BUCHT VON BALIFOR
BLÖDE
KHUR
KENDERHEIM
BLÖDEHELM
THON-THALAS
SILVANOST
SILVANESTI
WALD VON SILVANESTI

Buch II

1 Gilthas und die Löwin

Während Medan den Verräter entließ, lehnte Gilthas, Lauranas »unwürdiger Sohn«, seinen gar nicht so schwächlichen Rücken an einen Stuhl. Er befand sich im Keller einer Wirtschaft, die von Gossenzwergen betrieben wurde. Die Kneipe nannte sich »Zum Kipp und Rülps« – was den Beobachtungen der Gossenzwerge zufolge das Einzige war, was Menschen in einer Kneipe taten.

Der »Kipp und Rülps« lag inmitten einer kleinen Ansammlung von Gossenzwergbehausungen (ein Dorf konnte man es nicht gerade nennen) bei der Festung Pax Tharkas und war das einzige richtige Gebäude hier. Die Gossenzwerge, welche die Kneipe betrieben, wohnten in Höhlen in den Bergen hinter der Taverne. Diese Höhlen waren nur über Tunnel unter dem Haus zu erreichen.

Von Qualinost lag diese Siedlung achtzig Meilen Luftlinie entfernt, zu Fuß war der Weg erheblich länger. Doch Gilthas war auf dem Rücken eines Greifen hierher geflogen, dessen Familie im Dienst des Königshauses stand. Das geflügelte Wesen hatte den König und seine Führerin im Wald abgesetzt und wartete jetzt weniger ungeduldig auf ihre Rückkehr, als zu erwarten gewesen wäre. Denn Kerian hatte den Greif mit einem frisch erlegten Hirsch versorgt, um ihm die langen Wartestunden angenehm zu vertreiben, und damit er keinen ihrer Gastgeber verspeiste.

Der »Kipp und Rülps« war überraschend gut besucht. Vielleicht auch nicht ganz so überraschend, denn die Preise waren unschlagbar niedrig. Für zwei Kupfermünzen bekam man hier alles. Betrieben wurde die Schenke von demselben Gossenzwerg, der für den einstigen Drachenfürsten Verminaard gekocht hatte.

Wer Gossenzwerge kennt, aber noch nie etwas von ihnen Gekochtes probiert hat, hält allein den Gedanken daran, etwas, was sie zubereitet haben, zu kosten, für unvorstellbar. Wenn man bedenkt, dass Rattenfleisch bei Gossenzwergen als Delikatesse gilt, ist nachvollziehbar, dass manch einer die Vorstellung, sich von einem Gossenzwerg bekochen zu lassen, mit Selbstmordabsichten gleichsetzt.

Gossenzwerge sind bei den Zwergen schlecht angesehen. Obwohl sie wirklich Zwerge sind, lehnen andere Zwerge sie ab und geben sich große Mühe zu erklären, weshalb Gossenzwerge nur dem Namen nach als Zwerge gelten. Gossenzwerge sind unglaublich dumm, jedenfalls glauben das die meisten anderen Völker. Sie können nicht bis drei zählen – ihr Zahlensystem besteht nur aus eins und zwei. Die klügste Gossenzwergin aller Zeiten mit dem Namen Bupu zählte ein einziges Mal weiter – sie prägte den Begriff »ein ganzer Haufen«.

Gossenzwerge sind nicht für ihr Interesse an höherer Mathematik bekannt. Man weiß, dass sie feige, schmutzig und verwahrlost sind. Dennoch geben sie erstaunlicherweise gute Köche ab. Sie können sogar ausgezeichnet kochen, solange vorher festgelegt wird, was bei Tisch serviert werden darf und was nicht. Weniger ratsam ist es, die Küche zu betreten, um nachzusehen, wie das Essen zubereitet wird.

Im »Kipp und Rülps« gab es ausgezeichneten Wildbraten mit Zwiebeln und einer köstlichen, braunen Sauce. Das Bier war trinkbar – nicht so gut wie in vielen anderen Häusern, doch zu einem angemessenen Preis. Für den Zwergenschnaps hingegen war die Schenke berühmt, denn der war bemerkenswert gut. Die Gossenzwerge destillierten ihn selbst aus Pilzen, die sie in ihren Schlafzimmern züchteten. Wer den Schnaps trank, dachte hierüber lieber nicht allzu lange nach.

Das Haus wurde vornehmlich von Menschen besucht, die sich

nichts Besseres leisten konnten, von Kendern, die froh waren, dass sie hier nicht augenblicklich wieder vor der Tür saßen, und von Gesetzlosen, die schnell gemerkt hatten, dass die Ritter von Neraka den holprigen Weg zu diesem Ort nur selten überwachten.

Außerdem war der »Kipp und Rülps« Versteck und Hauptquartier der Kriegerin, die als »die Löwin« bekannt war, einer Frau, die zudem – wenn es jemand gewusst hätte – die Königin von Qualinesti war, die heimliche Frau von Gilthas, Stimme der Sonne.

Der Elfenkönig saß im Halbdunkel des Hinterzimmers auf einem Stuhl und versuchte, seine Ungeduld zu bezähmen. Elfen sind nicht ungeduldig. Elfen, die Hunderte von Jahren leben, wissen, dass das Wasser kochen, das Brot aufgehen, die Eichel keimen und die Eiche wachsen wird. Sie wissen, dass es nichts hilft, sich aufzuregen oder zu versuchen, diese Dinge zu beschleunigen. Von so etwas bekommt man höchstens Magendrücken. Gilthas hatte die Ungeduld von seinem Vater, dem Halbelfen geerbt. Obwohl er sich sehr bemühte, sie zu unterdrücken, trommelten seine Finger auf den Tisch, und sein Fuß tappte auf den Boden.

Kerian warf ihm lächelnd einen Blick zu. Zwischen ihnen stand eine Kerze auf dem Tisch, deren Flamme sich in ihren braunen Augen spiegelte. Das Licht warf einen warmen Schein auf weiche, braune Haut und brachte das Goldbraun ihrer Haarmähne zum Leuchten. Kerian war eine Kagonesti, eine Wildelfe, die im Gegensatz zu ihren Verwandten, den Qualinesti und Silvanesti, das Leben in der Natur bevorzugten. Da die Wildelfen nicht versuchten, die Natur zu verändern oder zu formen, wurden sie von ihren zivilisierteren Verwandten als Barbaren angesehen. Teilweise hatte man die Kagonesti sogar versklavt und dazu gezwungen, in reichen Elfenhäusern zu dienen – natürlich nur zu ihrem Besten.

Kerian war Sklavin im Haus von Senator Rashas gewesen. Sie hatte miterlebt, wie man Gilthas damals dorthin gebracht hatte, vorgeblich als Gast, in Wirklichkeit jedoch als Gefangenen. Für beide war es Liebe auf den ersten Blick gewesen, obwohl es viele Monate gedauert hatte, bis sie einander ihre Gefühle eingestanden und sich heimlich ihr Gelübde gegeben hatten.

Nur zwei Elfen, Planchet und Gilthas' Mutter, Laurana, wussten, dass der König das einstige Sklavenmädchen geheiratet hatte, das heute als »die Löwin« bekannt war, die furchtlose Anführerin der Khansari, des Nachtvolks.

Als Gilthas Kerians Blick auffing, merkte er sofort, was er tat. Er ballte die unruhigen Finger zur Faust und schlug einen Fuß über den anderen, um still zu halten. »Bitte sehr«, meinte er betreten. »Ist es so besser?«

»Pass auf dich auf, sonst wirst du noch krank vor Unruhe«, schalt Kerian lächelnd. »Der Zwerg kommt schon noch. Er hat sein Wort gegeben.«

»Es hängt so viel davon ab«, klagte Gilthas. Er streckte die Beine aus, um sie nach der ungewohnten Anstrengung zu entspannen. »Womöglich unser Überleben als ...« Er brach ab und starrte auf den Boden. »Hast du das gemerkt?«

»Das Beben? Ja. Ich merke es schon seit ein paar Stunden. Wahrscheinlich bauen die Gossenzwerge ihre Tunnel aus. Sie wühlen so gern in der Erde. Und was unser Überleben angeht – dass wir letztlich vernichtet werden sollen, steht außer Zweifel«, gab Kerian kühl zurück.

Ihr in den Ohren zivilisierter Elfen ungehobelter Akzent klang wie das Lied der Sperlinge – durchdringend, zart und ein wenig melancholisch.

»Die Qualinesti haben diesem Drachenweib alles gegeben, was es verlangt hat. Sie haben ihre Freiheit, ihren Stolz und ihre Ehre geopfert, sogar einige Elfen aus ihren eigenen Reihen – alles, damit der Drache sie am Leben ließ. Aber es wird der Zeitpunkt kommen, an dem Beryl Forderungen stellt, die dein Volk nicht mehr erfüllen kann. Wenn dieser Tag kommt und ihr euch gegen sie stellt, wird sie Qualinesti zerstören.«

»Manchmal frage ich mich, warum du dich überhaupt darum kümmerst«, äußerte Gilthas mit einem ernsten Blick auf seine Frau. »Die Qualinesti haben dich versklavt, dich deiner Familie entrissen. Du hättet jedes Recht, auf Rache zu sinnen. Du hättest das Recht, dich in die Wildnis davonzustehlen und alle, die dir wehgetan haben, dem Schicksal zu überlassen, das sie verdient haben. Aber das tust du nicht. Jeden Tag setzt du dein Leben aufs Spiel und kämpfst, damit mein Volk der Wahrheit ins Auge sehen muss, ganz gleich, wie hässlich sie aussieht.«

»Das ist doch gerade das Problem«, erwiderte sie. »Wir müssen aufhören, die Elfenvölker als ›meins‹ und ›deins‹ zu sehen. Nur durch diese Spaltung sind wir an diesen Punkt gekommen. Diese Spaltung stärkt unsere Feinde.«

»Ich sehe da keine Veränderung«, konstatierte Gilthas grimmig. »Jedenfalls nicht, bevor wirklich großes Unheil geschieht und uns diese Veränderung aufzwingt, vielleicht noch nicht einmal dann. Der Chaoskrieg hätte zu einer Annäherung führen können, doch er hat unsere Völker weiter auseinander rücken lassen. Es vergeht kein Tag, ohne dass ein Senator öffentlich verkündet, dass unsere Vettern, die Silvanesti, uns nicht unter den sicheren Schirm ihres Schildes gelassen haben, weil sie uns alle tot sehen wollen, damit sie unser Land übernehmen können. Oder jemand beschimpft die Kagonesti, deren barbarisches Verhalten noch alles vernichten wird, was wir in Jahrhunderten aufgebaut haben. Solche Elfen freuen sich sogar darüber, dass der Drache die Straßen geschlossen hat. Ohne den Kontakt mit den Menschen seien wir besser dran, behaupten sie. Die Ritter von Neraka bestärken diese Elfen natürlich noch. Sie lieben solche Reden, weil die ihnen ihre Aufgabe erleichtern.«

»Gerüchten zufolge könnten die Silvanesti noch feststellen, dass der magische Schild, auf den sie so stolz sind, in Wirklichkeit ein Grabhügel ist.«

Gilthas setzte sich überrascht auf. »Woher hast du diese Information? Das hast du mir noch nicht erzählt.«

»Wir haben uns einen Monat lang nicht gesehen«, entgegnete Kerian mit einem Anflug von Bitterkeit. »Ich habe es erst vor ein paar Tagen gehört, von dem Läufer Kelevandros, den deine Mutter regelmäßig schickt, um mit deiner Tante, Alhana Sternenwind, in Verbindung zu bleiben. Alhana und ihre Armee haben sich in der Nähe von Silvanesti, dicht am Schild, eingenistet. Sie sind mit Menschen verbündet, die zur Stahllegion gehören. Alhana meldet, dass das Land um den Schild unfruchtbar sei. Die Bäume sind sterbenskrank, über allem liegt ein schrecklicher, grauer Staub. Sie befürchtet, dass ganz Silvanesti von dieser Krankheit befallen sein könnte.«

»Aber warum verharren sie dann unter dem Schild?«, fragte Gilthas.

»Sie fürchten sich vor dem Rest der Welt. Womit sie leider teilweise Recht haben. Erst vor kurzem, in der Nacht dieses furchtbaren Gewitters, hat Alhana sich einen heftigen Kampf mit Ogern geliefert. Wäre ihnen die Stahllegion nicht zu Hilfe gekommen, so wären alle ausgelöscht worden. Vermutlich wurde jedoch Alhanas Sohn, Silvanoshei, von Ogern gefangen. Nach der Schlacht war er spurlos verschwunden. Alhana betrauert ihn, als wäre er tot.«

»Davon hat mir meine Mutter nichts erzählt«, stellte Gilthas stirnrunzelnd fest.

»Kelevandros sagt, Laurana fürchtet Marschall Medans erhöhte Wachsamkeit. Sie traut nur noch Angehörigen ihres eigenen Hauses, sonst niemandem. Wenn ihr beide zusammen seid, werdet ihr zweifellos überwacht, und sie will nicht, dass die Schwarzen Ritter herausfinden, dass sie ständigen Kontakt zu Alhana hält.«

»Wahrscheinlich hat Mutter Recht«, gestand Gilthas. »Mein Diener Planchet ist der Einzige, dem ich traue, denn er hat mir seine Loyalität wieder und wieder bewiesen. Also ist Silvanoshei tot, von Ogern umgebracht. Der Arme. Das muss ein grausamer Tod gewesen sein. Hoffen wir, dass es schnell ging.«

»Bist du ihm je begegnet?«

Gilthas schüttelte den Kopf. »Er wurde im Gasthaus ›Zur Letzten Bleibe‹ geboren, nachdem man Alhana ausgestoßen hatte. Danach habe ich sie nie mehr gesehen. Meine Mutter meint, er sähe meinem Onkel Porthios ähnlich.«

»Sein Tod macht dich zum Erben beider Königreiche«, spann Kerian den Gedanken weiter. »Stimme der Sonne und der Sterne.«

»Wie Senator Rashas es sich immer erträumt hat«, äußerte Gilthas verstimmt. »Doch in Wahrheit dürfte ich wohl eher die Stimme der Toten werden.«

»So etwas darfst du nicht sagen!«, erwiderte Kerian und malte schnell einen Kreis in die Luft, um diese unheilvollen Worte einzufangen und das Böse abzuwehren. »Du ... Ja, was ist, Silberflügel?«

Sie wendete sich einem Elfen zu, der das Hinterzimmer betreten hatte. Der Elf wollte etwas sagen, wurde jedoch von einem Gossenzwerg unterbrochen, der – dem Geruch nach – in einem Zustand höchster Erregung zu sein schien.

»Ich sagen!«, kreischte der Gossenzwerg empört, während er den Elfen beiseite schubste. »Ich aufpassen! Sie das befehlen!« Er zeigte auf Kerian.

»Eure Majestät.« Der Elf verneigte sich eilig vor Gilthas, ehe er Kerian, seiner Kommandantin, Meldung machte. »Der König von Thorbardin ist eingetroffen.«

»Er hier«, verkündete der Gossenzwerg lautstark. Obwohl er kein Elfisch verstand, erriet er, worum es ging. »Ich reinbringen?«

»Danke, Ponz.« Kerian erhob sich und schob das Schwert an ihrem Gürtel zurecht. »Ich werde ihm entgegengehen. Es wäre besser, wenn Ihr hier warten würdet, Majestät«, fügte sie hinzu. Ihre Ehe wurde selbst vor den Elfen unter Kerians Kommando geheim gehalten.

»Großfettreicher Zwerg. Hat Hut auf!« Ponz war beeindruckt. »Hat Schuhe an!« Der Gossenzwerg war regelrecht hingerissen. »Ich nie sehen Zwerg mit Schuhen.«

»Der König hat vier Wachen mitgebracht«, berichtete der Elf Kerian. »Wir haben sie dem Befehl entsprechend beobachtet, seit sie Thorbardin verlassen haben.«

»Gleichermaßen zu ihrer Sicherheit wie zu unserer, Eure Majestät«, fügte Kerian eilig hinzu, als sie sah, wie Gilthas' Miene sich verfinsterte.

»Sie haben sich mit niemandem getroffen«, fuhr der Elf fort, »und sie wurden nicht verfolgt ...«

»Außer von uns«, warf Gilthas ironisch ein.

»Vorsicht kann niemals schaden, Eure Majestät«, mahnte Kerian. »Tarn Rauchgranit ist der neue König der Clans von Thorbardin. Er hat sein Volk fest im Griff, aber unter den Zwergen gibt es ebenso Verräter wie unter uns Elfen.«

Gilthas seufzte tief. »Ich wünschte, es käme der Tag, an dem dies anders wäre. Ich gehe doch davon aus, dass die Zwerge nichts davon bemerkt haben, dass sie von uns beschattet wurden?«

»Sie haben das Sternenlicht gesehen, Eure Majestät«, beruhigte ihn der Elf stolz. »Sie haben den Wind in den Bäumen gehört. Uns haben sie nicht wahrgenommen.«

»Er sagt, mag unseren Zwergenschnaps.« Ponz platzte fast vor Stolz. Sein Gesicht glänzte, was allerdings daran liegen konnte, dass es mit Gänsefett beschmiert war, weil er gerade eine Gans begossen hatte. »Er sagt, wir machen prima Zwergenschnaps. Du probieren?«, fragte er Gilthas. »Stellt dir Haare in der Nase auf.«

Kerian und der Elf gingen gemeinsam, und den Gossenzwerg nahmen sie mit. Gilthas blieb zurück und beobachtete, wie die Kerzenflamme durch den Luftzug zu flackern begann. Unter seinen Füßen war wieder jenes merkwürdige Zittern im Boden zu spüren, als würde die Welt beben. Er war von Finsternis umgeben. Die Kerzenflamme war das einzige Licht, und das konnte durch einen Atemstoß erstickt werden. Es konnte so viel schief gehen. Vielleicht betrat in diesem Augenblick Marschall Medan Gilthas' Schlafgemach. Vielleicht fegte der Marschall gerade die Kissen vom Bett, ließ Planchet verhaften und verlangte Auskunft über den Verbleib des Königs.

Plötzlich war Gilthas sehr müde. Er war dieses Doppelleben leid, er hatte die Lügen und Täuschungen satt, er wollte nicht mehr pausenlos schauspielern. Ständig stand er auf der Bühne, keinen Augenblick durfte er in seiner Wachsamkeit nachlassen. Inzwischen konnte er nicht einmal mehr ruhig schlafen, weil er befürchtete, er könnte im Schlaf etwas sagen, was ihn entlarven könnte.

Nicht dass er derjenige wäre, der leiden würde. Dafür würde Präfekt Palthainon schon sorgen, genau wie Medan. Sie brauchten Gilthas auf dem Thron, denn sie wollten weiterhin die Fäden ziehen. Wenn sie herausfanden, dass er die Fäden längst gekappt hatte, würden sie diese einfach wieder neu knüpfen. Er würde auf dem Thron bleiben. Er würde am Leben bleiben. Planchet würde sterben, denn man würde ihn foltern, bis er alles preisgab, was er wusste. Laurana wüde vielleicht nicht hingerichtet werden, aber man würde sie zweifellos als Dunkelelfe ins Exil schicken, so wie einst ihren Bruder. Womöglich würde sogar Kerian gefasst werden! Medan hatte öffentlich bekannt gegeben, welch schrecklicher Tod der Löwin bevorstand, sollte sie ihm je in die Hände geraten.

Gilthas würde nicht leiden. Doch er wäre dazu gezwungen, zuzusehen, wie die litten, die er auf der Welt am meisten liebte – in dem Wissen, dass er ihnen nicht helfen konnte. Das wäre vielleicht die größte Qual von allen.

Aus der Dunkelheit krochen seine alten Begleiter heran: Angst, Selbstzweifel, Hass und Verachtung für sich selbst. Er fühlte, wie sie ihre kalten Hände auf ihn legten, in sein Inneres griffen, ihm den Magen verrenkten und seinen zitternden Körper in eiskalten Schweiß ausbrechen ließen. Er hörte, wie ihre heulenden Stimmen ihn warnten, dass sein Verhängnis nahte, wie sie Tod und Vernichtung prophezeiten. Er war dieser Aufgabe nicht gewachsen. Wie konnte er diesen Weg weiter beschreiten? Es war absurd. Er brachte sein Volk in Gefahr. Bestimmt hatte man sie entdeckt. Medan wusste alles. Vielleicht konnte Gilthas noch alles abwenden, wenn er jetzt zurückkehrte. Er würde in sein Bett kriechen, dann würden sie nie erfahren, dass er fort gewesen war …

»Gilthas«, weckte ihn eine gestrenge Stimme.

Gilthas fuhr hoch. Erschrocken blickte er in ein unbekanntes Gesicht.

»Hallo, Ehemann«, begrüßte ihn Kerian freundlich.

Der Elf schloss die Augen. Ein Schauer durchlief seinen Körper. Langsam öffnete er die Hände, die sich zu Fäusten geballt hatten, bis sich sein Körper entspannte und er zu zittern aufhörte. Die Dunkelheit, die ihn kurzzeitig blind gemacht hatte, wich. Kerians Licht leuchtete hell und beständig. Erschüttert holte er tief Luft.

»Ist schon wieder gut«, versicherte er.

»Ganz bestimmt?«, fragte Kerian. »Der Lehnsherr wartet nebenan. Soll ich ihn noch hinhalten?«

»Nein, der Anfall ist vorbei.« Gilthas lächelte, während er den galligen Geschmack im Mund herunterschluckte. »Du hast die Dämonen vertrieben. Aber ich brauche noch einen Moment, ehe ich vorzeigbar bin. Wie sehe ich aus?«

»Als hättest du einen Todesalb gesehen«, meinte Kerian. »Aber das wird dem Zwerg nicht auffallen. Für ihn sehen alle Elfen wie Milchbubis aus.«

Gilthas langte nach seiner Frau und zog sie an sich.

»Lass das!«, protestierte diese halb lachend, halb im Ernst. »Dazu haben wir jetzt keine Zeit. Wenn uns nun jemand sieht?«

»Sollen sie doch«, sagte er übermütig. »Ich habe es satt, die ganze Welt zu belügen. Du bist meine Kraft, meine Rettung. Du hast mein Leben und meinen Verstand gerettet. Wenn ich daran denke, dass diese Dämonen mich fest im Griff hatten, frage ich mich, wie du mich damals überhaupt lieben konntest.«

»Ich habe durch die Stäbe deines Käfigs geblickt und den Mann erkannt, der darin eingesperrt war«, erwiderte Kerian, während sie sich einen kurzen Moment in den Armen ihres Mannes entspannte. »Ich habe gesehen, wie sehr er sein Volk liebt. Ich sah, wie er litt, weil die Elfen litten, wie hilflos er sich fühlte, weil er gegen ihren Schmerz nichts tun konnte. Die Liebe war der Schlüssel. Ich habe nichts weiter getan, als ihn in die Tür zu stecken und aufzuschließen. Den Rest hast du selbst vollbracht.«

Sie wand sich aus seiner Umarmung und wurde wieder zur Kriegsführerin. »Bist du soweit? Wir sollten den König nicht länger warten lassen.«

»Ich bin soweit«, bestätigte Gilthas.

Er holte noch einmal tief Luft, schüttelte seine Haare zurück und betrat erhobenen Hauptes das Nachbarzimmer.

»Seine Majestät, die Stimme der Sonne, Gilthas vom Hause Solostaran«, stellte Kerian ihn förmlich vor.

Der Zwerg, der sich gerade an einem Becher Zwergenschnaps gütlich tat, stellte diesen auf den Tisch und senkte respektvoll den Kopf. Für einen Zwerg war er groß und wirkte deutlich älter, als es seinen Jahren entsprach, denn seine Haare waren vorzeitig ergraut. Auch sein Bart war grau mit weißen Strähnen. Doch seine Augen waren klar und scharf, sein Blick durchdringend. Dieser Blick war ganz auf Gilthas gerichtet und bohrte sich in dessen Brust, als wolle er direkt in sein Herz sehen.

Er kennt die Gerüchte über mich, sagte sich Gilthas. Er fragt sich, was er glauben soll. Bin ich ein Waschlappen? Oder bin ich wirklich Herrscher über mein Volk wie er über seines?

»Der König der acht Clans«, verkündete Kerian, »Tarn Rauchgranit.«

Auch der Zwerg war ein Halbblut. Ähnlich wie Gilthas, in dessen Adern Menschenblut floss, war Tarn das Ergebnis der Verbindung eines Hylaren – der edelsten Zwerge – mit einer Daergarfrau, also einer Dunkelzwergin. Nach dem Chaoskrieg hatten die Zwerge von Thorbardin mit Menschen zusammen die Festung Pax Tharkas wieder aufgebaut. Eine Zeit lang hatte es so ausgesehen, als würden die Zwerge von Thorbardin tatsächlich erneut den Kontakt zu den anderen Rassen suchen, sogar zu ihrem Brudervolk, den Hügelzwergen. Diese waren wegen einer Fehde, die aus der Zeit der Umwälzung herrührte, lange aus dem großen Zwergenkönigreich unter den Bergen ausgeschlossen gewesen.

Doch mit der Ankunft der großen Drachen, die Tod und Zerstörung brachten, hatten sich die Bergzwerge wieder zurückgezogen. Erneut hatten sie die Tore von Thorbardin versiegelt, bis die Welt den Kontakt zu ihnen verlor. Die Daergar hatten sich die Zeit des Chaos zunutze gemacht und nach der Herrschaft über Thorbardin gegriffen, worauf die Nation in einem blutigen Bürgerkrieg versunken war. Tarn Rauchgranit wurde zum Held dieses Krieges, und als die Zeit kam, die Scherben aufzulesen, hatten die Lehnsherren ihn zum Anführer gewählt. Zu Beginn seiner Herrschaft hatte er ein zerrissenes Volk vorgefunden, dazu ein Königreich, das am Rande des Ruins stand. Dieses Reich hatte er auf ein festes Fundament gestellt. Er hatte die verfeindeten Clans geeint. Jetzt dachte er über einen Schritt nach, der die Annalen der Zwerge von Thorbardin verändern würde.

Gilthas trat vor und verneigte sich mit ehrlichem Respekt. »Herr König«, begann er in makellosem Zwergisch, einer Sprache, die er von seinem Vater gelernt hatte. »Ich fühle mich geehrt, Euch endlich zu begegnen. Ich weiß, dass Ihr Eure Heimat unter dem Berg nur ungern verlasst. Ihr habt eine lange, gefahrvolle Reise auf Euch genommen, wie es jede Reise in diesen dunklen Zeiten ist. Ich danke Euch, dass Ihr diese Fahrt gewagt habt, um mich heute hier zu treffen, damit wir unsere Vereinbarung förmlich besiegeln.«

Der König nickte und zupfte sich am Bart, ein Zeichen, dass er sich über diese Worte freute. Dass der Elf Zwergisch sprach, hatte Tarn ohnehin beeindruckt. Gilthas hatte Recht. Der Zwergenkönig kannte die Berichte über das unschlüssige, schwächliche Verhalten des Elfenkönigs. Doch mit den Jahren hatte Tarn gelernt, dass es unklug war, über einen Mann zu urteilen, ehe man – wie die Zwerge sagen – die Farbe seines Bartes kannte.

»Es war eine angenehme Reise. Es tut gut, mal wieder die Außenluft zu atmen«, gab Tarn zurück. »Und nun lasst uns zur Sache kommen.« Gewieft fasste er Gilthas ins Auge. »Ich weiß, wie gern Ihr Elfen Höflichkeiten austauscht. Ich denke, auf solches Beiwerk können wir verzichten.«

»Ich habe einen Anteil Menschenblut in mir«, entgegnete Gilthas lächelnd. »Den ungeduldigen Anteil, wie man mir sagt. Vor Sonnenaufgang muss ich wieder in Qualinost sein. Deshalb möchte ich gleich beginnen. Die Verhandlungen laufen bereits einen Monat. Ich denke, wir wissen, wo wir stehen? Es hat sich nichts geändert?«

»Bei uns hat sich nichts geändert«, bestätigte Tarn. »Und bei Euch?«

»Nichts. Demnach sind wir uns einig.« Gilthas ließ die Förmlichkeiten beiseite. »Ihr habt auf jede Bezahlung verzichtet. Das hätte ich nie gestattet, doch ich weiß, dass es in ganz Qualinesti nichts gibt, was Euch und Euer Volk für das entschädigen könnte, was Ihr tut. Ich weiß, welches Risiko Ihr eingeht. Ich weiß, dass dieses Abkommen zu Kontroversen unter Eurem Volk geführt hat. Vermutlich hat es sogar Eure Herrschaft in Frage gestellt. Doch im Gegenzug kann ich nur unseren Dank anbieten – unseren ewigen, nie versiegenden Dank.«

»Aber, aber, mein Junge«, wehrte Tarn errötend ab. Zwerge lassen sich nur ungern loben. »Was ich mache, wird meinem wie Eurem Volk nur gut tun. Zur Zeit begreift das noch nicht jeder, aber das wird sich noch ändern. Wir haben uns viel zu lange unter unserem Berg vor der Welt versteckt. Dieser Gedanke kam mir, als in Thorbardin der Bürgerkrieg ausbrach. Wir Zwerge könnten einander gegenseitig auslöschen, und niemand würde davon erfahren. Niemand würde um uns trauern. Das Leben in den Höhlen von Thorbardin wäre vorüber, die Finsternis könnte über uns kommen, aber niemand würde ein Wort sprechen, um das Schweigen zu brechen, niemand eine Laterne entzünden. Die Schatten würden sich über uns senken, und wir wären vergessen.

Ich habe beschlossen, etwas dagegen zu unternehmen. Wir Zwerge mussten in die Welt zurückkehren. Die Welt sollte Thorbardin betreten dürfen. Natürlich«, ergänzte Tarn augenzwinkernd und nahm einen Schluck Zwergenschnaps, »konnte ich mein Volk nicht über Nacht zu einer solchen Veränderung bewegen. Ich brauchte lange Jahre, um sie davon zu überzeugen. Noch immer raufen sich viele deswegen den Bart oder trampeln mit den Füßen. Aber wir tun das Richtige, davon bin ich überzeugt. Wir haben mit der Arbeit an den Tunneln bereits begonnen«, fügte er selbstgefällig hinzu.

»Tatsächlich? Bevor die Dokumente unterzeichnet wurden?« Gilthas reagierte verwundert.

Tarn nahm einen tiefen Schluck, rülpste zufrieden und grinste. »Pah! Was sind schon Papiere? Was zählt eine Unterschrift? Gebt mir die Hand, König Gilthas. Damit ist unser Abkommen besiegelt.«

»Ich reiche Euch die Hand, König Tarn, und ich fühle mich geehrt«, entgegnete Gilthas tief bewegt. »Gibt es noch etwas, was zu klären wäre? Möchtet Ihr mir noch ein Frage stellen?«

»Nur eine, mein Junge«, meinte Tarn, während er den Becher hinstellte und sich mit dem Ärmel das Kinn abwischte. »Gewisse Lehnsherren, insbesondere die Neidar – ein misstrauisches Völkchen, wenn ich so sagen darf –, haben wiederholt behauptet, wenn wir die Elfen nach Thorbardin lassen, würden sie sich gegen uns wenden, unser Reich für sich beanspruchen und sich dort einnisten. Wir beide wissen, dass es nicht so kommen wird«, ergänzte Tarn mit erhobener Hand, um Gilthas' Protest gleich im Keim zu ersticken, »aber was würdet Ihr meinem Volk sagen, um sie zu überzeugen, dass eine solche Tragödie nicht stattfinden kann?«

»Ich würde die Lehnsherren der Neidar fragen, ob sie sich ein Baumhaus bauen würden«, antwortete Gilthas lächelnd. »Was glaubt Ihr, wie ihre Antwort ausfallen würde?«

»Hahaha! Eher würden sie sich an den eigenen Bärten aufhängen«, sagte Tarn lachend.

»Ebenso würden wir Elfen uns lieber an den eigenen Ohren aufhängen, als in einem Loch in der Erde zu wohnen. Was keinesfalls als Beleidigung von Thorbardin aufzufassen ist«, fügte Gilthas höflich hinzu.

»Schon gut, Junge. Ich werde den Neidar wörtlich ausrichten, was Ihr gesagt habt. Das dürfte ihnen den Schaum vom Bier blasen!« Tarn kicherte immer noch.

»Um noch deutlicher zu werden: Ich schwöre bei meiner Ehre und meinem Leben, dass die Qualinesti die Tunnel nur benutzen werden, um Elfen in Sicherheit zu bringen, denen der Zorn des Drachen droht. Wir haben Abkommen mit den Menschen aus den Ebenen geschlossen, dass sie den Flüchtlingen Zuflucht gewähren, bis wir sie wieder in ihrer angestammten Heimat begrüßen können.«

»Möge dieser Tag bald anbrechen«, betonte Tarn ernst. Jetzt lachte er nicht mehr, sondern musterte Gilthas eindringlich. »Ich sollte Euch fragen, warum Ihr die Flüchtlinge nicht ins Land Eurer Vettern schickt, in das Reich Silvanesti, doch wie ich höre, ist Euch dies verschlossen. Die Elfen dort haben eine Art magische Festung errichtet.«

»Die Armee von Alhana Sternenwind bemüht sich weiterhin, einen Weg durch den Schild zu finden«, beteuerte Gilthas. »Wir können nur hoffen, dass es ihnen irgendwann gelingt, nicht nur um unseretwillen, sondern auch wegen unserer Vettern. Was glaubt Ihr, wie lange die Arbeit an dem Tunnel nach Qualinesti noch dauert?«

»Vierzehn Tage, mehr nicht«, meinte Tarn leichthin.

»Vierzehn Tage? Für einen Tunnel durch fünfundsechzig Meilen massiven Gesteins? Ich weiß, dass die Zwerge meisterhafte Steinmetze sind«, gestand Gilthas ihm zu, »aber ich muss doch zugeben, dass mich das erstaunt.«

»Wie ich schon sagte, wir haben bereits mit der Arbeit begonnen. Außerdem haben wir Helfer«, erklärte Tarn. »Habt Ihr je von Urkhanen gehört? Nein? Das überrascht mich nicht. Nur wenige Fremde kennen sie. Urkhane sind Riesenwürmer, die sich von Fels ernähren. Wir schirren sie an, und sie fressen sich durch Granit wie durch frisch gebackenes Brot. Was glaubt Ihr, wer die vielen tausend Meilen Tunnel in Thorbardin gegraben hat?« Tarn grinste. »Die Urkhane natürlich. Der Wurm macht die Arbeit, aber wir Zwerge heimsen das Lob ein!«

Gilthas verlieh seiner Bewunderung für diese bemerkenswerten Würmer Ausdruck und lauschte höflich einer Schilderung über die Lebensweise der friedfertigen Urkhane.

»Aber genug davon. Würdet Ihr sie gern bei der Arbeit sehen?«, bot Tarn plötzlich an.

»Gern«, willigte Gilthas ein, »aber vielleicht ein anderes Mal. Wie schon erwähnt, ich muss zur Dämmerung wieder in Qualinost sein …«

»Sicher, Junge, sicher«, beruhigte ihn der Zwerg mit breitem Grinsen. »Schaut mal.« Er stampfte zweimal kräftig auf den Boden.

Nach einer kurzen Pause hallten zwei laute Klopfer von unten herauf.

Gilthas warf Kerian einen Blick zu. Sie wirkte verärgert und erschrocken. Verärgert, weil sie nicht auf den Gedanken gekommen war, dem merkwürdigen Rumoren nachzugehen, erschrocken, weil sie so leicht in die Falle gegangen waren, falls das hier eine war.

Angesichts ihres Unbehagens brach Tarn in herzliches Gelächter aus.

»Die Urkhane«, erläuterte er. »Sie sind direkt unter uns!«

»Hier? Ist das wahr?«, staunte Gilthas. »So weit sind sie schon? Ich habe gemerkt, wie der Boden bebte …«

Tarn nickte, so dass sein Bart wackelte. »Wir sind sogar schon weiter. Möchtet Ihr mitkommen nach unten?«

Gilthas sah seine Frau an. »Im übrigen Qualinesti bin ich der König, aber hier hat die Löwin den Oberbefehl«, meinte er lächelnd. »Nun, Herrin? Wollen wir uns diese wunderbaren Würmer ansehen?«

Kerian erhob keine Einwände, obwohl diese unerwartete Wendung der Ereignisse sie nervös machte. Sie sagte nichts, was die Zwerge offen beleidigen könnte, doch Gilthas bemerkte, dass sie bei jeder Begegnung einem ihrer Wildelfen durch einen Blick, eine Kopfbewegung oder eine unauffällige Geste ein Zeichen gab. Die Elfen verschwanden, aber Gilthas vermutete, dass sie nicht weit waren. Mit der Hand an der Waffe würden sie beobachtend abwarten.

Als sie den »Kipp und Rülps« verließen, zog sich ein Teil von Tarns Eskorte mit sichtlichem Widerstreben zurück, denn sie wischten sich noch den Mund, und ihre Seufzer waren vom stechenden Geruch des Zwergenschnapses begleitet. Tarn nahm keinen Pfad, sondern trampelte breitschultrig durch die Büsche, wobei er alles beiseite stieß, was ihm in den Weg geriet. Wenn Gilthas sich umschaute, sah er, dass die Zwerge eine breite Schneise in den Wald geschlagen hatten, auf der abgebrochene Zweige, niedergetretenes Gras und abgerissene Ranken zurückblieben.

Kerian warf Gilthas einen Blick zu und verdrehte die Augen. Er wusste genau, was sie meinte. Es war wirklich überflüssig, sich Gedanken zu machen, ob die Zwerge einen Laut von den Elfen vernahmen, welche sie beschatteten. So geräuschvoll wie diese Bergbewohner sich bewegten, hätten sie wohl nicht einmal einen Donnerschlag bemerkt. Dann wurde Tarn langsamer. Er schien nach etwas Ausschau zu halten. Nach einer Bemerkung auf Zwergisch begannen auch seine Begleiter zu suchen.

»Er sucht den Eingang zum Tunnel«, flüsterte Gilthas Kerian

zu. »Angeblich sollten seine Leute hier einen Zugang hinterlassen, aber er kann ihn nicht finden.«

»Wird er auch nicht«, erwiderte Kerian finster. Sie ärgerte sich noch immer, dass die Zwerge sie überrumpelt hatten. »Ich kenne dieses Land. Jeden Fußbreit. Wenn es hier einen …«

Es verschlug ihr die Sprache.

»… Tunneleingang gäbe«, brachte Gilthas ihren Satz spöttisch zu Ende, »hättet ihr ihn bemerkt?«

Sie standen vor einem großen Granitblock, der rund dreißig Fuß aus dem Waldboden herausragte. Die Gesteinsschichten verliefen seitwärts, teilweise hatten sich dort kleine Bäume und Wildblumen angesiedelt. Am Fuß der Erhebung lag ein Haufen Felsblöcke, die abgebrochen und seitlich hinuntergerollt waren. Es waren riesige Brocken, von denen manche Gilthas bis zur Taille reichen. Viele überragten die Zwerge. Erstaunt sah der Elfenkönig zu, wie Tarn auf einen dieser Blöcke zustrebte, eine Hand darauf legte und ihm einen Schubs gab. Der Felsen rollte beiseite, als wäre er hohl.

Was er auch war.

Tarn und seine Begleiter räumten die Steine weg, wodurch ein großes, klaffendes Loch in dem Hauptfelsen sichtbar wurde.

»Hier lang!«, rief Tarn und winkte ihnen zu.

Gilthas sah Kerian an, die nur mit trockenem Lächeln den Kopf schüttelte. Sie blieb stehen, um den Felsen zu untersuchen, dessen Inneres ausgehöhlt war wie eine Melone.

»Und das waren die Würmer?«, vergewisserte sie sich beeindruckt.

»Die Urkhane«, bestätigte Tarn mit stolzer Geste. »Die Kleinen«, fügte er hinzu. »Die knabbern nur. Die Großen hätten den ganzen Felsen verschlungen. Sie sind nicht besonders klug, fürchte ich. Aber sie haben immer großen Hunger.«

»Sieh es einfach andersrum, Schatz«, schlug Gilthas Kerian vor, als sie aus der mondhellen Nacht in die kühle Zwergenhöhle traten. »Wenn es den Zwergen gelungen ist, den Tunneleingang vor deinem Volk geheim zu halten, werden die verfluchten Ritter ihn bestimmt nicht erkennen können.«

»Das stimmt«, gestand Kerian.

In der Höhle stampfte Tarn wieder zweimal auf, anscheinend einfach auf den Boden. Von unten kamen zwei Klopfer zurück. Im Boden zeigten sich Risse, und eine geschickt getarnte Falltür klappte auf. Ein Zwergenkopf erschien. Von unten drang Licht herauf.

»Besuch«, sagte Tarn auf Zwergisch.

Der Zwerg nickte, und sein Kopf verschwand. Sie hörten, wie seine dicken Stiefel Leitersprossen hinunterstiegen.

»Majestät«, sagte Tarn mit höflicher Geste.

Gilthas reagierte sofort. Jedes Zögern hätte angedeutet, dass er dem Obersten Lehnsherrn nicht traute, und Gilthas hatte nicht die Absicht, seinen neuen Verbündeten vor den Kopf zu stoßen. Geschickt kletterte er die stabile Leiter hinunter, die nach etwa fünfzehn Fuß auf einem glatten Boden endete. Der Tunnel war so gut beleuchtet, dass Gilthas zunächst glaubte, es wären Laternen aufgehängt.

Merkwürdige Laternen allerdings, wie er fand, als er sich einer näherte. Sie strahlten keine Wärme ab. Bei genauerem Hinsehen stellte er zu seiner Überraschung fest, dass das Licht nicht von Lampenöl stammte, sondern offenbar aus dem Körper einer großen Insektenlarve. Die Larve lag zusammengerollt auf dem Boden eines Eisenkäfigs, der von einem Haken in der Tunnelwand herunterhing. Der leuchtende Körper der schlafenden Larve machte den Tunnel taghell.

»Sogar der Urkhannachwuchs arbeitet für uns«, erklärte Tarn, als auch er am Fuß der Leiter ankam. »Einen Monat lang leuchten die Larven so, dann werden sie dunkel. Zu diesem Zeitpunkt passen sie allerdings sowieso nicht mehr in die Käfige, deshalb werden sie dann ersetzt. Zum Glück gibt es bei den Urkhanen ständig neue Nachkommen. Aber Ihr müsst sie Euch ansehen. Hier entlang. Hier entlang.«

Er führte sie durch die Tunnel. Nach einer Biegung bot sich ihnen ein erstaunlicher Anblick. Ein gigantischer, schleimiger, rotbrauner Körper nahm, sich windend, die Hälfte des Tunnels in Anspruch. Neben dem Wurm liefen seine Wärter her, die ihn über Zügel lenkten, welche mit Riemen um seinen Körper gebunden waren. Die Zwerge klatschten mit den Händen oder mit Stöcken auf seine Haut, wenn der Wurm die Richtung änderte oder sich anschickte, herumzurollen und dabei seine Wärter zu zerquetschen. Ein Vorgänger hätte bereits die Hälfte des Tunnels gegraben, erzählte Tarn. Dieser zweite Wurm folgte ihm, um den vorhandenen Tunnel noch zu erweitern.

Der Riesenwurm bewegte sich unglaublich schnell. Gilthas und Kerian bestaunten seine Größe. Sein Umfang entsprach Gilthas' Körpergröße. Tarn behauptete, er sei dreißig Fuß lang. Hinter dem Wurm übersäte zermalmtes, halb verdautes Gestein den Boden, das von Zwergen beiseite geschaufelt wurde. Dabei achtete man genau darauf, ob in dem Geröll Goldklumpen oder Rohedelsteine zu finden waren.

Gilthas lief bis zum Kopf des Wurms nach vorn. Das Tier besaß keine Augen, denn wegen seines unterirdischen Lebens brauchte es diese nicht. Vorn aus seinem Kopf ragten zwei Hörner heraus, über welche die Zwerge einen Lederharnisch gezogen hatten. Aus dem Harnisch ragten Zügel nach hinten zu einem Zwerg, der in einem festgezurrten Korb auf dem Rücken des Wurms hockte. Von dort aus lenkte der Zwerg den Wurm in die gewünschte Richtung.

Der Wurm schien überhaupt nicht zu wissen, dass der Zwerg dort oben war. Sein einziger Gedanke war Fressen. Er spie eine Flüssigkeit auf das harte Gestein vor sich. Diese Flüssigkeit musste eine Art Säure enthalten, denn sie zischte, wenn sie auf den Fels traf, der augenblicklich zu brodeln begann. Mehrere große Steinbrocken brachen auseinander. Der Wurm öffnete das Maul, packte einen Klumpen und schluckte ihn herunter.

»Höchst beeindruckend!«, bemerkte Gilthas mit einem so

ehrlichen Nachdruck, dass der Oberste Lehnsherr äußerst erfreut war. Die anderen Zwerge wirkten zufrieden.

Es gab nur einen Haken an der Sache. Wenn der Wurm sich durch das Gestein fraß, wand sich sein langer Körper, was den Boden zum Beben brachte. Die Zwerge, die daran gewöhnt waren, achteten nicht auf das Zittern, sondern bewegten sich so geschickt wie Seefahrer auf einem schwankenden Deck. Gilthas und Kerian hatten größere Schwierigkeiten, denn sie stolperten gegeneinander oder prallten gegen die Wand.

»Die Schwarzen Ritter werden es bemerken!«, gab Kerian zu bedenken. Sie musste schreien, damit sie über die Fressgeräusche des Wurms und die lauten Flüche der Zwerge zu verstehen war. »Wenn Medans Bett zu wackeln beginnt und er unter seinen Füßen Geschrei hört, wird er Verdacht schöpfen.«

»Tarn, dieses Gerumpel«, begann Gilthas, der dem Zwerg direkt ins Ohr sprach. »Kann man etwas dagegen tun? Die Schwarzen Ritter werden es zweifellos hören oder zumindest fühlen.«

Tarn schüttelte den Kopf. »Unmöglich«, raunzte er. »Sieh es andersherum, Junge, die Würmer sind viel leiser als eine Brigade Zwerge mit Hammer und Pickel.«

Gilthas hatte seine Zweifel. Auf Tarns Wink folgten ihm die Elfen wieder nach draußen und ließen die Würmer und den schlimmsten Lärm hinter sich. Nachdem sie die Leiter hochgeklettert waren, traten sie in eine Nacht, die deutlich heller war als vor ihrem Abstieg in die Erde. Die Dämmerung nahte. Gilthas musste bald aufbrechen.

»Ich habe mir gedacht, wir sollten uns lieber nicht direkt unter Qualinost durchgraben«, erläuterte Tarn, während sie zum »Kipp und Rülps« zurückliefen. »Wir sind jetzt vierzig Meilen entfernt. Fünf Meilen vor der Stadt sollen die Tunnel enden. Das dürfte weit genug entfernt sein, damit die Ritter von Neraka nicht merken, was wir vorhaben. Außerdem wären die Eingänge so weniger leicht zu entdecken.«

»Wenn sie aber doch gefunden würden?«, fragte Gilthas. »Die Ritter könnten über die Tunnel in Thorbardin einfallen.«

»Dann würden wir die Tunnel zum Einsturz bringen«, konstatierte Tarn offen. »Die Ritter würden verschüttet werden und ein paar von uns wahrscheinlich auch.«

»Ich begreife immer mehr, welches Risiko Ihr für uns auf Euch nehmt«, sagte Gilthas. »Ich weiß nicht, wie ich Euch danken soll.«

Peinlich berührt winkte Tarn Rauchgranit ab. Gilthas hielt es für besser, das Thema zu wechseln.

»Wie viele Tunnel werden es insgesamt sein?«

»Wenn wir genug Zeit haben, können wir drei schöne Tunnel bauen«, erwiderte der Zwerg. »Bisher allerdings ist nur dieser hier so weit fertig. Bald könnt Ihr damit beginnen, einen Teil Eure Volkes zu evakuieren. Nicht zu viele, denn die Wände sind noch nicht vollständig abgestützt, aber ein paar schaffen wir schon. Für die anderen beiden Tunnel brauchen wir noch mindestens zwei Monate.«

»Hoffen wir nur, dass uns so viel Zeit bleibt«, bemerkte Gilthas gedämpft. »Aber auch jetzt gibt es schon Elfen in Qualinesti, die sich mit den Rittern von Neraka angelegt haben. Gesetzesübertretungen werden von den Rittern schnell und hart geahndet. Die kleinste Verletzung eines ihrer vielen Gesetze kann mit Gefängnis oder Tod bestraft werden. Über diesen Tunnel können wir einige retten, die sonst verloren wären. Sagt mir, Lehnsherr«, fügte Gilthas hinzu. Er kannte die Antwort, doch er musste sie mit eigenen Ohren hören. »Wäre es möglich, durch diesen einen Tunnel die ganze Stadt Qualinost zu evakuieren?«

»Ja, ich glaube schon«, antwortete der Zwergenkönig. »Wenn wir vierzehn Tage zur Verfügung hätten.«

Vierzehn Tage. Wenn der Drache und die Ritter von Neraka angriffen, würden ihnen höchstens Stunden bleiben, um alle in Sicherheit zu bringen. Nach vierzehn Tagen wäre niemand mehr am Leben. Gilthas seufzte tief.

Kerian trat zu ihm. Sie legte ihm eine Hand auf den Arm. Ihre Finger waren stark und kühl, die Berührung machte ihm wieder Mut. Man hatte ihm mehr geschenkt, als er je erwartet hätte. Er war kein Kind mehr, das nach den Sternen schrie, nachdem es den Mond bekommen hatte.

Er blickte Kerian viel sagend an. »Wir sollten uns ruhig verhalten und den Drachen mindestens einen Monat lang nicht weiter reizen.«

»Meine Krieger werden sich nicht tot stellen«, gab Kerian scharf zurück, »falls es das ist, was Ihr im Sinn habt. Die Ritter würden ohnehin misstrauisch werden, wenn wir plötzlich alle Angriffe einstellen würden. Wenn sie ahnen, dass wir etwas aushecken, fangen sie an zu suchen. Wir lenken sie lieber weiter ab.«

»Einen Monat«, murmelte Gilthas wie ein Gebet zu jedem, der dort draußen war, wenn es dort noch etwas gab. »Gebt mir nur einen Monat. Gebt meinem Volk einen Monat.«

2 Ein Morgen in der Zeit der Finsternis

Über Ansalon brach der Morgen an, für manche zu schnell, für andere zu langsam. Die Sonne war ein roter Streifen am Himmel, als hätte jemand der Dunkelheit mit einem Messer die Kehle aufgeschlitzt. Gilthas huschte eilig durch den schattigen Garten um den Palast, der ihm zum Gefängnis geworden war, um leicht verspätet die gefährliche Rolle wieder einzunehmen, die er weiterhin spielen musste.

Planchet stand auf dem Balkon, wo er besorgt nach dem jungen König Ausschau hielt, als es an die Tür klopfte: Präfekt Palthainon, der zum morgendlichen Fädenziehen auftauchte. Heute konnte Planchet nicht noch einmal flehentlich auf die Indisponiertheit Seiner Majestät verweisen. Palthainon, ein Frühaufsteher, war gekommen, um den König einzuschüchtern. Er wollte seine Macht über den jungen Mann demonstrieren und dem ganzen Hof beweisen, dass er die Fäden fest in der Hand hielt.

»Einen Augenblick, Präfekt!«, rief Planchet. »Seine Majestät ist gerade auf dem Nachttopf.« Der Elf bemerkte eine Bewegung im Garten. »Majestät!«, zischte er, so laut er es wagte. »Sputet Euch!«

Gilthas stand schon unter dem Balkon. Planchet ließ das Seil hinunter. Der König griff danach und kletterte geschickt nach oben.

Das Klopfen ertönte lauter und ungeduldiger.

»Ich bestehe darauf, Seine Majestät zu sehen!«, beharrte Palthainon.

Gilthas hangelte sich über den Balkon, stürzte zum Bett und schob sich voll bekleidet zwischen die Laken. Planchet warf seinem König die Decken über und öffnete die Tür. Er legte einen Finger vor die Lippen.

»Seine Majestät war die ganze Nacht krank. Er konnte heute Morgen noch nicht einmal ein Stück trockenes Brot bei sich behalten«, flüsterte Planchet. »Ich musste ihm wieder ins Bett helfen.«

Der Präfekt spähte über Planchets Schulter. Er sah, wie sein König den Kopf hob und mit wässrigen Augen zu dem Senator blinzelte.

»Ich bedaure, dass Seine Majestät krank ist«, meinte der Präfekt stirnrunzelnd, »aber es wäre besser für ihn, aufzustehen und sich zu beschäftigen, anstatt matt herumzuliegen und sich Leid zu tun. Ich komme in einer Stunde wieder. Ich gehe davon aus, dass Seine Majestät dann angekleidet ist und mich empfangen kann.«

Damit zog Palthainon ab. Planchet machte die Tür wieder zu. Gilthas räkelte sich lächelnd und seufzte. Er hatte sich nur schwer von Kerian trennen können. Noch roch er den Duft ihrer vom Holzfeuer verrauchten Kleider und des Rosenöls, mit dem sie sich die Haut einrieb. Er konnte das zerdrückte Gras wahrnehmen, auf dem sie in seinen Armen gelegen hatte, ohne dass sich einer vom anderen lösen wollte. Wieder seufzte der König. Dann stieg er aus dem Bett, um ins Badezimmer zu gehen, wo er widerstrebend alle Spuren des heimlichen Treffens mit seiner Frau abwusch.

Als der Präfekt eine Stunde später zurückkehrte, war der König damit beschäftigt, ein Gedicht zu schreiben. Ein Gedicht – schier unglaublich – über einen Zwerg.

Naserümpfend wies Palthainon den jungen Mann an, von solchen Narreteien abzulassen und zum Tagesgeschäft zurückzukehren.

Über Qualinesti zogen sich Wolken zusammen, welche die Sonne verdüsterten. Leichter Nieselregen fiel vom Himmel.

Dieselbe Morgensonne, die Gilthas beschienen hatte, beleuchtete auch seinen Vetter, Silvanoshei, der ebenfalls die ganze Nacht wach gewesen war. Im Gegensatz zu Gilthas fürchtete er den Morgen nicht, sondern erwartete ihn mit einer freudigen Ungeduld, obwohl er immer noch kaum glauben konnte, was geschah.

Heute sollte Silvanoshei zum Sternensprecher gekrönt werden. Entgegen aller Hoffnung, entgegen aller Erwartung würde man ihn zum Herrscher über sein Volk ausrufen. Ihm würde zufallen, woran seine beiden Eltern gescheitert waren.

Die Ereignisse hatten sich überschlagen. Noch immer war Silvanoshei von alldem ganz benommen. Mit geschlossenen Augen ging er alles noch einmal durch.

Gestern waren er und Rolan am Rand von Silvanost von einer Gruppe Elfensoldaten angehalten worden.

So viel zum Königspielen, dachte Silvanoshei nur, mehr enttäuscht als erschrocken. Als die Elfen ihre Schwerter zogen, rechnete Silvan mit dem Tod. Da er waffenlos war, konnte er nur gefasst abwarten. Immerhin wäre es ein würdevoller Tod. Er würde nicht gegen sein Volk kämpfen. Er würde zu dem stehen, was seine Mutter von ihm erwartet hatte.

Zu Silvans Überraschung hoben die Elfensoldaten ihre Schwerter der Sonne entgegen. Jubelnd riefen sie ihn zur Stimme der Sterne, ihrem König, aus. Das war kein Exekutionskommando, stellte Silvan fest. Es war eine Ehrengarde.

Sie brachten ihm ein Reitpferd, einen schönen, weißen Hengst. Er saß auf, um im Triumph durch Silvanost zu reiten. Die Straßen waren von Elfen gesäumt, die jubelnd Blumen auf die Straße warfen, bis sich ein Blütenteppich bildete, dessen Duft die Luft erfüllte.

Zu beiden Seiten marschierten die Soldaten, um die Menge zurückzuhalten. Silvan winkte königlich. Er dachte an seine Eltern. Das hatte sich Alhana mehr gewünscht als alles auf der Welt. Dafür hatte sie bereitwillig ihr Leben geopfert. Vielleicht schaute sie ihm jetzt von dort aus zu, wohin die Toten nun gingen, vielleicht lächelte sie, wenn sie sah, dass ihr Sohn ihren sehnlichsten Wunsch erfüllte. Er hoffte es. Er war nicht mehr wütend auf seine Mutter. Er hatte ihr verziehen, und er hoffte, dass auch sie ihm vergeben hatte.

Am Sternenturm endete die Parade. Dort erwartete sie ein großer, gestrenger Elf mit leicht ergrautem Haar, der sich als General Konnal vorstelle. Er stellte auch seinen Neffen, Kiryn, vor, der zu Silvans Entzücken ein Vetter des Prinzen war. Anschließend präsentierte Konnal die Oberhäupter der Häuser, denen die Entscheidung oblag, ob Silvanoshei wahrhaftig der Enkel von Lorac Caladon war (der Name seiner Mutter fiel nicht) und damit der rechtmäßige Thronerbe von Silvanesti. Was eine reine Formalität sei, wie Konnal Silvanoshei eilig versicherte.

»Das Volk sehnt sich nach einem König«, betonte Konnal. »Die Oberhäupter der Häuser sind gern bereit, zu glauben, dass Ihr ein Caladon seid, wie Ihr vorgebt.«

»Ich *bin* ein Caladon«, bestätigte Silvanoshei, den es kränkte, dass die Oberhäupter ihn in jedem Fall akzeptieren würden, ob er nun der Gesuchte war oder nicht. »Ich bin der Enkel von Lorac Caladon und der Sohn von Alhana Sternenwind.« Er sprach ihren Namen laut aus, obwohl er sehr wohl wusste, dass er den Namen einer verfemten Dunkelelfe eigentlich nicht nennen durfte.

Dann aber kam ein Elf auf ihn zu, einer der schönsten Angehörigen seines Volkes, den Silvanoshei je gesehen hatte. Dieser Elf, der in weiße Roben gekleidet war, musterte ihn eindringlich.

»Ich kannte Lorac«, äußerte der Elf schließlich. Seine Stimme war sanft und melodisch. »Das hier ist tatsächlich sein Enkel. Daran besteht kein Zweifel.« Er lehnte sich vor und küsste Silvanoshei auf beide Wangen. Dann sah er General Konnal an und wiederholte: »Daran besteht kein Zweifel.«

»Wer seid Ihr, mein Herr?«, erkundigte sich Silvan verwirrt.

»Mein Name ist Glaukus.« Der Elf verneigte sich tief. »Man hat mich zum Regenten ernannt, damit ich Euch in den kommenden Tagen unterstütze. Falls General Konnal zustimmt, werde ich die Vorbereitungen für Eure morgige Krönung treffen. Die Elfen haben lange Jahre auf diesen Freudentag gehofft. Wir wollen sie nicht länger warten lassen.«

Silvan lag im Bett, einem Bett, das einst seinem Großvater Lorac gehört hatte. Die Bettpfosten bestanden aus Gold und Silber, das wie Weinranken ineinander gedreht und mit Blüten aus funkelnden Edelsteinen verziert war. Die mit Schwanendaunen gefüllte Matratze war mit feinen, nach Lavendel duftenden Laken bezogen. Eine scharlachrote Seidendecke hielt die Kühle der Nacht von ihm fern. Die Decke über ihm war aus reinem Bergkristall, so dass er des Nachts Mond und Sterne über sich vorüberziehen sehen konnte.

Silvanoshei lachte vor Glück in sich hinein. Vielleicht sollte er sich kneifen, um aus diesem wundersamen Traum zu erwachen, doch das wollte er nicht riskieren. Wenn er träumte, so wollte er weiterträumen. Niemals mehr wollte er zitternd in einer feuchten Höhle erwachen, wo es nur trockene Beeren, Zwieback und Brackwasser gab. Nur nicht erwachen und Elfenkrieger mit Ogerpfeilen im Bauch tot vor seinen Füßen zusammenbrechen sehen. Nur nicht erwachen. Lieber sollte dieser Traum den Rest seines Lebens währen.

Er war hungrig, herrlich hungrig. Diesen Hunger konnte er genießen, denn er wusste, dass er bald gestillt werden würde. Schon malte er sich aus, was er zum Frühstück bestellen würde. Vielleicht Honigkuchen. Gezuckerte Rosenblüten. Sahne, die mit Muskatnuss und Zimt bedeckt war. Er bekam alles, was er wollte. Was er nicht mochte, ließ er zurückgehen, und dann bestellte er etwas anderes.

Nachdem er träge nach der Silberglocke gelangt hatte, die auf einem zierlichen Nachttisch aus Gold und Silber lag, läutete Silvanoshei nach seinen Dienern. Dann legte er sich zurück, um die Schar von Elfenbediensteten zu erwarten, die hereinfluten und ihn aus dem Bett geleiten, baden, ankleiden, bürsten, parfümieren und mit Schmuck behängen würden, bis er für die Krönung bereit war.

Ihm kam das Gesicht von Alhana Sternenwind, seiner Mutter, in den Sinn. Er wünschte ihr nur das Beste, doch das hier war sein Traum, an dem sie keinen Anteil hatte. Ihm war gelungen, woran sie gescheitert war. Er würde heilen, was sie zerbrochen hatte.

»Eure Majestät. Eure Majestät. Eure Majestät.«

Die Elfen des Dienerhauses verbeugten sich vor ihm. Er bedachte sie mit einem bezaubernden Lächeln und gestattete ihnen, seine Kissen aufzuschütteln und die Decke glatt zu ziehen. Nachdem er sich aufgesetzt hatte, wartete er gelassen ab, was sie ihm zum Frühstück anbieten würden.

»Eure Majestät«, meldete sich ein Elf zu Wort, den Regent Glaukus zu seinem Kammerherrn bestimmt hatte. »Prinz Kiryn wartet draußen, um Euch heute Morgen die Ehre zu erweisen.«

Silvanoshei wandte sich von dem Spiegel ab, in dem er seine neue Garderobe bewundert hatte. Zwei Tage hatten die Näherinnen pausenlos gearbeitet, um eilends Roben und Umhang für die Krönung zu besticken.

»Mein Vetter! Bitte lass ihn unverzüglich ein.«

»Eure Majestät sollte niemals ›Bitte‹ sagen«, mahnte der Kammerherr lächelnd. »Wenn Eure Majestät etwas wünscht, sprecht Ihr es aus, und schon ist es getan.«

»Ja, gut. Danke.« Errötend bemerkte Silvan den zweiten Fehler. »›Danke‹ darf ich demnach auch nicht mehr sagen?«

Der Kammerherr schüttelte den Kopf und verschwand, um mit einem jungen Elfen zurückzukehren, der einige Jahre älter war als Silvan. Sie waren einander am Vortag kurz vorgestellt worden. Jetzt waren sie zum ersten Mal allein miteinander. Die beiden Männer musterten einander eindringlich, denn sie suchten verwandte Züge und waren beide froh, solche zu entdecken.

»Wie gefällt Euch das alles, Vetter?«, erkundigte sich Kiryn, nachdem die vielen höflichen Nichtigkeiten ausgetauscht worden waren. »Verzeihung. Ich wollte sagen, ›Eure Majestät‹.« Er verneigte sich.

»Bitte, sagt ruhig ›Vetter‹ zu mir«, forderte Silvan ihn herzlich auf. »Ich hatte nie einen Vetter. Das heißt, ich kannte ihn nicht, den König von Qualinesti, meine ich. Jedenfalls wird er so bezeichnet.«

»Euer Vetter Gilthas, Sohn von Lauralanthalasa und dem Halbmenschen Tanis. Ich habe von ihm gehört. Porthios hat von ihm erzählt. Er sagte, die Stimme von Gilthas sei etwas kränklich.«

»Wir brauchen keine höflichen Umschreibungen, Vetter. Jeder weiß, dass er schwermütig ist. Nicht seine Schuld, aber so ist es eben. Wäre es übrigens unpassend, wenn ich Euch ›Vetter‹ nenne?«

»In der Öffentlichkeit vielleicht schon, Eure Majestät«, erwiderte Kiryn lächelnd. »Wie Ihr sicher bemerkt habt, lieben wir

Silvanesti die Formalitäten. Aber unter vier Augen würde ich mich geehrt fühlen.« Er machte eine kurze Pause, dann fügte er leiser hinzu: »Ich habe vom Tod Eurer Eltern gehört. Ich möchte Euch sagen, wie traurig ich darüber bin. Ich habe beide sehr bewundert.«

»Danke«, sagte Silvan. Nach einer angemessenen Zeit des Schweigens wechselte er das Thema. »Um Eure vorherige Frage zu beantworten – ich muss zugeben, dass mich dies alles ein wenig einschüchtert. Es ist wunderbar, aber auch Furcht einflößend. Bis vor einem Monat lebte ich in Höhlen und schlief auf dem Boden. Jetzt besitze ich dieses Bett, dieses zauberhafte Bett, in dem schon mein Großvater geschlafen hat. Regent Glaukus hat es in mein Zimmer bringen lassen, weil er hoffte, es würde mir gefallen. Ich habe diese Gewänder. Ich bekomme zu essen und zu trinken, was mein Herz begehrt. Das alles ist wie im Märchen.«

Silvan betrachtete sich noch einmal im Spiegel. Seine neuen Kleider waren hinreißend. Darüber hinaus war er sauber, seine Haare waren gebürstet und dufteten, und an den Fingern trug er Ringe. Er hatte weder Flohbisse, noch war er steif, weil er auf Steinen gelegen hatte. Nie wieder, schwor er sich. So entging ihm, dass Kiryn ernst wurde, als Silvan den Regenten erwähnte.

Der Ernst seines Vetters verstärkte sich, als Silvan weitersprach. »Wo wir schon bei Glaukus sind, er ist doch ein wirklich beachtlicher Mann! Als Regent stellt er mich sehr zufrieden. So höflich und zuvorkommend. In allem fragt er mich um meine Meinung. Ich will ehrlich sein, Vetter, anfangs war ich ein wenig irritiert, als General Konnal den Oberhäuptern der Häuser vorschlug, einen Regenten zu ernennen, der mich leiten solle, bis ich volljährig bin. Bei den Qualinesti wäre ich bereits volljährig, versteht Ihr?«

Silvans Gesicht verhärtete sich. »Ich bin entschlossen, kein Marionettenkönig zu werden wie mein armer Vetter Gilthas. Doch Regent Glaukus gab mir zu verstehen, dass nicht er der

Herrscher sein wird. Er will mir nur den Weg ebnen, damit meine Wünsche und Befehle befolgt werden.«

Kiryn schwieg dazu. Unschlüssig schaute er sich um. Schließlich trat er einen Schritt näher an Silvan heran und sagte gedämpft: »Darf ich Eure Majestät bitten, die Diener wegzuschicken?«

Silvan warf Kiryn einen erstaunten, irritierten Blick zu. Jetzt war er auf der Hut. Glaukus hatte ihm erzählt, Kiryn würde sich gern selbst auf dem Thron sehen. Wenn dies nun eine Intrige war, um ihn allein und hilflos zu erwischen?

Er betrachtete seinen schlanken, zart gebauten Vetter, der die glatten, weichen Hände eines Gelehrten hatte, und verglich ihn mit sich selbst. Silvans Körper war abgehärtet und muskulös. Darüber hinaus war Kiryn unbewaffnet. Er konnte kaum eine Bedrohung darstellen.

»Also gut«, willigte Silvan ein und schickte die Diener weg, die aufgeräumt und die Gewänder herausgehängt hatten, die er am Abend bei einem Ball zu seinen Ehren tragen sollte.

»Bitte sehr, Vetter. Wir sind allein. Was habt Ihr mir zu sagen?« Silvans Stimme war kühl geworden.

»Eure Majestät, Vetter«, begann Kiryn eindringlich. Seine Stimme war gesenkt, obwohl die beiden in dem großen, hallenden Zimmer jetzt allein waren, »ich bin heute aus einem einzigen Grund gekommen. Ich möchte Euch vor Glaukus warnen.«

»Aha.« Silvan reagierte wissend. »Verstehe.«

»Ihr wirkt wenig überrascht, Majestät.«

»Das bin ich auch nicht, Vetter. Enttäuscht, das gebe ich zu, aber nicht überrascht. Glaukus hat mich bereits gewarnt, dass Ihr möglicherweise auf ihn und mich eifersüchtig wärt. Er hat mir deutlich zu verstehen gegeben, dass Ihr ihn offenbar nicht mögt. Diese Einstellung beruht nicht auf Gegenseitigkeit. Glaukus sprach mit dem größten Respekt von Euch und ist tief betrübt, dass Ihr beide keine Freunde sein könnt.«

»Ich fürchte, dieses Kompliment kann ich nicht erwidern«,

antwortete Kiryn. »Dieser Mann ist nicht würdig, Regent zu sein, Eure Majestät. Er stammt nicht aus dem Königshaus. Er ist ... oder war ... ein Zauberer aus dem Turm von Shalost. Ich weiß, mein Onkel Konnal hat ihn empfohlen, aber ...«

Er brach ab, als fiele es ihm schwer fortzufahren. »Ich möchte Euch etwas sagen, Majestät, was ich noch nie jemandem verraten habe. Ich glaube, dass Glaukus meinen Onkel erpresst.

Mein Onkel ist ein guter Mann, Eure Majestät. Er hat sich im Krieg der Lanze tapfer geschlagen. Anschließend hat er zusammen mit Eurem Vater, Porthios, gegen den Traum gekämpft. Was er in diesen furchtbaren Zeiten mitansehen musste, hat dazu geführt, dass er seitdem in beständiger, heilloser Angst lebt. Er hat panische Angst, dass jene bösen Zeiten wiederkehren könnten. Er glaubt, dieser Schild könne Silvanesti vor der anrückenden Finsternis schützen. Glaukus kontrolliert die Magie des Schilds und damit auch meinen Onkel, dem er im Zweifelsfall damit droht, den Schild zu entfernen. Ich möchte nicht mitansehen, wie Glaukus Euch auf dieselbe Weise beherrscht.«

»Vielleicht glaubt Ihr, Vetter, dass es bereits so ist. Vielleicht glaubt Ihr sogar, Ihr wärt ein besserer Sternensprecher?«, erkundigte sich Silvan mit wachsendem Zorn.

»Ich hätte Sprecher sein können, Vetter«, entgegnete Kiryn voll ruhiger Würde. »Glaukus wollte mich zum Sprecher ernennen. Ich habe abgelehnt. Ich kannte Eure Mutter und Euren Vater. Ich habe beide verehrt. Ihr seid der rechtmäßige Thronerbe. Ich erhebe keinen Anspruch darauf.«

Silvan hatte das Gefühl, diese Zurechtweisung verdient zu haben. »Verzeiht mir, Vetter. Ich habe gesprochen, bevor mein Gehirn Zeit hatte, meine Zunge zu steuern. Aber ich glaube, dass Ihr Euch in Glaukus täuscht. Er ist einzig auf das Wohl der Silvanesti bedacht. Dass er trotz seines niedrigen Standes zu einer so hohen Position aufsteigen konnte, spricht für ihn und für Euren Onkel, der seinen wahren Wert erkannt hat, ohne sich von seiner Herkunft beeinflussen zu lassen. Darauf haben wir Elfen in der Vergangenheit viel zu viel Wert gelegt. Meine Mutter hat oft erklärt, wir hätten uns selbst geschadet, weil wir talentierte Elfen daran gehindert hätten, ihre Anlagen voll auszuleben. Zu lange haben wir jeden nur nach seiner Herkunft und nicht nach seinen Fähigkeiten beurteilt. Einer der engsten Vertrauten meiner Mutter war Samar, der als einfacher Soldat in ihrer Armee angefangen hat.«

»Wenn Glaukus als erfahrener Verwalter oder Minister zu uns gekommen wäre, hätte ich ihn sofort unterstützt, ganz gleich, woher er stammt. Aber er hat nichts weiter getan, als einen Zauberbaum zu pflanzen«, beharrte Kiryn trocken, »und einen Schild über uns zu ziehen.«

»Der Schild ist zu unserem Schutz«, hielt Silvan dagegen.

»So einen Schutz genießen auch Gefangene in ihren Zellen«, gab Kiryn zurück.

Silvan wurde nachdenklich. Dass sein Vetter es ehrlich meinte, stand außer Frage. Andererseits wollte Silvan nichts gegen den Regenten hören. Denn ehrlicherweise musste der Prinz sich eingestehen, dass ihn die neue Verantwortung, die man ihm so unerwartet angetragen hatte, überwältigte. Er fand es tröstlich, dass ihm jemand wie Glaukus mit Rat und Tat zur Seite stand. Jemand, der zudem so formvollendet höflich wie charmant war.

»Wir wollen uns nicht darüber streiten, Vetter«, wehrte Silvan daher ab. »Ich werde über Eure Worte nachdenken. Ich danke Euch, dass Ihr so ehrlich wart, denn das ist Euch sicher nicht leicht gefallen.« Er streckte die Hand aus.

Kiryn ergriff die Hand mit sichtlichem Vertrauen und drückte sie fest. Dann sprachen die beiden über andere Dinge – die Zeremonien der bevorstehenden Krönung und die jüngsten Moden bei den Elfentänzen. Anschließend zog Kiryn sich zurück, versprach aber, rechtzeitig wiederzukommen, um seinen Vetter zur Krönung zu eskortieren.

»Ich werde die Krone tragen, die zuletzt das Haupt meines Großvaters geziert hat«, kündigte Silvan an.

»Möge sie Euch mehr Glück bringen als ihm, Majestät«, wünschte Kiryn, ehe er mit ernstem Gesicht verschwand.

Silvan tat es Leid, ihn gehen zu lassen, denn Kiryns Herzlichkeit und Lebhaftigkeit hatten ihm gut getan. Dennoch missfiel ihm, dass Kiryn ihm den Morgen verdorben hatte. An einem solchen Tag sollte ein neuer König nichts als Freude empfinden.

»Er ist nur neidisch«, murmelte Silvan. »Völlig verständlich. Mir würde es bestimmt genauso gehen.«

»Eure Majestät«, meldete sich eine Dienerin, »zu meinem Leidwesen muss ich Euch mitteilen, dass es gerade anfängt zu regnen.«

»Nun, was hältst du von unserem neuen König?«, fragte General Konnal seinen Begleiter, als sie die Treppe zum Königspalast hinaufstiegen, um Seiner Majestät am Krönungsmorgen ihre Aufwartung zu machen. Inzwischen hatte ein starker Dauerregen eingesetzt, der einen grauen Vorhang vor die Sonne gezogen hatte.

»Ich halte ihn für intelligent, bescheiden und natürlich«, erwiderte Glaukus lächelnd. »Ich bin von ihm überaus angetan. Und du?«

»Er ist wie ein junger Hund«, meinte Konnal achselzuckend. »Der macht uns keinen Ärger.« Seine Stimme wurde leiser. »Du hast mir den richtigen Rat gegeben, mein Freund. Wir haben gut daran getan, ihn auf den Thron zu heben. Das Volk betet ihn an. Ich habe es seit langem nicht mehr so glücklich gesehen. Zu den Festlichkeiten ist die ganze Stadt auf den Beinen. Die Straßen sind mit Blumen bestreut, alles ist in Festtagskleidern. Es wird tagelange Feiern geben. Sie behaupten, sein Kommen sei ein Wunder. Es heißt sogar, diejenigen, die von der Seuche befallen sind, fühlen wieder Leben in ihren Gliedern. Es ist nicht mehr die Rede davon, den Schild zu entfernen. Jetzt gibt es dazu keinen Grund mehr.«

»Ja, wir haben die Rebellion, die die Kirath anzetteln wollten, im Keim erstickt«, erwiderte Glaukus. »Die Kirath glauben, sie hätten dich besiegt, indem sie Loracs Enkel auf den Thron gehievt haben. Lass ihnen die Illusion. Lass sie ruhig feiern. Sie haben ihren König. Jetzt machen sie uns keinen Ärger mehr.«

»Und wenn der Schild uns unseligerweise doch im Stich lassen sollte«, konstatierte Konnal mit einem bedeutsamen Blick auf den Zauberer, »haben wir auch gleich seine Mutter in der Hand. Sie wird bis an die Zähne bewaffnet mit ihrer Armee heranstürmen, um ihr Land zu retten, und es in den Händen ihres eigenen Sohnes finden. Zu gern würde ich ihren Gesichtsausdruck sehen!«

»Hm, ja, vielleicht.« Glaukus schien diese Vorstellung weniger amüsant zu finden. »Ich für meinen Teil bräuchte das Gesicht dieser Hexe nicht unbedingt wiederzusehen. Ich glaube keinen Moment daran, dass sie ihren Sohn auf dem Thron belassen würde. Den will sie für sich. Glücklicherweise«, fügte er lächelnd hinzu, während seine gute Laune wiederkehrte, »wird sie kaum je eindringen können. Der Schild wird sie fern halten.«

»Immerhin hat er ihren Sohn eingelassen«, gab Konnal zu bedenken.

»Weil ich es so wollte«, erinnerte Glaukus den General.

»Sagst du.«

»Du zweifelst an meinen Worten, mein Freund?«

Glaukus blieb stehen und starrte den General an. Die weißen Zaubererroben umflatterten ihn.

»Ja«, erwiderte Konnal schlicht. »Weil ich spüre, dass du an dir selbst zweifelst.«

Glaukus wollte etwas entgegnen, verbiss sich die Worte jedoch. Mit hinter dem Rücken verschränkten Händen ging er weiter.

»Es tut mir Leid«, setzte Konnal an.

»Nein, mein Freund«, gebot Glaukus ihm Einhalt. »Ich bin nicht wütend. Ich bin verletzt, weiter nichts. Traurig.«

»Es ist doch nur …«

»Ich werde es dir erklären. Vielleicht glaubst du mir dann.«

Konnal seufzte. »Du willst mich absichtlich missverstehen. Aber, schön, ich höre mir deine Erklärung an.«

»Ich will dir erzählen, wie es dazu kam. Aber nicht hier. Zu viele Leute.« Glaukus deutete auf eine Dienerin mit einem großen Lorbeerkranz. »Komm mit in die Bibliothek, dort können wir unter vier Augen reden.«

Die Bibliothek war ein großer Raum mit dunklen, polierten Holzregalen voller Bücher und Spruchrollen. Hier war es still; die Bücher schienen alle Geräusche einzusaugen, als würden sie sie für zukünftiges Nachschlagen niederschreiben.

»Als ich behauptete, der Schild hätte meine Wünsche befolgt«, erläuterte Glaukus, »habe ich damit nicht gemeint, dass ich dem Schild gezielt den Befehl gegeben hätte, diesen jungen Mann einzulassen. Die Magie des Schilds geht von dem Baum im Garten von Astarin aus. Unter meiner Anleitung haben die Waldpfleger den Schildbaum gepflanzt und herangezogen. Ich habe sie in der Magie unterwiesen, die den Baum wachsen lässt. Diese Magie stammt zu einem großen Teil von mir. Ich wende unglaublich viel Kraft und Energie dafür auf, die Magie aufrecht zu erhalten, damit der Schild an Ort und Stelle bleibt. Manchmal habe ich das Gefühl«, fügte Glaukus leise hinzu, »als wäre ich selbst der Schild. Der Schild, der unser Volk schützt.«

Konnal sagte nichts, sondern wartete ab.

»Ich habe schon eher vermutet, dass der Schild auf meine unausgesprochenen Wünsche reagiert«, fuhr Glaukus fort. »Wünsche, die ich nicht einmal mir selbst eingestehe. Schon lange möchte ich einen König auf dem Thron sehen. Der Schild kannte diesen unbewussten Wunsch. Deshalb hat er Silvanoshei hereingezogen, als dieser zufällig in der Nähe war.«

Der General wollte ihm gern glauben, hatte jedoch immer noch seine Zweifel. Warum hatte Glaukus nicht früher etwas davon gesagt, fragte sich Konnal. Warum weicht er meinem Blick aus, wenn er davon spricht? Er weiß etwas. Er enthält mir etwas vor.

Konnal wandte sich an Glaukus: »Kannst du mir zusichern, dass niemand anders den Schild durchdringen wird?«

»Das kann ich, mein lieber General«, antwortete Glaukus. »Dafür stehe ich mit meinem Leben ein.«

3 Der blinde Bettler

Minas Truppen verließen Sanction voller Tatendrang. Sie röhrten Soldatenmärsche, um Gleichschritt zu halten, und prahlten mit den Heldentaten, die sie im Namen ihres Idols in Silvanesti vollbringen würden. Wann immer Mina auf ihrem blutroten Pferd in Sicht kam, jubelten die Soldaten wie wild. Oft scherten sie aus den Reihen aus (obwohl sie damit den Zorn ihrer Offiziere auf sich zogen), damit sie ihnen Glück brachte.

Galdar war fort. Er war vor etlichen Tagen nach Khur aufgebrochen, um General Dogah Minas Befehl zu überbringen. Solange der Minotaurus fehlte, hatte Hauptmann Samuval den Oberbefehl. Bisher war dies eine leichte Aufgabe gewesen. Es herrschte warmes Sommerwetter. In diesem Stadium war der Marsch leicht und sicher, denn die Ritter hatten Sanction erst vor wenigen Tagen verlassen und waren noch auf ungefährlichem Territorium. Bald jedoch würden sie das Land der Oger betreten – ihrer einstigen Verbündeten, die jetzt zu erbitterten Feinden geworden waren. Doch selbst der Gedanke daran, diese blutrünstigen Ungeheuer zu bekämpfen, konnte die Stimmung nicht dämpfen. Wie eine kalte, bleiche Sonne erhellte Mina die Gemüter.

Als erfahrener Feldherr wusste Samuval, dass die Soldaten anders denken würden, wenn erst das Wetter umschlug und der Regen einsetzte, wenn die Straße schmaler wurde, der Wind heulte oder der Feind sich an ihre Fersen heftete. Sie würden anfangen zu murren, und ein paar würden vielleicht auch auf die Idee kommen zu rebellieren. Aber vorerst war alles bestens. Er marschierte neben Mina her – worum ihn die gesamte Kolonne beneidete. Er stand neben ihr, wenn sie hoch zu Ross die Truppe inspizierte, die an ihr vorbeizog. Jeden Abend kam er in ihr Zelt, um die Karte anzusehen und den Weg für den folgenden Tag festzulegen. In seinen Mantel gewickelt, schlief er neben ihrem Zelt, immer die Hand am Schwert, um zu ihrer Verteidigung zu eilen, sollte sie ihn brauchen.

Er fürchtete nicht, dass einer der Männer versuchen könnte, ihr etwas zu tun. Eines Nachts lag er auf seinem Mantel, starrte hinauf in den klaren Sternenhimmel und wunderte sich darüber. Sie war eine junge Frau – eine sehr anziehende junge Frau. Er war ein Mann, der die Frauen liebte, Frauen aller Art. Mit wie vielen er ins Bett gegangen war, konnte er nicht mehr zählen. Normalerweise hätte der Anblick eines so zarten, hübschen Mädchens wie Mina sein Blut in Wallung und seine Lenden zum Ziehen gebracht. Aber in Minas Gegenwart empfand er keine Lust, und wenn er den Gesprächen rund um die Lagerfeuer zuhörte, wusste er, dass es den anderen Männern hier ebenso ging. Sie liebten sie, sie beteten sie an. Sie empfanden Ehrfurcht vor ihr. Aber weder er noch sonst jemand hier begehrte sie.

Der nächste Tagesmarsch begann genau wie die vorherigen. Wenn in Khur alles gut ging, musste Galdar in zwei Tagen zu ihnen stoßen. Vor diesem Abenteuer hatte Samuval für Minotauren wenig übrig gehabt, aber jetzt freute er sich tatsächlich darauf, Galdar wiederzusehen …

»Sir! Haltet die Männer an!«, rief ein Kundschafter.

Samuval brachte die Schlange zum Stehen und lief nach vorne, um mit dem Kundschafter zu sprechen.

»Was ist denn?«, wollte der Hauptmann wissen. »Oger?«

»Nein, Sir.« Der Späher salutierte. »Da vorn auf der Straße sitzt ein blinder Bettler.«

Samuval war erzürnt. »Für einen blinden Bettler lässt du alle anhalten?«

»Nun ja, Sir«, wand sich der Kundschafter, »er sitzt mitten auf dem Weg.«

»Dann schubst ihn weg!«, befahl Samuval wütend.

»Er hat etwas Merkwürdiges an sich, Sir«, erklärte der Späher verlegen. »Das ist kein gewöhnlicher Bettler. Ich glaube, Ihr solltet mitkommen und mit ihm sprechen, Sir. Er hat gesagt ... er sagte, er würde auf Mina warten«, berichtete der Soldat mit großen Augen.

Samuval massierte sein Kinn. Dass die Nachricht von Mina sich herumsprach, überraschte ihn nicht, doch dass die Nachricht von ihrem Marsch und der Marschrichtung ihnen anscheinend vorausgeeilt war, war doch überraschend und nicht gerade erfreulich.

»Ich kümmere mich darum«, versprach er und schickte sich an, mit dem Späher aufzubrechen. Samuval wollte den Bettler selbst verhören, um herauszufinden, was er noch wusste und woher er sein Wissen bezog. Mit etwas Glück konnte er das vollbringen, ehe Mina davon hörte.

Schon nach drei Schritten hörte er Minas Stimme hinter sich.

»Hauptmann Samuval!«, rief sie, während sie auf Feuerfuchs heranritt. »Was ist los? Warum halten wir an?«

Samuval wollte gerade erklären, dass die Straße vor ihnen von einem Felsblock versperrt sei, doch bevor er den Mund aufbekam, platzte der Kundschafter schon derart laut mit der Wahrheit heraus, dass es die ganze Kolonne mitbekam.

»Mina! Da vorne sitzt ein blinder Bettler. Er sagt, er wartet auf dich.«

Die Männer nickten erfreut, denn sie fanden es ganz selbstverständlich, dass Mina solche Aufmerksamkeit erregte. Trottel! Man konnte meinen, sie befänden sich auf einer Parade durch Jelek!

Samuval konnte sich lebhaft vorstellen, wie die Straße vor ihnen von Aussätzigen und Lahmen aus jedem auf dem Weg liegenden ärmlichen Weiler gesäumt sein würde, die Mina anflehten, sie zu heilen.

»Hauptmann«, entschied Mina. »Bring den Mann zu mir.«

Samuval eilte zu ihr. »Hör mich an, Mina«, wandte er ein. »Ich weiß, du meinst es gut, aber wenn du für jeden armseligen Krüppel von hier bis Silvanost anhältst, um ihn zu heilen, kommen wir frühestens zum Julfest nach Silvanost. Wenn überhaupt. Jeder verschenkte Moment spielt den Ogern in die Hände und hilft ihnen, Truppen zusammenzuziehen, um uns in Empfang zu nehmen.«

»Der Mann fragt nach mir. Ich werde zu ihm gehen«, befand Mina und stieg ab. »Wir sind lange marschiert. Die Männer könnten eine Rast vertragen. Wo ist er, Rolof?«

»Er sitzt da vorne.« Der Kundschafter zeigte die Richtung an. »Eine halbe Meile weiter, oben auf dem Hügel.«

»Samuval, du kommst mit«, befahl Mina. »Ihr anderen wartet hier.«

Samuval entdeckte den Mann, bevor sie bei ihm waren. Die Straße, der sie folgten, führte über eine Reihe kleinerer Erhebungen, und wie der Späher angegeben hatte, wartete der Bettler auf einer davon auf sie. Er saß auf dem Boden, den Rücken an einen Felsen gelehnt, in der Hand einen langen, dicken Stab. Als er ihr Nahen vernahm, stand er auf und wandte ihnen langsam seine blicklosen Augen zu.

Der Mann war jünger, als der Hauptmann erwartet hatte. Über seine Schultern fielen lange Haare, die in der Morgensonne silbrig glänzten. Sein Gesicht war glatt und ohne Falten, es musste einst schön gewesen sein. Der Mann trug perlgraue Roben, die zwar am Saum ausgefranst, aber sauber waren. Das alles nahm Samuval jedoch erst später wahr. Vorläufig konnte er nur die entsetzliche Narbe anstarren, die das Gesicht des Mannes entstellte.

Es sah nach einer Verbrennung aus. Auf der rechten Kopfhälfte war das Haupthaar des Fremden weggesengt. Die Narbe verlief von der rechten Seite quer über das Gesicht bis unter die linke Seite des Kinns. Über dem rechten Auge lag eine Binde. Samuval fragte sich voll morbider Neugier, ob das Auge noch da war, oder ob die fuchtbare Hitze, die das Fleisch versengt und das Haar bis zu den Wurzeln verbrannt hatte, auch das Auge zerstört hatte. Das linke Auge war geblieben, doch es war offensichtlich blind und nutzlos. Die schreckliche Wunde war noch frisch, keinen Monat alt. Die Verletzung musste dem Mann Schmerzen bereiten, doch die ließ er sich nicht anmerken. Schweigend wartete er auf sie. Obwohl er die Nahenden nicht sehen konnte, wandte er Mina das Gesicht zu. Er musste den Klang ihrer leichteren Schritte von Samuvals schweren Tritten unterschieden haben.

Mina verharrte einen kurzen Moment. Samuval sah sie erstarren, als wäre sie überrascht. Dann setzte sie den Weg zu dem Bettler fort. Samuval folgte ihr mit der Hand am Schwertgriff. Obwohl es sich um einen Blinden handelte, spürte Samuval eine Bedrohung von ihm ausgehen. Wie der Kundschafter gesagt hatte, dieser blinde Bettler hatte etwas Merkwürdiges an sich.

»Du erkennst mich also«, konstatierte der Fremde, dessen blickloses Auge über ihren Kopf hinweg starrte.

»Ja, ich erkenne dich«, gab sie zurück.

Samuval fiel es schwer, die schaurigen Wunden des Bettlers anzusehen. Unter der Augenbinde sickerte gelber Eiter heraus. Die Haut um die Verbrennung war geschwollen und feuerrot entzündet. Der Hauptmann konnte das faulende Fleisch riechen.

»Wie ist das geschehen?«, erkundigte sich Mina.

»In der Nacht des Sturms«, erwiderte der Mann.

Sie nickte ernst, als hätte sie diese Antwort erwartet. »Warum hast du dich in den Sturm hinausgewagt?«

»Ich hörte eine Stimme«, erwiderte er. »Ich wollte nachsehen, was geschah.«

»Die Stimme des einen Gottes«, bestätigte Mina.

Der Bettler schüttelte ungläubig den Kopf. »Ich konnte die Stimme durch das Tosen des Windes und das Donnern hören, aber die Worte habe ich nicht verstanden. Auf der Suche nach der Stimme bin ich weit durch Regen und Hagel geflogen, und ich glaube, ich bin ihrem Ursprung nahe gekommen. Ich war fast in Neraka, da traf mich ein Blitz. Danach erinnere ich mich an nichts mehr.«

»Du nimmst diese menschliche Gestalt an«, stellte sie übergangslos fest. »Warum?«

»Kannst du es mir verdenken, Mina?«, entgegnete er in kläglichem Ton. »Ich bin gezwungen, durch das Land meiner Feinde zu ziehen.« Er zeigte auf seinen Stab. »Nur so komme ich derzeit weiter – auf zwei Beinen, geführt von meinem Stab.«

»Mina«, meldete sich Samuval zu Wort, ohne den Blinden aus den Augen zu lassen, »wir haben heute noch etliche Meilen vor uns. Sobald du es befiehlst, befreie ich den Weg und die Welt von diesem Kerl.«

»Langsam, Hauptmann«, widersprach Mina ruhig. Sie legte ihm eine Hand auf den Arm. »Das ist ein alter Bekannter. Nur noch einen Augenblick. – Wie hast du mich gefunden?«, fragte sie den Blinden.

»Wo immer ich hinkam, hörte ich von deinen Taten«, antwortete der Bettler. »Ich erkannte den Namen, und auch die Beschreibung passte. Konnte es eine zweite Mina mit bernsteinfarbenen Augen geben? Nein, sagte ich mir. Nur eine – das Waisenkind, welches vor Jahren auf der Schallmeerinsel an Land gespült wurde. Das Waisenkind, das von Goldmond aufgenommen und von ihr ins Herz geschlossen wurde. Sie trauert um dich, Mina. Seit drei Jahren betrauert sie dich wie eine Tote. Warum bist du davongelaufen? Wir haben dich alle geliebt.«

»Weil sie meine Fragen nicht beantworten konnte«, erwiderte Mina. »Keiner von euch konnte das.«

»Und hast du die Antwort gefunden, Mina?«, wollte der Mann in strengem Ton wissen.

»Das habe ich«, gab sie fest zurück.

Der Bettler schüttelte den Kopf. Er wirkte nicht ärgerlich, nur bedrückt.

»Ich könnte dich heilen«, bot Mina an und machte mit ausgestreckter Hand einen Schritt auf ihn zu.

Der Bettler wich rasch zurück. Gleichzeitig legte er die zweite Hand an seinen Stab und hielt diesen abwehrend vor sich, um ihr den Weg zu versperren. »Nein!«, rief er. »Sosehr mich meine Wunden auch schmerzen, dieser Schmerz ist körperlich. Er dringt nicht bis in die Seele, wie es der Schmerz deiner so genannten heilenden Hände täte. Und obwohl ich in Finsternis wandle, ist meine Finsternis nicht so schwarz wie die, in der du dich jetzt bewegst, Mina.«

Sie lächelte ihn an, ein ruhiges, strahlendes Lächeln.

»Du hast die Stimme gehört, Solomirathnius«, sagte sie. »Du hörst sie immer noch. Stimmt's?«

Er antwortete nicht. Langsam senkte er seinen Stab und starrte sie lange an. Er starrte sie so lange an, dass Samuval sich misstrauisch fragte, ob der Mann mit diesem einen, milchig weißen Auge doch noch etwas wahrnahm.

»Stimmt's?«, wiederholte sie.

Abrupt und verärgert drehte sich der Mann weg. Er suchte sich mit dem Stab den Weg, während er von der Straße abbog und in den Wald eindrang. Das Ende seines Stabs schlug unsanft gegen Baumstämme und Büsche. Mit der anderen Hand tastete er sich vorwärts.

»Ich traue ihm nicht«, äußerte Samuval. »Er hat etwas Solamnisches an sich. Lass mich ihn kalt machen.«

Mina sah ihn an. »Du könntest ihm nichts anhaben, Hauptmann. Mag sein, dass er schwach aussieht, aber das ist er nicht.«

»Was ist er denn? Ein Zauberer?«, höhnte Samuval.

»Nein, er ist weit mächtiger als jeder Zauberer«, entgegnete Mina. »In seiner wahren Gestalt ist er der Silberdrache, den die meisten unter dem Namen Spiegel kennen. Er ist der Wächter der Zitadelle des Lichts.«

»Ein Drache!« Samuval blieb wie angewurzelt stehen und starrte ins Unterholz. Er konnte den blinden Bettler nicht mehr sehen, und das machte ihm noch mehr zu schaffen. »Mina«, drängte er, »lass mich eine Schwadron Männer hinterherschicken! Bestimmt wird er versuchen, uns alle zu töten!«

Mina tat Samuvals Befürchtungen mit einem Lächeln ab. »Wir sind sicher, Hauptmann. Befehlt den Männern, wieder aufzubrechen. Der Weg ist sicher. Spiegel wird uns nicht in die Quere kommen.«

»Warum nicht?« Samuval runzelte zweifelnd die Stirn.

»Weil mir einst vor vielen Jahren Goldmond, die Großmeisterin der Zitadelle des Lichts, allabendlich die Haare gebürstet hat«, erklärte Mina leise.

Und sie fuhr ganz leicht mit der Hand über ihren geschorenen Kopf.

4 Verraten

Für Gerard waren die Tage des Wartens angenehm verlaufen. Das Haus der Königsmutter war ein Ort des Friedens und der Harmonie. Jeder Raum grünte und blühte. Im Hintergund war beruhigendes Wasserplätschern zu hören. Gerard war nicht im Besitz des angeblichen Zeitreisegeräts, doch er hatte das Gefühl, die Zeit wäre hier aufgehoben. Die Stunden des Tageslichts zerflossen zur Dämmerung, die mit der Nacht verschmolz und wieder in den Tag überging, ohne dass jemand den Wechsel zu bemerken schien. Der rieselnde Sand im Stundenglas schien im Leben der Elfen keine Rolle zu spielen, so jedenfalls kam es Gerard vor. Am Nachmittag vor ihrem Aufbruch jedoch wurde er bei einem Spaziergang im Garten abrupt in die Realität zurückgerissen, als sich plötzlich das Sonnenlicht auf einer glänzend schwarzen Rüstung spiegelte.

Der Ritter von Neraka war ein Stück weit entfernt, doch er beobachtete offensichtlich das Haus. Geduckt zog sich Gerard durch die Tür zurück. Seine idyllische Vorstellung von Frieden war zerschlagen. Angespannt wartete er darauf, dass die Ritter von Neraka an die Tür hämmerten, doch die Stunden verstrichen, ohne dass jemand sie aufstöberte. Schließlich ging er davon aus, dass man ihn nicht bemerkt hatte. Danach achtete er darauf, sich vor Anbruch der Nacht, der Stunde ihres Aufbruchs, nicht mehr hinauszuwagen.

Den Zauberer Palin Majere hatte Gerard kaum zu Gesicht bekommen, was ihm auch nicht Leid tat. Er hatte wenig Verständnis für die Schroffheit, mit der der Magier jedem im Haus, einschließlich Laurana, begegnete. Gerard bemühte sich durchaus um Zugeständnisse. Palin Majere hatte viel gelitten, ermahnte sich der Ritter. Aber die düstere Stimmung des Magiers warf einen Schatten, der noch das hellste Sonnenlicht verfinsterte. Sogar die beiden Elfendiener bewegten sich nur auf Zehenspitzen, um bloß keinen Laut zu verursachen, der den aufbrausenden Magier erzürnen könnte. Als Gerard Laurana gegenüber einen Kommentar über dieses ungehobelte, menschliche Benehmen machte, lächelte sie und bat ihn um Geduld.

»Ich war auch einmal eine Gefangene«, erzählte sie nachdenklich, »Gefangene der Königin der Finsternis. Ich glaube nicht, dass Ihr das nachvollziehen könnt, Herr Ritter, bevor Ihr im Dunkeln eingesperrt wurdet, wo Ihr mit Euren Schmerzen und Eurer Angst allein seid.«

Gerard nahm den sanften Verweis wortlos hin.

Von dem Kender hatte er ebenfalls wenig gesehen, wofür der Ritter zutiefst dankbar war. Palin Majere nahm Tolpan stundenlang für sich in Beschlag, ließ den Kender wieder und wieder seine lächerlichen Geschichten erzählen. Der grausamste Ritter von

Neraka konnte keine Folter ersinnen, die der gleichkam, stundenlang die schrille Stimme des Kenders ertragen zu müssen.

Die Nacht, in der sie Qualinesti verlassen sollten, nahte allzu schnell. Die Welt dort draußen, die Welt der Menschen, erschien jetzt wie ein hastiger, gieriger, schmutziger Ort, in den Gerard nur ungern zurückkehrte. Inzwischen verstand er, weshalb die Elfen nur widerwillig außerhalb ihres schönen, heiteren Reichs unterwegs waren.

Der Elf, der sie führen sollte, wartete bereits. Laurana küsste Tolpan, der genau drei Minuten still wurde, weil er merkte, dass er sonst schniefen würde. Sie dankte Gerard freundlich für seine Hilfe und bot ihm die Hand zum Kuss an, was er voller Respekt, Bewunderung und ehrlichem Bedauern tat. Zuletzt sprach sie mit Palin, der sich abseits gehalten hatte. Offensichtlich hatte er es mit dem Aufbruch eilig.

»Mein Freund«, begann sie, während sie eine Hand auf seinen Arm legte. »Ich glaube, ich weiß, in welche Richtung deine Gedanken gehen.«

Stirnrunzelnd schüttelte er den Kopf.

Laurana fuhr fort: »Sei vorsichtig, Palin. Denk lange und gut nach, bevor du handelst.«

Anstelle einer Antwort küsste er sie, wie es bei den Elfen unter alten Freunden Brauch war, und erklärte ihr ziemlich kurz angebunden, sie solle sich keine Sorgen machen. Er wisse recht gut, was er tue.

Als Gerard dem Führer in die Nacht folgte, blickte er zu dem Haus auf der Klippe zurück. Seine Lichter strahlten hell wie die Sterne, doch wie die Sterne waren sie zu klein, um die Nacht zum Tag zu machen.

»Aber ohne die Dunkelheit«, meinte Palin plötzlich, »würden wir nie erfahren, dass es Sterne gibt.«

Also so erklärst du dir das Böse, dachte Gerard. Er erwiderte nichts. Auch Palin sprach nicht mehr. Tolpan machte das trübsinnige Schweigen des Zauberers mehr als wett.

»Man möchte meinen, dass ein verfluchter Kender weniger redet«, grollte Gerard.

»Der Fluch hat nicht meine Zunge befallen«, erklärte Tolpan. »Er liegt über meinen Eingeweiden. Sie winden sich. Warst du schon mal so verflucht?«

»Ja, seit ich dich das erste Mal zu Gesicht bekommen habe«, schimpfte Gerard.

»Ihr alle macht genug Lärm, um einen betrunkenen Gossenzwerg zu wecken!«, ermahnte sie der Führer gereizt in der Umgangssprache. Gerard hatte keine Ahnung, ob es nun Kalindas oder Kelevandros war. Er konnte die beiden Brüder nie auseinander halten. Sie ähnelten einander wie Zwillinge, obwohl der eine angeblich älter war als der andere. Ihre Elfennamen, die beide mit »K« begannen, verschwammen in seinem Kopf. Er hätte Palin fragen können, aber der Zauberer zeigte wenig Lust zum Reden. Anscheinend war er in seine eigenen, düsteren Gedanken versunken.

»Verglichen mit dem Scheppern und Klirren Eurer Rüstung ist das Geschnatter des Kenders wie Vogelzwitschern, Herr Ritter«, fügte der Elf hinzu. »Nicht dass es viel ändern würde, wenn Ihr nackt wärt. Ihr Menschen könnt nicht einmal Luft holen, ohne dabei Lärm zu machen. Euer Schnaufen und Keuchen hört man noch auf eine Meile Entfernung.«

»Wir laufen schon stundenlang durch diesen Wald«, hielt Gerard dagegen. »Nähern wir uns wenigstens allmählich unserem Ziel?«

»Wir sind schon ziemlich nah dran«, erwiderte der Elf. »Die Lichtung, auf der Ihr Euch mit den Greifen trefft, liegt da vorn am Ende dieses Pfads. Wenn Ihr Elfenaugen hättet, könntet Ihr sie schon sehen. Das hier wäre übrigens ein guter Platz zum Anhalten, falls Ihr Euch ausruhen möchtet. Wir sollten bis zum letzten Augenblick in Deckung bleiben.«

»Keine Bange. Ich gehe nirgendwo hin«, bedankte sich Gerard. Er ließ sein Gepäck fallen und rutschte am Stamm einer hohen Espe hinunter, bis er saß und die Beine ausstrecken konnte. »Wie lange dauert es noch bis zum Morgen?«

»Eine Stunde. Ich muss Euch jetzt eine Weile allein lassen und auf die Jagd gehen. Wir sollten den Greifen frisches Fleisch anbieten können. Nach dem langen Flug werden sie hungrig sein und diese Geste zu schätzen wissen. Hier seid Ihr sicher, so lange keiner von Euch sich selbstständig macht.« Bei diesen Worten warf der Elf dem Kender einen strengen Blick zu.

»Wir kommen schon klar«, meldete Palin sich zum ersten Mal seit Stunden zu Wort. Er hatte sich nicht gesetzt, sondern ging ungeduldig unter den Bäumen auf und ab. »Nein, Tolpan. Du bleibst hier bei uns. Wo ist das Gerät? Du hast es doch noch, oder? Nein, hol es nicht raus. Ich wollte nur wissen, ob es sicher ist.«

»Oh, es ist sicher«, beteuerte der Kender. »Es kann gar nicht unsicher sein, falls du weißt, was ich meine.«

»Verdammt merkwürdige Zeit, um auf die Jagd zu gehen«, stellte Gerard fest, während der Elf mit der Dunkelheit verschmolz.

»Er befolgt nur meinen Befehl«, teilte ihm Palin mit. »Die Greifen werden viel besserer Laune sein, nachdem sie gefressen haben. Dann haben wir einen sichereren Flug. Ich bin mal auf einem Greifenweibchen geritten, das plötzlich entschied, dass sein leerer Magen wichtiger sei als sein Reiter. Als sie unten auf dem Boden einen Hirsch sah, schoss sie darauf zu. Ich konnte mich nur noch in panischer Angst festklammern. Zum Glück sind wir alle mit dem Leben davongekommen, sogar der Hirsch, der hörte, wie ich auf meinen Greif einschrie, und sofort in den Wald flüchtete. Anschließend hatte die Greifendame allerdings schlechte Laune und weigerte sich, mich weiterzutragen. Seitdem habe ich immer darauf geachtet, vorher ein Futtergeschenk zu machen.«

»Und warum ist der Elf dann nicht vor unserem Aufbruch auf die Jagd gegangen?«

»Wahrscheinlich, weil er nicht stundenlang mit einem toten Hirsch über den Schultern durch den Wald traben wollte«, antwortete Palin sarkastisch. »Ihr solltet bedenken, dass vielen Elfen übel wird, wenn sie frisch getötetes Fleisch riechen.«

Gerard erwiderte nichts, denn er fürchtete, zu viel zu sagen. Dem Tonfall des Magiers war zu entnehmen, dass dieser Gerard für einen Idioten hielt. Vielleicht war es nicht so gemeint gewesen, aber so verstand es Gerard.

»Übrigens, Sir Gerard«, fügte Palin hochmütig hinzu, »ich möchte Euch mitteilen, dass Ihr meiner Meinung nach alles in Eurer Macht Stehende getan habt, um den letzten Wunsch meines Vaters zu erfüllen. Von jetzt an kümmere ich mich um die Sache. Es ist nicht länger Eure Sorge.«

»Wie Ihr wünscht, Sir«, erwiderte Gerard.

»Ich möchte Euch für alles danken, was Ihr getan habt«, ergänzte Palin nach einer Pause, während derer die Atmosphäre so eisig geworden war, dass es mitten im Sommer hätte schneien können. »Ihr habt mir unter Einsatz Eures eigenen Lebens einen großen Dienst erwiesen. Einen großen Dienst«, wiederholte er leise. »Ich werde Fürst Warren nahe legen, Euch zu befördern.«

»Danke, Sir«, wehrte Gerard ab. »Aber ich habe nur meine Pflicht gegenüber Eurem Vater erfüllt, einem Mann, den ich sehr bewundert habe.«

»Im Gegensatz zu seinem Sohn, ja?«, fragte Palin. Er drehte sich um und ging mit gesenktem Kopf ein paar Schritte zur Seite. Seine Arme steckten in den Ärmeln seiner dunklen Roben. Offensichtlich hielt er das Gespräch für beendet.

Tolpan ließ sich neben Gerard nieder, und weil Kenderhände immer beschäftigt sein müssen, leerte er alle Taschen des neuen Hemdes, das Laurana auf sein Bitten hin für ihn genäht hatte. Der Stoff war grellbunt, so dass Gerard die Augen schon vom Hinsehen wehtaten. Im sanften Licht des Halbmonds und vieler tausend Sterne sortierte Tolpan die interessanten Dinge, die er in Lauranas Haus gefunden hatte.

Es bestand kein Zweifel, Gerard würde zutiefst glücklich sein, den Magier mit dem Kender in Solace abzuliefern und mit beiden fertig zu sein.

Der Himmel über ihnen wurde allmählich heller. Die Sterne verblichen, der Mond wurde blasser, doch der Elf kehrte nicht zurück.

Marschall Medan mit seiner Eskorte erreichte den vereinbarten Treffpunkt eine Stunde vor Tagesanbruch. Er und die beiden Ritter in seiner Begleitung zügelten die Pferde. Medan stieg nicht ab. Man wusste, dass dieser Teil des Waldes von Rebellen wimmelte. Eindringlich starrte er ins Dunkle und in die Nebelschwaden, denn er fand, dieser Ort wäre für einen Hinterhalt ideal.

»Unteroffizier«, befahl Medan. »Seht nach, ob Ihr unseren Verräter findet. Er sagte, er wolle bei den drei weißen Felsen da drüben warten.«

Der Unteroffizier saß ab. Mit der Hand am halb gezogenen Schwert schlich er möglichst leise weiter. Er trug nur seinen Brustpanzer, keine weitere Metallrüstung.

Das Pferd des Marschalls war unruhig. Schnaubend stellte es die Ohren hoch. Medan klopfte ihm den Hals. »Was ist denn, mein Junge?«, fragte er gedämpft. »Was ist da draußen?«

Der Unteroffizier verschwand im Dunkeln, um nach kurzer Zeit als schwarze Silhouette vor dem Hintergrund der drei großen, weißen Felsblöcke wieder aufzutauchen. Medan konnte sein raues Flüstern hören. Eine Antwort vernahm er nicht, nahm aber an, dass eine erfolgt war, denn der Offizier nickte und kehrte dann zurück, um Meldung zu machen.

»Der Verräter sagt, die drei seien nicht weit von hier, in der Nähe einer Lichtung, wo sie die Greifen treffen sollen. Er führt uns hin. Wir sollen gehen, meint er. Die Pferde machen zu viel Lärm.«

Der Marschall stieg vom Pferd und warf mit einem Wort die Zügel hin. Das Pferd würde bleiben, wo es war. Es würde sich erst auf seinen Befehl vom Fleck rühren. Der andere Ritter saß ebenfalls ab. Er löste noch einen Kurzbogen und einen Köcher Pfeile von seinem Sattel.

Mit seinen Begleitern schlich Medan durch den Wald.

»Das also ist aus mir geworden«, murmelte Medan in sich hinein, während er Zweige beiseite bog und vorsichtig durch das Unterholz vordrang. Den Mann vor ihm konnte er kaum erkennen. Nur die drei weißen Steine waren deutlich zu sehen, doch auch sie waren zeitweise von Nebelschwaden verhangen. »Ich schleiche nachts durch den Wald wie ein verdammter Dieb. Verlasse mich auf das Wort eines Elfen, der sich nichts dabei denkt, für eine Hand voll Stahl seine Herrin zu verraten. Und wozu das Ganze? Um einem Wrack von Zauberer aufzulauern!«

»Habt Ihr etwas gesagt, Sir?«, flüsterte der Unteroffizier.

»Ja«, antwortete Medan. »Ich sagte, ich läge lieber mit einem Speer im Herzen tot auf dem Feld der Ehre, als hier zu sein. Und Ihr, Unteroffizier?«

»Sir?« Der Offizier starrte ihn an. Der Mann hatte keine Ahnung, wovon die Rede war.

»Egal«, knirschte Medan. »Geht einfach weiter.« Er wedelte mit der Hand.

Der Elfenverräter tauchte auf. Sein bleiches Gesicht schimmerte durch die Dunkelheit. Er hob seine blasse Hand, um Medan zu sich zu winken. Der Marschall trat vor und fasste den Elfen grimmig ins Auge.

»Und? Wo sind sie?« Den Namen des Elfen sprach Medan nicht aus. In seinen Augen war dieser Elf keines Namens würdig.

»Dort!« Der Elf wies ihnen den Weg. »Unter dem Baum da. Es ist von hier aus nicht zu sehen, aber hundert Schritte weiter hinten liegt eine Lichtung. Dort wollen sie den Greif treffen.«

Der Himmel wurde langsam heller. Zunächst sah Medan gar nichts, doch dann teilte sich der Nebel und gab den Blick auf drei schattenhafte Gestalten frei. Die eine schien eine dunkle

Rüstung zu tragen. Medan konnte zwar nichts Genaues erkennen, doch er hörte das Klirren.

»Sir«, meldete sich der Verräter nervös zu Wort, »braucht Ihr mich noch? Sonst sollte ich nämlich verschwinden. Mein Fernbleiben könnte auffallen.«

»Geh schon«, forderte Medan ihn auf.

Der Elf schlüpfte in den Wald.

Der Marschall winkte den Ritter mit dem Bogen herbei.

»Denkt daran, der Drache will sie lebend«, mahnte Medan. »Zielt hoch. Schießt sie zu Krüppeln. Feuert auf meinen Befehl, nicht vorher.«

Der Ritter nickte und nahm seinen Platz im Unterholz ein. Dort setzte er einen Pfeil auf seine Bogensehne und sah den Marschall an.

Medan wartete aufmerksam ab.

Gerard hörte ein Flattern wie von mächtigen Flügeln. Er hatte zwar noch nie einen Greif zu Gesicht bekommen, aber auf so ein Geräusch hatte er gewartet. Er sprang auf.

»Was ist denn?« Palin hob den Kopf, weil die plötzliche Bewegung des Ritters ihn überrascht hatte.

»Ich glaube, ich höre den Greif, Sir«, antwortete Gerard.

Palin schlug die Kapuze zurück, um besser hören zu können, und spähte zur Lichtung hinüber. Sie konnten das Tier noch nicht sehen, denn es kreiste noch über den Wipfeln, doch der Wind seiner Flügel wirbelte bereits trockenes Laub und Staub auf.

»Wo? Wo?«, rief Tolpan, der eilig seine Siebensachen einsammelte und sie überall hinstopfte, wo es sich gerade anbot.

Der Greif kam in Sicht. Seine riesigen Schwingen waren jetzt weit ausgebreitet, während er sich auf den Luftströmungen zu einer weichen Landung herunterschraubte. Gerard vergaß seinen Zorn auf den Magier und seine Verärgerung über den Kender, so sehr staunte er über das fremdartige Wesen. Elfen reiten Greifen wie Menschen ihre Pferde, doch Menschen besteigen die

Greifen nur selten. Greifen misstrauen den Menschen seit altersher, weil diese die Tiere bekanntlich jagen und töten.

Gerard hatte versucht, nicht darüber nachzudenken, dass er bald einem Tier sein Leben anvertrauen würde, das wenig Grund hatte, ihn zu schätzen. Jetzt aber musste er sich doch dem Gedanken stellen, auf einem dieser Wesen zu reiten, nicht auf der Straße, sondern durch die Luft. So hoch, dass er bei einer falschen Bewegung einem schrecklichen Tod entgegenstürzen würde.

Der Ritter riss sich zusammen. Er würde sich dieser einschüchternden Aufgabe stellen wie jeder anderen. Er nahm den stolzen Adlerkopf mit den weißen Federn wahr, die glänzenden, schwarzen Augen und den Raubvogelschnabel, der einem Menschen angeblich das Rückgrat brechen oder den Kopf abreißen konnte. Die Vorderbeine mit den scharfen Krallen waren die eines Adlers, die Hinterbeine und der Körper glichen einem Löwen und waren von weichem, braunem Fell bedeckt. Die Flügel waren breit, von unten schneeweiß und von oben braun. Der Greif überragte Gerard mindestens um Kopf und Schultern.

»Es ist nur einer«, berichtete Gerard kühl, als würde er jeden Tag mit Greifen umgehen. »Jedenfalls bis jetzt. Und keine Spur von dem Elfen.«

»Merkwürdig«, meinte Palin, der sich umschaute. »Ich frage mich, wo er hin ist. Das sieht ihm gar nicht ähnlich.«

Der Greif schlug mit den Flügeln und blickte sich um. Offenbar suchte er nach seinen Reitern. Der Wind, den seine enormen Flügel verursachten, ließ die Nebelschwaden wogen und peitschte die Zweige. Sie warteten noch ein wenig, doch es tauchte kein zweiter Greif auf.

»Es scheint nur einer zu sein, Sir«, stellte Gerard fest. Er bemühte sich, seine Erleichterung nicht zu zeigen. »Ihr und der Kender fliegt vor. Ich achte darauf, dass Ihr sicher hier weg kommt. Macht Euch keine Gedanken um mich. Ich finde schon aus Qualinesti hinaus. Ich habe mein Pferd ...«

»Unsinn«, wehrte Palin gereizt ab, den jede Änderung seiner

Pläne irritierte. »Der Greif kann uns alle drei tragen. Der Kender zählt nicht.«

»Ich zähle durchaus etwas!«, beschwerte sich Tolpan gekränkt.

»Sir, es macht mir wirklich nichts aus«, fing Gerard an.

Ein Pfeil bohrte sich neben ihm in den Baum. Ein zweiter surrte über seinen Kopf. Gerard warf sich auf die Erde und zog dabei den Kender mit nach unten.

»Sir! In Deckung!«, rief er Palin zu.

»Elfenrebellen«, konstatierte Palin, der ins Zwielicht spähte. »Sie haben Eure Rüstung gesehen. Wir sind Freunde!«, rief er auf Elfisch und hob die Hand.

Ein Pfeil durchbohrte den Ärmel seiner Robe. Halb verärgert, halb erstaunt starrte er auf das Loch. Gerard sprang auf, packte den Magier und zog ihn hinter eine dicke Eiche.

»Das sind keine Elfen, Herr!«, warnte er, während er grimmig auf einen der Pfeile deutete. Die Spitze war aus Stahl, der Schaft trug schwarze Federn. »Das sind Ritter von Neraka.«

»Ihr aber auch«, hielt Palin mit einem Blick auf Gerards Brustpanzer entgegen, auf dem Schädel und Todeslilie prangten. »Jedenfalls soweit sie das wissen.«

»Oh, die wissen Bescheid«, erwiderte Gerard verstimmt. »Ihr habt ja bemerkt, dass der Elf nicht zurückgekommen ist. Ich glaube, wir wurden verraten.«

»Das ist unmöglich ...«, setzte Palin an.

»Ich sehe sie!«, schrie Tolpan aufgeregt. »Da drüben in den Büschen. Es sind drei. Sie tragen schwarze Rüstungen.«

»Du hast scharfe Augen, Kender«, gestand Gerard ihm zu. Er konnte in der nebligen Dämmerung überhaupt nichts erkennen.

»Hier können wir nicht bleiben. Wir müssen zu dem Greifen laufen!«, sagte Palin und wollte aufstehen.

Gerard zog ihn wieder nach unten.

»Diese Schützen verfehlen nur selten ihr Ziel, Sir. Ihr werdet es nie lebend schaffen!«

»Klar, sie treffen immer«, höhnte Palin. »Aber sie haben schon drei Pfeile auf uns abgeschlossen, und wir leben immer noch. Wenn man uns verraten hat, wissen sie, dass wir das Gerät haben! Nur darauf haben sie es abgesehen. Sie wollen uns lebendig, damit sie uns verhören können.« Er packte Gerard so fest am Arm, dass seine grausam verkrüppelten Finger dem Ritter schmerzhaft die Rüstung in den Arm drückten. »Ich gebe das Gerät nicht her. Und ich lasse mich nicht lebend fangen! Nicht noch einmal! Hört Ihr? Auf keinen Fall!«

Wieder landeten zwei Pfeile im Baum, so dass der Kender, der neugierig den Kopf gehoben hatte, sich wieder duckte.

»Puh!«, äußerte Tolpan, während er besorgt seinen Haarknoten abtastete. »Das war knapp! Sind meine Haare noch da?«

Gerard sah Palin an. Das Gesicht des Magiers war blass, seine Lippen fest aufeinander gepresst. Gerard fielen Lauranas Worte ein: *Wer noch nie selbst ein Gefangener war, kann das nicht verstehen.*

»Ihr flieht, Sir. Ihr und der Kender.«

»Seid nicht töricht«, widersprach Palin. »Wir verschwinden gemeinsam. Sie wollen mich lebend. Sie brauchen mich. Euch brauchen sie nicht. Man wird Euch foltern und töten.«

Hinter ihnen ertönte das laute, ungeduldige Krächzen des Greifs.

»Ich bin nicht töricht, Sir«, hielt Gerard dagegen. Er sah dem Magier fest in die Augen. »Ihr seid es, wenn Ihr mir nicht zuhört. Ich kann sie ablenken. Ich kann mich angemessen verteidigen. Im Gegensatz zu Euch – oder habt Ihr etwa einen Zauberspruch parat?«

Majeres weißem, verkniffenem Gesicht konnte er ansehen, dass dem nicht so war.

»Also«, ordnete Gerard an. »Nehmt den Kender und das kostbare magische Gerät und verschwindet von hier!«

Palin zögerte noch. Er blickte in Richtung seiner Feinde. Sein Gesicht war wie erstarrt und glich dem eines Leichnams. Langsam löste er seine Hand von Gerards Arm. »Das also ist aus mir geworden«, klagte er. »Ich bin nutzlos. Ein Wrack. Ich muss davonlaufen, anstatt mich meinen Feinden zu stellen ...«

»Sir, wenn Ihr gehen wollt, dann geht jetzt«, drängte Gerard, der klirrend sein Schwert zog. »Duckt Euch und bleibt im Schutz der Bäume. Schnell!«

Er erhob sich aus seiner Hockstellung. Mit blanker Klinge stürmte er, ohne zu zögern, auf die Ritter los, die im Gebüsch hocken, und schrie seinen Schlachtruf, um ihre Pfeile auf sich zu lenken.

Palin kam hoch. Gebückt packte er Tolpan am Kragen, um den Kender mitzuziehen. »Du kommst mit mir«, befahl er.

»Aber was ist mit Gerard?« Tolpan zögerte noch.

»Du hast ihn doch gehört«, schimpfte Palin, während er den Kender mitschleppte. »Er kann auf sich selbst aufpassen. Außerdem dürfen die Ritter das Gerät nicht in die Finger bekommen.«

»Aber sie *können* es mir nicht wegnehmen!«, protestierte Tolpan, der versuchte, sich Palin zu entwinden. »Es kommt sowieso immer wieder zu mir zurück.«

»Außer wenn du tot bist«, entgegnete Palin bissig.

Urplötzlich blieb Tolpan stehen und drehte sich um. Seine Augen wurden groß.

»Siehst ... siehst du irgendwo einen Drachen?«, erkundigte er sich nervös.

»Lass den Unsinn!« Diesmal ergriff Palin den Kender am Arm und zerrte ihn mit der Kraft der Verzweiflung durch die Bäume auf den Greif zu.

»Das ist kein Unsinn. Mir ist schlecht«, versicherte Tolpan kläglich. »Ich glaube, das ist wieder der Fluch.«

Palin achtete nicht auf das Jammern des Kenders. Er hörte, wie Gerard seine Feinde lautstark herausforderte. Wieder sauste ein Pfeil vorbei, verfehlte Palin jedoch um einen vollen Schritt. Seine dunklen Roben verschmolzen mit dem Wald, dazu war er in Bewegung, durch Nebel und Zwielicht geschützt, lief geduckt, wie Gerard es empfohlen hatte, und versuchte, nach Möglichkeit Bäume zwischen sich und dem Feind zu behalten.

Hinter sich hörte Palin Stahl auf Stahl klirren. Es kamen keine Pfeile mehr. Gerard kämpfte mit den Rittern. Allein.

Grimmig stürmte Palin weiter, obwohl er immer noch den protestierenden Kender mitschleifen musste. Der Magier war nicht gerade stolz auf sich. In ihm rangen Angst und Scham miteinander, was schmerzhafter war, als wenn ihn ein Pfeil getroffen hätte. Er riskierte einen Blick nach hinten, konnte aber vor lauter Schatten und Nebel nichts erkennen.

Der Greif war dicht vor ihm. Gleich würde er entkommen. Seine Schritte wurden langsamer. Er zögerte, wollte sich umdrehen …

Finsternis senkte sich über ihn. Wieder saß er in der Zelle des Hauptquartiers der Grauen Roben an der Grenze von Qualinesti. Er hockte auf dem Grund einer tiefen, engen Grube, die in die Erde gegraben worden war. Die Wände des Lochs waren so glatt, dass er nicht daran hochklettern konnte. Über dem Ausstieg lag zudem eine Eisenplatte. Ein paar Löcher darin ließen Luft in die Grube, aber auch den Regen, der monoton heruntertropfte und den Boden der Grube aufweichte.

Er war allein, musste in seinem eigenen Unrat leben und die Abfälle essen, die man ihm hinunterwarf. Keiner sprach mit ihm. Er hatte keine Wachen. Er benötigte auch keine, denn er saß fest, und das wussten sie genau. Manchmal vernahm er tagelang keine menschliche Stimme. Beinahe begrüßte er es, wenn seine Häscher eine Leiter hinunterschoben, um ihn zum »Verhör« zu holen.

Beinahe.

Wieder durchraste ihn der grelle, vernichtende Schmerz. Wie sie ihm die Finger gebrochen hatten, langsam, einen nach dem anderen. Wie sie ihm die Fingernägel ausgerissen hatten. Wie man seinen Rücken mit Lederriemen gepeitscht hatte, die durch das Fleisch bis auf die Knochen drangen.

Ein Schauer überlief ihn. Er biss sich auf die Zunge, weil er merkte, wie aus seinem zusammengekrampften Magen Blut und Galle aufstiegen. Sein Gesicht war schweißüberströmt.

»Es tut mir Leid, Gerard!«, keuchte er. »Es tut mir Leid!«

Palin hob Tolpan am Haarschopf hoch und warf ihn auf den Rücken des Greifs. »Festhalten!«, befahl er dem Kender.

»Ich glaube, ich muss mich übergeben«, jammerte Tolpan, der sich schon krümmte. »Lass uns lieber auf Gerard warten!«

Palin hatte keine Zeit für Kendermätzchen. »Sofort aufbrechen!«, wies er den Greif an. Der Zauberer schwang sich selbst in den Sattel, der zwischen die gefiederten Flügel auf den Rücken des Greifs festgeschnallt war. »Wir sind von Rittern von Neraka umzingelt. Unsere Wache lenkt sie ab, aber ich glaube nicht, dass der Mann lange durchhält.«

Der Greif starrte den Magier aus intelligenten, schwarzen Augen an.

»Das heißt, wir lassen ihn zurück?«, vergewisserte sich der Greif.

»Ja«, bestätigte Palin schlicht. »Wir lassen ihn zurück.«

Der Greif widersprach ihm nicht. Er hatte seine Befehle. Die seltsamen Sitten der Menschen waren nicht seine Angelegenheit. Das Tier hob die großen Flügel, stieß sich mit den kraftvollen Löwenbeinen ab und schwang sich in die Luft. Einmal umkreiste er die Lichtung, um an Höhe zu gewinnen und die Bäume zu meiden. Palin spähte nach unten, denn er wollte Gerard noch einmal sehen. Die Sonne hatte sich über den Horizont geschoben. Schon löste sich der Nebel auf, und die Schatten wurden heller. Palin sah Stahl aufblitzen und hörte klirrende Schwerthiebe.

Wundersamerweise war der Ritter noch am Leben.

Palin setzte sich zurecht und hielt sein Gesicht in den Wind. Plötzlich verschwand die Sonne hinter dicken, brodelnden, grauen Sturmwolken, die sich am Horizont zusammenbrauten. In den Wolkentürmen zuckten Blitze, Donner grollte. Ein kühler Wind, der aus der Richtung des Sturms heranblies, ließ den Schweiß erkalten, der Palins Roben und seine Haare durchnässt hatte. Der Magier begann zu zittern. Er zog den dunklen Mantel fest um sich. Aber er sah sich kein zweites Mal um.

Der Greif erhob sich hoch über die Bäume, nutzte die Aufwinde unter seinen Schwingen und brauste hinauf in den blauen Himmel.

»Palin!«, gellte Tolpan, der drängend an Palins Roben zerrte. »Hinter uns fliegt was!«

Palin sah sich um.

Der grüne Drache war noch ein Stück entfernt, aber er flog sehr rasch. Seine Flügel durchschnitten die Luft, die Klauen waren eng an den Körper gedrückt, der grüne Schwanz wehte hinter ihm her. Es war nicht Beryl. Einer ihrer Unterdrachen, der ihre Befehle befolgte.

Natürlich. Sie vertraute nicht darauf, dass die Ritter von Neraka ihr diese Beute brachten. Lieber sandte sie einen ihrer Art, um ihrer habhaft zu werden. Palin beugte sich über die Greifenschulter.

»Ein Drache!«, brüllte er. »Im Osten!«

»Ich sehe ihn!«, krächzte der Greif.

Palin legte eine Hand über die Augen, um nicht blinzeln zu müssen, während er den Drachen beobachtete. Er wollte keinen Flügelschlag verpassen.

»Der Drache hat uns bemerkt«, meldete er. »Er kommt genau auf uns zu.«

»Festhalten!« Der Greif wendete mit einer steil abfallenden Kehre. »Ich fliege in den Sturm. Das wird kein Spazierflug!«

Am Horizont hatte sich eine graulila Wand aus hoch aufgetürmten Wolken gebildet. Die Wolken wirkten wie eine Festung, massiv und undurchdringlich. Zwischen ihnen leuchteten Blitze wie Fackellicht, das durch Fenster strahlt. Der Donner dröhnte anhaltend.

»Dieser Sturm gefällt mir überhaupt nicht!«, rief Palin dem Greif zu.

»Möchtet du lieber einen Drachen von innen sehen?«, wollte der Greif wissen. »Das Biest holt auf. Wir sind zu langsam.«

Palin warf einen Blick zurück, denn er hoffte, der Greif hätte sich verschätzt. Riesige Schwingen schlugen durch die Luft. Die Drachenkiefer öffneten sich. Palin begegnete dem Blick des Drachen, der zielstrebig auf ihn gerichtet war.

Deshalb ergriff Palin mit einer Hand die Zügel und hielt mit der anderen den schreienden Tolpan fest, während er sich tief über den Greifenhals beugte, damit Kopf und Körper dem peitschenden Wind möglichst wenig Angriffsfläche boten. Er wollte nicht von seinem Greif geblasen werden. Schon schlugen ihm die ersten Regentropfen ins Gesicht.

Die Wolken türmten sich zu enormen Höhen auf, von Blitzen durchzogenes Grauschwarz, höher als die gewaltige Festung Pax Tharkas. Ehrfürchtig blickte Palin nach oben, obwohl ihm dabei der Hals wehtat, doch er konnte die Spitze nicht erkennen. Der Greif flog noch weiter auf die Wolken zu. Tolpan schrie noch immer etwas, aber der Wind riss seine Worte hinweg. Sie flatterten nach hinten wie Tolpans Zopf.

Palin sah sich um. Das Ungeheuer hatte sie fast erreicht. Ihm zuckten vor Vorfreude schon die Klauen. Nein, ihr, denn es war ein Weibchen. Es würde sein tödliches Gas über sie blasen und dann alle drei auf einmal mit seinen enormen Klauenfüßen ergreifen und auf die Erde schleudern. Mit etwas Glück würden sie beim Sturz umkommen. Dann konnte das Biest den Greif fressen und anschließend in Ruhe Palins und Tolpans Körper auf der Suche nach dem magischen Gegenstand zerreißen.

Palin wendete die Augen ab und starrte nach vorn in den Sturm. Er bedrängte den Greif, noch schneller zu fliegen.

Vor ihnen erhob sich die Wolkenburg. Ein Blitzschlag blendete den Zauberer. Der nachfolgende Donner klang, als würde jemand auf einer gigantischen Winde riesige Kabel aufwickeln.

Plötzlich teilte sich eine feste Wolkenwand und gab einen dunklen, von Blitzen duchzuckten Korridor frei, in dem peitschender Regen niederprasselte.

Der Greif stürzte sich in die Wolkenbank. Der Regen strömte schmerzhaft heftig auf sie hinunter, bis alle triefend nass waren. Palin wischte sich das Wasser aus den Augen, um ehrfürchtig in den Sturm zu starren. Reihe um Reihe erhoben sich graue Wolkensäulen aus einem schmutzig grauen Boden, um eine brodelnde, schwarze Decke zu stützen.

Wolken umwogten sie, wickelten sich um sie. Palin sah nur noch das wollige Grau. Nicht einmal der Kopf des Greifs war mehr zu erkennen. Neben ihnen rasten Blitze nach unten. Er konnte den Schwefel riechen. Bei dem nachfolgenden Donner blieb ihm fast das Herz stehen.

Der Greif wählte einen Zickzackkurs um die Säulen, stieg hoch und tauchte ab, umkreiste und wendete. Teilweise strömte der Regen herab wie silberne Wandbehänge, die jeden durchweichten, der hindurchflog. Den Drachen konne Palin nicht sehen, doch er hörte die disharmonischen Trompetenstöße, mit denen er seine Wut darüber kundtat, dass er sie nicht finden konnte.

Schließlich verließ der Greif die hohen Hallen der Wolkenfestung und flog ins Sonnenlicht hinaus. Palin blickte sich um. Angespannt wartete er darauf, dass der Drache auftauchte. Der Greif krächzte erfreut. Offenbar hatten sie den Drachen im Sturm abgeschüttelt.

Palin sagte sich, er hätte keine Wahl gehabt. Er hatte bei seiner Flucht nur logisch gehandelt. Immerhin musste er den magischen Gegenstand beschützen. Gerard hatte dem Zauberer praktisch befohlen, er solle verschwinden. Wenn er geblieben wäre, hätte er nichts ausrichten können. Sie wären alle umgekommen, und das Gerät wäre in Beryls Besitz gelangt.

Jetzt hingegen war es sicher. Gerard war tot oder gefangen. Man konnte im Augenblick nichts zu seiner Rettung unternehmen.

»Am besten vergessen wir das«, tröstete sich Palin. »Ich streiche es aus dem Gedächtnis. Was geschehen ist, ist geschehen; man kann es nicht ungeschehen machen.«

Er versenkte Scham und Schuld in einer tiefen, schwarzen Grube in seiner Seele und schob den eisernen Deckel der Notwendigkeit darüber.

»Sir«, meldete Medans Unteroffizier, »der Ritter greift an – allein. Der Zauberer und der Kender fliehen. Wie lauten Eure Befehle?«

»Er greift alleine an. Tatsächlich«, konstatierte Medan erstaunt.

Der Solamnier brach durch das Unterholz. Er schwang sein Schwert und brüllte den Kriegsschrei der Solamnier, einen Schrei, den Marschall Medan seit vielen Jahren nicht mehr vernommen hatte. Dieser Anblick versetzte den Marschall in die Zeit zurück, da Ritter in schimmernden silbernen und glänzend schwarzen Rüstungen auf dem Schlachtfeld aufeinander geprallt waren. Damals hatten sich ausgewählte Kämpfer duelliert, während ihre Armeen zuschauten, deren Schicksal in den Händen der Helden lag. Damals hatten Widersacher den Ehrengruß ausgetauscht, bevor sie ihr tödliches Geschäft begannen.

Jetzt aber saß Medan im Gebüsch, duckte sich sicher hinter einen dicken Baumstumpf und ließ aus dem Hinterhalt auf einen gestrandeten Magier und einen Kender schießen.

»Kann ich noch tiefer sinken?«, murmelte er in sich hinein.

Der Bogenschütze spannte die Sehne. Da er den Magier aus den Augen verloren hatte, nahm er den Ritter aufs Korn. Er zielte auf seine Beine, womit er ihm die Bewegungsfreiheit nehmen wollte.

»Lass das«, fauchte Medan, indem er dem Schützen eine Hand auf den Arm legte.

Der Unteroffizier sah sich um. »Herr? Eure Befehle?«

Der Solamnier kam näher. Zauberer und Kender waren außer Reichweite, sie verschmolzen im Nebel mit den Bäumen.

»Sir, sollen wir sie verfolgen?«, drängte der Unteroffizier.

»Nein«, antwortete Medan. Er bemerkte den erstaunten Gesichtsausdruck des Mannes.

»Aber unsere Befehle«, wagte der zu erwidern.

»Ich kenne unsere Befehle«, fluchte Medan. »Wollt Ihr, dass man Euch als den Ritter besingt, der einen Kender und einen gebrochenen, alten Zauberer erschlagen hat, oder als einen Ritter, der einen Kampf mit einem Ebenbürtigen ausgetragen hat?«

Der Unteroffizier wollte offenbar überhaupt nicht besungen werden. »Aber unsere Befehle«, beharrte er.

Dieser Bauerntrampel war ein verdammter Dickschädel! Medan funkelte ihn an.

»Ihr *habt* Eure Befehle, Unteroffizier. Soll ich sie etwa wiederholen?«

Der Wald wurde erneut dunkler. Das warme Licht der Sonne wurde bereits wieder von Sturmwolken verschluckt. In der Ferne grollte der Donner. Ein paar Regentropfen fielen vom Himmel. Kender und Magier waren verschwunden. Sie saßen auf dem Greifenrücken, ließen Qualinesti hinter sich, ließen Laurana hinter sich. Mit etwas Glück konnte er jetzt verhindern, dass man sie mit dem Magier in Verbindung brachte.

»Stellt Euch dem Ritter«, befahl Medan mit einem Wink. »Er fordert Euch zum Kampf heraus. Kämpft mit ihm.«

Der Unteroffizier erhob sich mit gezogenem Schwert. Der Schütze warf den Bogen hin. In seiner Hand blitzte ein Dolch, damit er zustechen konnte, sobald der Unteroffizier von vorn angriff.

»Zweikampf«, verfügte Medan, während er den Bogenschützen zurückhielt. »Ihr stellt Euch zum fairen Duell, Unteroffizier.«

»Sir?« Der Mann konnte es kaum glauben. Er blickte sich um. Der Marschall musste doch scherzen.

Was war der Unteroffizier gewesen, bevor er Ritter wurde? Söldner? Strauchdieb? Raubritter? Nun, heute würde er lernen, was Ehre bedeutete.

»Ihr habt mich gehört«, sagte Medan.

Der Unteroffizier und sein Kamerad wechselten finstere Blicke. Dann lief der Mann wenig begeistert vor, um den heranstürmenden Solamnier aufzuhalten. Medan stellte sich hin. Mit vor der Brust verschränkten Armen lehnte er sich an einen der weißen Felsen, um die Begegnung zu beobachten.

Der Unteroffizier war ein breit gebauter Mann mit Stiernacken, kräftigen Schultern und starken Armen. Er war es gewohnt, sich im Kampf auf Kraft und Hinterlist zu verlassen. Er schlug einfach auf seinen Gegner ein, bis ein Glückstreffer oder brutale Gewalt den Feind niederzwangen.

Wie ein schnaubender Bison griff er frontal an und schwang dabei mit mörderischer Kraft sein Schwert. Der Solamnier parierte den Hieb mit solcher Gewalt, dass die Stahlklingen Funken schlugen. Der Unteroffizier hielt stand und versuchte, seinen Gegner zu Boden zu drücken. Der Solamnier war seiner Kraft nicht gewachsen. Das erkannte er, und er änderte seine Taktik. Er taumelte zurück, wodurch sich eine verführerische Blöße ergab.

Der Unteroffizier fiel auf die List herein. Er sprang hinterher, schlug zu und rechnete mit einem raschen Ende des Kampfes. Tatsächlich gelang es ihm, den Ritter am linken Oberarm zu verletzen. Durch die Lederrüstung hindurch schlug er eine lange, blutende Wunde.

Der Solamnier nahm den Treffer hin, ohne auch nur zu zucken. Er blieb stehen, wartete seine Chance ab und rammte dem Unteroffizier kaltblütig das Schwert in den Bauch.

Dieser ließ sein Schwert fallen. Mit einem furchtbaren, gurgelnden Schrei knickte er zusammen. Mit beiden Händen versuchte er, seine Eingeweide zurückzuhalten. Der Solamnier riss das Schwert zurück. Dem anderen schoss das Blut aus dem Mund. Er brach zusammen.

Bevor Medan Einhalt gebieten konnte, hatte der Bogenschütze seine Waffe erhoben und einen Pfeil auf den Solamnier abgeschossen. Der Pfeil drang dem Ritter tief in den Oberschenkel. Der Solamnier schrie vor Schmerzen auf und geriet aus dem Gleichgewicht.

»Du feiger Hund!«, fluchte Medan. Er riss dem Mann den Bogen weg und schleuderte ihn auf den Felsen, so dass er zerbrach.

Daraufhin zog der Schütze sein Schwert und rannte auf den verwundeten Solamnier zu. Medan wollte den Kampf erst unterbrechen, war jedoch neugierig, wie der Solamnier mit dieser neuen Herausforderung fertig werden würde. Interessiert verfolgte er diesen Kampf auf Leben und Tod, denn so etwas hatte er seit Jahren nicht mehr mitangesehen.

Der Schütze war ein kleiner, leichter Mann und vorsichtiger als der Unteroffizier. Er ließ sich Zeit, seinen Gegner mit raschen Hieben seines Kurzschwerts zu prüfen, mit denen er nach Schwächen fahndete und den anderen ermüdete. Dann konnte er dem Solamnier durch das hochgeklappte Visier einen Streifhieb ins Gesicht verpassen. Es war keine ernste Wunde, doch sie blutete, und das Blut lief dem Solamnier ins Auge, was ihn halb blind machte. Der Solamnier zwinkerte das Blut weg und kämpfte blutend weiter. Jedes Mal, wenn er das verwundete Bein belasten musste, verzog er das Gesicht. Der Pfeil saß noch immer in seinem Bein, denn er hatte keine Zeit gehabt, ihn herauszuziehen. Jetzt war er am Zug. Er musste diesen Kampf rasch beenden, denn ihm fehlte die Kraft, ihn länger durchzuhalten.

Ein Blitz flammte auf. Der Regen wurde stärker. Beide Männer wurden von der Leiche des Unteroffiziers behindert. Der Solamnier schlug und stach; wie eine angreifende Schlange schien sein Schwert überall zugleich zu sein. Jetzt war der Bogenschütze derjenige, der in Bedrängnis geriet. Er konnte nur verhindern, dass die Schlange zuschnappte.

»Gut gemacht, Solamnier«, murmelte Medan mehr als einmal, während er beglückt solcher Kampfkunst zuschaute, die nur durch exzellente Ausbildung zustande kommen konnte.

Auf dem regennassen Gras rutschte der Bogenschütze aus. Der

Solamnier sprang auf sein verwundetes Bein und stieß dem Mann das Schwert in die Brust. Der Schütze fiel, doch der Solamnier auch. Schwer atmend ging er auf dem Waldboden in die Knie.

Medan verließ seinen Felsen und trat ins Freie. Als der Solamnier ihn nahen hörte, kam er mit einem qualvollen Schmerzensschrei wieder auf die Beine. Das verletzte Bein gab nach. Hinkend schob der Solamnier seinen Rücken an einen Baumstamm, um sicherer stehen zu können, und erhob sein Schwert. Er sah dem Tod ins Auge. Diesen letzten Kampf konnte er nicht mehr gewinnen, aber wenigstens wollte er aufrecht sterben, nicht auf den Knien.

»Ich dachte, die Flamme in den Herzen der Ritterschaft wäre erloschen, aber anscheinend lebt sie in einem Mann weiter«, stellte Medan fest, als er dem Solamnier gegenübertrat. Der Marschall hatte eine Hand am Schwert, ohne es zu ziehen.

Das Gesicht des Solamniers war eine blutige Maske. Seine auffällig blauen Augen betrachteten Medan ohne Hoffnung, aber auch ohne Furcht.

Er wartete auf Medans Angriff.

Der Marschall blieb in Schlamm und Regen stehen. Breitbeinig verharrte er über den Körpern seiner beiden Untergebenen und wartete.

Der Trotz des Solamniers geriet ins Wanken. Plötzlich wurde ihm klar, was Medan tat. Der Marschall wartete darauf, dass der Solamnier zusammenbrach. Er wollte ihn lebend.

»Kämpft, verdammt noch mal!« Der Solamnier sprang vor und schlug mit dem Schwert zu.

Medan trat zur Seite.

Jetzt belastete der Solamnier versehentlich wieder sein verletztes Bein. Das Bein gab nach. Der Mann verlor das Gleichgewicht und stürzte auf den Waldboden. Noch einmal schickte er sich an aufzustehen, doch er war zu schwach. Er hatte zu viel Blut verloren. Seine Augen schlossen sich. Mit dem Gesicht im Schlamm lag er neben den Leichnamen seiner Feinde.

Medan rollte den Ritter auf den Rücken, legte eine Hand auf sein Bein, ergriff mit der anderen den Pfeil und riss ihn heraus. Der Ritter stöhnte auf, erlangte aber nicht wieder das Bewusstsein. Medan nahm den Mantel ab, schnitt mit seinem Schwert ein paar Streifen ab und machte daraus einen Druckverband, um die Blutung zum Stillstand zu bringen. Anschließend wickelte er den Ritter in die Überreste des Umhangs ein.

»Du hast eine Menge Blut verloren«, meinte Medan, während er sein Schwert zurücksteckte, »aber du bist jung und stark. Mal sehen, was die Heiler für dich tun können.«

Nachdem Medan die beiden Pferde seiner Untergebenen geholt hatte, warf er die Leichen ohne großes Zeremoniell quer über die Sättel und schnürte sie fest. Anschließend pfiff der Marschall sein eigenes Pferd herbei. Das Tier kam zu seinem Herrn getrabt, wo es ruhig verharrte.

Medan hob den Solamnier hoch und schob den verwundeten Ritter in den Sattel. Als er die Wunde untersuchte, stellte er erfreut fest, dass der Verband den Blutfluss gestoppt hatte. Er lockerte ihn ein wenig, um nicht die gesamte Durchblutung des Beins zum Erliegen zu bringen, dann schwang er sich hinter dem Verletzten in den Sattel. Medan legte einen Arm um den Mann, damit er ihn sanft, aber dennoch fest auf dem Pferd halten konnte. Er griff nach den Zügeln der beiden anderen Pferde und begab sich mit ihnen im Schlepptau auf den langen Rückweg nach Qualinesti.

5 Das Zeitreisegerät

Die verzweifelte Flucht vor dem Drachen endete mit blauem Himmel und Sonnenschein. Der Flug dauerte länger als sonst, denn der Sturm hatte den Greif vom Kurs abgebracht. Das Tier landete irgendwo inmitten der Wildnis des Kharolis, um dort eine Hirschkuh zu verspeisen. Palin regte sich über die Verzögerung auf, doch all seine Bitten um mehr Eile verhallten ungehört. Nach dem Fressen machte der Greif ein Nickerchen, während Palin auf und ab ging, ohne dabei Tolpan loszulassen. Schließlich brach die Nacht herein, worauf der Greif erklärte, er flöge nicht im Dunkeln. Der Greif und Tolpan schliefen, während Palin wutentbrannt auf den Sonnenaufgang wartete.

Am nächsten Morgen ging die Reise weiter, bis der Greif Palin und Tolpan vormittags auf einem unbestellten Feld unweit der einstigen Zauberakademie absetzte. Die steinernen Mauern der Akademie standen noch, doch sie waren schwarz und bröckelten. Das Dach war ein Skelett aus verkohlten Balken. Der Turm, einst Symbol der Hoffnung für die Welt – der Hoffnung, dass die Magie zurückgekehrt war –, war nur noch ein Haufen Schutt, denn die Explosion hatte ihn damals bis in die Grundfesten zerstört.

Anfangs hatte Palin vorgehabt, die Akademie wiederaufzubauen, schon um Beryl zu trotzen. Als seine Magie jedoch abzunehmen begann, als sie ihm wie Wasser durch die geschlossenen Finger rann, verwarf er diese Idee. Das wäre verschwendete Zeit und Mühe gewesen. Lieber wollte er seine Kraft darauf verwenden, Gegenstände aus dem Vierten Zeitalter zu suchen, Dinge, die noch immer Magie enthielten und von kundigen Zauberern genutzt werden konnten.

»Was ist das?«, erkundigte sich Tolpan, nachdem er vom Greifenrücken gerutscht war. Neugierig starrte er die dunklen Mauern mit den leeren, klaffenden Fensteröffnungen an. »Und was ist hier passiert?«

»Nichts. Spielt keine Rolle«, wehrte Palin ab, der keine langen Erklärungen dazu abgeben wollte, welcher Traum hier gestorben war. »Komm schon. Wir haben keine Zeit zu ver…«

»Guck mal!«, krähte Tolpan und deutete auf die Ruine. »Da läuft jemand herum. Ich sehe mal nach!«

Schon war er auf und davon. Seine grellbunten Hemdzipfel

flatterten hinter ihm her, und der Zopf schien vor Vergnügen zu hüpfen.

»Komm zurück ...«, begann Palin, ehe er sich klar machte, dass er sich die Worte ruhig sparen konnte.

Tolpan hatte Recht. Es spazierte tatsächlich jemand zwischen den Trümmern der Akademie umher. Palin fragte sich, wer das sein mochte. Die Bewohner von Solace hielten diesen Ort für verflucht und kamen um keinen Preis hierher. Der Fremde trug lange Roben unter einem beigefarbenen Umhang mit goldenem Saum. Einmal erhaschte Palin einen Blick auf einen scharlachroten Stoff darunter. Natürlich konnte das ein ehemaliger Schüler sein, der wehmütig auf den verwüsteten Ort seiner Lehrjahre starrte, doch Palin hatte seine Zweifel. Der anmutige Gang und die kostbare Kleidung ließen ihn auf Jenna schließen.

Vor den Tagen des Chaoskriegs war die Dame Jenna eine mächtige Zauberin der Roten Roben gewesen. Gerüchten zufolge war die außergewöhnlich schöne Frau zudem die Geliebte von Dalamar dem Finsteren gewesen, Schüler von Raistlin Majere und einst Herr des Turms der Erzmagier in Palanthas. Jenna hatte in Palanthas ein Geschäft für Zaubereibedarf geführt. Während des Vierten Zeitalters, als die drei Götter Solinari, Lunitari und Nuitari ihren Anhängern Magie gewährt hatten, war ihr Geschäft ganz anständig gelaufen. Sie verkaufte die üblichen Bestandteile für Zaubersprüche: Fledermausdung, Schmetterlingsflügel, Schwefel, Rosenblätter (ganz oder pulverisiert), Spinneneier und so weiter. Darüber hinaus hatte sie immer Tränke auf Vorrat und war für die größte Sammlung von Spruchrollen und Zauberbüchern außerhalb des Turms von Wayreth bekannt. Zum entspechenden Preis hatte man bei ihr alles bekommen. Besonderen Ruhm genoss ihre Sammlung magischer Gegenstände: Ringe, Armreifen, Dolche, Schwerter, Anhänger, Talismane und Amulette. Das waren die Dinge, die sie ausstellte. Andere, mächtigere und gefährlichere Artefakte hielt sie geheim, um sie nur ernsthaften Kunden auf besonderen Wunsch vorzulegen.

Als der Chaoskrieg nahte, war Jenna mit Dalamar und einem Magier der Weißen Roben zu einer gefährlichen Mission aufgebrochen, um den Kampf gegen den wütenden Vater der Götter zu unterstützen. Was auf jener schrecklichen Fahrt geschehen war, hatte sie nie preisgegeben. Palin wusste nur, dass Dalamar bei ihrer Rückkehr lebensgefährlich verwundet gewesen war. Lange Wochen hatte er in seinem Turm um sein Leben gerungen.

Jenna war ihm nicht von der Seite gewichen und hatte ihn gepflegt, bis sie eines Tages den Turm verließ, um ihn nie wieder zu betreten. Denn in jener Nacht wurde das Bauwerk von einer magischen Explosion zerstört. Dalamar hatte man nie wieder gesehen. Nachdem viele Jahre vergangen waren, ohne dass er zurückkehrte, hatte die Versammlung ihn offiziell für tot erklärt. Währenddessen hatte die Dame Jenna ihr Geschäft wieder eröffnet und festgestellt, dass sie auf einer Goldgrube saß.

Nachdem die Magie der Götter verschwunden war, hatten die Magier verzweifelt versucht, ihre Kraft zu erhalten. Sie fanden heraus, dass magische Gegenstände aus dem Vierten Zeitalter ihre Macht behalten hatten. Der einzige Nachteil war, dass diese Kraft mitunter nicht so funktionierte, wie zu erwarten gewesen wäre. Ein magisches Schwert, das einst das Gute unterstützt hatte, begann, jene zu erschlagen, die es eigentlich beschützen sollte. Ein Unsichtbarkeitsring versagte im entscheidenden Moment und verfrachtete den Dieb für fünf Jahre in den Kerker von Sanction. Niemand kannte den Grund dafür. Manche behaupteten, die Unzuverlässigkeit läge daran, dass die Götter keinen Einfluss mehr auf diese Dinge hätten, andere glaubten, dass es nichts mit den Göttern zu tun hätte. Es war schon immer schwierig gewesen, einen magischen Gegenstand zu verwenden.

Doch die Käufer waren mehr als bereit, dieses Risiko auf sich zu nehmen, und die Nachfrage nach Artefakten aus dem Vierten Zeitalter schnellte weiter in die Höhe als ein dampfbetriebener, gnomischer Pfannkuchenwender. Die Dame Jenna passte ihre Preise der Nachfrage an. Inzwischen, mit über sechzig Jahren, zählte sie zu den reichsten Frauen von Ansalon. Noch immer war sie schön, selbst in Anbetracht ihres Alters. Ihren Einfluss und ihre Macht hatte sie unter der Herrschaft der Ritter von Neraka sogar noch erweitern können. Deren Kommandanten sahen in ihr eine bezaubernde, faszinierende, fesselnde und anziehende Frau. Auf diejenigen, die sie »Kollaborateurin« schimpften, achtete sie nicht. Jenna hatte große Übung darin, zwei Seiten gegen die Mitte auszuspielen. Sie wusste, wie man sowohl die Mitte als auch beide Seiten so an der Nase herumführte, dass am Ende alle Beteiligten glaubten, bei dem Handel am besten abgeschnitten zu haben.

Außerdem war die Dame Jenna in Ansalon als absolute Kapazität für magische Gegenstände aus dem Vierten Zeitalter bekannt.

Palin konnte nicht sofort zu ihr gehen, um sie zu begrüßen. Der Greif klagte schon wieder über Hunger und beäugte dabei gierig den Kender, den er offenbar für einen echten Leckerbissen hielt. Palin versprach, ihm ein Stück Wild zu schicken. Das stellte den Greif zufrieden, der sich nun, da sie am Ziel waren, erst einmal putzen wollte.

Palin eilte Tolpan nach, der beglückt durch das Geröll sprang, immer wieder Steine umdrehte, um zu sehen, was darunter lag, und jeden Fund begeistert kommentierte.

Jenna war durch die Ruinen der Akademie spaziert. Weil sie selbst neugierig auf das war, was der Kender entdeckt hatte, kam sie ihnen entgegen.

Tolpan hob den Kopf, starrte die Zauberin lange Augenblicke an und sprang dann mit einem Freudenschrei auf, um mit ausgebreiteten Armen auf sie zu zu rennen.

Jenna streckte sofort beide Hände mit den Handflächen nach außen aus. Aus einem der Ringe an ihren Fingern blitzte ein Licht, und schon taumelte Tolpan zurück, als wäre er geradewegs gegen eine Mauer gerannt.

»Bleib, wo du bist, Kender«, mahnte sie ruhig.

»Aber Jenna«, rief Tolpan, der sich die Nase rieb und interessiert die Ringe betrachtete, »erkennst du mich nicht? Ich bin's, Tolpan! Tolpan Barfuß. Wir haben uns während des Chaoskriegs in Palanthas kennen gelernt. Für mich ist das erst ein paar Tage her, aber für dich wohl Jahre und Jahre, denn jetzt bist du viel älter. *Viel* älter«, wiederholte er mit Nachdruck. »Ich bin doch in deinen Zauberladen gekommen, und da ...« Tolpan schwatzte weiter.

Jenna ließ die Hände ausgestreckt, betrachtete dabei jedoch belustigt den Kender – eine willkommene Abwechslung. Offensichtlich glaubte sie ihm kein Wort.

Als sie Schritte über die Steine kommen hörte, warf sie rasch einen Blick zur Seite. »Palin!« Bei seinem Anblick lächelte sie.

»Jenna.« Er verbeugte sich respektvoll. »Ich freue mich, dass du kommen konntest.«

»Mein Lieber, wenn es wahr ist, was du mir mitgeteilt hast, hätte ich für keinen Schatz aus Istar darauf verzichtet. Entschuldige, dass ich dir nicht die Hand gebe, aber ich muss diesen Kender fern halten.«

»Wie war die Reise?«

»Lang.« Sie verdrehte die Augen. »Mein Teleportationsring«, sie wies auf einen großen Ring mit einem blitzenden, silbergefassten Amethyst, den sie am Daumen trug, »brachte mich früher im Handumdrehen von einem Ende des Kontinents zum anderen. Jetzt brauche ich zwei Tage, um von Palanthas nach Solace zu gelangen.«

»Und was machst du hier in der Akademie?«, wollte Palin wissen, während er sich umschaute. »Nach magischen Gegenständen brauchst du nicht zu suchen. Was zu retten war, haben wir geborgen.«

Jenna schüttelte den Kopf. »Nein, ich wollte mir nur die Füße vertreten. Ich habe bei dir zu Hause Halt gemacht«, fügte sie mit hoch gezogenen Brauen hinzu. »Deine Frau war da, aber sie war nicht übermäßig erfreut über mein Auftauchen. Da ich ihren Empfang etwas frostig fand, wollte ich lieber in der Sonne spazieren gehen.« Sie schaute sich um und schüttelte traurig den Kopf. »Ich bin zum ersten Mal hier, seit die Akademie zerstört wurde. Die haben gründliche Arbeit geleistet. Willst du sie nicht wieder aufbauen?«

»Warum sollte ich?« Palin zuckte mit den Schultern. Seine Stimme klang bitter. »Welchen Nutzen hätte eine Zauberakademie, wenn es keine Zauberei mehr gibt? Tolpan«, meinte er abrupt, »Usha ist zu Hause. Warum läufst du nicht hinüber und überraschst sie?« Er deutete auf ein großes Haus, das zwischen den hohen Bäumen kaum zu sehen war. »Das da ist unser Haus ...«

»Ich weiß!«, Tolpan nickte aufgeregt. »Ich war schon bei Caramons erster Beerdigung da. Malt Usha so herrliche Bilder wie damals?«

»Warum fragst du sie nicht selbst?«, entgegnete Palin gereizt.

Unschlüssig blickte Tolpan auf das Geröll.

»Usha wäre sehr verletzt, wenn du sie nicht besuchen würdest«, fügte Palin hinzu.

»Ja, da hast du Recht«, erwiderte Tolpan, der nun seinen Entschluss fasste. »Ich möchte sie auf keinen Fall verletzen. Wir sind so dicke Freunde. Außerdem kann ich ja später wiederkommen. Wiedersehen, Jenna!« Er wollte die Hand ausstrecken, besann sich jedoch eines Besseren. »Und danke, dass du mich verzaubert hast. Das ist mir lange nicht mehr passiert. Es hat richtig Spaß gemacht.«

»Komischer kleiner Kauz«, meinte Jenna, während sie Tolpan nachblickte, der hurtig den Hügel hinunterlief. »Er sieht dem Kender so ähnlich, den ich unter dem Namen Tolpan Barfuß kannte. Er redet auch genauso. Man könnte fast meinen, er *wäre* Tolpan.«

»Er ist es«, bestätigte Palin.

Jenna sah den Magier an. »Ach, lass den Unsinn.« Sie musterte ihn genauer. »Bei den verlorenen Göttern, mir scheint, du meinst es ernst. Aber Tolpan Barfuß ist ...«

»Ich weiß«, sagte Palin ungeduldig. »Seit über dreißig Jahren tot. Oder so ähnlich. Tut mir Leid, Jenna.« Er seufzte. »Es war eine lange Nacht. Beryl hat von dem Artefakt Wind bekommen. Die Ritter von Neraka haben uns aufgelauert. Der Kender und ich sind knapp mit dem Leben davon gekommen. Der Solamnier, der Tolpan zu mir gebracht hat, hat es nicht geschafft. Dann wurden wir in der Luft noch von einem von Beryls grünen Drachen angegriffen. Nur durch die Flucht in eine Gewitterfront konnten wir entkommen.«

»Du solltest erst einmal schlafen«, riet ihm Jenna, die ihn besorgt musterte.

»Ich kann nicht schlafen«, gab Palin zurück. Er rieb seine Augen. »Meine Gedanken lassen mich nicht zur Ruhe kommen. Wir müssen reden!«, fügte er völlig verzweifelt hinzu.

»Dazu bin ich gekommen, mein Freund«, tröstete Jenna. »Aber vorher solltest du etwas essen. Gehen wir doch zu dir nach Hause und trinken ein Glas Wein. Dann kannst du auch deine Frau begrüßen, die selbst gerade erst von einer wenig angenehmen Reise zurück ist.«

Palin beruhigte sich. Betreten lächelte er sie an. »Ja, du hast natürlich Recht. Bloß ...« Er hielt inne, um zu überlegen, was er sagen wollte und wie er es in Worte fassen sollte. »Es ist der echte Tolpan, Jenna. Ich bin davon überzeugt. Und er war in einer Zukunft, die nicht unsere ist, einer Zukunft, in der es keine großen Drachen gibt. Einer Zukunft, in der überall Frieden herrscht. Er hat das Gerät bei sich, mit dem er in diese Zukunft gereist ist.«

Jenna sah ihn forschend und durchdringend an. Als sie merkte, dass er es absolut ernst meinte, wurden ihre Augen dunkler. Sie kniff sie ein wenig zusammen.

»Ja«, befand sie schließlich. »Wir müssen reden.« Sie hakte sich bei ihm ein. Seite an Seite gingen sie zum Haus.

»Erzähl mir alles, Palin«, fordert Jenna ihn auf.

Das Haus der Majeres war ein großes Gebäude, das einst einem Meister Theobald gehört hatte, dem Mann, der Raistlin Majere in die Magie eingeführt hatte. Zum Andenken an seinen Bruder Raistlin hatte Caramon es nach dem Tod des Meisters gekauft und schließlich Palin und Usha zur Hochzeit geschenkt. Hier waren ihre Kinder geboren worden und aufgewachsen, bis sie selbst auf Abenteuer ausziehen konnten. Palin hatte das Klassenzimmer, in dem einst der kleine Raistlin geschwitzt hatte, zu einem Atelier für seine Frau umgebaut, die in ganz Solamnia und Abanasinia einen guten Ruf als Porträtmalerin genoss. Palin selbst nutzte noch immer das alte Laboratorium des Meisters für seine Studien.

Tolpan hatte die Wahrheit gesagt, als er Palin erzählt hatte, er kenne das Haus von Caramons erster Beerdigung. Er kannte es wirklich – *es* hatte sich nicht verändert. Nur Palin.

»Wahrscheinlich wird einem beim Zerquetschen der Finger auch der Lebensmut zerquetscht«, sagte Tolpan gerade zu Usha. Er saß bei ihr in der Küche und verspeiste eine große Schale Hafergrütze. »Das muss der Grund sein, denn bei Caramons erster Beerdigung waren Palins Finger ganz normal – und er auch. Er war freundlich und glücklich. Nun ja, vielleicht nicht so glücklich, denn immerhin war der arme Caramon gerade gestorben, so dass niemand richtig glücklich sein konnte. Aber darunter war Palin doch glücklich. Jedenfalls wusste ich, dass er wieder glücklich sein würde, wenn er mit dem Unglücklichsein fertig ist. Aber jetzt ist er schrecklich unglücklich, so unglücklich, dass er nicht einmal traurig sein kann.«

»Kann ... kann schon sein«, murmelte Usha.

Es war eine große Küche mit einer hohen Decke, deren Deckenbalken zu sehen waren, und mit einem gewaltigen, gemauerten Herd, der von jahrelangem Gebrauch schwarz verkrustet war. An einer schwarzen Kette hing ein Topf über der Mitte der Feuerstelle. Usha saß dem Kender an einem großen Holzblocktisch gegenüber, wie man ihn wohl benutzte, um Hühnern und

Ähnlichem den Kopf abzuhacken. Jedenfalls war das Tolpans Vermutung. Momentan war er sauber geputzt. Es lagen keine kopflosen Hühner herum, aber schließlich war auch erst Vormittag und noch viel Zeit bis zum Abendessen.

Usha starrte ihn genauso an wie alle anderen – als wären ihm zwei Köpfe gewachsen oder als hätte er gar keinen Kopf, so wie die Hühner.

So starrte sie ihn schon an, seit er gekommen war, die Vordertür aufgerissen (immerhin hatte er noch daran gedacht, hinterher zu klopfen) und gerufen hatte: »Usha! Ich bin's, Tolpan! Der Riese hat mich noch nicht zerquetscht!«

Usha war eine ausgesprochen hübsche, junge Frau gewesen. Das Alter hatte ihr gutes Aussehen noch erhöht, obwohl Tolpan fand, dass sie nicht ganz so hübsch aussah wie bei Caramons erster Beerdigung. Ihre Haare zeigten denselben silbernen Glanz, in ihren Augen glitzerte dasselbe Gold, doch dem Gold fehlte es an Wärme, und das Silber war dumpf und wie angelaufen. Sie wirkte müde und verbraucht.

Auch sie ist unglücklich, wurde Tolpan plötzlich klar. Es muss ansteckend sein. Wie Masern.

»Das muss jetzt Palin sein«, meinte Usha, als sie hörte, wie die Vordertür geöffnet und geschlossen wurde. Sie klang erleichtert.

»Und Jenna«, ergänzte Tolpan mit vollem Mund.

»Ja. Jenna«, wiederholte Usha mit kalter Stimme. »Du kannst hier bleiben, wenn du willst, äh … Tolpan. Iss deine Grütze auf. Im Topf ist noch mehr.«

Sie stand auf und verließ die Küche. Die Tür fiel hinter ihr wieder zu.

Tolpan aß seine Hafergrütze und belauschte interessiert das Gespräch, das im Flur stattfand. Eigentlich belauschte er keine fremden Gespräche, weil das unhöflich war, aber sie redeten über ihn, ohne dass er dabei war, was auch nicht höflich war, deshalb hielt er sein Verhalten für gerechtfertigt.

Außerdem mochte Tolpan Palin allmählich nicht mehr so besonders. Das war dem Kender ein wenig unangenehm, aber er konnte wenig dagegen tun. Bei Laurana hatte er viel Zeit mit dem Magier verbracht, dem er wieder und wieder alles erzählt hatte, woran er sich von Caramons erster Beerdigung erinnern konnte. Natürlich hatte der Kender seine Geschichten wie üblich ausgeschmückt, denn ohne solche Verzierungen ist keine Kendergeschichte komplett. Leider hatte Palin dieses Beiwerk – das sich von Geschichte zu Geschichte änderte – überhaupt nicht unterhaltsam gefunden, sondern sich maßlos darüber geärgert. Palin hatte ihn, Tolpan, nicht angesehen, als hätte der Kender zwei Köpfe, sondern eher, als wolle der Zauberer dem Kender seinen einzigen Kopf abreißen, um ihn aufzuschlagen und hineinzusehen.

»Nicht einmal Raistlin hat mich so angeschaut«, grollte Tolpan, während er die Schale ausleckte. »Manchmal sah er aus, als würde er mich gerne umbringen, aber nie so, als würde er mich am liebsten von innen nach außen kehren.«

Ushas Stimme drang durch die Tür. »… behauptet, er wäre Tolpan …«

»Er *ist* Tolpan, meine Liebe«, berichtigte Palin. »Du kennst doch die Dame Jenna, Usha? Sie wird ein paar Tage bei uns bleiben. Richtest du das Gästezimmer her?«

Es folgte eine Stille, die sich anhörte, als hätte man sie durch ein Sieb gestrichen, dann Ushas Stimme, die so kalt war wie mittlerweile der Haferbrei. »Palin, können wir zwei mal kurz in die Küche gehen?«

Palins Stimme war noch eisiger als die Grütze. »Bitte entschuldige uns, Dame Jenna.«

Tolpan seufzte. Um den Anschein zu erwecken, als hätte er nicht zugehört, begann er, laut vor sich hin zu summen und in der Speisekammer herumzukramen, um noch etwas anderes zu essen aufzustöbern.

Zum Glück achteten weder Palin noch Usha weiter auf den

Kender, nachdem Palin ihn angefaucht hatte, diesen Höllenlärm zu lassen.

»Was hat *die* denn hier zu suchen?«, wollte Usha wissen. Sie hatte die Hände in die Hüften gestemmt.

»Wir haben wichtige Dinge zu besprechen«, wich Palin aus.

Usha blickte ihm fest in die Augen. »Palin, du hast es mir versprochen! Es sollte deine letzte Reise nach Qualinesti werden! Du weißt, wie gefährlich dieses Suchen nach magischen Gegenständen geworden ist ...«

»Ja, meine Liebe, ich weiß es«, unterbrach Palin sie kühl. »Deshalb halte ich es auch für das Beste, wenn du Solace verlässt.«

»Verlässt?«, wiederholte Usha verblüfft. »Ich bin gerade erst wieder hier, nachdem ich drei Monate fort war! Deine Schwester und ich saßen in Haven praktisch gefangen. Hast du das gewusst?«

»Ja, ich wusste ...«

»Du wusstest es! Und du hast nichts gesagt? Du hast dir keine Sorgen gemacht? Du hast nicht einmal gefragt, wie wir entkommen konnten ...«

»Meine Liebe, ich hatte keine Zeit ...«

»Nicht einmal zur Beerdigung deines Vaters konnten wir kommen!«, fuhr Usha fort. »Wir durften erst gehen, nachdem ich eingewilligt hatte, die Frau des Bürgermeisters zu porträtieren. Ihr Gesicht wäre selbst für einen Hobgoblin hässlich. Und jetzt soll ich gleich wieder gehen.«

»Nur zu deiner eigenen Sicherheit.«

»Und was ist mit deiner Sicherheit?«, wollte sie wissen.

»Ich kann auf mich selbst aufpassen.«

»Kannst du das, Palin?«, fragte Usha nach. Plötzlich wurde ihre Stimme weicher. Sie wollte nach seinen Händen greifen.

»Ja«, fauchte er, während er seine verkrüppelten Hände wegriss und in die Ärmel seiner Robe zog.

Tolpan war die ganze Szene so unangenehm, dass er am liebsten in den Vorratsschrank gekrochen wäre und die Tür zugemacht hätte. Dummerweise war darin kein Platz, nicht einmal, nachdem er einige viel versprechende Dinge in seinen Taschen verstaut hatte.

»Na schön, wenn du unbedingt willst. Ich soll dich also nicht berühren.« Usha verschränkte die Arme vor der Brust. »Trotzdem finde ich, dass du mir eine Erklärung schuldest. Was geht hier vor? Warum schickst du diesen Kender hierher, der behauptet, er sei Tolpan! Was führst du im Schilde?«

»Dame Jenna wartet ...«

»Ich bin sicher, es macht ihr nichts aus. Schließlich bin ich deine Frau, falls du das vergessen hast!« Usha warf ihr silbernes Haar zurück. »Das würde mich allerdings nicht überraschen. Schließlich sehen wir einander kaum noch.«

»Fang nicht schon wieder damit an!«, fuhr er wütend auf und wandte sich zur Tür.

»Palin!« Impulsiv streckte Usha die Hand nach ihm aus. »Ich liebe dich! Ich möchte dir helfen!«

»Du kannst mir nicht helfen!«, schrie er und drehte sich wieder zu ihr um. »Das kann niemand!« Er hob die Hände und hielt sie ans Licht. Seine Finger waren schief und wie Raubvogelklauen nach innen gekrümmt. »Das kann niemand«, wiederholte er.

Noch längeres Schweigen. Tolpan dachte an die Zeit, als er im Abgrund gefangen gesessen hatte. Damals war er sich sehr allein vorgekommen, einsam und unglücklich. Seltsamerweise empfand er jetzt, in der Küche seiner Freunde, dasselbe. Er hatte nicht einmal Lust, sich das Schloss am Silberschrank ein zweites Mal anzusehen.

»Tut mir Leid, Usha«, erklärte Palin steif. »Du hast Recht. Du hast eine Erklärung verdient. Dieser Kender ist wirklich Tolpan.«

Usha schüttelte den Kopf.

»Erinnerst du dich an die Geschichte meines Vaters, wie er und Tolpan in der Zeit zurückgereist sind?«, fuhr Palin fort.

»Ja«, erwiderte sie gepresst.

»Das gelang ihnen mit Hilfe eines magischen Gegenstands. Denselben Gegenstand hat Tolpan benutzt, um in der Zeit weiterzuspingen und bei Caramons Beerdigung sprechen zu können. Er war schon einmal hier, aber da ist er übers Ziel hinausgeschossen und kam zu spät. Die Beerdigung war schon vorbei, daher probierte er es ein zweites Mal. Diesmal kam er rechtzeitig. Bloß war alles anders. Die andere Zukunft, die er gesehen hat, war eine glückliche, hoffnungsvolle Zukunft, in der die Götter nicht weggegangen waren. Ich war Oberhaupt des Ordens der Weißen Roben. Die Elfenreiche waren vereinigt ...«

»Und das *glaubst* du?«, unterbrach ihn Usha erstaunt.

»Ja«, bestätigte Palin störrisch. »Ich glaube es, weil ich das Gerät gesehen habe, Usha. Ich habe es in den Händen gehalten, seine Macht gespürt. Deshalb ist die Dame Jenna hier. Ich brauche ihren Rat. Und deshalb bist du in Solace nicht sicher. Beryl weiß, dass ich das Gerät habe. Ich bin mir nicht sicher, wie sie es herausgefunden hat, aber ich befürchte, Laurana hat einen Verräter im Haus. Wenn es so ist, könnte Beryl bereits wissen, dass ich das Gerät nach Solace gebracht habe. Sie wird ihre Vasallen schicken, um ...«

»Du willst es benutzen!«, keuchte Usha. Sie deutete mit dem Finger auf Palin.

Er gab keine Antwort.

»Ich kenne dich, Palin Majere«, bohrte Usha weiter. »Du hast vor, das Gerät selbst zu benutzen! Du willst in der Zeit zurückreisen und ... und ... was weiß ich!«

»Ich denke nur darüber nach«, gab er gequält zurück. »Ich habe mich noch nicht entschieden. Deshalb muss ich mit Jenna reden.«

»Du wolltest mit ihr reden und nicht mit mir? Deiner Frau?«

»Ich wollte es dir ja erzählen«, wand sich Palin.

»Mir erzählen? Nicht mich fragen? Nicht mich fragen, was ich von diesem Wahnsinn halte? Nicht meine Meinung einholen? Nein!« Sie beantwortete ihre eigene Frage. »Du wolltest es tun, ob ich es gutheiße oder nicht. Ganz gleich, wie gefährlich es ist. Ganz gleich, ob du dabei umkommen könntest!«

»Usha«, bat er nach einem Augenblick, »es ist so wichtig. Die Magie ... wenn ich ...« Er schüttelte den Kopf, weil er nicht in der Lage war, es zu erklären. Seine Stimme verebbte.

»Die Magie ist tot, Palin!«, schrie Usha mit tränenerstickter Stimme. »Gut so, sage ich. Was hat sie dir je genutzt? Sie hat dich zerstört und unsere Ehe ruiniert.«

Er streckte die Hand aus, aber diesmal war sie diejenige, die sich entzog. »Ich gehe ins Wirtshaus«, erklärte sie, ohne ihn anzusehen. »Gib mir Bescheid, wenn ... wenn du willst, dass ich nach Hause komme.«

Sie drehte sich um und ging zu Tolpan. Usha sah ihn lange forschend an. »Du bist wirklich Tolpan, stimmt's?«, sagte sie schließlich staunend.

»Ja, Usha«, erwiderte Tolpan kläglich. »Aber im Augenblick wünschte ich, ich wäre jemand anders.«

Sie bückte sich, um ihn auf die Stirn zu küssen. Er bemerkte die Tränen, die in ihren goldenen Augen schwammen.

»Ade, Tolpan. Es war schön, dich wiederzusehen.«

»Es tut mir Leid, Usha«, jammerte er. »Ich wollte nicht alles durcheinander bringen. Ich bin doch bloß gekommen, um bei Caramons Beerdigung zu sprechen.«

»Ist nicht deine Schuld, Tolpan. Das alles ist schon lange durcheinander, nicht erst seit du hier bist.«

Usha verschwand aus der Küche, ohne Palin noch einmal anzusehen. Er blieb stehen, wo sie ihn verlassen hatte. Mit düsterer Miene und blassem Gesicht starrte er ins Leere. Tolpan hörte Usha etwas zu Jenna sagen, etwas, das er nicht genau verstehen konnte. Jenna antwortete, aber auch das verstand der Kender nicht. Als Usha das Haus verließ, knallte sie die Tür hinter sich zu. Anschließend war nur noch Jennas unruhiges Auf- und Abgehen zu hören. Palin rührte sich noch immer nicht.

Tolpan tastete in zahlreichen Taschen herum, bis er schließlich das Gerät entdeckte. Er löste eine Schnur, die sich darumgewickelt hatte, und entfernte die Krümel eines Kekses, den er vor zwei Tagen hatte essen wollen.

»Hier, Palin«, sagte Tolpan und streckte ihm das Gerät hin. »Du kannst es haben.«

Palin starrte ihn verständnislos an.

»Komm schon«, drängte Tolpan. »Wenn du es benutzen willst, wie Usha glaubt, dann lasse ich dich. Besonders, wenn du zurückgehen und alles in Ordnung bringen kannst, so wie es sein sollte. Das wolltest du doch, oder? Hier«, beharrte Tolpan. Dabei schüttelte er das Gerät, dass die Juwelen blitzten.

»Greif zu!«, forderte auch Jenna ihn auf.

Tolpan war überrascht. Er hatte sich so auf Palin konzentriert, dass er nicht bemerkt hatte, dass Jenna in die Küche gekommen war. Sie stand in der geöffneten Tür.

»Greif zu!«, wiederholte sie beschwörend. »Palin, du hast dich gefragt, wie du bloß den Geas überwinden könntest, der auf dem Gerät liegt, jenen Zauber, der es stets zu demjenigen zurückbringt, der ihn gerade benutzt. Ein solcher Geas soll den Besitzer beschützen, falls der Apparat je gestohlen wird oder verloren geht. Aber wenn das Gerät freiwillig übergeben wird, könnte diese Handlung den Geas brechen!«

»Ich verstehe nichts von Geas«, sagte Tolpan, »aber ich weiß, dass ich dich das Gerät benutzen lasse, wenn du willst.«

Palin senkte den Kopf. Seine grauen Haare fielen nach vorn, bis sie das Gesicht bedeckten, aber dennoch hatte Tolpan den Schmerz bemerkt, der es nahezu bis zur Unkenntlichkeit verzerrte. Der Zauberer streckte die Hand aus, ergriff das Gerät und schlang liebevoll die Finger darum.

Tolpan sah es beinahe erleichtert verschwinden. Immer wenn das Gerät in seinem Besitz war, hörte er die Stimme von Fizban, die ihn aufgebracht daran erinnerte, dass er nicht zu Abenteuern ausgeschickt worden war. Er sollte in seine eigene Zeit zurückkehren. Doch obwohl dieses Abenteuer gewiss viel zu wünschen übrig ließ, was Abenteuer betraf – genauer gesagt, den Fluch, und wie Usha geweint hatte, und dass ihm aufgegangen war, dass er Palin nicht mehr mochte –, fand Tolpan allmählich, dass auch ein schlechtes Abenteuer möglicherweise besser war, als von einem Riesen zertreten zu werden.

»Ich kann dir erklären, wie es geht«, bot Tolpan an.

Palin legte das Gerät auf den Küchentisch. Er setzte sich hin und starrte es wortlos an.

»Man muss einen Reim dazu sagen und ein paar Sachen machen«, ergänzte Tolpan, »aber es ist ganz leicht zu lernen. Fizban hat gemeint, ich müsste es so gut wissen, dass ich es auch im Kopfstand noch wiederholen könnte. Das hat geklappt, also kannst du es bestimmt auch.«

Palin hörte nur mit halbem Ohr zu. Er blickte zu Jenna auf. »Was meinst du?«

»Es ist das Zeitreisegerät«, befand sie. »Ich habe es im Turm der Erzmagier gesehen, als dein Vater es zu Dalamar brachte, damit der es sicher aufbewahrt. Natürlich hat Dalamar es untersucht. Ich glaube, er hat dafür ein paar Notizen deines Onkels benutzt. Soweit ich weiß, hat er es nie verwendet, aber er wusste genauer darüber Bescheid als jeder heute Lebende. Ich wusste überhaupt nicht, dass das Gerät verschwunden war. Allerdings erinnere ich mich daran, dass Tolpan tatsächlich kurz vor dem Chaoskrieg im Turm auftauchte. Vielleicht hat er es damals mitgenommen.«

Jenna warf dem Kender einen strengen Blick zu.

»Ich habe es nicht mitgenommen!« Tolpan war beleidigt. »Fizban hat es mir gegeben! Er sagte ...«

»Schluss, Tolpan.« Palin lehnte sich über den Tisch. Er senkte die Stimme. »Es gibt wohl keine Möglichkeit, mit Dalamar Kontakt aufzunehmen?«

»Ich praktiziere keine Nekromantie«, gab Jenna kühl zurück.

Palin kniff die Augen zusammen. »Komm schon, du glaubst doch nicht ernstlich, dass er tot ist. Oder?«

Jenna lehnte sich zurück. »Vielleicht nicht. Aber es wäre durchaus möglich. Ich habe seit über dreißig Jahren nichts mehr von ihm gehört. Ich weiß nicht, wohin er verschwunden sein könnte.«

Palin schien zu zweifeln, als würde er ihr nicht so recht glauben. Jenna breitete ihre vor Juwelen glitzernden Hände auf der Tischfläche aus und spreizte die Finger. »Hör zu, Palin. Du kennst ihn nicht. Niemand kennt ihn so gut wie ich. Du hast ihn damals nicht erlebt, als er aus dem Chaoskrieg zurückkehrte. Ich schon. Ich war bei ihm, Tag und Nacht. Ich habe ihn gesund gepflegt. Falls man das so nennen kann.«

Stirnrunzelnd setzte sie sich zurück.

»Verzeih mir, wenn ich dich beleidigt habe«, bat Palin. »Davon wusste ich nichts ... Du hast es mir nie erzählt.«

»Ich rede nicht gerade gern darüber«, erklärte Jenna gereizt. »Du weißt, dass Dalamar nach unserer Schlacht gegen Chaos schwer verwundet war. Ich habe ihn in den Turm zurückgebracht. Wochenlang schwebte er zwischen Leben und Tod. Ich habe mein Geschäft und mein Haus verlassen und bin in den Turm gezogen, um für ihn zu sorgen. Er überlebte. Aber der Verlust der Götter und der göttlichen Magie war ein schrecklicher Schlag für ihn. Er hat sich nie wieder richtig davon erholt. Er veränderte sich, Palin. Erinnerst du dich noch daran, wie er war?«

»Ich habe ihn nicht gut gekannt. Er hat meine Prüfung im Turm überwacht, die Prüfung, in der mein Onkel Raistlin ihn überraschte, indem er das, was Dalamar als Illusion gedacht hatte, zur Realität machte. Nie vergesse ich seinen Gesichtsausdruck, als er feststellte, dass ich den Stab meines Onkels bekommen hatte.« Palin seufzte lange und bedauernd. Es waren süße, aber schmerzliche Erinnerungen. »Von Dalamar weiß ich nur noch, dass er eine scharfe, sarkastische Art hatte, eingebildet war und nur um sich selbst kreiste. Ich weiß, mein Vater hatte eine bessere Meinung von ihm. Er sagte immer, Dalamar wäre ein sehr komplizierter Mann, der mehr der Magie als der Königin der Finsternis ergeben sei. Das Wenige, was ich von Dalamar weiß, bestätigt seine Worte.«

»Er war sehr erregbar«, fiel Tolpan ein. »Er war immer furchtbar aufgeregt, wenn ich irgendetwas berühren wollte, was ihm gehörte. Sprunghaft war er auch.«

»Ja, er war all das. Aber er konnte auch bezaubernd sein, betörend, weise ...« Jenna seufzte lächelnd. »Ich habe ihn geliebt, Palin. Ich glaube, ich tue es immer noch. Nie habe ich einen Mann kennen gelernt, der ihm gleichkam.« Sie schwieg einen Augnblick, dann fügte sie achselzuckend hinzu: »Aber das ist lange her.«

»Was ist zwischen euch beiden vorgefallen?«, erkundigte sich Palin.

Sie schüttelte den Kopf. »Nach seiner Krankheit zog er sich in sich selbst zurück, wurde mürrisch und schweigsam, ein verdrießlicher Eigenbrötler. Ich war noch nie besonders geduldig«, gestand Jenna. »Sein Selbstmitleid konnte ich nicht ertragen, und das sagte ich ihm auch. Wir haben uns gestritten, ich bin gegangen. Da war das Letzte, was ich von ihm gesehen habe.«

»Ich kann verstehen, wie es ihm ging«, äußerte Palin. »Ich weiß, wie verloren ich mir vorkam, als mir klar wurde, dass die Götter gegangen waren. Dalamar hat die geheimen Künste viel länger praktiziert als ich. Er hatte so viel dafür geopfert. Sicher war er am Boden zerstört.«

»Das waren wir alle«, widersprach Jenna schroff, »aber wir sind damit fertig geworden. Du hast weitergelebt, ich auch. Dalamar konnte das nicht. Er regte sich sosehr auf, bis ich fürchtete, seine Verzweiflung könnte das vollbringen, was seinen Verletzungen nicht gelungen war. Ich glaubte wirklich, er würde es nicht überleben. Er aß nicht, er schlief nicht. Stundenlang schloss er sich in seinem Laboratorium ein, suchte wie besessen nach dem, was verloren war. Er hätte den Schlüssel dazu, erzählte er mir bei einer der seltenen Gelegenheiten, wo er tatsächlich noch mit mir redete. Er sagte, der Schlüssel sei während seiner Zeit im Krankenbett zu ihm gekommen. Jetzt müsse er nur noch die Tür finden. Um ehrlich zu sein«, fügte Jenna trocken hinzu, »ich glaube, es ist ihm gelungen.«

»Also denkst du nicht, dass er bei der Zerstörung des Turms umgekommen ist«, folgerte Palin.

»Der Turm ist weg?« Tolpan war fassungslos. »Der ganze, große Turm der Erzmagier in Palantha? Was ist geschehen?«

»Ich bin nicht einmal überzeugt davon, dass er den Turm gesprengt hat«, setzte Jenna ihre Erzählung fort, als wäre der Kender gar nicht da. »Oh, ich weiß, was die Leute sagen. Er hätte den Turm zerstört, damit der Drache Khellendros ihn nicht erobern und seine Magie nutzen kann. Ich habe den Trümmerhaufen gesehen, der zurückblieb. Die Leute fanden alle möglichen magischen Gegenstände in den Ruinen. Ich habe viele davon gekauft und später für das Fünffache ihres Preises weiterverkauft. Aber ich weiß etwas, das ich noch nie jemandem erzählt habe. Die wirklich wertvollen Dinge, die im Turm waren, wurden nie gefunden. Keine Spur davon. Die Spruchrollen, die Zauberbücher, die von Raistlin und Fistandantilus wie auch Dalamars eigene – das alles war auch verschwunden. Die Leute glaubten, sie wären bei der Explosion zerstört worden. Wenn das so ist«, fügte sie mit feiner Ironie hinzu, »war die Explosion ungewöhnlich wählerisch. Sie hat nur vernichtet, was wertvoll und wichtig war; den Kleinkram hat sie zurückgelassen.«

Sinnend musterte sie Palin. »Sage mir, mein Freund, würdest du dieses Gerät zu Dalamar bringen, wenn du es könntest?«

Palin rutschte unruhig herum. »Wenn ich genau darüber nachdenke, wohl eher nicht. Wenn er wüsste, dass ich es habe, wäre es nicht mehr lange in meinem Besitz.«

»Hast du tatsächlich vor, es zu benutzen?«, fragte sie.

»Ich weiß nicht.« Palin reagierte ausweichend. »Was meinst du dazu? Wäre es gefährlich?«

»Ja, sehr«, erwiderte sie.

»Aber der Kender hat es benutzt …«

»*Wenn* du ihm glaubst, dann war das in seiner eigenen Zeit«, erinnerte sie ihn. »Und das war die Zeit der Götter. Jetzt aber befindet sich das Gerät in *dieser* Zeit. Du weißt so gut wie ich, dass die Magie der Gegenstände aus dem Vierten Zeitalter grundsätzlich unzuverlässig ist. Manche Dinge funktionieren genau, wie sie sollen, andere machen sich selbstständig.«

»Das heißt, ich kann es nur herausfinden, indem ich es versuche«, sagte Palin. »Was glaubst du, was passieren *könnte*?«

»Was weiß ich?« Jenna hob die Hände mit den blitzenden Ringen. »Schon die Reise könnte dich umbringen. Du könntest in einer anderen Zeit stranden und nicht zurückkehren können. Du könntest versehentlich etwas tun, was die Vergangenheit verändert, und damit die Gegenwart auslöschen. Du könntest dieses Haus samt allem, was sich in zwanzig Meilen Umkreis befindet, in die Luft jagen. Ich würde es nicht riskieren. Nicht wegen einer Kendergeschichte.«

»Trotzdem würde ich gern in die Zeit vor dem Chaoskrieg zurückkehren. Einfach zum Nachsehen. Vielleicht könnte ich den Moment erkennen, in dem das Schicksal von dem Pfad abwich, den es hätte einschlagen sollen. Dann wüssten wir, wie wir es wieder auf den richtigen Weg bringen können.«

Jenna schnaubte. »Du redest von der Zeit, als ginge es um Pferd und Wagen. Dabei kann dieser Kender den ganzen Unsinn über die Zukunft, in der die Götter uns nicht verließen, genauso gut erfunden haben. Schließlich ist er ein Kender.«

»Aber ein besonderer Kender. Mein Vater glaubte ihm, und Caramon verstand etwas von Zeitreisen.«

»Dein Vater sagte aber auch, der Kender und das Gerät sollten Dalamar übergeben werden«, erinnerte ihn Jenna.

Palin runzelte die Stirn. »Ich finde, wir müssen die Wahrheit selbst herausfinden«, hielt er dagegen. »Ich glaube, es ist das Risiko wert. Überleg doch mal, Jenna. Wenn es eine andere Zukunft gibt, eine bessere Zukunft für unsere Welt, eine Zukunft, in der die Götter nicht abgezogen sind, dann wäre dafür kein Preis zu hoch.«

»Nicht einmal dein Leben?«, hakte sie nach.

»Mein Leben!« Palin reagierte bitter. »Was ist mein Leben schon noch wert? Meine Frau hat Recht. Die alte Magie ist fort, die neue Magie ist tot. Ohne die Magie bin ich nichts!«

»Ich glaube nicht, dass die neue Magie tot ist«, bemerkte Jenna ernst. »Genauso wenig, wie ich denen glaube, die behaupten, wir hätten ›alles verbraucht‹. Verbraucht man das Wasser? Verbraucht man die Luft? Die Magie ist Teil dieser Welt. Wir können sie nicht verbrauchen.«

»Aber was geschieht dann damit?«, rief Palin ungeduldig. »Warum versagen unsere Sprüche? Warum braucht man schon für einfache Sprüche so viel Energie, dass man sich hinterher eine Woche ins Bett legen kann?«

»Erinnerst du dich an den alten Test, den wir in der Schule machen mussten?«, fragte Jenna zurück. »Der, bei dem sie etwas auf den Tisch stellen und einem auftragen, es zu bewegen, ohne es zu berühren. Das schaffst du, aber dann stellen sie das Ding auf einen Tisch hinter einer Ziegelwand und befehlen dir, es zu bewegen. Auf einmal ist es viel schwieriger. Weil man das Zielobjekt nicht sehen kann, ist es schwer, die Magie darauf zu konzentrieren. Genauso komme ich mir vor, wenn ich zu zaubern versuche – als wäre etwas im Weg. Eine Ziegelwand, wenn man so will. Goldmond berichtet, ihren Heilern erginge es ähnlich ...«

»Goldmond!«, fuhr Tolpan aufgeregt hoch. »Wo ist Goldmond? Wenn jemand hier alles wieder in Ordnung bringen kann, dann Goldmond.« Im Nu war er auf den Beinen und auf dem Weg zur Tür. »Sie wird wissen, was zu tun ist. Wo ist sie?«

»Goldmond? Wer redet von Goldmond? Was hat die denn damit zu tun?« Palin funkelte den Kender wütend an. »Bitte setz dich und sei still! Du hast meinen Gedankengang unterbrochen!«

»Ich würde Goldmond wirklich gerne besuchen«, klagte Tolpan, allerdings nur leise in sich hinein, um Palin nicht zu stören.

Der Zauberer hob das Gerät vorsichtig hoch, um es liebevoll von allen Seiten zu untersuchen.

»Deine Frau hatte Recht«, stellte Jenna fest. »Du willst es benutzen, nicht wahr, Palin?«

»Ja, das will ich«, bestätigte er, während sich seine Hände um den Apparat schlossen.

»Ganz gleich, was ich sage?«

»Ganz gleich, was sonstwer sagt.« Beschämt warf er ihr einen Blick zu. »Vielen Dank für deine Hilfe. Ich bin sicher, meine Schwester hat im Gasthaus ein Zimmer für dich. Ich melde mich.«

»Glaubst du wirklich, ich würde gehen und alles verpassen?«, gab Jenna belustigt zurück.

»Es ist gefährlich. Du hast gesagt …«

»Heutzutage ist es schon gefährlich, einfach spazieren zu gehen.« Jenna zuckte mit den Schultern. »Außerdem brauchst du einen Zeugen. Oder wenigstens«, ergänzte sie leichthin, »jemanden, der deine Leiche identifiziert.«

»Herzlichen Dank«, erwiderte Palin, brachte aber immerhin ein Lächeln zustande, das erste, das Tolpan bisher überhaupt bei ihm sah. Palin holte tief Luft und atmete langam wieder aus. Seine Hände, in denen das Gerät lag, zitterten.

»Wann wollen wir es versuchen?«, fragte er.

»Jetzt zum Beispiel?«, schlug Jenna vor und grinste dabei.

6 Die Rückreise

»Das ist der ganze Reim«, endete Tolpan. »Soll ich ihn noch einmal wiederholen?«

»Nein, ich habe ihn mir gemerkt«, sagte Palin.

»Bist du sicher?« Tolpan sorgte sich. »Du musst ihn aufsagen, um in diese Zeit zurückzukehren. Außer wenn du mich mitnimmst«, fügte er aufgeregt hinzu. »Dann könnte ich uns zurückbringen.«

»Ich bin ganz sicher, dass ich mir den Spruch gemerkt habe«, erklärte Palin nachdrücklich. Tatsächlich hatten sich die Worte ihm eingebrannt. Es war, als könne er ihre feurigen Bilder hinter seinen Lidern sehen. »Und ich nehme dich nicht mit, nein. Schließlich muss jemand hier bleiben und der Dame Jenna Gesellschaft leisten.«

»Und deine Leiche identifizieren«, Tolpan nickte, während er sich setzte und mit den Füßen gegen die Stuhlbeine trat. »Entschuldigung, das hatte ich vergessen. Ich bleibe da. Du bist ja sowieso nicht lange weg. Außer wenn du gar nicht wiederkommst«, fügte er noch hinzu. Er schaute sich nach Jenna um, die ihren Stuhl in den hintersten Winkel der Küche gezogen hatte. »Glaubst du wirklich, er explodiert?«

Palin achtete vorsichtshalber nicht mehr auf den Kender.

»Ich stimme jetzt den Spruch an, der das Gerät aktiviert. Wenn er funktioniert, dürftet ihr mich nicht mehr sehen. Wie der Kender schon sagte, ich sollte nicht lange fort sein. Ich habe nicht vor, in der Vergangenheit zu bleiben. Ich will zur ersten Beerdigung meines Vaters, wo ich hoffentlich mit Dalamar sprechen kann. Vielleicht sogar mit mir selbst.« Er lächelte grimmig. »Ich werde versuchen, herauszufinden, was schief gegangen ist …«

»Du unternimmst gar nichts, Palin«, warnte Jenna. »Wenn du etwas Nützliches herausfindest, kommst du zurück und erstattest Bericht. Wir müssen gründlich nachdenken, ehe wir handeln.«

»Wer ist ›wir‹«, wollte Palin stirnrunzelnd wissen.

»Ich schlage einen Rat der Weisen vor«, erwiderte Jenna. »Der Elfenkönig Gilthas, seine Mutter Laurana, Goldmond, Lady Crysania …«

»Während wir dann noch weit und breit verkünden, was wir herausgefunden haben, und darauf warten, dass all diese Leute zusammenkommen, bringt Beryl uns um und stiehlt das Gerät«, erwiderte Palin bissig. »Sie benutzt es, und schon sind wir alle tot.«

»Palin, du redest davon, die Vergangenheit zu verändern«, warf Jenna ihm vor. »Wir haben keine Ahnung, welche Auswirkungen das auf uns hier in der Gegenwart hätte.«

»Ich weiß«, gestand er nach einem Augenblick ein. »Ich verstehe. Ich komme zurück und erstatte Bericht. Aber anschließend müssen wir auf rasches Handeln bedacht sein.«

»Einverstanden. Was glaubst du, wie lange du fort sein wirst?«

»Nach allem, was Tolpan erzählte, müsste ich für jede Sekunde, die hier verstreicht, Hunderte von Tagen in der Vergangenheit bleiben können. Ich schätze, ich bin vielleicht eine oder zwei Stunden fort.«

»Viel Glück auf der Reise«, wünschte ihm Jenna leise. »Kender, komm hierher und stell dich neben mich.«

Palin nahm das Gerät zur Hand und schritt damit in die Mitte der Küche. Die Juwelen glitzerten im Sonnenlicht.

Er schloss die Augen. Lange stand er konzentriert und tief in Gedanken versunken da. Seine Hände liebkosten das Gerät. Das Gefühl der Magie entzückte ihn. Er begann, sich der Magie hinzugeben, ließ sich liebevoll von ihr umfangen. Die dunklen Jahre fielen wie zurückflutende Wellen von ihm ab, bis die Küste seiner Erinnerung glatt und rein war. Einen Augenblick war Palin wieder ein viel versprechender, hoffnungsvoller Jüngling. Tränen verschleierten seinen Blick.

»Mit dem Gerät in der Hand wiederhole ich den ersten Vers, während ich seine Stirnseite zu mir hochdrehe.« Palin rezitierte die ersten Worte des Spruchs: »›Deine Zeit gehört dir allein.‹« Wie angewiesen, drehte er die Stirnseite des Geräts.

»Jetzt, zum zweiten Vers, bewege ich die Stirnplatte von rechts nach links.« Er verschob die Platte an dem Gerät in die vorgeschriebene Richtung und rezitierte dabei den zweiten Vers des Spruchs: »›Auch wenn du quer durch sie reist.‹«

»Wenn der dritte Vers aufgesagt wird, klappt die hintere Platte nach unten, so dass sich zwei Kugeln bilden, die durch Stäbe miteinander verbunden sind. ›Sie dehnt sich vor dir.‹«

Palin drehte wieder an dem Gerät und lächelte erfreut, als es vorschriftsmäßig funktionierte. Er hielt kein eiförmiges Spielzeug mehr in der Hand, sondern etwas, das einem Zepter ähnelte. »Beim vierten Vers dreht man die Oberseite im Uhrzeigersinn – es fällt eine Kette heraus.«

Palin sprach den vierten Vers: »›Wirbelt ewig umher.‹«

Wie Tolpan vorhergesagt hatte, kam die Kette zum Vorschein. Palins Herz schlug schneller vor Glück. Der Zauber wirkte.

»Beim fünften Vers soll ich mich vergewissern, dass die Kette nicht den Mechanismus beeinträchtigt. Der sechste Vers fordert mich dazu auf, das Gerät an jeder Kugel zu fassen und zu drehen, während ich den siebten Vers spreche. Dabei windet sich die Kette um die Mitte. Ich halte das Gerät über meinen Kopf, wiederhole den Schlussvers und mache mir eine klare Vorstellung von dem Ort und der Zeit, die ich ansteuere.«

Palin holte Luft. Während er die vorgeschriebenen Handbewegungen durchführte, rezitierte er den Rest des Spruchs. »›Behindere nicht den Fluss. Greife fest nach Anfang und Ende. Drehe sie aufeinander zu. Was frei ist, sei sicher. Das Schicksal wartet über deinem Kopf.‹«

Er hielt das Gerät über seinen Kopf und stellte sich eine Szene aus dem Chaoskrieg vor, an der er teilgehabt hatte. Zusammen mit Tolpan.

Mit geschlossenen Augen konzentrierte sich Palin auf seine Vision und gab sich der Magie hin. Er unterwarf sich seiner langjährigen Herrin. Sie war ihm treu geblieben.

Der Boden der Küche verlängerte sich, rollte sich in der Luft auf. Die Decke glitt unter den Boden, die Teller auf den Regalen schmolzen und rannen die Wände hinunter, die Wände verschmolzen mit Boden und Decke. Alles begann, sich zu einer riesigen Spirale aufzurollen. Die Spirale sog das Haus und dann den Wald dahinter auf. Bäume und Gras wickelten sich um Palin, dann der blaue Himmel, bis sich der Kreis, in dessen Mitte er stand, schließlich schneller und schneller auflöste.

Seine Füße verließen den Boden. Er hing in der Mitte eines wirbelnden, sich drehenden Kaleidoskops aus Orten, Personen und Ereignissen. Er sah Jenna und Tolpan vorbeiwirbeln, bis ihre Gesichter verschwammen und beide verschwanden. Er bewegte sich sehr langsam, doch die Personen um ihn herum waren sehr schnell – oder vielleicht war er derjenige, der an ihnen vorbei raste, während sie so langsam an ihm vorbeizogen, als glitten sie unter Wasser dahin.

Er sah Wälder und Berge, Dörfer und Städte. Er sah den Ozean und die Schiffe darauf, und alles wurde in die große Spirale gezogen, in deren Mitte er trieb.

Die Spirale drehte sich nach unten, wurde langsamer, langsamer ... Jetzt konnte er die Leute und die Dinge genauer erkennen.

Er sah Chaos, den Vater von Allem und Nichts, einen Furcht erregenden Riesen mit Flammenhaaren und Feuerbart, höher als der höchste Berg. Sein Kopf streifte die Ewigkeit, seine Füße reichten bis in den tiefsten Schlund des Abgrunds. Chaos hatte gerade den Fuß auf den Boden gestellt, womit er vermutlich Tolpan getötet, aber auch sich den Todesstoß versetzt hatte. Gleich würde Usha einen Tropfen seines Bluts im Graustein auffangen und ihn so verbannen.

Das Wirbeln ging weiter, trug Palin an diesem Augenblick vorbei in ...

Schwärze. Absolute Finsternis. Eine so endlose Dunkelheit, dass Palin fürchtete, er sei blind geworden. Dann sah er Licht hinter sich, grellen Feuerschein.

Er blickte zurück zum Feuer, dann nach vorn in die Dunkelheit. Dort wartete das Nichts.

Voller Panik schloss er die Augen. »Geh zurück bis vor den Chaoskrieg!«, befahl er halb erstickt vor Angst. »Geh zurück in meine Kindheit! Zurück in die Kindheit meines Vaters! Zurück nach Istar! Zurück zum Königspriester! Geh zurück zu Huma! Zurück ... zurück ...«

Er schlug die Augen auf.

Finsternis, Leere, Nichts.

Er machte noch einen Schritt und musste feststellen, dass dies ein Schritt zu viel gewesen war. Er war über den Rand der Schlucht getreten.

Obwohl er aufschrie, kam kein Laut von seinen Lippen. Der brausende Wind der Zeit riss ihn hinweg. Er erwartete das ekelhafte Gefühl des Fallens, das man im Traum spürt. Sein Magen rebellierte. Kalter Schweiß stand auf seiner Stirn. Verzweifelt bemühte er sich aufzuwachen, bis ihm die schreckliche Einsicht kam, dass er nie erwachen würde.

Er war vor Angst wie gelähmt. Er stürzte und würde für immer in den finsteren Brunnen der Zeit stürzen.

Den leeren Brunnen der Zeit.

Da Tolpan das Zeitreisegerät selbst benutzt hatte, hatte er nie zusehen können, wie er dabei aussah. Das hatte er immer sehr bedauert. Einmal hatte er versucht, zurückzukehren und sich selbst dabei zuzuschauen, aber das hatte nicht geklappt. Deshalb war er ausgesprochen dankbar, dass er nun Palin zusehen konnte, und wirklich entzückt, als der Magier vor seinen Augen verschwand.

All das war interessant und aufregend, aber es dauerte nur wenige Augenblicke. Dann war Palin verschwunden. Tolpan und Jenna blieben allein in seiner Küche zurück.

»Wir sind nicht explodiert«, stellte Tolpan fest.

»Richtig«, pflichtete Jenna bei. »Enttäuscht?«

»Ein bisschen. Ich habe noch nie eine Explosion gesehen, ausgenommen damals, als Fizban Wasser heiß machen wollte, um ein Ei zu kochen. Wo wir schon bei Eiern sind, möchtest du etwas essen, so lange wir warten? Ich könnte die Hafergrütze warm machen.« Da weder Usha noch Palin anwesend waren, fand Tolpan, dass nun ihm die Rolle des Gastgebers zukam.

»Danke«, erwiderte Jenna, die nach einem Blick auf die angetrockneten Reste der Grütze im Topf das Gesicht verzog, »lieber nicht. Aber wenn du einen Schluck Branntwein entdecken könntest – einen Schnaps könnte ich vertragen.«

In diesem Augenblick tauchte Palin wieder in der Küche auf. Er war aschfahl und fassungslos. Die Hand, mit der er das Gerät umklammerte, zitterte so sehr, dass er es kaum noch halten konnte.

»Palin!«, rief Jenna, die verblüfft und irritiert hochfuhr. »Bist du verletzt?«

Er starrte sie voller Panik an, ohne sie zu erkennen. Dann erschauerte er und stieß einen abgehackten Seufzer der Erleichterung aus. Dabei geriet er ins Taumeln und wäre beinahe gestürzt. Seine Hand wurde matt. Das Gerät kullerte auf den Boden und kugelte funkelnd davon. Tolpan setzte ihm nach. Er erwischte es gerade noch, ehe es in die Feuerstelle rollte.

»Palin, was ist schief gegangen?« Jenna eilte zu ihm. »Was ist passiert? Tolpan, hilf mir!«

Palin stand kurz vor dem Zusammenbruch. Gemeinsam halfen Tolpan und Jenna dem Zauberer, sich auf den Boden zu legen.

»Hol Decken«, befahl Jenna.

Nachdem Tolpan noch schnell das Gerät eingesteckt hatte, flitzte er aus der Küche. Gleich darauf war er wieder da, schwankte jedoch unter seiner Last aus mehreren Decken, drei Kissen und der Federmatratze, die er aus Palins Bett gezerrt hatte.

Palin lag mit geschlossenen Augen auf dem Boden. Er war zu schwach, um sich zu bewegen oder zu sprechen. Jenna legte eine Hand an sein Handgelenk. Sein Puls raste. Sein Atem ging rasch und keuchend, sein Körper wurde kalt. Er zitterte so sehr, dass seine Zähne klapperten. Jenna wickelte ihn in zwei wärmende Decken ein.

»Palin!«, rief sie ihn drängend an.

Er schlug die Augen auf und starrte sie an. »Finsternis. Nur noch Finsternis.«

»Palin, was soll das heißen? Was hast du in der Vergangenheit gesehen?«

Er griff so fest nach ihrer Hand, dass diese schmerzte, und klammerte sich an sie, als würde er von einem tosenden Fluss mitgerissen und als wäre sie seine einzige Rettung.

»Es gibt keine Vergangenheit!«, flüsterte er durch bleiche Lippen. Erschöpft sank er zurück.

»Finsternis«, murmelte er wieder. »Nur Finsternis.«

Jenna hockte stirnrunzelnd neben ihm.

»Das ist doch Unsinn. Schnaps«, verlangte sie von Tolpan.

Sie setzte Palin die Flasche an die Lippen. Nachdem er einen Schluck getrunken hatte, nahmen seine blassen Wangen wieder etwas Farbe an. Das Zittern ließ nach. Jenna nahm selbst noch einen Schluck Schnaps, ehe sie dem Kender die Flasche zurückgab. Tolpan trank aus Gesellschaft auch mit.

»Stell sie wieder auf den Tisch«, wies Jenna ihn an.

Tolpan zog die Flasche aus der Tasche, um sie – nach weiteren Schlucken nur zur Gesellschaft – auf dem Tisch zu platzieren.

Halb betreten, halb besorgt musterte der Kender Palin. »Was ist denn los? Ist es meine Schuld? Das wollte ich jedenfalls ganz bestimmt nicht.«

Palins Augen klappten wieder auf. »Deine Schuld!«, schrie er heiser. Er schlug die Decken zurück und setzte sich auf. »Ja, es ist deine Schuld!«

»Palin, beruhige dich«, mahnte Jenna erschrocken. »Sonst geht es dir gleich wieder schlecht. Erzähl mir, was du gesehen hast.«

»Ich will dir verraten, was ich gesehen habe, Jenna«, begann Palin mit hohler Stimme. »Nichts habe ich gesehen. Nichts!«

»Das verstehe ich nicht«, sagte Jenna.

»Ich auch nicht.« Palin seufzte, konzentrierte sich und versuchte, seine Gedanken zu sortieren. »Ich bin in der Zeit zurückgereist, und dabei entrollte sie sich vor mir wie ein riesiges Pergament. Ich sah alles, was im Fünften Zeitalter geschehen ist. Ich sah das Kommen der großen Drachen. Ich sah die Drachenlese. Ich sah die Erbauung dieser Zitadelle. Ich sah, wie der Schild über Silvanesti gezogen wurde. Ich sah die Errichtung des Grabmals der Letzten Helden. Dann sah ich, wie Chaos besiegt wurde, und das war das Ende von allem. Oder der Anfang.«

»Ende? Anfang?«, wiederholte Jenna verblüfft. »Aber das kann nicht sein, Palin. Was ist mit dem Vierten Zeitalter? Was war mit dem Krieg der Lanze? Und mit der Umwälzung?«

»Weg. Alles weg. Ich stand im Äther und sah die Schlacht mit Chaos, doch als ich von dort aus in die Vergangenheit blickte, sah ich nur Finsternis. Ich habe einen Schritt gemacht und ...« Er erschauerte. »Ich stürzte in die Finsternis. Eine Leere, wo kein Licht leuchtet, wo es niemals Licht gab. Eine endlose, immerwährende Finsternis. Ich hatte das Gefühl, durch die Jahrhunderte zu fallen, als fiele ich bis zu meinem Tod und darüber hinaus ...«

»Aber wenn das wahr ist, was hat es zu bedeuten?«, überlegte Jenna.

»Ich will dir sagen, was es bedeutet«, keuchte Palin. Er zeigte auf Tolpan. »Es ist Tolpans Schuld. Alles, was geschehen ist, ist seine Schuld.

»Wieso? Was hat er damit zu tun?«

»Weil *er nicht tot ist!*«, zischte Palin durch zusammengebissene Zähne. »Er hat die Zeit verändert, indem er nicht gestorben ist! Die Zukunft, die er zuerst sah, war die Zukunft, die gekommen wäre, wenn er gestorben wäre – denn durch seinen Tod konnten wir Chaos besiegen. Aber er ist nicht tot! Wir haben Chaos nicht besiegt. Der Vater von Allem und Nichts hat seine Kinder, die Götter, verbannt, und diese vierzig Jahre Tod und Unruhe sind das Ergebnis davon!«

Jenna blickte Tolpan an. Palin blickte Tolpan an, diesmal, als wären ihm fünf Köpfe, Flügel und ein Schwanz gewachsen.

»Trinken wir alle noch einen Schluck«, schlug Tolpan vor und befolgte sogleich seinen eigenen Rat. »Damit es uns etwas besser geht. *Klärt den Kopf*«, fügte er betont hinzu.

»Du könntest Recht haben, Palin«, meinte Jenna nachdenklich.

»Ich weiß, dass ich Recht habe!«, beharrte dieser grimmig.

»Aber wie wir alle wissen, ergibt zweimal Richtig am Ende ein Falsch«, stellte Tolpan hilfsbereit fest. »Möchte jemand noch Hafergrütze?«

»Welche andere Erklärung könnte es geben?«, fuhr Palin fort, ohne auf den Kender zu achten.

»Ich weiß es nicht so genau«, sagte Tolpan, der ein paar Schritte in Richtung Küchentür zurückwich, »aber wenn du mir einen Augenblick Zeit lässt, fällt mir bestimmt eine ganze Menge ein.«

Palin schüttelte die Decken ab und erhob sich. »Wir müssen Tolpan zurückschicken, damit er stirbt.«

»Palin, ich weiß nicht recht ...«, setzte Jenna an, doch er hörte ihr gar nicht zu.

»Wo ist das Gerät?«, wollte er voller Panik wissen. »Was ist damit passiert?«

»Es stimmt zwar«, erklärte Tolpan unterdessen, »dass ich Fizban versprochen habe, rechtzeitig zurückzukommen, damit der Riese noch auf mich treten kann, aber je länger ich darüber nachdenke, desto weniger gefällt mir die Sache. Denn es dürfte zwar außerordentlich spannend sein, von einem Riesen zertreten zu werden, aber die Spannung hält doch höchstens ein paar Sekunden an, und, wie du schon sagtest, danach wäre ich tot.«

Tolpan stieß mit dem Rücken gegen die Küchentür.

»Ich war zwar noch nie tot«, fuhr er fort, »aber ich habe schon tote Leute gesehen, und ich muss sagen, die sehen so aus, als wäre Totsein das Langweiligste, was einem überhaupt passieren kann.«

»Wo ist das Gerät?«, beharrte Palin.

»In die Asche gerollt!«, rief Tolpan, der auf den Kamin wies. Er nahm noch einen Schluck Schnaps.

»Ich sehe mal nach«, bot Jenna an. Mit dem Schürhaken stocherte sie in der Asche herum.

Palin spähte ihr über die Schulter. »Wir *müssen* es finden!«

Tolpan steckte eine Hand in die Tasche, ergriff das Zeitreisegerät, verdrehte es und murmelte dabei den Reim in sich hinein.

»›Deine Zeit gehört dir allein, auch wenn du quer durch sie reist ...‹«

»Bist du sicher, dass es hier gelandet ist, Tolpan?«, erkundigte sich Jenna. »Ich finde nämlich nur Asche und Kohlestückchen ...«

Tolpan sprach schneller, während sich seine geschickten Finger eilig bewegten.

»›Wirbelt ewig umher. Behindere nicht den Fluss‹«, wisperte er.

Jetzt kam der knifflige Teil.

Palins Kopf fuhr hoch. Der Zauberer schoss herum und schnellte auf den Kender zu.

Tolpan riss das Gerät aus der Tasche und streckte es nach oben. »›Das Schicksal wartet über deinem Kopf!‹«, schrie er und stellte erleichtert fest, dass er gerade etwas sehr Zutreffendes gesagt hatte, denn die Zeit rollte die Küche, die Schnapsflasche und ihn selbst unverzüglich nach oben.

»Diese kleine Ratte«, bemerkte Jenna, während sie den leeren Platz auf dem Boden anstarrte, auf dem eben noch der Kender gestanden hatte.

»Oh, ihr Götter!«, japste Palin. »Was habe ich getan?«

»Ihn zu Tode erschreckt, wenn ich mich nicht sehr irre«, gab Jenna zurück. »Was bei einem Kender eine echte Glanzleistung ist. Ich kann's ihm nicht verdenken«, fügte sie hinzu, während sie ihre rußverschmierten Hände mit einem Handtuch sauber rieb. »Wenn du mich so angeschrien hättest, wäre ich auch davongerannt.«

»Ich bin doch kein Unhold«, wehrte Palin erschüttert ab. »Ich habe schreckliche Angst! Das gebe ich gerne zu.« Er legte eine Hand aufs Herz. »Hier drin ist die Angst, schlimmer als alles, was ich je erlebt habe, selbst in den schwarzen Tagen meiner Gefangenschaft. Etwas Seltsames, Schreckliches ist der Welt zugestoßen, Jenna, aber ich verstehe nicht, was es ist!« Er hatte die Fäuste geballt. »Der Kender ist die Ursache. Ich bin mir ganz sicher!«

»Dann sollten wir uns lieber auf die Suche nach ihm begeben«, stellte Jenna fest. »Was glaubst du, wo er hin ist? Doch nicht zurück in die Vergangenheit?«

»Dann würden wir ihn niemals finden. Aber das glaube ich gar nicht«, grübelte Palin. »Er würde nicht zurückkehren, denn dadurch würde er genau das Ende nehmen, das er vermeiden will – er wäre tot. Ich glaube, er ist noch in der Gegenwart. Aber wo würde er dann hingehen?«

»Zu jemandem, der ihn vor dir beschützt«, folgerte Jenna ohne Umschweife.

»Goldmond«, sann Palin. »Kurz bevor er verschwunden ist, sagte er, dass er sie gerne sehen würde. Oder Laurana. Aber die hat er schon wieder gesehen. So wie ich Tolpan kenne, bevorzugt er ein neues Abenteuer. Ich reise zur Zitadelle des Lichts. Ich würde ohnehin gerne mit Goldmond besprechen, was ich erlebt habe.«

»Ich leihe dir einen meiner magischen Ringe, damit die Reise schneller geht«, bot Jenna an, die den Ring bereits vom Finger zog. »In der Zwischenzeit benachrichtige ich Laurana, damit sie nach dem Kender Ausschau hält und ihm nicht von der Seite weicht, sollte er bei ihr auftauchen.«

Palin nahm den Ring entgegen. »Sie soll aber vorsichtig mit dem sein, was sie sagt oder tut«, warnte er besorgt. »Meiner Ansicht nach hat sie einen Verräter im Haus. Oder die Ritter von Neraka haben einen Weg gefunden, sie auszuspionieren. Würdest du ...« Er schluckte. »Würdest du im Gasthaus vorbeischauen und Usha sagen ... ihr sagen ...«

»Ich sag ihr, dass du kein Unhold bist«, versicherte Jenna, die ihm lächelnd den Arm tätschelte. Dann musterte sie ihn eindringlich und runzelte die Stirn. »Bist du sicher, dass es dir schon wieder gut genug geht?«

»Ich bin nicht verletzt. Nur schockiert. Ob sich das legt, weiß ich nicht, aber die Reise schaffe ich schon.« Neugierig betrachtete er den Ring. »Wie funktioniert der?«

»Nicht mehr besonders gut«, antwortete Jenna trocken. »Du wirst zwei- oder dreimal Halt machen müsen, ehe du dein Ziel erreichst. Steck den Ring an den Mittelfinger deiner linken Hand. Das ist weit genug«, fügte sie hinzu, als sie merkte, welche Mühe Palin hatte, ihn über das geschwollene Gelenk zu schieben. »Leg die rechte Hand über den Ring und stell dir vor, wo du sein möchtest. Diese Vorstellung musst du aufrecht erhalten, du musst sie pausenlos wiederholen. Ich will den Ring übrigens zurück.«

»Natürlich.« Er schenkte ihr ein müdes Lächeln. »Ade, Jenna. Danke für deinen Beistand. Ich halte dich auf dem Laufenden.«

Er legte die Hand auf den Ring und begann, sich die Kristallkuppeln der Zitadelle des Lichts vorzustellen.

»Palin«, sagte Jenna unvermittelt. »Ich war nicht völlig aufrichtig mit dir. Vielleicht habe ich doch eine Idee, wo Dalamar steckt.«

»Gut«, erwiderte Palin. »Mein Vater hatte Recht. Wir brauchen ihn.«

7 Der Irrgarten

Der Gnom hatte sich zwischen den Hecken verlaufen.

Das war nichts Ungewöhnliches. Der Gnom verirrte sich häufig in diesem Labyrinth. Sobald jemand in der Zitadelle des

Lichts den Gnom suchte (was selten vorkam) oder nach ihm fragte, lautete die Antwort unweigerlich: »Der hat sich im Irrgarten verlaufen.«

Doch der Gnom wanderte keineswegs ziellos durch den Irrgarten. Jeden Tag betrat er das Heckenlabyrinth mit einem festen Vorsatz. Er wollte eine Karte davon erstellen. Der Gnom, welcher der Gilde der RätselWunderFragenMysterienGeheimnisseUnergründlicheProblemeDilemmasLogogryphenMonogrammeAnagrammeAkrostichonsIrrgärtenLabyrintheParadoxonsWeiblicheLogikundPolitiker, kurz R3, angehörte, war unbeirrbar. Wenn er in der Lage wäre, eine Karte von diesem Labyrinth zu zeichnen, würde er in dieser Karte den Schlüssel zu den großen Mysterien des Lebens finden, darunter: Wie Kommt Es, Dass Man Zwei Socken Wäscht, Aber Am Ende Immer Nur Noch Einen Hat? Gibt Es Ein Leben Nach Dem Tod? Und Wo Ist Der Andere Socken Hin? Der Gnom war davon überzeugt, wenn er die Antwort auf die zweite Frage fand, würde sich daraus die Antwort auf die Dritte ergeben.

Vergeblich hatten die Mystiker der Zitadelle ihm zu erklären versucht, dass es sich um ein magisches Labyrinth handelte. Wer voller Sorgen oder Trauer eintrat, merkte, wie seine Last leichter wurde. Wer allein sein wollte und Frieden suchte, wurde nicht gestört, ganz gleich, wie viele andere Leute zur selben Zeit durch die duftenden Hecken wanderten. Wer die Lösung für ein Problem suchte, stellte fest, dass er sich besser konzentrieren konnte, weil alle unerwünschten Stimmen in seinem Geist zur Ruhe kamen. Und alle, die sich auf die mystische Reise gemacht hatten, um die Silbertreppe im Herzen des Irrgartens hinaufzusteigen, merkten, dass sie nicht durch ein Heckenlabyrinth liefen, sondern durch das Labyrinth ihres eigenen Herzens.

Wer aber das Labyrinth mit der festen Absicht betrat, es genau zu kartieren (soundsoviele Reihen, Biegungen nach rechts und links, Längen, Breiten, Winkel, Durchmesser und Umfang), musste feststellen, dass die Regeln der Mathematik hier nicht galten. Die Hecken verschoben sich, ohne auf den Kompass zu achten, entzogen sich der Messlatte und trotzten jeder Berechnung.

Der Gnom, dessen Name (in der Kurzform) Conundrum lautete, wollte nicht hören. Jeden Tag betrat er das Labyrinth, immer in der Überzeugung, dass er das Rätsel an diesem Tag endlich lösen würde. Dies würde der Tag sein, an dem er seine Lebensaufgabe erfüllte, an dem er die definitive Karte des Irrgartens vollenden würde, eine Karte, die er anschließend kopieren und an Reisegruppen verkaufen konnte.

Mit einer Schreibfeder hinter dem Ohr und einer zweiten durch die Brust seiner Robe, als hätte man ihn aufgespießt, betrat der Gnom morgens die Heckenwege. Den ganzen Tag arbeitete er sich fieberhaft hindurch. Er maß und zählte seine Schritte ab, notierte die Erhebung der Hecke an Punkt A, zeichnete ein, wo Punkt A mit Punkt B zusammentraf, bis er von Tinte und Schweiß überströmt war. Am Abend tauchte er stolzgeschwellt wieder auf, Zweiglein in Haaren und Bart, und präsentierte jedem Pechvogel, dessen er habhaft werden konnte, seine tinten- und schweißbefleckte Karte des Labyrinths.

Anschließend saß er die ganze Nacht daran, die Karte so abzumalen, dass sie perfekt war. Absolut perfekt, jeder Zweig an seinem Platz. Doch wenn er am nächsten Morgen mit der Karte in den Irrgarten trat, war er auf der Stelle hoffnungslos verloren. Gegen Mittag fand er zumeist wieder den Ausgang, so dass es gerade noch lange genug hell war, um die Karte neu zu zeichnen – und so weiter, jeden Tag, seit mittlerweile einem Jahr.

Heute hatte Conundrum sich bereits bis zur Hälfte durch das Labyrinth gearbeitet. Kniend vermaß er den Winkel einer Zickzackbiegung, als er feststellen musste, dass ein Fuß ihm den Weg versperrte. Der Fuß steckte in einem Stiefel, der an einem Bein saß, das – wie er beim Aufschauen bemerkte – zu einem Kender gehörte.

»Entschuldigung«, begann der Kender höflich, »aber ich habe mich verlaufen, und ich frage mich ...«

»Verlaufen! Verlaufen!« Conundrum kam hurtig auf die Beine, warf dabei jedoch sein Tintenfass um, so dass auf dem grasbewachsenen Weg ein dicker, rotblauer Fleck entstand. Aufschluchzend umschlang der Gnom den Kender mit beiden Armen. »Wie beruhigend! Ich freue mich ja so! So sehr! Du weißt gar nicht, wie sehr!«

»Na, na, na«, beruhigte der Kender den Gnom und klopfte ihm auf den Rücken. »Es wird bestimmt alles wieder gut. Hast du ein Taschentuch? Hier, du kannst meins haben. Eigentlich gehört es ja Palin, aber es macht ihm bestimmt nichts aus.«

»Danke«, schniefte der Gnom, ehe er sich geräuschvoll die Nase putzte.

Normalerweise sprechen Gnomen außerordentlich schnell. Dabei reihen sie alle Worte ohne Pause aneinander, weil sie wohl glauben, dass man nie ans Ende eines Satzes kommt, wenn man sich nicht beeilt. Conundrum lebte jedoch schon lange genug unter Menschen, um gelernt zu haben, wie man sein Sprechtempo verlangsamt. Inzwischen redete er sehr langsam und stockend, weshalb andere Gnomen, denen er begegnete, ihn für ziemlich begriffsstutzig hielten.

»Tut mir Leid, dass ich so außer mir war.« Der Gnom schnüffelte. »Aber ich arbeite schon so lange hier, und es war noch nie jemand so nett, sich zu verlaufen ...« Wieder begann er zu weinen.

»Freut mich, dass ich dir behilflich sein konnte«, sagte der Kender eilig. »Da ich mich nun aber verlaufen habe, dachte ich, du könntest mir vielleicht den Ausgang zeigen. Weißt du, ich bin gerade erst auf magische Weise hier gelandet.« Darauf war der Kender ziemlich stolz, deshalb wiederholte er es, damit der Gnom auch wirklich beeindruckt war. »Auf magische Weise, sehr geheim und rätselhaft, sonst würde ich dir davon erzählen. Leider habe ich äußerst dringende Geschäfte. Ich suche Goldmond. Eigentlich müsste sie hier sein, denn als die Magie wirkte, habe ich gerade ganz fest an sie gedacht. Ich heiße übrigens Tolpan Barfuß.«

»Conundrum Solitaire«, erwiderte der Gnom. Die beiden schüttelten einander die Hand. Anschließend ruinierte Tolpan Palins Taschentuch endgültig, indem er sich damit die restliche Tinte von den Fingern abputzte.

»Ich kann dir den Ausgang zeigen«, fügte der Gnom eifrig hinzu. »Ich habe nämlich diese Karte gezeichnet.«

Stolz präsentierte Conundrum Tolpan seine Karte, ein riesiges Pergament, das quer über dem Weg zwischen den Hecken lag und sich an beiden Seiten nach oben bog. Die Karte war größer als der Gnom – ein ziemlich kleiner Gnom mit trüben Augen, einem angedeuteten Lächeln, nussbrauner Haut und einem langen, zerfaserten Bart, der wohl einst weiß gewesen war, inzwischen jedoch etliche Tintenflecken aufwies, weil der Gnom ihn unweigerlich durch die feuchte Tinte zog, wenn er über seine Karte krabbelte.

Es war eine ziemlich komplizierte Karte, voller Kreuze und Pfeile mit gekritzelten Anmerkungen wie »Nicht betreten« oder »Hier links abbiegen«, alles in der Geheimsprache. Tolpan betrachtete die Karte. Als er aufschaute, entdeckte er das Ende des Weges, auf dem sie sich befanden. Dort öffnete sich die Hecke, und er sah die Sonne auf ein paar wunderschöne, kuppelförmige Kristallgebilde scheinen, die das Sonnenlicht einfingen und in Regenbogen verwandelten. Zwei goldene Drachen bildeten einen eindrucksvollen Torbogen. Das Gelände war grün und voller Blumen. Weiß gekleidete Personen spazierten umher, die sich mit gedämpfter Stimme unterhielten.

»Oh, das muss der Ausgang sein«, stellte Tolpan fest. »Trotzdem vielen Dank.«

Der Gnom blickte auf seine Karte und dann auf das, was unbestreitbar der Ausgang aus dem Labyrinth war.

»Mist«, fluchte er und begann, auf der Karte herumzustampfen.

»Tut mir schrecklich Leid«, beteuerte Tolpan zerknirscht. »Es war wirklich eine nette Karte.«

»Ha!« Conundrum trampelte auf der Karte herum.

»Also, wenn du mich jetzt entschuldigst, aber ich muss gehen«, fuhr Tolpan fort, der sich bereits zum Ausgang vorschob. »Aber sobald ich mit Goldmond gesprochen habe, komme ich gern zurück und verlaufe mich noch mal, falls dir das hilft.«

»Bah!«, brüllte der Gnom, der gerade sein Tintenfass in die Hecke trat.

Das Letzte, was Tolpan von Conundrum sah, war, dass dieser wieder am Beginn des Labyrinths hockte, wo er seinen Fuß vermaß, um die genaue Entfernung zwischen der ersten und der zweiten Biegung abschreiten zu können.

Tolpan marschierte ein ganzes Stück von dem Irrgarten weg und wollte schon in ein zauberhaftes Gebäude aus funkelndem Kristall eintreten, als er hinter sich Schritte vernahm und eine Hand auf seiner Schulter fühlte.

»Hast du ein Anliegen in der Zitadelle des Lichts, Kender?«, fragte eine Stimme in der Gemeinsprache.

»Wo?«, wunderte sich Tolpan. »Oh, ja. Natürlich.«

Da er es gewohnt war, die schwere Hand des Gesetzes auf seiner Schulter zu spüren, überraschte es ihn nicht, sich im Gewahrsam einer großen, jungen Frau mit strengem Gesicht wiederzufinden, die Helm und Hemd einer silbernen Kettenrüstung trug, welche in der Sonne glitzerten. Außerdem hatte sie eine lange Schärpe mit dem Symbol der Sonne um und war mit einem Schwert bewaffnet, das in einer silbernen Scheide an ihrer Hüfte hing.

»Ich wollte zu Goldmond, meine Dame«, erklärte Tolpan höflich. »Die Sache ist dringend. Ziemlich dringend. Wenn Ihr mir also einfach sagen könntet, wo …«

»Was gibt es denn, Wächterin?«, erkundigte sich eine zweite Stimme. »Ärger?«

Tolpan verrenkte sich den Hals und erspähte eine weitere Frau in Rüstung, nur trug diese die Rüstung einer Ritterin von Solamnia. Von zwei anderen Rittern von Solamnia flankiert, kam sie den Weg entlang.

»Ich bin nicht sicher, Lady Camilla«, antwortete die Wache, nachdem sie salutiert hatte. »Dieser Kender hier möchte zu Goldmond.«

Die beiden wechselten einen Blick. Tolpan kam es so vor, als lege sich ein Schatten über das Gesicht der Ritterin. »Was wünscht ein Kender von der Großmeisterin?«

»Von wem?«, wunderte sich Tolpan.

»Von der Großmeisterin Goldmond.«

»Wir sind alte Freunde«, erklärte Tolpan. Er streckte die Hand aus. »Mein Name ist …« Er hielt inne. Inzwischen irritierte es ihn außerordentlich, dass die Leute ihn so komisch anstarrten, sobald er seinen Namen sagte. Er zog die Hand zurück. »Ist unwichtig. Wenn Ihr mir einfach sagen könntet, wo ich Goldmond finde …«

Keine der Frauen antwortete, aber Tolpan bemerkte, wie die Ritterin kurz zur größten Kristallkuppel blickte. Augenblicklich erriet er, wo er hin musste.

»Ihr seht beide sehr beschäftigt aus«, sagte er, während er von ihnen abrückte. »Tut mir Leid, wenn ich Euch von etwas abgehalten habe. Wenn Ihr mich jetzt entschuldigen würdet …« Schon war er davongeflitzt.

»Soll ich ihm nachsetzen?«, hörte er die Wache fragen.

»Nein, lass ihn laufen«, wehrte Lady Camilla ab. »Die Großmeisterin ist großzügig, was Kender angeht.«

»Aber er könnte sie aus ihrer Abgeschiedenheit reißen«, entgegnete die Wächterin.

»Wenn er das schafft, schenke ich ihm dreißig Stahlmünzen«, erwiderte Lady Camilla.

Die Ritterin war fünfzig Jahre alt, eine schöne Frau bei bester Gesundheit, auch wenn sie silberne Strähnen in den schwarzen Haaren hatte. Sie vermittelte einen ernsten, gemessenen Eindruck tadelloser Haltung und war bestimmt kein Mensch, der seine Gefühle zur Schau stellt. Dennoch bemerkte Tolpan bei diesen Worten ein Seufzen in ihrer Stimme.

Der Kender griff nach der Tür zum Kristalldom und blieb stehen, denn er erwartete, dass gleich jemand kommen und ihm erklären würde, er gehöre nicht hierher. Tatsächlich tauchten zwei Männer in weißen Roben auf, die ihn jedoch nur anlächelten und freundlich grüßten.

»Euch auch einen guten Tag, meine Herren.« Tolpan verneigte sich. »Ich habe mich übrigens verlaufen. Was ist das für ein Gebäude?«

»Das große Lyzeum«, antwortete der eine.

»Oh«, sagte Tolpan mit klugem Gesicht, obwohl er keine Ahnung hatte, was ein Lyzeum war. »Wie schön, dass ich es gefunden habe. Danke sehr.«

Nachdem er sich von den beiden Herren verabschiedet hatte, betrat der Kender das große Lyzeum. Eine gründliche Durchsuchung, bei der er einige Türen öffnen, Unterricht unterbrechen, unzählige Fragen stellen und persönliche Gespräche belauschen musste, ergab, dass der Kender sich im Großen Saal befand, einem beliebten Ort der Zusammenkunft für alle, die in der Zitadelle des Lichts lebten, arbeiteten oder studierten.

Jetzt am Nachmittag war es im Großen Saal recht ruhig. Nur wenige Leute lasen oder sprachen in kleinen Gruppen miteinander. Am Abend würde es hier wieder voll werden, denn in diesem Saal der Zitadelle wurde auch das Nachtmahl eingenommen, zu dem sich Lehrer wie Studenten hier versammeln würden.

Die Räume innerhalb des Kristalldoms leuchteten vom Sonnenlicht. Es gab reichlich bequeme Stühle. An einem Ende des ausgedehnten Saals standen lange Holztische. Aus der Küche, die ein Stockwerk tiefer lag, wehte der Duft nach frisch gebackenem Brot herauf. Am gegenüberliegenden Ende befanden sich die Empfangssäle, von denen ein Teil mit Studenten und deren Meistern belegt waren.

Für Tolpan war es nicht schwer, Informationen über Goldmond zu bekommen. Jedes Gespräch, das er mit anhörte und die Hälfte derer, die er unterbrach, drehte sich um die Großmeisterin. Offenbar machten sich alle große Sorgen um sie.

»Ich kann nicht fassen, dass die Meister das so lange zulassen«, sagte eine Frau zu einer Besucherin. »Dass die Großmeisterin sich derart in ihrem Zimmer einschließt! Vielleicht ist sie in Gefahr. Sie könnte doch auch krank sein.«

»Hat denn niemand versucht, mit ihr zu reden?«

»Selbstverständlich haben wir das versucht!« Die Frau schüttelte den Kopf. »Wir machen uns doch alle Sorgen um sie. Seit der Nacht des Sturms hat sie niemanden zu sich gelassen, mit niemandem gesprochen, nicht einmal mit ihren engsten Vertrauten. Am Abend stellen wir ihr etwas zu essen und Wasser hin. Am anderen Morgen ist das Tablett immer leer. Sie hinterlässt uns Nachrichten, aus denen hervorgeht, dass es ihr gut geht, aber sie bittet uns darum, ihren Rückzug zu respektieren und sie nicht zu stören.«

»Ich störe sie ja nicht«, sagte sich Tolpan. »Ich erzähle ihr ganz schnell, was passiert ist, dann verschwinde ich wieder.«

»Was sollen wir tun?«, fuhr die Frau fort. »Es ist wirklich ihre Handschrift. Da sind wir uns alle einig.«

»Das beweist nichts. Sie könnte eine Gefangene sein. Womöglich schreibt sie diese Zettel unter Druck, besonders wenn sie befüchten müsste, sie würde sonst anderen in der Zitadelle schaden.«

»Aber aus welchem Grund? Wenn sie eine Geisel wäre, würde man doch ein Lösegeld oder irgendetwas anderes von uns fordern. Aber niemand ist an uns herangetreten. Wir wurden auch nicht angegriffen. Die Insel ist so friedlich, wie sie es in diesen finsteren Zeiten nur sein kann. Schiffe kommen und gehen. Jeden Tag treffen Flüchtlinge ein. Unser Leben geht weiter wie immer.«

»Was ist mit dem Silberdrachen?«, erkundigte sich die andere Frau. »Spiegel ist einer der Hüter der Schallmeerinsel und der Zitadelle des Lichts. Ich möchte meinen, dass der Drache mit seiner Magie erkennen müsste, ob etwas Böses von der Großmeisterin Besitz ergriffen hat.«

»Das könnte er zweifellos, aber auch Spiegel ist verschwunden«, gestand ihre Freundin hilflos. »Er ist ausgeflogen, als der Sturm am schlimmsten war. Seither hat ihn niemand mehr gesehen.«

»Ich kannte mal eine Silberdrachenfrau«, mischte sich Tolpan nun doch in das Gespäch ein. »Ihr Name war Silvara. Ich habe unbeabsichtigt mitgehört, was ihr über Goldmond gesagt habt. Sie ist eine meiner besten Freundinnen. Ich mache mir große Sorgen um sie. Wo war noch ihr Zimmer?«

»Ganz oben im Lyzeum. Diese Treppe dort hoch«, gab die Frau Auskunft.

»Danke«, sagte Tolpan und schlug die angezeigte Richtung ein.

»Aber niemand darf dort hinauf«, fügte die Frau streng hinzu.

Tolpan drehte sich wieder um. »Ach, natürlich. Ich verstehe. Danke.«

Die beiden Frauen gingen davon, um ihr Gespräch fortzusetzen. Tolpan lungerte noch ein wenig herum und bewunderte die große Statue eines Silberdrachen, die einen Ehrenplatz in der Mitte des Saals einnahm. Als die Frauen verschwunden waren, schaute der Kender sich um. Da ihn niemand beachtete, begann er, die Treppe hinaufzusteigen.

Goldmonds Gemächer lagen ganz oben in der Spitze des großen Lyzeums. Eine Wendeltreppe mit mehreren hundert Stufen führte über die verschiedenen Ebenen hinauf. Es war ein langer Aufstieg, und die Stufen waren für die langen Beine von Menschen gedacht, nicht für kurze Kenderbeine. Anfangs war Tolpan die

Treppe voller Begeisterung hinaufgesprungen, doch nach der fünfundsiebzigsten Stufe musste er sich setzen, um zu verschnaufen.

»Puh!«, keuchte er. »Ich wünschte, ich wäre ein Silberdrache. Dann hätte ich wenigstens Flügel.«

Die Sonne senkte sich bereits ins Meer, als Tolpan – nach einigen weiteren Pausen – die Spitze erreichte.

Hier endete die Treppe, weshalb der Kender mutmaßte, dass er das Stockwerk erreicht haben dürfte, in dem Goldmond wohnte. Auf den ersten Blick wirkte der Gang friedlich und still, jedenfalls kam ihm das so vor. Am Ende des Gangs befand sich eine Tür, die mit Weizengarben, Weinreben, Früchten und Blumen geschmückt war. Als Tolpan sich dieser Tür näherte, bemerkte er ein leises Weinen.

Der weichherzige Kender vergaß seine eigenen Probleme. Leise klopfte er an die Tür. »Goldmond!«, rief er aus. »Ich bin's, Tolpan. Stimmt etwas nicht? Vielleicht kann ich dir helfen.«

Sofort brach das Weinen ab, stattdessen herrschte Schweigen.

»Goldmond«, begann Tolpan wieder. »Ich muss wirklich mit dir reden ...«

Eine Hand senkte sich auf seine Schulter. Erschrocken fuhr Tolpan hoch und stieß sich dabei den Kopf an der Tür. Schnell blickte er sich um.

Palin bedachte ihn mit einem strengen Blick.

»Dachte ich mir doch, dass ich dich hier finde«, stellte er fest.

»Ich komme nicht mit zurück«, beharrte Tolpan, der sich den Kopf rieb. »Noch nicht. Erst muss ich Goldmond sprechen.« Misstrauisch musterte er den Zauberer. »Warum bist du hier?«

»Wir haben uns Sorgen um dich gemacht«, gab Palin zur Antwort.

»Ha«, murmelte Tolpan. Er rückte von Palin ab und wandte sich wieder der Tür zu. »Goldmond!« Wieder pochte er an die Tür. »Lass mich rein! Ich bin's, Tolpan!«

»Großmeisterin«, fügte Palin hinzu, »ich stehe mit Tolpan

hier. Es ist etwas sehr Seltsames geschehen. Wir hätten gern deinen weisen Rat.«

Nach kurzem Schweigen erhob sich eine Stimme, der das Weinen noch anzuhören war. »Du musst mir verzeihen, Palin, aber ich empfange zurzeit niemanden.«

»Goldmond«, drängte Palin nach einem Augenblick. »Ich bringe sehr traurige Nachrichten. Mein Vater ist tot.«

Kurzes Schweigen, dann wieder die angespannte, gedämpfte Stimme. »Caramon ist gestorben?«

»Vor mehreren Wochen. Er starb in Frieden.«

»Ich bin gerade rechtzeitig für die Grabrede eingetroffen, Goldmond«, ergänzte Tolpan. »Zu schade, dass du sie verpasst hast. Aber ich könnte sie wiederholen, wenn du …«

Hinter der Tür erhob sich ein schrecklicher Schrei. »Oh, der Glückliche! Oh, dieser Glückliche!«

Palin machte ein ernstes Gesicht. »Goldmond!«, rief er. »Bitte, lass mich ein!«

Tolpan legte sehr bedrückt die Nase an den Türknauf.

»Goldmond«, sagte er durch das Schlüsselloch. »Es tut mir so Leid, dass es dir schlecht geht. Auch, dass Flusswind tot ist. Aber ich habe gehört, dass er als Held gestorben ist und mein Volk vor dem Drachen gerettet hat, dabei gab es bestimmt so manchen, der nicht fand, dass man Kender unbedingt retten müsste. Ich möchte, dass du weißt, dass ich dankbar dafür bin. Ich bin wirklich stolz, dass Flusswind mein Freund war.«

»Das ist ein ganz gemeiner Trick, Palin«, schimpfte die Stimme von drinnen. »Du hast das Talent deines Onkels geerbt, deine Stimme zu verstellen. Jedermann weiß, dass Tolpan Barfuß tot ist.«

»Bin ich überhaupt nicht«, widersprach Tolpan. »Das ist ja gerade das Problem. Jedenfalls für *manche* Leute.« Er bedachte Palin mit einem strengen Blick. »Ich bin es wirklich, Goldmond«, fuhr Tolpan fort. »Wenn du durch das Schlüsselloch guckst, kannst du mich sehen.«

Er winkte.

Ein Schloss klickte. Langsam öffnete sich die Tür. Im Türrahmen stand Goldmond. Ihr Zimmer war von vielen Kerzen erhellt, deren Licht sie mit einem Heiligenschein umgab. Der Gang, in den sie trat, war bis auf das Licht eines einzelnen roten Sterns ganz finster. Sie war in Schatten gewandet. Tolpan konnte sie nicht sehen.

»Großmeisterin ...« Mit ausgestreckter Hand trat Palin vor.

Goldmond drehte sich zur Seite, damit das Licht aus dem Zimmer ihr Gesicht beleuchten konnte. »Bitte sehr ...«, flüsterte sie.

Das Kerzenlicht brachte dichtes, goldenes, prachtvolles Haar zum Glänzen. Es schimmerte auf einem Gesicht, das glatt und weich war, in Augen, die blau wie der Morgenhimmel waren und aus denen die Jugend strahlte. Ihr Körper war so stark wie zu der Zeit, als sich die Häuptlingstochter in einen jungen Krieger namens Flusswind verliebt hatte. Neunzig Jahre hatte Goldmond auf der Welt gelebt, doch ihr Körper, ihre Haare, ihre Augen, ihre Stimme, Lippen und Hände waren die der jungen Frau, welche den Stab mit dem blauen Kristall ins Wirtshaus »Zur Letzten Bleibe« getragen hatte.

Trotz ihrer Schönheit stand sie voller Trauer vor ihnen. Ihr Kopf hing herab wie die Knospe einer abgeschnittenen Rose.

»Was ist das für ein Wunder?«, rief Palin ehrfürchtig aus.

»Kein Wunder«, erwiderte Goldmond bitter. »Ein Fluch.«

»Du bist verflucht?«, erkundigte sich Tolpan interessiert. »Ich auch!«

Goldmond wandte sich dem Kender zu und betrachtete ihn von oben bis unten. »Du bist es tatsächlich!«, murmelte sie. »Ich habe deine Stimme erkannt. Warum bist du hier? Wo bist du gewesen? Wieso bist du gekommen?«

Tolpan schüttelte ihr höflich die Hand. »Das würde ich dir alles furchtbar gern erzählen, Goldmond. Alles über Caramons erste Beerdigung und dann die zweite Beerdigung, und wie ich verflucht bin. Aber Palin versucht gerade, mich umzubringen.

Ich wollte fragen, ob du ihn nicht davon abbringen kannst. Also rede einfach mit ihm, ich verschwinde schon mal.«

Tolpan flitzte davon. Er war schon beinahe an der Treppe, wo er die Stufen hinuntereilen wollte, als Palins Hand ihn am Hemdkragen erwischte.

Tolpan zappelte und wand sich. Er probierte es mit zahllosen Kendertricks aus jahrelangen Fluchtübungen vor den langen Armen verärgerter Wachtmeister und aufgebrachter Ladenbesitzer. Er wendete den alten Drehbiss an, dazu den immer wirksamen Stampftritt, doch Palin war gegen beide gewappnet. Zuletzt griff Tolpan in seiner Verzweiflung auf die Eidechse zurück. Er versuchte, seine Arme aus den Hemdsärmeln zu ziehen, obwohl er es bedauerte, das Hemd zurückzulassen, doch wie die Eidechse, die einen Teil ihres Schwanzes in der Hand des Fängers lässt, würde er frei sein. Leider erwies sich das neue Hemd als etwas zu eng, so dass auch dieses Manöver fehlschlug. Palin war dünn, aber stark, und obendrein war er fest entschlossen, den Kender nicht loszulassen.

»Was redet er da?«, fragte Goldmond, die Tolpan verwirrt anstarrte. Ihr Blick wanderte zu Palin. »Willst du ihn wirklich umbringen?«

»Natürlich nicht«, wehrte Palin ungeduldig ab.

»Von wegen!«, murmelte Tolpan, der sich immer noch wand.

»Hör zu, Tolpan. Was vorhin passiert ist, tut mir ehrlich Leid«, begann Palin.

Er schien fortfahren zu wollen, doch dann seufzte er und ließ den Kopf hängen. Er wirkte alt, älter als Tolpan sich erinnern konnte, dabei hatte er ihn eben noch gesehen. Die Falten in seinem Gesicht waren schärfer und dunkler geworden, die Haut über den Knochen war straff gespannt. Er blinzelte zu häufig und rieb sich oft die Augen, als läge ein Schleier darüber. Obwohl Tolpan immer noch weglaufen wollte, berührte ihn Palins offensichtliche Bedrängnis. Der Kender beschloss, ihm wenigstens noch zuzuhören.

»Entschuldige bitte, Tolpan«, bat Palin schließlich mit belegter Stimme. »Ich war durcheinander. Ich hatte Angst. Jenna war sehr wütend auf mich. Nachdem du fort warst, sagte sie, sie könne dir dein Verschwinden nicht verdenken. Sie hatte Recht. Ich hätte dir alles lieber ruhig und vernünftig erklären sollen, anstatt dich anzuschreien. Nach allem, was ich gesehen habe, bin ich durchgedreht.«

Er sah Tolpan an und seufzte tief. »Tolpan, ich wünschte, es gäbe einen anderen Weg. Du musst es verstehen. Ich werde versuchen, es dir so gut wie möglich zu erklären. Du hättest sterben sollen. Weil du aber nicht gestorben bist, ist es denkbar, dass dies der Grund ist, weshalb der Welt all das Schreckliche zugestoßen ist, was seither geschah. Anders ausgedrückt: Wenn du tot wärst, wäre die Welt vielleicht so, wie du sie bei der ersten Beerdigung meines Vaters erlebt hast. Verstehst du?«

»Nein«, erwiderte Tolpan.

Palin musterte den Kender mit sichtlicher Enttäuschung. »Ich fürchte, besser kann ich es nicht erklären. Vielleicht sollten wir das alles mit Goldmond besprechen. Du brauchst nicht wieder wegzulaufen. Ich werde dich nicht zwingen zurückzukehren.«

»Ich will dich ja nicht kränken, Palin«, gab Tolpan zurück, »aber du kannst mich zu gar nichts zwingen. Ich habe das Gerät, nicht du.«

Palin schaute den Kender mit großem Ernst an, bis plötzlich ein unerwartetes Lächeln auf seine Lippen trat. Es war kein richtiges Lächeln, eher der Anflug davon, denn es hob nur die Winkel seiner schmalen Lippen, ohne seine unglücklichen Augen zu erreichen, aber es war ein Anfang.

»Das stimmt, Tolpan«, pflichtete er ihm bei. »Du hast das Gerät. Du weißt selbst, was richtig ist. Du weißt, dass du Fizban ein Versprechen gegeben hast. Er hat darauf vertraut, dass du es hältst.«

Palin hielt inne, ehe er leise fortfuhr: »Ist dir eigentlich klar, Tolpan, dass Caramon bei *deiner* Beerdigung gesprochen hat?«

»Ehrlich?« Tolpan staunte. »Ich wusste gar nicht, dass ich beerdigt wurde! Ich dachte, es würde einfach nicht viel von mir übrig bleiben, höchstens ein paar Hautfetzen zwischen den Riesenzehen. Was hat Caramon gesagt? War viel los? Hat Jenna Käsehäppchen mitgebracht?«

»Es war ungeheuer viel los«, berichtete Palin. »Aus ganz Ansalon kamen die Gäste, um einem Kenderhelden die letzte Ehre zu erweisen. Mein Vater bezeichnete dich als ›den Inbegriff eines Kenders‹. Er sagte, du wärst ein Beispiel für die besten Eigenschaften deines Volkes gewesen: edel, opferbereit, mutig und vor allem ehrenhaft.«

»Vielleicht hat sich Caramon in mir getäuscht«, meinte Tolpan unsicher, während er Palin aus dem Augenwinkel musterte.

»Vielleicht hat er das«, bestätigte Palin.

Tolpan gefiel gar nicht, wie Palin ihn ansah – als würde er sich in etwas so Ekelhaftes wie eine zerquetschte Kakerlake verwandeln. Er wusste nicht, was er tun oder sagen sollte – ein ziemlich ungewöhnliches Gefühl für ihn. Dieses Gefühl hatte er seines Wissens noch nie gehabt, und es sollte möglichst auch nie wieder kommen. Die Stille zog sich in die Länge, bis Tolpan befürchtete, dass das Schweigen demjenigen, der es brach, gewaltsam ins Gesicht schnellen würde. Deshalb war er sehr dankbar, als sich auf der Treppe etwas rührte, das Palin ablenkte und das angespannte Schweigen unterbrach.

»Großmeisterin!«, rief Lady Camilla. »Wir dachten, wir hätten Eure Stimme gehört. Es hieß, ein Kender wäre hier hochgelaufen …«

Als sie die Spitze der Treppe erreichte, erblickte sie Goldmond.

»Großmeisterin!« Die Ritterin blieb wie angewurzelt stehen und starrte Goldmond an. Hinter ihr sammelten sich die sprachlosen Wachen der Zitadelle.

Das war Tolpans Gelegenheit, erneut einen Fluchversuch zu unternehmen. Niemand würde ihn daran hindern. Niemand achtete auf ihn. Er konnte an allen vorbeischlüpfen und davonlaufen. Der Gnom Conundrum hatte bestimmt ein Segelboot. Gnomen besaßen immer Segelboote. Manchmal sogar fliegende und mitunter welche, die segelten und flogen, obwohl das gewöhnlich mit einer Explosion endete.

Ja, dachte Tolpan, während er die Treppe betrachtete, auf der die fassungslosen Wachen standen. Das mache ich. Ich verschwinde. Auf der Stelle. Ich renne. Gleich. Meine Füße rennen schon los.

Aber seine Füße hatten offenbar andere Pläne, denn sie blieben einfach stehen.

Vielleicht dachten seine Füße dasselbe wie sein Kopf. Der war nämlich mit dem beschäftigt, was Caramon gesagt hatte. Das waren fast dieselben Worte, die man über Sturm Feuerklinge und Tanis den Halbelfen gesagt hatte. Und später also auch über ihn! Tolpan Barfuß! Er merkte, wie sein Herz warm wurde, aber gleichzeitig merkte er auch, wie sich etwas um seinen Magen legte. Das war viel unangenehmer, eine Art Druck von allen Seiten, als hätte er etwas Unverträgliches gegessen. Er fragte sich, ob das wohl die Hafergrütze sein mochte.

»Entschuldige, Goldmond«, unterbrach Tolpan das Starren mit offenem Mund und die allgemeine Begriffsstutzigkeit, die hier um sich griff. »Könnte ich wohl in dein Zimmer gehen und mich hinlegen? Es geht mir nicht gut.«

Goldmond riss sich zusammen. Ihr Gesicht war bleich und kalt, ihre Stimme bitter. »Ich wusste, dass es so sein würde. Ich wusste, ihr würdet mich anstarren wie ein Monstrum auf einem Jahrmarkt.«

»Verzeiht mir, Großmeisterin«, sagte Lady Camilla mit schamrotem Gesicht. Sie schlug die Augen nieder. »Ich bitte um Vergebung. Es ist einfach … dieses Wunder …«

»Das ist *kein* Wunder!«, wies Goldmond sie scharf zurecht. Sie hob den Kopf. Etwas von ihrer königlichen Ausstrahlung und ihrem Edelmut fiel von ihr ab. »Es tut mir Leid, dass ich so viel Unruhe gestiftet habe, Lady Camilla. Ich weiß, dass ich vielen damit weh getan habe. Bitte verbreitet in der Zitadelle, dass sich niemand mehr zu sorgen braucht. Es geht mir gut. Ich werde bald hinunterkommen, aber vorher möchte ich allein mit meinen Freunden sprechen.«

»Natürlich, ich erfülle Euch gern jeden Wunsch, Großmeisterin«, gab Lady Camilla zurück. Obwohl sie sich sehr bemühte, die Großmeisterin nicht anzustarren, staunte sie doch über Goldmonds wundersame Verwandlung.

Palin hüstelte viel sagend.

Lady Camilla zwinkerte. »Tut mir Leid, Großmeisterin. Nur ...«

Sie schüttelte den Kopf, weil sie ihre verwirrten Gedanken einfach nicht in Worte fassen konnte. Nach einem letzten Blick nach hinten, als müsse sie sich vergewissern, dass alles, was sie sah, den Tatsachen entsprach, hastete sie die Wendeltreppe hinunter. Nach kurzem Zögern folgten die Wachen der Ritterin. Tolpan hörte sie schon laut von einem »Wunder« sprechen.

»Alle werden so reagieren«, murmelte Goldmond gequält, während sie nachdenklich in ihr Zimmer zurückging. »Sie werden mich anstarren, mich bestaunen.« Schnell machte sie hinter ihnen die Tür zu und lehnte sich dagegen.

»Du kannst es ihnen kaum verdenken, Großmeisterin«, sagte Palin.

»Ja, ich weiß. Das ist einer der Gründe, weshalb ich mich hier eingeschlossen hatte. Ich hatte gehofft, die Verwandlung wäre nur ... vorübergehend.« Goldmond wies ins Zimmer. »Bitte setzt euch. Anscheinend haben wir viel zu besprechen.«

Ihr Raum war einfach eingerichtet: ein einfaches Holzbett, ein Schreibtisch, auf dem Boden handgewebte Teppiche und überall weiche Kissen. In einer Ecke stand eine Laute. Der letzte Einrichtungsgegenstand – ein hoher Standspiegel – lag auf dem Boden. Das zerbrochene Spiegelglas war zu einem sauberen Häuflein zusammengekehrt.

»Was ist geschehen, Großmeisterin?«, hakte Palin nach. »Ist diese Veränderung magischer Natur?«

»Ich weiß es nicht! Ich wünschte, ich wüsste eine Erklärung!«, klagte sie hilflos. »Es geschah in der Nacht des Gewitters.«

»Der Sturm«, murmelte Palin mit einem Blick auf Tolpan. »Während dieses Sturms sind offenbar viele seltsame Dinge geschehen. Der Kender traf in derselben Nacht ein.«

»Der Regen trommelte auf das Dach«, fuhr Goldmond fort, als hätte sie ihn nicht gehört. »Der Wind heulte und schlug gegen den Kristall, als wolle er ihn zerschmettern. Ein gleißender Blitz erhellte das ganze Zimmer, heller als der hellste Sonnenschein. Er war so hell, dass er mich blendete. Eine Weile konnte ich überhaupt nichts sehen. Kurz darauf war die Blindheit vorbei. Ich erblickte mein Spiegelbild.

Zuerst ... zuerst dachte ich, es wäre jemand im Zimmer. Ich wandte mich um, aber da war niemand. Erst als ich mich wieder dem Spiegel zudrehte, habe ich mich erkannt. Nicht wie ich war, nicht grau, runzlig und alt, sondern jung. Jung wie an meinem Hochzeitstag ...«

Sie schloss die Augen. Tränen rannen über ihre Wangen.

»Das Klirren, das sie unten hörten«, folgerte Palin. »Du hast den Spiegel zerbrochen.«

»Ja!«, schrie Goldmond mit geballten Fäusten. »Ich war ihm schon so nahe, Palin! So nah! Bald wären Flusswind und ich zusammen gewesen. Er hat so geduldig gewartet. Er wusste, dass ich wichtige Aufgaben hatte, aber meine Arbeit hier ist getan. Ich konnte hören, wie er mich zu sich rief. Wir wären für immer zusammen gewesen. Endlich würde ich wieder bei meinem Liebsten sein und ... und jetzt ... das!«

»Du hast absolut keine Idee, wie es dazu kam?« Palin zögerte. Er runzelte die Stirn. »Vielleicht ein geheimer Wunsch ... ein Trank ... ein magischer Gegenstand ...«

»Mit anderen Worten, ich hätte darum gebeten?« Goldmonds Stimme wurde kalt. »Nein, das habe ich nicht. Ich war zufrieden. Meine Arbeit ist getan. Andere haben die Kraft und den Mut, sie weiterzuführen. Ich möchte nur noch in den Armen meines Mannes ruhen, Palin. Ich möchte mit ihm in die nächste Stufe des Daseins eintreten. Flusswind und ich sprachen immer von jenem nächsten Schritt auf unserer großen Reise. Als ich einst bei Mishakal war, als sie mir den Stab schenkte, gewährte sie mir einen kurzen Blick auf jenen fernen Ort. Er ist so unsagbar schön …

Ich bin müde. So müde. Ich sehe jung aus, aber ich fühle mich nicht jung, Palin. Dieser Körper ist wie ein Kostüm, mein Gesicht eine Maske. Nur kann ich sie nicht abnehmen! Ich habe es versucht, aber es geht nicht!«

Goldmond drückte beide Hände fest auf ihre Wangen. Ihr Gesicht war voller Narben, und jetzt erkannte der entsetzte Tolpan den Grund dafür. In ihrer Verzweiflung hatte sie versucht, das weiche, feste Fleisch abzukratzen.

»In meinem Inneren bin ich immer noch alt, Palin«, erklärte Goldmond mit hohler Stimme. »Ich habe meine Lebensspanne durchlebt. Mein Mann ist mir vorausgegangen, meine Freunde sind tot. Ich bin allein. Ja, ich weiß.« Sie hob die Hand, um allen Einwänden zuvorzukommen. »Ich weiß, dass ich hier Freunde habe. Aber die stammen nicht aus meiner Zeit. Sie … singen nicht dieselben Lieder.«

Das Lächeln, mit dem sie Tolpan bedachte, war liebevoll, aber so traurig, dass dem Kender die Tränen in die Augen stiegen.

»Ist das meine Schuld, Goldmond?«, wollte Tolpan unglücklich wissen. »Ich wollte dich bestimmt nicht traurig machen! Ganz bestimmt nicht!«

»Nein, Kenderchen.« Mit einer sanften Berührung beruhigte ihn Goldmond. »Du hast mich wieder aufgeheitert. Und mir ein Rätsel gestellt.« Sie wandte sich an Palin. »Wie kommt er hierher? Ist er dreißig Jahre durch die Welt gestreift, während wir ihn für tot hielten?«

»Der Kender kam mit Hilfe eines magischen Geräts in der

Nacht des Sturms«, berichtete Palin mit gedämpfter Stimme. »Dem Zeitreisegerät, Goldmond. Einst gehörte es meinem Vater. Erinnerst du dich an die Geschichte, wie Caramon mit Lady Crysania in die Zeit zurückgereist ist ...«

»Ja, ich erinnere mich«, bestätigte Goldmond, die rot anlief. »Ich muss sagen, ich fand diese Geschichte deines Vaters immer etwas unglaubwürdig. Ohne den Bericht von Lady Crysania ...«

»Du brauchst dich nicht zu entschuldigen.« Palin lächelte. »Ich gebe zu, dass es auch mir schwer fiel, diese Geschichte zu glauben. Allerdings konnte ich vor Jahren, vor dem Chaoskrieg, mit Dalamar reden. Und ich habe mit Tanis dem Halbelfen gesprochen. Beide haben die Geschichte meines Vaters bestätigt. Darüber hinaus habe ich Par-Salians Notizen gelesen, in denen dargelegt war, wie es zu der Entscheidung gekommen war, meinen Vater in die Zeit zurückzuschicken. Zudem habe ich eine Freundin, die Dame Jenna, die im Turm der Erzmagier war, als mein Vater das Gerät Dalamar überreichte, damit der es sicher aufbewahrte. Sie hatte es schon einmal gesehen und erkannte es wieder. Dazu kommt meine eigene Erfahrung, die alles bezeugt. Tolpan ist im Besitz jenes magischen Geräts, mit dem mein Vater durch die Zeit gereist ist. Ich weiß es, weil ich es selbst benutzt habe.«

Goldmond machte große Augen. Leise und mit einem Seufzen sog sie die Luft ein.

»Willst du damit sagen, der Kender sei aus der Vergangenheit zu uns gekommen? Er sei durch die Zeit gereist? *Du* seist durch die Zeit gereist?«

»Tolpan«, gab Palin die Fragen weiter, »erzähl Goldmond, was du mir von Caramons Beerdigung berichtet hast. Der ersten. So kurz und präzise wie möglich.«

Da weder »kurz« noch »präzise« zum Wortschatz des Kenders zählten, war Tolpans Bericht ziemlich weitschweifig und voller Nebensächlichkeiten. Einmal verlor er sich völlig in einem Wortschwall, aus dem man ihn geduldig herauslotsen musste. Goldmond jedoch lauschte mit großer Aufmerksamkeit. Ohne ein einziges Wort einzuwerfen, saß sie neben ihm auf den Sitzkissen.

Als Tolpan erzählte, wie sie mit Flusswind bei Caramons erster Beerdigung gewesen war – ihr Mann grau und gebeugt, stolzer Häuptling der vereinten Stämme der Ebenen, in Begleitung seines Sohnes und seiner Töchter sowie der Enkel und Urenkel – begannen Goldmonds Tränen wieder zu fließen. Doch sie weinte lautlos vor sich hin, ohne ihren gebannten Blick von dem Kender zu lösen.

Tolpan brach erst ab, als ihm die Stimme versagte. Er bekam ein Glas Wasser zur Stärkung und streckte sich auf den Kissen aus.

»Nun, was hältst du von seiner Erzählung, Großmeisterin?«, fragte Palin.

»Eine Zeit, in der Flusswind *nicht* gestorben ist«, murmelte Goldmond. »Eine Zeit, in der wir zusammen alt werden. Ist das möglich?«

»Ich habe das Gerät benutzt«, berichtete Palin. »Ich bin in die Vergangenheit zurückgekehrt, weil ich jenen Moment zu finden hoffte, in dem wir die eine Zukunft gegen die andere eingetauscht haben. Ich hatte gehofft, einen solchen Moment zu finden, weil ich dachte, ich könnte vielleicht etwas ändern.«

»Das wäre sehr gefährlich«, mahnte Goldmond in scharfem Ton.

»Ja, möglich, aber es spielt ohnehin keine Rolle«, gab Palin zurück, »denn ich habe keinen solchen Moment in unserer Vergangenheit entdeckt.«

»Dann ist das eben so«, setzte Goldmond an.

Palin unterbrach sie. »Großmeisterin«, er schüttelte den Kopf, »ich habe überhaupt keine Vergangenheit gefunden.«

»Was soll das heißen? Keine Vergangenheit?«

»Ich bin in der Zeit zurückgereist«, erzählte Palin. »Ich sah das Ende des Chaoskriegs. Ich war Zeuge, wie die Götter abzogen. Als ich dahinter nachsah, als ich zum Beginn des Chaoskriegs oder zu noch früheren Ereignissen wollte, sah ich nichts als eine riesige, finstere Leere, als würde ich in einen gewaltigen Brunnen blicken.«

»Was hat das zu bedeuten?«, wunderte sich Goldmond.

»Ich weiß es nicht, Großmeisterin.« Palin warf Tolpan einen Blick zu. »Ich weiß nur eines: Vor vielen Jahren ist Tolpan Barfuß gestorben. Jedenfalls hätte er sterben sollen. Aber wie du siehst, sitzt er quicklebendig hier bei uns.«

»Deshalb wolltest du ihn zurückschicken, damit er stirbt«, murmelte Goldmond mit einem mitleidigem Blick auf Tolpan.

»Vielleicht irre ich mich. Vielleicht macht es keinen Unterschied. Ich gebe bereitwillig zu, dass ich von Zeitreisen nichts verstehe«, gestand Palin zerknirscht. »Das tut nur einer aus unserem Orden, nämlich Dalamar. Aber niemand weiß, ob er tot oder lebendig ist oder wie man ihn aufspüren kann, wenn er noch lebt.«

»Dalamar!« Goldmonds Gesicht verfinsterte sich. »Als ich erfuhr, dass er verschwunden und der Turm der Erzmagier zerstört war, habe ich mich aufrichtig darüber gefreut, dass diese bösen Zeiten doch noch ein Gutes hatten. Ich weiß, dass andere ihn mochten und ihm vertrauten – Tanis zum Beispiel, auch dein Vater. Aber jedes Mal, wenn ich ihn sah, nahm ich wahr, dass er im Dunkeln wandelte. Mehr noch, er liebte dieses Dunkel. Er wickelte sich darin ein, um seine Taten zu vertuschen. Ich glaube, Tanis und Caramon haben sich von ihm täuschen lassen, deshalb hoffe ich, dass er diese Welt verlassen hat. So schlimm alles auch sein mag, es ist besser, als wenn er unter uns wäre. Ich gehe davon aus«, ergänzte sie hart, »dass du dich nicht mit ihm einlassen wirst, sollte er doch wieder auftauchen.«

»Ich halte es für unwahrscheinlich, dass Dalamar überhaupt wiederkehrt«, wehrte Palin ungeduldig ab. »Wenn er nicht tot ist, dürften wir kaum Aussichten haben, ihn jemals zu finden. Nachdem ich nun aber mit dir gesprochen habe, Großmeisterin, finde ich es sehr auffällig, dass sich alle diese seltsamen Ereignisse in der Nacht des Sturms abspielten.«

»Der Sturm hatte eine Stimme«, gestand Goldmond erschaudernd. »Sie erfüllte mich mit Entsetzen, obwohl ich die Worte nicht verstand.« Sie blickte wieder Tolpan an. »Die Frage ist, was machen wir jetzt?«

»Das hängt von Tolpan ab«, erwiderte Palin. »Das Schicksal der Welt in den Händen eines Kenders.« Er wirkte sehr verdrossen.

Tolpan erhob sich würdevoll. »Ich werde gründlich darüber nachdenken«, verkündete er. »Das ist keine leichte Entscheidung. Ich muss vieles einbeziehen. Aber bevor ich nachdenken gehe und Conundrum helfe, die Karte vom Labyrinth fertig zu stellen, was ich ihm vorhin versprochen habe, möchte ich noch etwas sagen: Wenn ihr Menschen das Schicksal der Welt gleich in die Hände der Kender gelegt hättet, wäre hier jetzt bestimmt nicht alles durcheinander.«

Nachdem er diesen Pfeil auf Palin abgeschossen hatte, verließ Tolpan Barfuß den Raum.

8 Schlaf ein, mein Lieb', schlaf ein

Über eine Woche war vergangen, seit Mina den Marschbefehl für Silvanesti erhalten hatte. Während dieser Zeit hatte man Silvanoshei zum König des Reichs Silvanesti gekrönt, das unter seinem Schutzschild schlummerte, ohne das nahende Verhängnis zu bemerken.

Galdar hatte drei Tage gebraucht, um nach Khur zu eilen, wo er General Dogah Minas Befehl übergab. Weitere drei Tage war er von Khur aus nach Süden gelaufen, wo er sich mit Mina und ihren Soldaten treffen wollte. Er hatte sich an den Weg gehalten, den sie ihm auf der Karte gezeigt hatte. Sie zu finden, war leicht.

Die Spuren ihres Durchzugs waren überall zu sehen – Wagenspuren, Fußabdrücke, weggeworfene Ausrüstung. Wenn er die Armee so leicht aufspüren konnte, konnten die Oger das auch.

Galdar stapfte mit gesenktem Kopf durch den Matsch. Der Regen rann ihm in die Augen und tropfte von seiner Schnauze. Seit zwei Tagen regnete es ununterbrochen, seit Galdar zurück war, und es war auch kein Wetterumbruch in Sicht. Es handelte sich auch nicht um einen sanften, nieselnden Sommerregen, sondern um ein windgepeitschtes Gießen, das den Mut abkühlte und einen Schatten über die Seele warf.

Die Männer waren durchnässt, verfroren und niedergeschlagen. Der Weg war entweder so rutschig, dass man sich kaum halten konnte, oder so klebrig und matschig, dass es den Männern fast die Stiefel von den Füßen zog. Mindestens dreimal am Tag blieben die schwer beladenen Trosswagen im Schlamm stecken, so dass die Männer Stangen unter die Räder schieben und sie hinaushieven mussten. In solchen Fällen brauchte man Galdars Kraft. Sein Rücken und seine Schultern schmerzten vor Anstrengung, so oft hatte er schon einen Wagen angehoben, um die Räder zu befreien.

Die Soldaten hassten vor allem den Regen. Nicht in den Ogern, sondern in ihm sahen sie den Feind. Wenn der Regen auf die Helme der Soldaten prasselte, hörte es sich an, als würde jemand pausenlos auf einen Blechtopf trommeln, knurrte einer. Hauptmann Samuval und seine Bogenschützen sorgten sich, weil die Federn ihrer Pfeile so nass und verklebt waren, dass die Zielsicherheit nachlassen würde.

Mina verlangte von den Männern, mit der Dämmerung aufzubrechen und loszumarschieren – immer vorausgesetzt, dass eine Dämmerung kam, was in den letzten paar Tagen kaum der Fall gewesen war. Anschließend marschierten sie, bis das Tageslicht so nachließ, dass die Offiziere schon befürchteten, die Wagenlenker würden in der Dunkelheit vom Weg abkommen. Das Holz war so nass, dass nicht einmal die erfahrensten Feuermacher ein Feuer entzünden konnten. Die Mahlzeiten schmeckten nach Schlamm. Sie schliefen im Schlamm, den Kopf auf Schlamm gebettet, zugedeckt vom Regen. Am nächsten Morgen waren sie wieder auf den Beinen und marschierten weiter. Marschierten mit Mina zum Ruhm. Daran glaubten alle fest. Das wussten alle.

Die Mystiker behaupteten, die Soldaten hätten keine Chance, den magischen Schild zu passieren. Sie würden zwischen Hammer und Amboss gefangen sitzen – hinter ihnen die Oger, vor ihnen der Schild. Sie würden ein schimpfliches Ende erleiden. Doch die Soldaten verwarfen die Bedenken der Mystiker. Mina konnte den Schild anheben. Mit einer Berührung konnte sie ihn zerschlagen. Sie glaubten an ihre Anführerin, deshalb folgten sie ihr. Kein einziger Soldat desertierte während dieses langen, mühsamen Marsches.

Dennoch gab es Klagen, bittere Klagen, über den Matsch, den Regen, das kärgliche Essen und den Schlafmangel. Das Murren wurde lauter, bis auch Mina es nicht mehr überhören konnte. »Ich möchte nur eines wissen«, fluchte ein Mann, dessen Stimme das Glucksen des Schlamms um die Stiefel übertönte. »Wenn der Gott, dem wir folgen, will, dass wir siegen, warum schickt dieser Namenlose uns dann nicht Sonne und eine trockene Straße?«

Galdar trabte wie gewohnt neben Mina her. Er blickte zu ihr auf. Sie hatte das Murren schon eher bemerkt, bisher aber einfach nicht beachtet. Dieser Mann war der Erste, der es gewagt hatte, ihren Gott in Frage zu stellen.

Mina zügelte ihr Pferd und wendete. Sie galoppierte die Kolonne entlang, um den Mann zu suchen, der gesprochen hatte. Keiner seiner Kameraden verriet ihn, aber Mina fand ihn dennoch. Mit ihren Bernsteinaugen fixierte sie den Mann.

»Unteroffizier Paregin, richtig?«, sprach sie ihn an.

»Ja, Mina«, erwiderte er trotzig.

»Du hattest einen Pfeil in der Brust. Du lagst im Sterben. Ich habe dich ins Leben zurückgerufen«, schimpfte Mina. Sie war wütend. Noch nie zuvor hatten die Männer sie wütend gesehen. Galdar lief es kalt den Rücken herunter, denn plötzlich fiel ihm das entsetzliche Unwetter ein, aus dem sie getreten war.

Paregins Gesicht war schamrot. Er murmelte eine Entgegnung, senkte aber den Blick.

»Hör zu, Unteroffizier«, sagte Mina mit scharfer, kalter Stimme. »Wären wir im Trockenen unter glühend heißer Sonne unterwegs, dann würden nicht die Regentropfen eure Rüstungen durchdringen, sondern die Lanzen der Oger. Dieses Grau in Grau ist ein Vorhang, der uns vor den Blicken unserer Feinde schützt. Der Regen wäscht all unsere Spuren weg. Stell nie die Weisheit des Gottes in Frage, Paregin, besonders da du offenbar selbst nicht viel davon besitzt.«

Paregins Gesicht war blass geworden. »Vergib mir, Mina«, antwortete er mit bleichen Lippen. »Ich wollte nicht respektlos erscheinen. Ich verehre den Gott. Ich verehre dich.« Hingebungsvoll schaute er zu ihr auf. »Hätte ich doch Gelegenheit, das zu beweisen!«

Minas Gesicht wurde sanfter. Ihre Augen leuchteten, die einzige Farbe in dem trostlosen Grau. »Diese Gelegenheit wirst du bekommen, Paregin«, erklärte sie. »Das verspreche ich.«

Daraufhin wendete sie wieder ihr Pferd und galoppierte an die Spitze der Truppe zurück, so dass der Schlamm von den Hufen aufspritzte.

Die Männer senkten die Köpfe gegen den Regen und bereiteten sich aufs Weitermarschieren vor.

»Mina!«, rief eine Stimme von hinten. Rutschend und taumelnd eilte eine Gestalt nach vorne.

Mina hielt ihren Hengst an, um zu klären, was los war. »Einer aus der Nachhut«, meldete Galdar.

»Mina!« Keuchend gelangte der Mann zu ihr. »Blaue Drachen!«, japste er. »Von Norden.« Stirnrunzelnd blickte er sich um. »Ich schwöre es, Mina! Ich habe sie gesehen ...«

»Da!«, rief nun auch Galdar, der nach Norden wies.

Fünf blaue Drachen tauchten aus den Wolken auf. Ihre nassen Schuppen glitzerten. Die mitgenommene Armee wurde langsamer und kam erschrocken zum Stehen.

Die Drachen waren gewaltige Wesen, voll schrecklicher Schönheit. Der Regen glänzte auf den Schuppen, die so blau waren wie das Eis eines gefrorenen Sees unter einem klaren Winterhimmel. Furchtlos trotzten sie den Sturmböen, in denen sie ihre breiten Schwingen kaum bewegen mussten, um ihre schweren Körper in der Luft zu halten. Sie hatten keine Furcht vor den Blitzen, denn sie spien selbst Blitze aus. Sie konnten einen steinernen Turm in Schutt und Asche blasen oder einen Menschen, der tief unter ihnen stand, vernichten.

Mina sagte nichts. Sie gab keine Befehle, sondern beruhigte nur ihr Pferd, das beim Anblick der Drachen scheute. Schweigend schaute sie zu den blauen Drachen auf. Sie kamen näher. Jetzt konnte Galdar Reiter in schwarzer Rüstung auf ihren Rücken erkennen. Einer nach dem anderen zogen die blauen Drachen im Tiefflug über die durchnässte Kolonne hinweg. Die Drachenreiter und ihre Reittiere machten sich ein genaues Bild von der Armee, ehe die blauen Drachen mit den Flügeln schlugen und sich wieder zwischen die grauen Wolken zurückzogen.

Bald waren sie nicht mehr zu sehen, doch ihre Gegenwart war noch zu spüren, denn sie drückte den Männern das Herz zusammen und nagte an ihrem Mut.

»Was sollte das?« Hauptmann Samuval kämpfte sich durch den Schlamm. Beim Anblick der Drachen hatten seine Männer die Bögen gespannt und Pfeile aufgelegt. »Was hat das zu bedeuten?«

»Targonnes Kundschafter«, knurrte Galdar. »Er dürfte inzwischen erfahren haben, dass du seinem Befehl getrotzt und General Dogah einen eigenen Befehl geschickt hast, Mina. Das ist Verrat. Er wird dich vierteilen lassen und deinen Kopf auf einen Pfahl spießen.«

»Aber warum haben sie dann nicht angegriffen?«, wollte Hauptmann Samuval mit einem finsteren Blick zum Himmel wissen. »Seine Drachen hätten uns an Ort und Stelle einäschern können.«

»Richtig, aber was hätte er davon gehabt?«, hielt Mina dagegen. »Es nutzt ihm nichts, wenn er uns umbringt. Wenn wir jedoch Erfolg haben, profitiert er davon. Er ist ein kurzsichtiger, habgieriger, berechnender Mann. Jemand wie Targonne ist nichts und niemandem gegenüber loyal, deshalb kann er nicht glauben, dass andere loyal sein könnten. Jemand, der an nichts als das Klingeln der übereinander getürmten Münzen glaubt, kann den Glauben anderer nicht verstehen. Da er alle Leute an sich selbst misst, begreift er nicht, was hier geschieht. Deshalb weiß er auch nicht, wie er darauf reagieren soll. Ich werde ihm verschaffen, was er will. Unser Sieg wird ihm den Reichtum der Silvanesti und die Gunst von Malystryx verschaffen.«

»Bist du so sicher, dass wir gewinnen werden, Mina?«, erkundigte sich Galdar. »Nicht, dass ich Zweifel hätte«, fügte er hastig hinzu. »Aber fünfhundert Mann gegen die gesamte Silvanesti-Nation? Außerdem müssen wir noch durch das Land der Oger.«

»Natürlich werden wir gewinnen, Galdar«, versicherte Mina. »Der eine Gott hat es beschlossen.«

Kind der Schlacht, Kind des Krieges, Kind des Todes. Sie ritt vor, und die Männer folgten ihr durch den strömenden Regen.

Minas Armee marschierte am Thon-Thalas entlang nach Süden. Schließlich hörte der Regen auf. Die Sonne kehrte zurück. Ihre Hitze war den Soldaten willkommen, obwohl sie die Wärme und die trockenen Kleider mit einer Verdopplung der Patrouillen bezahlen mussten. Mittlerweile befanden sie sich tief im Ogerland.

Im Süden wurde den Ogern derzeit durch die verfluchten Elfen und die Stahllegion zugesetzt, im Norden drohten ihre ehemaligen Verbündeten. Da sie die Ritter von Neraka nicht aus dem

Norden vertreiben konnten, hatten die Oger ihre Armeen in letzter Zeit nach Süden verlagert, um die Angriffe auf die Stahllegion zu konzentrieren, die man für den schwächeren Gegner hielt.

Mina sandte täglich Spähtrupps aus, die teilweise weite Strecken zurücklegten. Sie berichteten, dass sich eine große Ogerarmee um das Fort der Stahllegion an der Grenze zu Silvanesti zusammenzog. In diesem Fort bereiteten sich die Stahllegion und eine Elfenarmee, vermutlich angeführt von der Dunkelelfe Alhana Sternenwind, darauf vor, den Angriff der Oger abzuwehren. Noch hatte die Schlacht nicht begonnen. Die Oger warteten auf etwas – Verstärkung vielleicht oder günstige Vorzeichen.

Mina hörte sich die Berichte der Kundschafter morgens vor dem Aufbruch an. Die Männer packten ihre Sachen, murrten wie üblich, waren aber besser gelaunt, seit der Regen aufgehört hatte. Die blauen Drachen, die ihnen folgten, hielten sich zurück. Mitunter bemerkte jemand dunkle Flügel oder einen Sonnenstrahl, der von blauen Schuppen reflektiert wurde, aber sie kamen nicht näher. Die Männer vertilgten ihr einfaches Frühstück und erwarteten den Befehl zum Aufbruch.

»Das sind gute Nachrichten, meine Herren«, lobte Mina die Späher, »aber wir dürfen in unserer Wachsamkeit nicht nachlassen. Wie nahe sind wir dem Schild, Galdar?«

»Die Späher berichten, es seien noch zwei Tagesmärsche, Mina«, antwortete der Minotaurus.

Der Blick ihrer Bernsteinaugen schweifte an ihm, an der Armee, an den Bäumen, am Fluss, ja, am Himmel selbst vorbei, wie es ihm vorkam. »Wir werden gerufen, Galdar. Ich fühle ein starkes Drängen. Wir müssen heute Abend an der Grenze zu Silvanesti sein.«

Galdar klappte der Unterkiefer herunter. Er war seiner Kommandantin treu ergeben. Er hätte sein Leben für sie geopfert und seinen Tod als Privileg empfunden. Ihre Strategien waren ungewöhnlich, aber sie hatten sich als wirkungsvoll erwiesen. Doch manches konnte nicht einmal sie vollbringen. Oder ihr Gott.

»Das schaffen wir nicht, Mina«, wehrte Galdar schlichtweg ab. »Die Männer marschieren ohnehin schon zehn Stunden am Tag. Sie sind erschöpft. Außerdem kommt der Tross nicht so schnell voran. Schau doch hin.« Er deutete zur Seite. Unter den Anweisungen des Quartiermeisters gruben dessen Männer einen der Wagen aus, der im Laufe der Nacht im Schlamm eingesunken war. »Sie können frühestens in einer Stunde losfahren. Du verlangst Unmögliches, Mina.«

»Dem einen Gott ist nichts unmöglich, Galdar«, hielt Mina dagegen. »Heute Nacht lagern wir neben dem Schild. Du wirst schon sehen. Ich ... Was ist das für ein Lärm?«

Ein gellender Hornstoß drang von hinten heran.

Die Soldatenkolonne erstreckte sich entlang der Straße, die über einen Hügel, um eine Biegung, in ein Tal hinunter und über einen weiteren Hügel führte. Als die Männer das Horn vernahmen, standen sie auf und blickten nach hinten. Diejenigen, die den Wagen ausgruben, unterbrachen ihre Arbeit.

Ein einzelner Späher kam auf den Hügel galoppiert. Die Soldaten sprangen eilig von der Straße, um ihm nicht im Weg zu stehen. Offenbar schrie er ihnen im Reiten eine Frage zu, denn viele deuteten zur Spitze hin. Mit gesenktem Kopf gab der Reiter seinem Pferd die Sporen und trieb es weiter.

Mina trat auf die Straße, um ihn zu erwarten. Als der Kundschafter sie erreichte, zügelte er sein Pferd so stark, dass das Tier sich aufbäumte.

»Mina!« Er war ganz außer Atem. »Oger! Hinter uns in den Bergen! Sie rücken schnell voran!«

»Wie viele?«, fragte sie.

»Schwer zu sagen. Sie sind weit aufgefächert, keine Marschkolonne oder so. Aber es sind eine Menge. Hundert. Vielleicht mehr. Sie kommen aus den Bergen herab.«

»Wahrscheinlich eine Räuberbande«, raunzte Galdar. »Bestimmt haben sie von der großen Schlacht im Süden gehört, und jetzt wollen sie sich ihren Anteil an der Beute holen.«

»Wenn sie unsere Fährte aufnehmen, dürften sie sich schnell genug zusammenrotten«, sagte Hauptmann Samuval voraus. »Und zwar in dem Moment, wo sie den Fluss erreichen.«

»Was sie offenbar gerade getan haben«, stellte Galdar fest.

Wütende und höhnische Schreie hallten durch die Berge. Die heiseren Töne von Widderhörnern erfüllten die Luft. Ein paar Oger hatten die Armee entdeckt und riefen ihre Kameraden zur Schlacht.

Die Meldung des Spähers verbreitete sich wie ein Buschfeuer unter Minas Soldaten, die sich sofort aufrappelten. Müdigkeit und Erschöpfung waren vergessen. Oger sind furchtbare Gegner, wilde, blutrünstige Hünen. Unter der Führung von Ogerzauberern konnte eine Ogerarmee strategisch und taktisch klug vorgehen. Eine Räuberbande jedoch nicht.

Ogerräuberbanden haben keinen Anführer. Diese Oger, die aus ihrer eigenen, brutalen Gesellschaft ausgestoßen sind, sind äußerst gefährlich, denn sie lauern selbst ihren Artgenossen auf. Sie verschwenden keine Zeit auf Formationen, sondern greifen an, sobald ein Feind in Sicht kommt, weil sie darauf vertrauen, den Gegner mit ihrer Kraft, brutalen Gewalt und Wildheit zu überwinden.

Oger zeigen im Kampf keine Furcht. Wegen ihrer dicken, behaarten Haut sind sie schwer zu töten. Schmerz macht sie verrückt und spornt sie zu noch größerer Wildheit an. Ogerräuber kennen kein Wort für »Gnade«, sie verachten die Vorstellung, sich zu ergeben, ob es sich nun um sie selbst oder einen Gegner handelt. Ogerräuber nehmen kaum Gefangene, und diese wenigen dienen der abendlichen Unterhaltung.

Eine disziplinierte, schwer bewaffnete, gut organisierte Armee kann einen Ogerangriff abwehren. Führungslose Oger sind leicht in die Falle zu locken oder lassen sich durch schlaue Strategie restlos auslöschen. Sie sind schlechte Bogenschützen, da ihnen die Geduld fehlt, sich im Gebrauch von Pfeil und Bogen zu üben. Sie bevorzugen gewaltige Schwerter und Streitäxte, mit denen sie ihre Feinde in Stücke hacken, oder todbringende Speere, die sie mit ihren starken Armen über weite Strecken schleudern können.

Als Minas Offiziere die grausamen Schreie der Oger und den Klang ihrer Hörner hörten, begannen sie, Befehle zu brüllen. Ihre Ritter wendeten, um dem Feind entgegenzueilen. Die Wagenmeister peitschten auf die schnaubenden Zugpferde ein.

»Zieht diese Wagen vor!«, kommandierte Galdar. »Infanterie in einer Reihe am Weg aufstellen, am Fluss verankern. Hauptmann Samuval, deine Männer beziehen hinter dem …«

»Nein«, äußerte Mina. Obwohl sie nicht die Stimme erhob, klang dieses eine Wort wie ein Fanfarenstoß. Es brachte alle Handlungen zum Stillstand. Lärm und Aufregung legten sich. Die Männer sahen zu ihr hin. »Wir werden nicht mit den Ogern kämpfen. Wir fliehen.«

»Die Oger werden uns nachsetzen, Mina«, protestierte Samuval. »Wir können ihnen keinesfalls entkommen. Wir müssen uns stellen und kämpfen!«

»Wagenmeister!«, rief Mina, ohne auf ihn zu achten. »Schneidet die Pferde los!«

»Aber Mina!«, wandte nun auch Galdar ein. »Wir können doch nicht die Vorräte zurücklassen!«

»Die Wagen halten uns auf«, gab Mina zurück. »Deshalb werden wir dafür sorgen, dass sie die Oger aufhalten.«

Galdar starrte sie an. Zuerst verstand er gar nichts, doch dann erkannte er, was sie vorhatte.

»Das könnte sogar funktionieren«, erkannte er an, nachdem er über ihre Strategie nachgedacht hatte.

»Natürlich«, freute sich Samuval. »Wir werfen den Ogern die Wagen vor, wie man einem hungrigen Wolfsrudel seinen Proviant zuwirft. Einer solchen Beute wird eine Räuberbande nicht widerstehen können.«

»Soldaten, in Zweierreihe aufstellen. Vorbereiten zum Aufbruch. Ihr werdet rennen«, befahl Mina den Männern, »aber nicht in heller Panik. Ihr werdet laufen, bis ihr keine Kraft mehr habt, und dann lauft ihr noch schneller.«

»Vielleicht kommen uns die Drachen zu Hilfe«, meinte Samuval mit einem Blick zum Himmel. »Wenn sie noch da oben warten.«

»Sie sind da«, grollte Galdar, »aber die helfen uns nicht. Wenn wir durch die Oger ausgelöscht werden, kann Targonne sich das Geld für unsere Hinrichtung sparen.«

»Wir werden nicht ausgelöscht«, widersprach Mina gereizt. »Lass Unteroffizier Paregin rufen!«

»Ich bin hier, Mina!« Der Offizier drängte sich zwischen seinen Männern hindurch, die sich eilig in Reih und Glied stellten.

»Paregin, kann ich mich auf dich verlassen?«

»Ja, Mina«, bestätigte der Mann mit fester Stimme.

»Du hast um die Gelegenheit gebeten, deine Loyalität zu beweisen.«

»Ja, Mina, das habe ich«, versicherte er wieder, obwohl seine Stimme jetzt zitterte.

»Ich habe dir das Leben gerettet«, erinnerte ihn Mina. Die Angriffsschreie der Oger kamen näher. Die Männer warfen einander unsichere Blicke zu. »Dieses Leben gehört deshalb mir.«

»Ja, Mina«, erwiderte er.

»Unteroffizier Paregin, du bleibst mit deinen Männern hier und verteidigst die Wagen. Ihr werdet die Oger so lange wie möglich aufhalten, damit wir anderen genug Zeit haben zu entkommen.«

Paregin schluckte. »Ja, Mina«, erklärte er tonlos.

»Ich werde für dich beten, Paregin«, versprach Mina leise. Sie streckte ihm die Hand hin. »Wie für alle, die zurückbleiben. Der eine Gott segnet euch und nimmt euer Opfer an. Haltet euch bereit.«

Paregin ergriff ihre Hand und führte sie ehrfürchtig an die Lippen. Er wirkte hingerissen, von neuem Mut erfüllt. Als er zu seinen Männern zurückkehrte, sprach er so aufgeregt zu ihnen, als hätte Mina ihnen eine große Belohnung geschenkt. Galdar beobachtete genau, ob die Männer Paregin gehorchten oder ob sie etwa versuchten, angesichts dieses Befehls, der im Grunde ein Todesurteil war, heimlich davonzuschleichen. Die Soldaten gehorchten. Einige wirkten wie benommen, andere grimmig, aber alle schienen fest entschlossen zu sein. Sie gruppierten sich um die Versorgungswagen, auf denen Fässer mit Fleisch und Bier, Mehlsäcke, die Ausrüstung des Schmieds, Schwerter, Schilder und Rüstungen, Zelte und Seile verstaut waren.

»Die Oger werden glauben, das Julfest käme dieses Jahr früher«, bemerkte Samuval.

Galdar nickte kommentarlos. Er erinnerte sich daran, dass Mina ihm am Beckardsteig eingeschärft hatte, zusätzlichen Proviant einzupacken. Ihm lief ein Schauer über den Rücken, so dass sich seine Nackenhaare aufstellten. Hatte sie das schon die ganze Zeit über gewusst? Hatte sie Zugang zu dem Wissen gehabt, dass es so kommen würde? Hatte sie alles vorhergesehen? War ihrer aller Ende vorherbestimmt? Hatte sie Paregin schon für den Tod ausersehen, als sie ihm das Leben gerettet hatte? Galdar spürte, wie Entsetzen in ihm aufstieg. Plötzlich wollte er davonrennen, nur um sich selbst zu beweisen, dass er dies konnte. Sich beweisen, dass er noch immer Herr seines eigenen Schicksals war und nicht wie ein Insekt in ihren Bernsteinaugen gefangen.

»Bei Anbruch der Nacht erreichen wir Silvanesti«, betonte Mina.

Galdar blickte zu ihr auf. Furcht und Ehrfurcht zogen ihm das Herz zusammen.

»Gib den Befehl zum Aufbruch, Galdar. Ich gebe das Tempo vor.«

Sie stieg ab und reichte einem der Ritter die Zügel. Nachdem sie ihren Platz an der Spitze der Kolonne eingenommen hatte, erhob sie die Stimme. Sie klang kalt und süß wie das silberne Mondlicht. »Auf nach Silvanesti! Auf zum Sieg!«

Im Eiltempo marschierte sie los, mit langen, schnellen Schritten, die noch länger wurden, als ihre Muskeln sich an die Anstrengung gewöhnten. Die Männer, die hinter sich die Oger heranstürmen hörten, brauchten nicht angespornt werden, um Schritt zu halten.

Galdar hätte in die Berge entkommen können. Er hätte auch freiwillig bei der verlorenen Nachhut bleiben können. Oder er konnte ihr für den Rest seines Lebens folgen. Als er sich neben ihr einreihte, wurde er durch ihr Lächeln belohnt.

»Für Mina«, brüllte Unteroffizier Paregin. Er stand neben einem Wagen, wo er auf den Kampfschrei der Oger lauschte.

Mit dem Schwert in der Hand erwartete er den Tod.

Jetzt, da die Truppe nicht länger vom Tross aufgehalten wurde, kam Minas Armee hervorragend voran, besonders so lange das Heulen und Brüllen der Oger sie zusätzlich antrieb. Jeder hörte von hinten die Geräusche der Schlacht, jeder konnte sich vorstellen, was dort geschah, entnahm dem Lärm den Fortgang der Schlacht. Den Wutschreien der Oger, den Todesschreien der Menschen. Wildes Hohngelächter – die Oger erkundeten die Wagen. Stille. Jetzt plünderten sie die Wagen und zerhackten die Leichen der Erschlagenen.

Die Männer rannten, wie Mina es ihnen befohlen hatte. Sie liefen, bis sie erschöpft waren, dann wurden sie bedrängt, schneller zu laufen. Wer stürzte, wurde zurückgelassen. Mina erlaubte niemandem, einem Kameraden zu helfen, was den Männern zusätzlichen Anreiz gab, ihre Beine in Bewegung zu halten. Falls ein Soldat glaubte, er könne nicht weiter, musste er nur den Blick nach vorne wenden, wo er das zarte, zierliche Mädchen mit Brustpanzer und Kettenrüstung voranlaufen sah, ohne je zu taumeln, ohne Rast zu machen, ohne sich umzusehen, ob ihr noch jemand folgte. Ihr Edelmut, ihr unbezwingbarer Kampfgeist, ihr Glaube – das war die Standarte, die ihre Männer weiterführte.

Mina gestattete den Männern nur eine kurze Rast im Stehen, um einen Schluck Wasser zu trinken. Niemand durfte sich setzen oder hinlegen, denn sonst konnten ihre Muskeln so steif werden, dass sie nicht mehr in der Lage wären, sich zu bewegen. Wer zusammenbrach, wurde einfach liegen gelassen, um hinterherzukriechen, wenn oder falls er sich erholt hatte.

Die Schatten wurden länger. Noch immer liefen die Männer, denen die Offiziere anfangs mit Liedern den grausamen Takt vorgegeben hatten. Irgendwann reichte ihnen die Luft nur noch zum Atmen. Doch mit jedem Schritt kamen sie ihrem Ziel näher – dem Schild, welcher die Grenzen von Silvanesti schützte.

Mit wachsender Sorge nahm Galdar wahr, dass Minas eigene Kräfte nachließen. Mehrmals strauchelte sie, ehe sie schließlich fiel.

Galdar sprang an ihre Seite.

»Nein«, keuchte sie und schob seine Hand weg. Sie kam wieder hoch, taumelte einige Schritte weiter und fiel wieder hin.

»Mina«, mahnte Galdar, »dein Pferd ist hier, Feuerfuchs. Er kann dich doch tragen. Reiten ist keine Schande.«

»Meine Soldaten laufen«, erklärte sie Galdar matt. »Ich werde mit ihnen laufen. Ich werde nichts von ihnen verlangen, wozu ich nicht selbst in der Lage bin!«

Sie versuchte, sich aufzurichten, doch ihre Beine wollten sie nicht tragen. Mit finsterer Miene begann sie, den Pfad entlangzukriechen. Manche Soldaten klatschten Beifall, viele andere aber schluchzten.

Galdar hob sie vom Boden auf. Kratzbürstig befahl sie ihm, sie wieder auf die Füße zu stellen.

»Wenn ich das tue, wirst du nur wieder umkippen. Du wirst diejenige sein, die uns aufhält, Mina«, wehrte Galdar ab. »Die Männer würden dich niemals hier lassen. Dann schaffen wir es bis zum Abend niemals bis an die Grenze von Silvanesti. Du hast die Wahl.«

»Also schön«, lenkte sie nach einem bitteren Augenblick des Kampfes gegen ihre eigene Schwäche ein. »Ich werde reiten.«

Er half ihr auf Feuerfuchs. Sie sackte im Sattel zusammen,

denn sie war so müde, dass der Minotaurus einen Moment lang befürchtete, sie könne sich nicht einmal im Sattel halten. Dann aber biss sie die Zähne zusammen und richtete sich auf.

Mit kühlen Augen blickte sie auf den Minotaurus hinunter.

»Missachte nie wieder meine Befehle, Galdar«, mahnte sie. »Tot kannst du dem einen Gott ebenso gut dienen wie lebendig.«

»Ja, Mina«, antwortete er ruhig.

Daraufhin griff sie nach den Zügeln und ließ ihr Pferd losgaloppieren.

Minas Prophezeiung erwies sich als richtig. Vor Sonnenuntergang erreichte ihre Armee das Waldland außerhalb des Schilds.

»Hier endet unser Marsch für heute«, befand Mina, während sie von ihrem erschöpften Pferd stieg.

»Was ist mit diesem Ort?«, fragte Galdar, der die toten oder sterbenden Bäume, die welken Pflanzen und die Tierkörper am Weg betrachtete. »Ist er verflucht?«

»Gewissermaßen, ja. Wir sind in der Nähe des Schilds«, erklärte Mina, die alles genau betrachtete. »Diese Ödnis hier ist das Zeichen dafür, dass er hier war.«

»Der Schild bringt den Tod?«, vergewisserte Galdar sich erschrocken.

»Allem, was er berührt«, bestätigte sie.

»Aber wir müssen ihn durchbrechen?«

»Wir können ihn nicht durchbrechen.« Mina blieb gelassen. »Keine Waffe kann ihn durchdringen. Keine Macht – nicht einmal die magischen Kräfte des mächtigsten Drachen – kann ihn zerbrechen. Unter der Führung ihrer Hexenkönigin haben die Elfen sich monatelang dagegen geworfen, ohne etwas auszurichten. Die Stahllegion hat ihre Ritter dagegen ausgeschickt, ohne Erfolg. – Da«, Mina zeigte nach vorn. »Der Schild liegt direkt vor uns. Du kannst ihn sehen, Galdar. Den Schild und gleich dahinter Silvanesti und den Sieg.«

Galdar blinzelte durch das gleißende Licht. Das Wasser reflektierte den grellroten Schein der Abendsonne, der den Thon-Thalas in einen Fluss aus Blut verwandelte. Anfangs konnte Galdar überhaupt nichts erkennen, dann aber verschwammen die Bäume vor ihm, als würden sie sich im blutroten Wasser spiegeln. Er rieb sich die Augen, weil er glaubte, das läge an seiner Müdigkeit. Als er gezwinkert hatte und erneut hinschaute, waberten die Bäume wieder. Jetzt wurde ihm klar, dass er eine Verzerrung der Luft wahrnahm, die durch die Magie des Schilds hervorgerufen wurde.

Fasziniert rückte er näher heran. Nachdem er wusste, wohin er schauen musste, hatte er den Eindruck, den Schild selbst sehen zu können. Er war durchsichtig, doch diese Durchsichtigkeit hatte etwas Öliges an sich, wie eine Seifenblase. Alles dahinter – Bäume, Felsen, Büsche und Gras – wirkte wabernd und unwirklich.

Wie die Elfenarmee, dachte er, was er sofort als gutes Omen nahm. Trotzdem mussten sie erst noch durch den Schild gelangen.

Die Offiziere brachten die Armee zum Halten. Viele Männer kippten einfach um, nachdem der Befehl zum Langsamerwerden gegeben wurde. Manche rangen schluchzend nach Luft oder weinten, weil ihre Beine vor Krämpfen schmerzten. Andere lagen so still da, als hätte der tödliche Fluch, der die Bäume ringsumher befallen hatte, auch sie getroffen.

»Alles in allem«, brummte Galdar Hauptmann Samuval zu, der keuchend neben ihm stand, »wenn sich die Frage stellt, ob wir in diesen Schild laufen oder uns den Ogern stellen, möchte ich es doch lieber mit den Ogern aufnehmen. Da weiß man wenigstens, was einem bevorsteht.«

»Ein wahres Wort, mein Freund«, stimmte Hauptmann Samuval zu, nachdem er wieder so viel Luft bekam, dass er etwas davon zum Sprechen erübrigen konnte. »Dieser Ort fühlt sich unheimlich an.«

Er nickte zu der schimmernden Luft hin. »Was wir auch vorhaben, wir sollten es bald tun. Möglich, dass wir die Oger für eine Weile aufgehalten haben, aber sie werden uns bald genug eingeholt haben.«

»Morgen früh, nehme ich an«, pflichtete Galdar ihm bei, während er auf dem Boden zusammensackte. Er lag auf dem Rücken. Noch nie war er so müde gewesen. »Ich kenne Ogerräuber. Die Wagen zu plündern und unsere Leute abzuschlachten, wird sie für eine gewisse Zeit beschäftigen, aber danach werden sie nach neuer Beute und neuen Opfern Ausschau halten. Mittlerweile dürften sie uns auf der Spur sein. Da wette ich drauf.«

»Wir sind viel zu ausgepumpt, um irgendwohin zu verschwinden, selbst wenn es einen Ausweg gäbe«, stimmte Samuval zu, der sich müde neben ihm ausstreckte. »Ich weiß nicht, wie es dir geht, aber ich habe nicht einmal genug Energie, eine Mücke wegzuwedeln, geschweige denn einen verfluchten, magischen Schild anzugreifen.«

Er warf einen verstohlenen Blick auf Mina, die als Einzige noch auf den Beinen war. Sie starrte wie gebannt zu dem Schild oder zumindest in dessen Richtung, denn die Nacht brach rasch herein, sodass die Verzerrung nicht mehr zu erkennen war.

»Das war's dann wohl, mein Freund«, sagte Hauptmann Samuval mit gedämpfter Stimme zu dem Minotaurus. »Wir können nicht hinter die Magie des Schilds gelangen. Morgen früh werden uns die Oger hier erwischen. Hinter uns die Oger, vor uns der Schild. Wir stecken dazwischen fest. Dieser ganze Wahnsinnsmarsch war umsonst!«

Galdar antwortete nicht. Er hatte nicht den Glauben verloren, obwohl er zu müde war, um zu widersprechen. Mina hatte einen Plan. Sie hätte sie niemals in eine Sackgasse geführt, wo die Oger sie erwischen und abschlachten würden. Er wusste nicht, was für ein Plan das sein mochte, aber er hatte genug von ihr und der Macht ihres Gottes gesehen, um ihr jetzt auch das Unmögliche zuzutrauen.

Mina schob sich durch die grauen, leblosen Bäume auf den Schild zu. Sie war von toten Ästen umgeben. Unter ihren Stiefeln knisterten abgestorbene, trockene Blätter. Ascheartiger Staub rieselte auf ihre Schultern und bedeckte ihren geschorenen Kopf mit einem perlgrauen Mantel. Sie drang vor, bis sie nicht mehr weiterkam, bis sie gegen eine unsichtbare Mauer stieß.

Mina streckte die Hand aus, um gegen den Schild zu drücken. Galdar hatte den Eindruck, die substanzlose, ölige Seifenblase müsse nachgeben. Doch schon zog sie rasch die Hand zurück, als hätte sie sich an einer Distel gestochen. Galdar glaubte, eine leichte Bewegung im Schild zu sehen, aber das konnte er sich auch eingebildet haben. Mina griff zu ihrem Morgenstern und schlug damit gegen den Schild. Die Wucht des Rückschlags riss ihr die Waffe aus der Hand. Achselzuckend bückte sie sich danach. Nachdem sie mit eigenen Augen gesehen hatte, dass die Berichte den Tatsachen entsprachen, drehte sie um und kehrte durch den Wald zu ihren Soldaten zurück.

»Wie lauten deine Befehle, Mina?«, wollte Galdar wissen.

Sie überblickte ihre Männer, die wie unzählige Leichen auf dem grauen Boden verteilt lagen.

»Die Männer haben gut durchgehalten«, lobte sie. »Sie sind erschöpft. Wir lagern hier. Das dürfte nahe genug sein«, fügte sie mit einem Blick auf den Schild hinzu. »Ja, das dürfte nahe genug sein.«

Galdar fragte nicht: »Nahe genug wofür?« Dazu fehlte ihm die Energie. Taumelnd kam er hoch. »Ich werde die Wachen einteilen ...«

»Nein.« Mina hielt ihn auf. Sie legte ihm eine Hand auf die Schulter. »Heute Nacht stellen wir keine Wachen auf. Alle sollen schlafen.«

»Keine Wachen?« Galdar potestierte. »Aber, Mina, die Oger sind hinter uns her ...«

»Morgen früh werden sie hier sein«, bestätigte sie. »Die Männer sollen essen, wenn sie Hunger haben, aber danach müssen sie schlafen.«

Was denn essen, fragte sich Galdar. Ihre Vorräte füllten mittlerweile die Mägen der Oger. Wer auf diesen irrsinnigen Marsch einen Rucksack mitgenommen hatte, hatte ihn längst am Straßenrand zurückgelassen. Doch er wolle Minas Worte lieber nicht hinterfragen.

Nachdem er die Offiziere zusammengerufen hatte, teilte er ihnen Minas Anordnungen mit. Zu Galdars Überraschung regte sich kaum Widerstand. Die Männer waren zu müde. Es war ihnen einfach egal. Sie wüden ohnehin aufwachen, wenn die Oger kamen. Gerade rechtzeitig zum Sterben.

Galdar knurrte der Magen, aber er war zu müde, um sich etwas zum Essen zu suchen. Aus diesem verfluchten Wald würde er jedenfalls nichts zu sich nehmen, so viel stand fest. Er fragte sich, ob die Magie, die den Bäumen das Leben ausgesaugt hatte, mit ihnen in der Nacht dasselbe tun würde. Er malte sich aus, wie die Oger am Morgen eintreffen und nur ausgetrocknete Hüllen vorfinden würden. Dieser Gedanke zauberte ein Lächeln auf seine Lippen.

Die Nacht war düster wie der Tod. Zwischen den schwarzen Zweigen der Baumskelette wirkten die Sterne klein und armselig. Galdar war so benommen vor Müdigkeit, dass er sich nicht mehr daran erinnerte, ob heute Nacht der Mond scheinen würde oder nicht. Hoffentlich nicht. Je weniger er von diesem schauerlichen Wald sah, desto besser. Er stolperte im Gehen über schlaffe Körper. Manche stöhnten, manche verfluchten ihn, ansonsten gaben sie kein Lebenszeichen von sich.

Schließlich kam er wieder an die Stelle, wo er Mina verlassen hatte, doch sie war nicht mehr da. Er konnte sie im Dunkeln nicht finden. Sein Herz verkrampfte sich vor namenloser Angst, der Angst, die ein Kind verspürt, wenn es feststellt, dass es sich ganz allein bei Nacht verirrt hat. Er wagte nicht zu rufen. Das Schweigen hatte etwas Heiliges an sich, etwas Erhabenes, das er nicht unterbrechen wollte. Doch er musste sie finden.

»Mina!«, flüsterte er zischelnd.

»Hier, Galdar«, antwortete sie.

Er umkreiste ein paar tote Bäume und fand sie dahinter in der Krümmung eines dicken Asts kauern, der von einer uralten Eiche abgebrochen war. Ihr bleiches Gesicht schimmerte heller als das Mondlicht, so dass er sich fragte, wie er sie hatte übersehen können.

Galdar erstattete Meldung. »Vierhundertfünfzig Mann, Mina«, berichtete er schwankend.

»Setz dich«, wies sie ihn an.

»Dreißig sind bei den Wagen zurückgeblieben. Zwanzig auf der Straße gestürzt. Ein paar davon könnten noch nachkommen, wenn die Oger sie nicht vorher finden.«

Sie nickte schweigend. Galdar setzte sich langsam hin. Seine Muskeln schmerzten. Morgen würde er steif und wund sein, genau wie die anderen.

»Alles hat sich hingelegt.« Er gähnte ausgiebig.

»Du solltest auch schlafen, Galdar.«

»Was ist mit dir?«

»Ich bin noch nicht müde. Ich bleibe noch ein Weilchen wach. Nicht lange. Mach dir keine Gedanken um mich.«

Er legte sich ihr zu Füßen und bettete den Kopf auf einen Stoß trockener Blätter, die bei jeder Bewegung knisterten. Während jenes Höllenmarsches hatte er nur noch an die segensreiche Nacht denken können, in der er sich endlich hinlegen, sich ausruhen und schlafen konnte. Er räkelte sich, schloss die Augen und sah wieder den Weg vor seinen Füßen. Der Weg zog sich ewig hin. Galdar lief und lief, ohne vorwärts zu kommen. Der Weg bog ab, wand sich wie eine Schlange um seine Beine, bis er stolperte und kopfüber in einem Fluss aus Blut landete.

Mit einem rauen Aufschrei schreckte Galdar hoch.

»Was ist denn?« Mina saß noch immer auf dem Baumstumpf. Sie hatte sich nicht gerührt.

»Dieser verdammte Gewaltmarsch!«, fluchte Galdar. »Im Traum sehe ich die Straße! Ich kann nicht schlafen. Es hat keinen Sinn.«

Er war nicht der Einzige. Rundherum hörte man das Atmen – heftiges Keuchen –, rastloses Herumwälzen, Stöhnen, Husten und Geflüster, aus dem Angst, Verzweiflung und Hoffnungslosigkeit sprachen. Mina lauschte darauf. Seufzend schüttelte sie den Kopf.

»Leg dich hin, Galdar«, bat sie. »Leg dich hin, ich singe dir ein Schlaflied. Dann schlummerst du ein.«

»Mina …« Galdar räusperte sich peinlich berührt. »Das ist nicht nötig. Ich bin kein Kind.«

»Du bist ein Kind, Galdar«, erinnerte sie ihn leise. »Wir sind alle Kinder. Kinder des einen Gottes. Leg dich hin. Schließ die Augen.«

Galdar tat, wie sie ihn geheißen hatte. Er legte sich hin und schloss die Augen. Sofort war die Straße wieder vor ihm, und er rannte, rannte um sein Leben …

Mina begann zu singen. Ihre Stimme war tief, unausgebildet und schlicht, aber dennoch von einer süßen Klarheit, die tief in die Seele drang.

Der Tag entgleitet unserer Macht,
Die Blüten schließen sich zur Nacht.
Die Kraft des Lichtes ist verbraucht,
Wenn still der Tag verhaucht.

Nun glitzern die Seelen der Sterne
Fremd aus der nächtlichen Ferne,
Derweil in unserer Welt uns droht
Nur Jammer, Angst und Tod.

Schlaf ein, mein Lieb', schlaf ein,
Von den Armen der Nacht liebkost,
Die deiner Seele schenkt Trost.
Schlaf ein, mein Lieb', schlaf ein.

Unser Herz ergibt sich der Finsternis,
Ihr Mantel uns bergend umhüllt,
Bis sich unser Schicksal erfüllt,
In ihrer kalten Hand.

Träumt, Krieger, vom schwarzen Firmament,
Bis euch die Geliebte der Nacht erlöst,
Deren Liebe neue Hoffnung einflößt
All denen, die ihr vertrauen.

Schlaf ein, mein Lieb', schlaf ein,
Von den Armen der Nacht liebkost,
Die deiner Seele schenket Trost,
Schlaf ein, mein Lieb', schlaf ein.

Galdar merkte, wie sich Lethargie über ihn senkte, eine Mattigkeit, wie sie jemand empfindet, der am Verbluten ist. Seine Glieder wurden schwer, sein Körper war wie ein totes Gewicht, so schwer, dass er in den Boden einsank. In die weiche Erde, in die Asche der toten Pflanzen und der Blätter, die auf ihn herabwehten, um sich wie eine Decke, die auf sein Grab geworfen wurde, über ihm auszubreiten.

Er hatte seinen Frieden gefunden. Er kannte keine Furcht. Sein Bewusstsein zog sich zurück.

Gamashinoch, sagten die Zwerge dazu. Das Lied der Toten.

Mit der ersten Dämmerung waren Targonnes Drachenreiter in der Luft, um im Tiefflug über das bewaldete Ogerland Blöde zu fliegen. Gestern hatten sie von weit oben zugeschaut, wie die kleine Armee vor der Ogerbande davongelaufen war. Soweit die Drachenreiter erkennen konnten, waren die Soldaten wie in heller Panik vor den Ogern davongerannt, hatten den Tross zurückgelassen, ihn einfach den Ogern geschenkt. Einer der Reiter bemerkte grimmig, dass Targonne nicht erfreut sein würde, wenn er erfuhr, dass nun Ausrüstung im Wert von einigen hundert Stahlstücken die Körper der Oger zierte.

Die zerlumpte Armee war blindlings weggelaufen, obwohl sie dabei immerhin in Formation geblieben war. Doch ihr wahnsinniger Eilmarsch in die Sicherheit hatte ihnen nichts genutzt. Sie waren geradewegs in den magischen Schild um Silvanesti gerannt. Dort hatte die Armee bei Sonnenuntergang Halt gemacht. Sie waren ausgelaugt und konnten nicht mehr weiter, selbst wenn sie einen Ausweg gehabt hätten. Doch es gab auch keinen.

Das Plündern der Wagen hatte die Oger ein paar Stunden beschäftigt, doch als es nichts mehr zu essen gab und sie alles gestohlen hatten, was sich zu stehlen lohnte, rückten die Oger nach Süden ab. Sie nahmen die Fährte der Menschen auf, folgten der verhassten Witterung, die sie ergrimmte und zu Höchstleistungen anspornte.

Die Drachenreiter hätten sich die Oger vorknöpfen können. Die blauen Drachen hätten einfach kurzen Prozess mit ihnen gemacht. Doch die Reiter hatten ihre Befehle. Sie sollten ein Auge auf diese rebellische Ritterin und ihre fanatische Armee haben. Sie durften sich nicht einmischen. Wenn die Oger die Armee vernichteten, die Silvanesti erstürmen sollte, konnte man nicht Targonne die Schuld zuschreiben. Er hatte Malys viele Male erklärt, dass man die Oger aus Blöde vertreiben, sie wie die Kender vom Erdboden vertilgen müsse. Vielleicht würde sie beim nächsten Mal auf ihn hören.

»Da sind sie«, bemerkte einer der Reiter, dessen Drache tief kreiste. »Auf dem toten Land. Genau da, wo wir sie gestern Abend zurückgelassen haben. Sie haben sich nicht von der Stelle gerührt. Vielleicht sind sie auch tot. Jedenfalls sieht es so aus.«

»Falls nicht, kann es nicht mehr lange dauern«, meinte sein Anführer.

Die Oger bildeten eine schwarze Masse, die sich wie eine Schlammlawine die Straße entlangschob, die entlang dem »toten Land«, wie es der Ritter genannt hatte, verlief. Diese graue Todeszone markierte den Rand des Schilds und damit die Grenze zu Silvanesti.

Gespannt schauten die Drachenreiter zu. Sie freuten sich auf die Schlacht, die ihrem langweiligen Auftrag endlich ein Ende machen würde. Danach konnten sie in ihre Kaserne nach Khur zurückkehren.

Sie setzten sich zurecht, um alles beobachten zu können.

»Siehst du das?«, äußerte einer plötzlich und setzte sich auf.

»Geht weiter runter«, befahl sein Anführer.

Die Drachen flogen tiefer. Mit leisem Rauschen fingen ihre Schwingen den Morgenwind auf. Die Reiter staunten über den Anblick, der sich ihnen bot.

»Ich glaube, meine Herren«, meinte der Kommandant, nachdem er einen Augenblick fassungslos zugeschaut hatte, »wir sollten nach Jelek fliegen und Targonne persönlich Bericht erstatten. Sonst glaubt man uns womöglich nicht.«

Ein Hornsignal weckte Galdar, der auf den Beinen war und nach seinem Schwert tastete, noch ehe er ganz erwachte.

»Die Oger greifen an! Hoch mit euch, Männer! Hoch mit euch!« Hauptmann Samuval schrie sich heiser, während er auf die Männer seiner Kompanie eintrat, um sie aus dem Schlaf zu reißen.

»Mina!« Galdar sah sich nach ihr um. Er war entschlossen, sie zu beschützen oder notfalls mit eigener Hand zu töten, damit sie den Ogern nicht lebend in die Finger geriet. »Mina!«

Sie saß an demselben Platz wie in der Nacht zuvor, in die Kehle des Eichenastes geschmiegt. Ihre Waffe, der Morgenstern, ruhte in ihrem Schoß.

»Mina«, begann Galdar, während er durch die graue Asche pflügte und dabei die toten Blätter zertrampelte, »schnell! Vielleicht kannst du noch entkommen …«

Mina sah ihn an und fing an zu lachen.

Entgeistert starrte er sie an. Noch nie hatte er sie lachen gehört. Ihr Lachen war fröhlich und hell, das Lachen eines Mädchens, das seinem Geliebten entgegeneilt. Mina stieg auf einen Baumstumpf.

»Legt die Waffen weg, Männer!«, rief sie aus. »Die Oger können uns nichts tun.«

»Sie ist verrückt geworden!«, flüsterte Samuval.

»Nein«, widersprach Galdar ungläubig. »Sieh nur.«

Keine zehn Fuß weiter hatten die Oger eine Schlachtlinie gebildet, an der sie entlangtänzelten. Sie lärmten, brüllten, knirschten mit den Zähnen und fluchten. Sie waren so nahe, dass ihr ekelhafter Gestank ihm in die Nase stieg. Die Oger sprangen auf und ab, traten und hämmerten mit den Fäusten und schwangen voll mörderischer Wut ihre Waffen.

Mörderische, enttäuschte Wut. Der Feind war klar zu sehen, doch er hätte ebenso gut in einem fernen Teil des Universums zwischen den Sternen herumtollen können. Die Bäume zwischen Galdar und den Ogern schimmerten im Zwielicht. Sie waberten, während Minas Lachen durch die graue Dämmerung zog. Die Oger schlugen mit den Köpfen gegen einen Schild, einen unsichtbaren, magischen Schild. Sie kamen nicht hindurch.

Galdar beobachtete die Oger, um sicher zu sein, dass sie weder ihn noch seine Kameraden erreichen konnten. Ihm kam es unmöglich vor, dass sie diese seltsame, unsichtbare Sperre nicht durchdringen konnten, aber schließlich musste er zugeben, dass das, was er zunächst nicht hatte glauben können, der Wahrheit entsprach. Viele Oger wichen vor Schreck und Enttäuschung vor der Magie des Schilds zurück. Andere schienen einfach keinen Sinn mehr darin zu sehen, ihre Köpfe gegen die Luft zu schlagen. Einer nach dem anderen drehten die Oger der Menschenarmee, die sie nur sehen, nicht aber erreichen konnten, den Rücken zu. Ihr Lärm legte sich. Unter Drohungen und wüsten Gesten zogen sich die Oger in den Wald zurück.

»Wir sind *innerhalb* des Schilds, Männer!«, triumphierte

Mina. »Ihr steht sicher innerhalb der Grenzen von Silvanesti! Das vermag die Macht des einen, wahren Gottes!«

Die Männer standen fassungslos da, denn sie konnten das Wunder, an dem sie teilhatten, zunächst nicht fassen. Sie zwinkerten, sperrten den Mund auf und erinnerten Galdar damit an Gefangene, die ihr halbes Leben in dunklen Kerkerzellen verbracht hatten und plötzlich in helles Sonnenlicht geführt wurden. Er hörte ein paar Ausrufe, aber die waren so leise, als ob die Männer fürchteten, den Zauber zu brechen. Manche rieben sich die Augen, andere zweifelten an ihrem eigenen Verstand, aber der Anblick der Ogerrücken – Oger auf dem Rückzug – war nicht zu bestreiten. Er verriet den Soldaten, dass sie sich das alles nicht einbildeten. Einer nach dem anderen fielen die Männer vor Mina auf die Knie und drückten das Gesicht in die graue Asche. Diesmal riefen sie nicht begeistert ihren Namen. Dieser Augenblick war zu heilig. Sie ehrten Mina durch stumme, andächtige Ehrfurcht.

»Auf die Beine, Männer!«, feuerte Mina sie an. »Nehmt eure Waffen an euch. Noch heute marschieren wir nach Silvanost. Und keine Macht der Welt kann uns aufhalten!«

9 Vom Tag zur Nacht

Fratzen.

Über ihm trieben Fratzen. Schaukelten heran und zogen sich mit der wogenden Oberfläche der Schmerzen zurück. Als Gerard zur Oberfläche aufstieg, waren ihm die Fratzen sehr nahe – seltsame, ausdruckslose Gesichter. Leichen, die in dem dunklen Meer ertrunken waren, in welchem er trieb. Am schlimmsten war der Schmerz dicht an der Oberfläche. Außerdem mochte er die gesichtslosen Fratzen nicht, wenn sie ihm so nahe kamen. So ließ er sich in die Finsternis zurücksacken, wo ein Teil von ihm flüsterte, er solle den Kampf aufgeben, sich dem Ozean hingeben und selbst einer dieser Gesichtslosen werden.

Das hätte Gerard vielleicht sogar getan, doch als der Schmerz sehr schlimm war, hielt eine Hand ihn unnachgiebig fest, damit er nicht darin versank. Er hätte es vielleicht doch getan, aber da war diese ruhige, befehlende Stimme, die ihn anwies, oben zu bleiben. Da Gerard es gewohnt war zu gehorchen, hörte er auf die Stimme. Er ertrank nicht, sondern trieb in dem schwarzen Wasser, an die Hand geklammert, die ihn hielt. Endlich gelangte er ans Ufer, wo er sich aus dem Schmerz herauszog, am Rande seines Bewusstseins zusammenbrach und tiefen, friedlichen Schlaf fand.

Hungrig und angenehm benommen erwachte er, um sich sogleich zu fragen, wie er hierher gekommen und was überhaupt geschehen war. Die Gesichter, die sein Delirium gesäumt hatten, gehörten jetzt echten Menschen, doch sie waren nicht viel tröstlicher als die ertrunkenen Fratzen seiner Träume. Diese Gesichter waren kalt und ausdruckslos, die leidenschaftslosen Mienen von Männern und Frauen in langen, schwarzen Roben mit silbernem Besatz.

»Wie geht es Euch, Sir?«, erkundigte sich eine dieser Mienen, während sie sich über ihn beugte und ihm eine kühle Hand an den Hals legte, um seinen Puls zu fühlen. Der Arm der Frau steckte in schwarzem Stoff, der jetzt über sein Gesicht fiel. Nun verstand Gerard das Bild des dunklen Meeres, in dem er zu ertrinken geglaubt hatte.

»Besser«, antwortete Gerard vorsichtig. »Ich habe Hunger.«

»Ein gutes Zeichen. Euer Puls ist noch schwach. Ich lasse Euch von einem Akolyten etwas Fleischbrühe bringen. Ihr habt Blut verloren. Das Fleisch wird Euch helfen, es neu zu bilden.«

Gerard schaute sich um. Er lag in einem großen Raum voller Betten, von denen die meisten leer waren. Es schwebten noch andere Gestalten in schwarzen Roben durch den Raum, die sich lautlos auf Pantoffeln bewegten. Der eindringliche Geruch nach Kräutern hing in der Luft.

»Wo bin ich?«, fragte Gerard verwirrt. »Was ist geschehen?«

»Ihr seid in einem Krankenhaus Eures Ordens, Herr Ritter«, erwiderte die Heilerin. »In Qualinesti. Offenbar haben Euch Elfen aufgelauert. Viel mehr weiß ich nicht.« Ihrem kalten Gesichtsausdruck nach war ihr das auch gleichgültig. »Marschall Medan hat Euch gefunden. Er hat Euch vorgestern hierher gebracht. Er hat Euch das Leben gerettet.«

Gerard war perplex. »Elfen haben mich angegriffen?«

»Mehr weiß ich nicht«, erwiderte die Heilerin achselzuckend. »Ihr seid nicht mein einziger Patient. Fragt den Marschall. Er wird bald hier sein. Seit er Euch gefunden hat, hat er sich jeden Morgen an Euer Bett gesetzt.«

Gerald erinnerte sich an die feste Hand, die starke, befehlende Stimme und jene unnachgiebige Präsenz. Langsam und unter Schmerzen drehte er seinen Körper. Seine Wunden waren fest verbunden, seine Muskeln vom langen Liegen geschwächt. Auf einem Ständer neben seinem Bett hing – gereinigt und poliert – die schwarze Rüstung.

Als Gerard die Augen schloss, stieß er ein Stöhnen aus, das die Heilerin befürchten lassen musste, er hätte einen Rückfall erlitten. Jetzt fiel ihm alles (oder fast alles) ein, was geschehen war. Er erinnerte sich daran, dass er gegen zwei Ritter von Neraka gekämpft hatte. Er erinnerte sich an den Pfeil, an einen dritten Ritter, den er zum Kampf gefordert hatte ...

An einen Angriff von Elfen erinnerte er sich nicht.

Ein junger Mann brachte ihm ein Tablett mit einer Schale Brühe, einem Stück Brot und einem Krug.

»Soll ich Euch helfen, Sir?«, bot der junge Mann höflich an.

Gerard stellte sich vor, wie ein kleines Kind mit dem Löffel gefüttert zu werden. »Nein«, wehrte er ab. Trotz beträchtlicher Schmerzen richtete er sich mühsam zum Sitzen auf.

Der junge Mann stellte Gerard das Tablett auf den Schoß und

setzte sich neben ihn auf einen Stuhl, um ihm beim Essen zuzusehen.

Gerard tunkte sein Brot in die Brühe, trank das klare, kühle Wasser aus dem Krug und überlegte, wie er die Wahrheit herausfinden könnte.

»Ich nehme an, ich bin als Gefangener hier«, äußerte er, zu dem jungen Mann gewandt.

»Aber nein, Sir!« Der Akolyt wirkte erstaunt. »Wie kommt Ihr denn darauf? Ihr seid in einen Elfenhinterhalt geraten, Sir!« Der Akolyt betrachtete Gerard mit offener Bewunderung. »Marschall Medan hat allen davon erzählt, als er Euch zu uns brachte. Er hat Euch auf seinen eigenen Armen getragen, Sir, und war mit Eurem Blut bedeckt. Ihr wäret ein echter Held, sagte er, wir sollten Euch die beste Pflege zuteil werden lassen und keine Mühe scheuen. Sieben schwarze Mystiker haben sich um Euch gekümmert. Ihr ein Gefangener?« Der junge Mann schüttelte lachend den Kopf.

Gerard schob die Brühe unangetastet von sich. Ihm war der Appetit vergangen. Nachdem er murmelnd behauptet hatte, er sei doch schwächer, als er angenommen hätte, legte er sich wieder zurück. Der Akolyt machte sich gleich an ihm zu schaffen, schob die Verbände zurecht und prüfte, ob eine der Wunden wieder aufgeplatzt war. Nachdem er Gerard versichert hatte, dass sie alle schon fast verheilt waren, verschwand er. Gerard sollte sich gesund schlafen.

Der Ritter schloss die Augen, um so zu tun, als ob er schliefe, doch der Schlummer wollte nicht kommen. Er hatte keine Ahnung, was hier vorging. Er konnte nur vermuten, dass dieser Medan eine Art sadistisches Spiel trieb, das mit Gerards Folterung und Tod enden würde.

Nach dieser Schlussfolgerung konnte er friedlich einschlafen.

»Nein, weckt ihn nicht auf«, sagte eine tiefe, ihm vertraute Stimme. »Ich bin nur gekommen, um zu sehen, wie es ihm heute Morgen geht.«

Gerard schlug die Augen auf. Neben seinem Bett stand ein Mann in der Rüstung der Ritter von Neraka mit einer Marschallschärpe. Er musste über fünfzig sein. Das Gesicht war von der Sonne gebräunt, von tiefen Falten durchzogen, streng und ernst, aber nicht grausam. Es spiegelte das Mienenspiel eines Mannes, der Männer in den Tod schicken konnte, aber keinen Gefallen daran fand.

Gerard erkannte ihn sofort. Marschall Medan.

Laurana hatte mit einem gewissen widerwilligen Respekt von ihm gesprochen, den Gerard nun verstand. Medan hatte dreißig Jahre über eine feindlich gesonnene Rasse geherrscht, doch er hatte keine Todeslager eingerichtet, es standen keine Galgen auf dem Marktplatz, und die Häuser und Geschäfte der Elfen wurden weder verbrannt noch geplündert oder sinnlos zerstört. Medan sorgte dafür, dass der Tribut für den Drachen entrichtet und weitergeleitet wurde. Er hatte die Spielregeln der Elfenpolitik begriffen, und Laurana zufolge spielte er gut. Er hatte seine Spione und Informanten. Mit Rebellen sprang er gnadenlos um, doch nur, weil er für Recht und Ordnung sorgen musste. Seine Soldaten hatte er fest im Griff, was heutzutage, da die Ritter von Neraka sich aus dem Abschaum der Gesellschaft rekrutierten, keine leichte Aufgabe war.

Gerard war gezwungen, den Gedanken zu verwerfen, dass dieser Mann mit ihm spielen wollte. Offenbar wollte er Gerard doch nicht grausam zum Narren halten, um ihn dann hinzurichten. Aber wenn das stimmte, was hatte Medan dann im Sinn? Wozu die Geschichte von dem Elfenangriff?

Gerard zwang sich dazu, sich aufzusetzen, und salutierte, so gut das mit dem Verband um Brust und Arm möglich war. Selbst als Feind war der Marschall ein Offizier, dem Achtung gebührte.

Der Marschall erwiderte den Gruß, riet Gerard jedoch, sich wieder hinzulegen, damit seine Wunden nicht wieder aufplatzten. Gerard hörte kaum zu. Er dachte an etwas anderes. Er rief sich den Angriff ins Gedächtnis.

Medan hatte ihnen aus einem bestimmten Grund aufgelauert – um Palin zu fangen und das magische Gerät zu erbeuten. Das bedeutete, dass Medan genau wusste, wo er uns zu suchen hatte, sagte sich Gerard. Jemand hatte ihm Ort und Zeitpunkt ihres Aufbruchs verraten.

Jemand hatte sie verraten – aber wer? Einer von Lauranas Bediensteten? Das war schwer zu glauben, doch Gerard dachte an den Elfen, der auf die »Jagd« gegangen war, ohne zurückzukehren. Vielleicht war er von den Rittern getötet worden. Vielleicht auch nicht.

Seine Gedanken waren in hellem Aufruhr. Was war aus Palin und dem Kender geworden? War ihnen die Flucht geglückt? Oder saßen auch sie gefangen?

»Wie geht es Euch, Sir?«, erkundigte sich Medan, der Gerard besorgt musterte.

»Viel besser, Herr, danke«, entgegnete Gerard. »Ich möche Euch versichern, Herr, dass es keinen Anlass gibt, diese Farce fortzusetzen, die Ihr vielleicht aus Sorge um meine Gesundheit begonnen habt. Ich weiß, dass ich Euer Gefangener bin. Ihr habt keinen Grund, mir zu glauben, aber ich möchte Euch wissen lassen, dass ich kein Spion bin. Ich bin …«

»… ein Ritter von Solamnia«, beendete Medan lächelnd seinen Satz. »Ja, das ist mir bewusst, Sir …« Er machte eine Pause.

»Gerard uth Mondar, Herr«, stellte Gerard sich vor.

»Und ich bin Marschall Alexis Medan. Ja, Sir Gerard, ich weiß, dass Ihr Solamnier seid.« Medan zog einen Stuhl heran, um sich neben Gerards Bett zu setzen. »Ich weiß auch, dass Ihr mein Gefangener seid. Ich wünsche, dass Ihr leise sprecht.« Er warf den schwarzen Mystikern, die sich am anderen Ende des Saals zu schaffen machten, einen Blick zu. »Diese beiden Informationen sollen unser kleines Geheimnis bleiben.«

»Herr?«, japste Gerard. Er war so verblüfft, als wäre der Drache Beryl vom Himmel geschossen und in seiner Suppe gelandet.

»Hört genau zu, Sir Gerard«, beschwor ihn Medan, während

er dem Solamnier eine Hand fest auf den Arm legte. »Ihr wurdet in der Rüstung eines Ritters von Neraka erwischt. Ihr behauptet, kein Spion zu sein, aber was meint Ihr wohl, wer Euch das glauben wird? Niemand. Kennt Ihr das Schicksal, dass Euch als Spion bevorsteht? Ihr würdet von Männern verhört werden, die sich auf die Kunst verstehen, andere zum Reden zu bringen. Wir hier in Qualinesti sind da auf dem neuesten Stand. Wir haben die Streckbank, das Rad, glühende Zangen, Daumenschrauben. Wir verfügen über eine eiserne Jungfrau mit ihrer schmerzhaften, tödlichen Umarmung. Nach einigen Wochen derartiger Befragung wärt Ihr mit Sicherheit gern bereit, Euren Häschern alles zu erzählen, was Ihr wisst, und dazu einen Haufen Dinge, von denen Ihr überhaupt keine Ahnung habt. Hauptsache, die Folter endet.«

Gerard machte den Mund auf, aber Medan verstärkte den Druck auf seinen Arm, so dass der Ritter schwieg.

»Was würdet Ihr Ihnen erzählen? Ihr würdet die Königsmutter verraten. Ihr würdet ihnen berichten, dass Laurana den Menschenzauberer beherbergte, der einen wertvollen magischen Gegenstand entdeckt hat. Durch Lauranas Einfluss ist dieser Zauberer mit dem Artefakt Beryl jetzt entwischt.«

Innerlich stieß Gerard einen Stoßseufzer aus. Medan beobachtete ihn genau. »Ja, ich dachte mir, dass Ihr froh sein würdet, das zu hören«, bemerkte er trocken. »Der Zauberer ist entkommen. Beryls Wunsch wurde nicht erfüllt. Ihr werdet sterben, und Ihr werdet den Tod begrüßen. Doch er wird Laurana nicht retten.«

Schweigend nahm Gerard all diese Informationen in sich auf. Er wand sich im Griff von Medans Logik. Der Ritter sah keinen Ausweg. Er hätte sich gern eingeredet, dass er jeder Marter widerstehen und stumm in den Tod gehen würde, doch wie konnte er sich sicher sein? Er hatte von den Auswirkungen der Streckbank gehört – wie sie die Gelenke aus den Pfannen zog, so dass man als Krüppel zurückblieb, weil diese Verletzungen nie wieder richtig verheilten. Er hatte auch von den anderen Foltermethoden gehört, mit denen man ihn qälen konnte. Palins verrenkte Hände mit den zerquetschten Fingern fielen ihm ein. Er stellte sich Lauranas schmale, weiße Hände vor, deren narbige Schwielen verrieten, dass sie einst ein Schwert geführt hatte.

Gerard warf einen kurzen Blick auf die Mystiker in ihren schwarzen Roben, dann schaute er wieder Medan an. »Was soll ich Eurer Meinung nach tun, Herr?«, fragte er leise.

»Ihr werdet die Geschichte übernehmen, die ich mir über den Kampf mit den Elfen ausgedacht habe. Zur Belohnung für Eure Heldentaten werde ich Euch zu meinem Adjutanten ernennen. Ich brauche jemanden, dem ich trauen kann«, erklärte Medan sarkastisch. »Ich glaube, das Leben der Königsmutter ist in Gefahr. Ich tue, was ich kann, um sie zu schützen, aber das reicht möglicherweise nicht. Ich brauche einen Gehilfen, der die Königsmutter ebenso schätzt wie ich selbst.«

»Aber, Herr«, wandte Gerard befremdet ein, »Ihr lasst sie doch selbst ausspionieren.«

»Zu ihrem eigenen Schutz«, hielt Medan dagegen. »Glaubt mir, es macht mir keinen Spaß.«

Kopfschüttelnd sah Gerard zum Marschall auf. »Herr, ich habe nur eine Antwort. Ich bitte Euch, zieht Euer Schwert und erschlagt mich. Hier in diesem Bett. Ich kann keinen Widerstand leisten. Ich spreche Euch ausdrücklich vom Verbrechen des Mordes frei. Wenn ich hier und jetzt sterbe, löst dies all unsere Probleme.«

Medans ernstes Gesicht verzog sich zu einem Lächeln. »Vielleicht nicht ganz so viele, wie Ihr denkt. Ich lehne Euren Vorschlag selbstverständlich ab. Ihr gefallt mir, Solamnier. Den Kampf, den Ihr meinen Männern geliefert habt, hätte ich für alle Juwelen von Qualinesti nicht missen mögen! Die meisten anderen Ritter, die ich kenne, hätten ihre Waffen weggeworfen und die Flucht ergriffen.«

Medans Gesicht verfinsterte sich, und in seiner Stimme klang ein bitterer Ton mit. »Die ruhmreichen Tage unseres Ordens sind dahin. Einst wurden wir von einem Ehrenmann angeführt, einem mutigen Mann. Er war der Sohn eines Drachenfürsten und Zeboims, der Göttin des Meeres. Wer ist jetzt unser Anführer?«

Medan verzog den Mund. »Ein Buchhalter. Ein Mann, der statt des Schwertgurts einen Geldgürtel trägt. Diejenigen, die er zum Ritter schlägt, erringen ihren Platz nicht mehr durch Tapferkeit in der Schlacht oder tollkühne Taten. Sie erkaufen sich ihren Rang mit kalten Münzen.«

Gerard dachte an seinen eigenen Vater und merkte, wie seine Haut heiß wurde. Er hatte sich nicht in die Ritterschaft eingekauft, das durfte er sich immerhin zugute halten. Doch sein Vater hätte dem Sohn zweifellos den Weg zu jedem gefahrlosen Posten erkauft, der sich anbot. »Die Solamnier sind auch nicht besser«, murmelte er, während er den Blick senkte und die Falten seines schweißnassen Lakens glatt strich.

»Wirklich? Das höre ich mit Bedauern«, meinte Medan. Er klang ehrlich enttäuscht. »Vielleicht wird die entscheidende Schlacht dieser letzten Tage von Männern ausgefochten, die anstelle einer Seite die Ehre wählen. Das hoffe ich«, fügte er ruhig hinzu, »denn andernfalls, so befürchte ich, sind wir alle verloren.«

»Die letzten Tage?«, hakte Gerard aufgeschreckt nach. »Was meint Ihr damit, Herr?«

Medan blickte sich um. Die Mystiker waren gegangen. Er war mit dem Ritter allein.

»Beryl wird Qualinesti angreifen«, teilte Medan dem Ritter mit. »Ich weiß nicht, wann, aber sie zieht ihre Truppen zusammen. Wenn es soweit ist, stehe ich vor einer schweren Entscheidung.« Er musterte Gerard eindringlich. »Ich möchte nicht, dass die Königsmutter Teil dieser Entscheidung ist. Ich brauche jemanden, dem ich trauen kann, und der ihr hilft zu entkommen.«

Der Mann ist in Laurana verliebt, erkannte Gerard erstaunt. Immerhin war das wenig überrraschend. Der Ritter hatte sich selbst ein wenig in sie verliebt. Man konnte nicht in ihrer Nähe sein, ohne von ihrer Schönheit und Anmut bezaubert zu werden. Dennoch zögerte Gerard.

»Habe ich Euch falsch eingeschätzt, Sir?«, wollte Medan wissen. Seine Stimme wurde kalt. Er erhob sich. »Vielleicht seid Ihr ebenso ehrlos wie alle anderen?«

»Nein, Herr«, beteuerte Gerard voller Leidenschaft. So merkwürdig es ihm auch vorkam, er wollte, dass dieser Marschall seine hohe Meinung von ihm behielt. »Ich habe dafür gearbeitet, ein Ritter zu werden. Ich habe Bücher über die Kunst der Kriegsführung gelesen, habe Strategien und Taktiken studiert. Ich habe mich in Turnieren und Schaukämpfen bewährt. Ich bin Ritter geworden, um die Hilflosen zu verteidigen, um Ruhm und Ehre in der Schlacht zu erringen, doch stattdessen sorgte meines Vaters Einfluss dafür«, Gerard legte eine beschämte Pause ein, »dass ich ein Grabmal in Solace bewachen durfte.«

Medan betrachtete ihn wortlos. Er erwartete Gerards Entscheidung.

»Ich nehme Euer Angebot an, Herr«, bekannte Gerard. »Ich verstehe Euch nicht, aber ich werde tun, was ich kann, um den Qualinesti zu helfen«, betonte er, »vor allem der Königsmutter.«

»Einverstanden«, sagte der Marschall. Nach einem kurzen Nicken wandte sich Medan zum Gehen, blieb jedoch noch einmal stehen und schaute zurück.

»Ich bin der Ritterschaft aus den gleichen Gründen beigetreten wie Ihr, junger Mann«, erklärte er, ehe er mit lauten Schritten und wehendem Mantel zur Tür marschierte. »Wenn die Heiler es gestatten, werdet Ihr morgen in mein Haus umziehen.«

Gerard legte sich wieder bequemer hin.

Ich traue ihm nicht, sann er. *Ich werde mir nicht gestatten, ihm zu trauen oder ihn zu bewundern. Er könnte lügen, was den Drachen angeht. Es könnte alles ein Trick sein. Mit welchem Sinn, weiß ich nicht, aber ich werde wachsam und auf der Hut bleiben.*

Immerhin, dachte er, während ihn eine eigenartige Zufriedenheit überkam, *ist das besser, als einen verdammten Kender zu befreien, der es fertig bringt, sich in einem Grab einzuschließen.*

Als Medan das Krankenhaus verließ, war er mit der Unterredung sehr zufrieden. Natürlich traute er dem Solamnier nicht. Medan traute dieser Tage niemandem mehr. Er würde den Mann während der kommenden Tage genau überwachen und prüfen, wie er sich verhielt. Schließlich konnte er den Solamnier jederzeit beim Wort nehmen und ihm ein Schwert in den Leib rammen.

Immerhin zweifle ich weder an seinem Mut noch an seiner Loyalität gegenüber seinen Freunden, überlegte der Marschall. *Die hat er mir bereits bewiesen.*

Der Marschall lenkte seine Schritte zu Lauranas Haus. Es war ein angenehmer Spaziergang. Qualinesti war zu jeder Jahreszeit wunderschön, doch den Sommer liebte er besonders, diese Zeit der Feste mit ihren unzähligen Blumen, wenn die laue Luft von exquisiten Düften durchzogen wurde, wenn die Blätter silbrig grün flimmerten und wundersame Vögel zwitscherten.

Er ließ sich Zeit, lehnte sich über Gartenmauern, um orangerote Taglilien zu bewundern, die ihre flammenden Häupter der Sonne zuwandten. Einen Augenblick verweilte er, um zu beobachten, wie ein flatterndes Rotkehlchen einen weißen Blütenschauer von einem Schneeballbusch rieseln ließ. Als er auf einen Elfen aus dem Hause Waldpfleger stieß, blieb der Marschall stehen, um mit dem Mann über eine Krankheit zu sprechen, die möglicherweise einen von Medans Rosenbüschen befallen hatte. Der Waldpfleger verhielt sich feindselig und zeigte deutlich, dass er sich nur gezwungenermaßen mit Medan unterhielt. Medan blieb bei seinem höflichen Respekt und stellte intelligente Fragen. Allmählich erwärmte sich der Elf für das Thema, bis er dem Marschall schließlich zusicherte, in sein Haus zu kommen und sich die kranke Rose anzusehen.

Als Medan bei Lauranas Haus ankam, betätigte er den silbernen Glockenzug und lauschte dem zarten Lied der Glöckchen, während er auf eine Antwort wartete.

Ein Elf öffnete die Tür. Er verneigte sich höflich. Medan musterte ihn eindringlich.

»Kelevandros, nicht wahr?«, vergewisserte er sich.

»Ja, Marschall«, bestätigte der Elf.

»Ich wollte ...«

»Wer ist da, Kelevandros?« Laurana kam durch die Eingangshalle geschritten. »Ah, Marschall Medan. Willkommen in meinem Haus. Bitte, tretet ein. Möchtet Ihr etwas trinken?«

»Danke, meine Dame, aber ich kann nicht bleiben«, wehrte Medan höflich ab. »Wir haben erfahren, dass nicht weit von hier eine Rebellenbande im Wald ihr Unwesen treibt. Einer meiner Männer wurde massiv angegriffen.« Er fasste sie fest ins Auge. »Die Rebellen mögen die königliche Familie nicht besonders, denn sie halten Euch für Kollaborateure. Wenn Ihr, wie Ihr sagt, keinen Einfluss auf sie habt ...«

»Ich führe ein ruhiges, zurückgezogenes Leben, Marschall«, erwiderte Laurana. »Ich gehe höchstens einmal in den Palast, um meinen Sohn zu besuchen. Dennoch werde ich ständig verdächtigt. Meine ganze Liebe und Treue gilt meiner Heimat und meinem Volk.«

»Dessen bin ich mir bewusst, meine Dame«, sagte Medan mit kühlem Lächeln. »Bis wir diese Rebellen erwischt haben, seid Ihr, meine Dame, deshalb außerhalb Eures Hauses in Gefahr. Ich muss darum ersuchen, dass Ihr und alle, die Euch lieb sind, dieses Haus möglichst nicht mehr verlasst. Selbstverständlich ist es Euch gestattet, den Palast aufzusuchen, aber Reisen in andere Teile des Reiches muss ich untersagen.«

»Bin ich demnach eine Gefangene in meinem eigenen Haus, Marschall?«, erkundigte sich Laurana.

»Nur zu Eurem eigenen Schutz, meine Dame«, versicherte Medan. Er streckte die Hand nach einem der blauroten Blütenstände aus, um deren süßen Duft einzuatmen. »Meinen Glückwunsch zu diesem schönen Fliederstrauch. Ich habe noch nie einen Flieder gesehen, der so lange über den Frühling hinaus blüht. Einen schönen Tag noch, Königsmutter.«

»Euch ebenfalls, Marschall Medan«, antwortete Laurana.

»Wie ich dieses Spiel hasse«, murmelte Medan in sich hinein. Auf seinem einsamen Rückweg zu seinem eigenen Haus nahm er noch immer den Fliederduft wahr.

»Wie ich dieses Spiel hasse«, stöhnte Laurana, als sie die Tür hinter sich schloss und den Kopf mit der Krone goldblonden Haares dagegenlehnte.

Der Wasserfall sang seine zarte, beruhigende Melodie. Laurana lauschte seinem Lied, bis die Melodie sie beruhigt hatte und ihre gewohnte, hoffnungsvolle Stimmung wiederhergestellt war. Sie gab sich nicht so leicht der Verzweiflung anheim. Sie war durch die Finsternis gegangen, durch die größte Finsternis, welche die Welt kennen gelernt hatte. Von Angesicht zu Angesicht hatte sie vor der furchtbaren Göttin Takhisis gestanden. Sie hatte gesehen, wie die Liebe die Finsternis überwand, wie die Liebe triumphierte. Deshalb glaubte sie daran, dass auch die schwärzeste Nacht irgendwann dem Morgenlicht weichen musste.

An diesem Glauben hatte sie trotz aller Sorgen und Prüfungen ihes Lebens festgehalten – als sie durch die politischen Intrigen ihres eigenen Volkes ihren Sohn verloren hatte, als ihr geliebter Mann, Tanis, bei der Verteidigung des Turms des Oberklerikers gegen die Schwarzen Ritter hinterrücks von einem Schwert durchbohrt worden war. Sie trauerte um ihn, sie vermisste ihn schmerzlich, und sie hatte ihm in ihrem eigenen Herzen einen Schrein errichtet, doch war sie ihm nicht in den Tod gefolgt. Sie hatte ihr Herz nicht in seinem Grab begraben. Damit hätte sie sein Leben verleugnet, all das Gute zunichte gemacht, das er getan hatte. Lieber setzte sie ihren Kampf für das fort, was sie beide als richtig erkannt hatten.

Manche Leute störten sich daran. Sie fanden, Laurana hätte sich in Schwarz kleiden und der Welt entsagen sollen. Sie nahmen Anstoß daran, wenn sie lachte oder lächelte oder sich am Lied der Barden erfreute.

»Es ist so schade«, sagten sie. »Euer Gatte ist einen so sinnlosen Tod gestorben.«

»Sagt mir, Herr«, erwiderte Laurana dann, oder sie sprach: »Sagt mir, Herrin. Möchtet Ihr mir nicht verraten, was Ihr für einen *sinnvollen* Tod haltet?«

Wenn sie dann über das Unbehagen ihres Gegenübers lächelte, hörte Laurana in ihrem Herzen Tanis lachen. Es hatte eine Zeit gegeben, kurz nach seinem Tod, zu der sie seine Stimme gehört hatte. Damals hatte sie seine wachsame Gegenwart gespürt, nicht beschützend, sondern unterstützend, etwas, das ihr Mut machte. Inzwischen aber fühlte sie diese Gegenwart schon sehr lange nicht mehr. Sie konnte nur annehmen, dass er auf die nächste Stufe seiner Lebensreise übergegangen war. Das stimmte sie nicht traurig oder wehmütig. Sie würde ihm wieder begegnen, wenn es an der Zeit war, dass sie aus diesem Leben schied. Sie würden einander wiederfinden, selbst wenn die ganze Ewigkeit zwischen ihnen stünde. Bis dahin aber waren es nicht die Toten, die sie brauchten, sondern die Lebenden.

»Herrin«, sagte Kelevandros leise, »lasst Euch nicht von den Drohungen des Marschalls beeindrucken. Wir werden ihm schon ein Schnippchen schlagen. Das ist uns doch immer gelungen.«

Laurana hob lächelnd den Kopf. »Ja, das werden wir. Welch ein Glück, dass du schon von deinem Auftrag zurück warst, Kelevandros. Medan hätte deine Abwesenheit womöglich bemerkt, dann wäre es für uns eng geworden. Wir müssen von jetzt an doppelte Vorsicht walten lassen. Gilthas meldet, dass die Zwergentunnel nahezu fertig gestellt sind. Von nun an benutzt du diesen Weg. Das ist ein Umweg, aber es ist sicherer. Kalindas! Du solltest doch nicht aufstehen!«

Der Elf stand schwankend auf der Schwelle. Sein Kopf war

dick verbunden und seine Haut geradezu durchscheinend blass. Laurana konnte die blauen Adern darunter wahrnehmen. Kelevandros kam seinem Bruder zu Hilfe, legte seinen Arm um ihn und führte ihn zu einer Couch. Dort legte er ihn vorsichtig hin, wobei er pausenlos schimpfte, weil Kalindas sein Bett verlassen hatte und ihrer Herrin Grund zur Sorge gab.

»Was ist passiert?«, wollte Kalindas benommen wissen.

»Du erinnerst dich nicht mehr?«, erkundigte sich Laurana.

»An gar nichts!« Er legte eine Hand an den Kopf.

»Kelevandros«, befahl Laurana scharf, »lauf zur Vordertür. Vergewissere dich, ob Marschall Medan auch wirklich gegangen ist.«

»Die Vögel in den Bäumen singen«, meldete Kelevandros bei seiner Rückkehr. »Die Bienen summen durch die Blumen. Es ist niemand da.«

»Also, Kalindas.« Laurana wandte sich ihrem Diener zu. »Erinnerst du dich daran, wie du Meister Palin, Gerard und den Kender zu dem Treffpunkt mit dem Greifen geführt hast?«

Kalindas überlegte. »Vage, Herrin.«

»Du wurdest dort draußen angegriffen«, erzählte Laurana, während sie dem jungen Elfen den Verband zurechtrückte. »Wir haben uns große Sorgen um dich gemacht. Als du nicht zurückkamst, habe ich die Löwin gebeten, dich von ihren Leuten suchen zu lassen. Die Rebellen haben dich verletzt im Wald gefunden. Sie haben dich gestern hierher gebracht. Warum bist du aufgestanden? Brauchst du etwas?«

»Nein, Herrin, vielen Dank«, versicherte Kalindas. »Es tut mir Leid, wenn ich Euch erschreckt habe. Ich habe die Stimme des Marschalls gehört und dachte, Ihr bräuchtet mich vielleicht. Ich glaubte, ich wäre kräftig genug zum Aufstehen, doch da habe ich mich wohl geirrt.«

Kelevandros half seinem verwundeten Bruder, eine etwas bequemere Lage einzunehmen, während Laurana ihren Schal über Kalindas breitete, um ihn warm zu halten.

»Du hast von Medan und seinen Männern genug erlitten«, sagte Laurana mit vor Ärger kalter Stimme. »Du hattest noch Glück, dass sie dich nicht getötet haben!«

»Sie brauchten mich nicht zu töten«, wehrte Kalindas verbittert ab. »Sie müssen mich von hinten erwischt haben. Sind Meister Palin und der Kender sicher mit dem Gerät entkommen?«

»Wir vermuten es. Die Rebellen fanden keine Spur von ihnen, und wir haben nichts davon gehört, dass man sie erwischt hätte.«

»Und der Solamnier?«

»Die Löwin meldet, dass es einen Kampf gab. Zwei Ritter von Neraka wurden getötet. Gerards Körper wurde nicht gefunden, deshalb gehen sie davon aus, dass man ihn gefangen genommen hat.« Laurana seufzte. »Wenn das wahr ist, sollte ich mir besser wünschen, er wäre tot. Die Rebellen haben ihre Spione in der Armee, die versuchen, etwas über seinen Verbleib herauszufinden. So weit wir wissen, ist er nicht im Gefängnis, aber das ist auch schon alles. Was Palin angeht, so ist Kelevandros gerade von einem Treffen mit dem Greifen zurück, der mit einer Nachricht kam, die hoffentlich von Palin stammt.«

»Hier ist sie, Herrin«, sagte Kelevandros. Er zog ein zusammengerolltes Pegament aus dem Stiefel und reichte es Laurana.

»Bist du sicher, dass du nichts brauchst?«, fragte diese Kalindas, während sie die Nachricht entgegennahm. »Soll ich ein Glas Wein bringen lassen?«

»Bitte lest Euren Brief, Herrin«, wehrte Kalindas ab. »Kümmert Euch gar nicht um mich.«

Nach einem weiteren besorgten Blick trat Laurana an ihren Schreibtisch und setzte sich. Kelevandros zündete ihr eine Kerze an, die er an den Schreibtisch trug. Laurana entrollte das Pergament, das mit Tinte beschrieben war und einen leichten Zitronenduft verströmte. Die Worte des Briefes waren belanglos. Ein ehemaliger Nachbar berichtete Laurana, wie er sein Feld bestellt hatte, wie groß seine Kinder schon waren und dass er vor kurzem auf dem Mittsommermarkt ein schönes Pferd gekauft habe. In der Hoffnung, dass es ihr gut ginge, erkundigte er sich nach ihrer Gesundheit.

Laurana hielt das Pergament über die Kerzenflamme, wobei sie darauf achtete, es weder zu verbrennen noch anzusengen. Langsam wurde eine zweite Schrift auf dem Pergament sichtbar, Worte, die zwischen den tintengeschriebenen Zeilen standen. Sie zog den Bogen über der Flamme hin und her, bis die geheime Botschaft zu erkennen war.

Nachdem sie das Pergament auf den Tisch gelegt hatte, las sie es schweigend durch. Es war nicht Palins Schrift. Da Laurana sich fragte, von wem der Brief stammen mochte, sah sie sich die Unterschrift an.

»Ah, Jenna«, murmelte sie.

Sie las weiter. Mit jeder Zeile vergrößerte sich ihr Staunen.

»Was ist denn, Herrin?«, erkundigte sich Kalindas erschrocken. »Was ist geschehen?«

»Seltsam«, murmelte sie. »Überaus seltsam. Ich kann es kaum glauben. Jemand reist durch die Zeit zurück und stellt fest, dass die Vergangenheit nicht mehr existiert. Das verstehe ich nicht.«

Wieder las sie weiter. »Tolpan ist verschwunden.« Sie schüttelte den Kopf. »Hier ist er nicht.«

Während sie sich dem Brief widmete, wechselten die Brüder einen Blick. Auf Lauranas glatter Stirn bildete sich eine scharfe Falte, die zu einem Stirnrunzeln wurde. Nachdem sie zu Ende gelesen hatte, starrte sie das Schriftstück lange an, als wünschte sie, es hätte einen anderen Inhalt. Langsam ließ sie die Unterkante des Blatts los, das sich daraufhin von selbst wieder in ihrer Hand aufrollte.

»Offenbar gibt es hier einen Spion«, erklärte Laurana mit betont gleichmütiger, ruhiger Stimme. »Palin und Tolpan wurden von einem Drachen gejagt, einem aus Beryls Gefolge. Palin glaubt, der Drache sei hinter dem Gerät her gewesen. Das bedeutet, dass Beryl sowohl von seiner Existenz wusste als auch davon, wo es zu finden war. Die Ritter von Neraka sind nicht zufällig auf euch gestoßen, Kalindas. Ihr seid in einen Hinterhalt geraten.«

»Ein Spion! In Eurem eigenen Haus. Vielleicht gar einer von uns? Das ist unmöglich, Herrin«, erregte sich Kelevandros.

»Völlig richtig«, bestätigte Kalindas.

»Ich hoffe, ihr habt Recht«, meinte Laurana ernst. »Ein Elf, der sein eigenes Volk verrät ...« Sie schüttelte bedrückt den Kopf. »Schwer zu glauben, dass es etwas so Schlechtes geben kann. Doch es wäre nicht das erste Mal.«

»Ihr wisst, dass keiner von uns Euch verraten würde«, betonte Kalindas noch einmal nachdrücklich.

Laurana seufzte. »Ich weiß nicht, was ich davon halten soll. Die Dame Jenna vermutet, die Ritter von Neraka könnten jemanden unter sich haben, der unsere Gedanken lesen kann. Was das für uns bedeutet! Jetzt müssen wir schon aufpassen, was wir denken!«

Sie schob die Nachricht in den goldenen Gürtel um ihren Leib. »Kelevandros, bring mir Zitronensaft. Danach bereitest du Weißflügel vor, er muss den Greifen eine Nachricht bringen.«

Der Elf verschwand schweigend, um seine Aufträge auszuführen. Bevor er ging, wechselte er noch einen letzten Blick mit seinem Bruder. Beide hatten bemerkt, dass Laurana die Frage nach Palin nicht beantwortet hatte. Sie hatte es vorgezogen, das Thema zu wechseln. Demnach traute sie nicht einmal den beiden. Ein Schatten war über ihr friedliches Heim gefallen, ein Schatten, der sich nicht so bald heben würde.

Lauranas Antwort auf den Brief war kurz.

Tolpan war nicht hier. Ich werde nach ihm Ausschau halten. Danke für die Warnung vor den Spionen. Ich werde auf der Hut sein.

Diese Botschaft rollte sie so eng zusammen, dass sie in das kleine Kristallröhrchen passte, das man am Bein des Falken befestigen würde.

»Verzeiht mir die Störung, Herrin«, entschuldigte sich Kalindas, »aber meine Kopfschmerzen sind schlimmer geworden. Kelevandros erzählte mir, die Heilerin hätte Mohnsaft erwähnt. Ich glaube, der würde mir gut tun.«

»Ich lasse sofort die Heilerin rufen«, erwiderte Laurana besorgt. »Bleib hier liegen, bis ich deinen Bruder nach ihr schicken kann.«

Marschall Medan machte noch einen Abendspaziergang in seinem Garten. Er genoss das Wunder der nachtblühenden Blumen, welche die Sonne scheuten und ihre Blüten erst dem bleichen Mondschein öffneten. Der Marschall war allein. Seinen Adjutanten hatte er packen geschickt. Morgen würde der Solamnier kommen und seine neuen Pflichten antreten.

Medan bewunderte gerade eine weiße Orchidee, die im Mondlicht zu leuchten schien, als er eine Stimme aus den Büschen zischen hörte.

»Marschall! Ich bin's!«

»So, so«, meinte Medan, »ich dachte schon, es wäre eine Schlange. Ich bin müde. Kriech bis morgen unter deinen Stein zurück.«

»Ich habe wichtige Informationen, die keinen Aufschub dulden«, wisperte die Stimme. »Informationen, die Beryl sehr interessieren dürften. Der Zauberer Palin Majere ist mit dem magischen Gerät durch die Zeit gereist. Es ist ein mächtiges Gerät, vielleicht das mächtigste, das in dieser Welt je entdeckt wurde.«

»Möglich.« Medan zeigte sich wenig beeindruckt. Er hatte keine hohe Meinung von Zauberern und Magie. »Wo befindet sich dieses mächtige Gerät jetzt?«

»Das ist nicht ganz klar«, gestand der Elf. »In dem Brief an meine Herrin steht, der Kender hätte sich mit dem Gerät davongemacht. Majere glaubt, er sei zur Zitadelle des Lichts gereist. Er wird dort versuchen, es wieder zu erlangen.«

»Wenigstens ist er nicht hierher zurückgekommen«, atmete

Medan erleichtert auf. »Gut, dass wir ihn und das verdammte Ding los sind.«

»Diese Information ist ein ganze Menge wert«, fügte der Elf hinzu.

»Du bekommst deinen Lohn. Aber erst morgen«, betonte Medan. »Jetzt verschwinde, ehe deine Herrin dich vermisst.«

»Das wird sie nicht.« Der Elf klang selbstgefällig. »Sie schläft tief und fest. Sehr fest. Ich habe ihr Mohnsaft in den Abendtee getan.«

»Ich habe dir befohlen zu verschwinden«, sagte Medan kalt. »Für jede Sekunde, die du noch in meiner Gegenwart ausharrst, ziehe ich dir ein Stahlstück ab. Eines hast du schon verloren.«

Er hörte ein Rascheln in den Büschen, wartete jedoch noch einen Moment, um sicher zu sein, dass der Elf gegangen war. Der Mond verschwand hinter einer Wolke, so dass der Garten in Finsternis getaucht wurde. Die blass leuchtende Orchidee war nicht mehr zu erkennen.

Ihm kam es wie ein Omen vor, ein Vorzeichen.

»Nur eine Frage der Zeit«, sagte er sich. »Tage vielleicht, aber nicht länger. Heute Nacht habe ich meine Entscheidung gefällt. Ich habe meinen Weg gewählt. Jetzt kann ich nur noch abwarten.«

Da ihm die Freude an der Nacht genommen war, kehrte der Marschall in sein Haus zurück. Doch er musste sich den Weg durch die Dunkelheit ertasten, denn der Pfad war nicht mehr zu sehen.

10 Bauer gegen Königsspringer Vier

An diesem Tag sollte Gerard bei Marschall Medan vorsprechen und gezwungenermaßen in den Dienst des Kommandanten der Ritter von Neraka treten. An diesem Tag sollte Laurana entdecken, dass sie einen Spion in ihrer Umgebung hatte, womöglich in ihrem eigenen Haus. An diesem Tag sollte Tolpan herausfinden, dass es nicht leicht ist, dem gerecht zu werden, was über einen behauptet wird, nachdem man tot ist. An diesem Tag sollte Minas Armee weiter nach Silvanesti einmarschieren. An eben diesem Tag spielte Silvanoshei ein Spiel mit seinem Cousin.

Silvanoshei war König der Silvanesti. Er war König seines Volkes wie das juwelenbesetzte, geschnitzte Stück Alabaster, das den König des *Xadrez*-Bretts darstellte. Ein lächerlicher, nutzloser König, der immer nur ein Feld weiter ziehen konnte. Ein König, der von seinen Springern und Läufern geschützt werden musste. Selbst seine Bauern hatten wichtigere Aufgaben als der König selbst.

»Meine Dame schlägt deinen Turm«, erklärte Kiryn, während er eine zierliche Figur über das Brett aus grünem und weißem Marmor schob. »Dein König ist matt. Ich stelle fest, dieses Spiel geht an mich.«

»Zum Donnerwetter! Allerdings!« Verärgert stieß Silvan das Brett weg, so dass die Figuren umkippten. »Ich war immer ganz gut beim *Xadrez*. Meine Mutter hat es mir beigebracht. Hin und wieder konnte ich sogar Samar schlagen. Du spielst viel schlechter als er – was keine Beleidigung sein soll, Cousin.«

»Schon gut«, wehrte Kiryn ab, der auf dem Boden herumkrabbelte, um den Infanteristen wiederzufinden, der vom Brett unter das Bett geflohen war. »Du bist in Gedanken woanders, das ist alles. Du konzentrierst dich nicht voll auf das Spiel.«

»Warte, lass mich das machen«, bot Silvan beschämt an. »Schließlich habe ich sie umgeworfen.«

»Aber ich kann doch ...«, setzte Kiryn an.

»Nein, lass mich wenigstens einmal etwas Vernünftiges tun!« Silvan kroch unter den Tisch, um mit einem Springer, einem Zauberer und nach einigem Suchen auch einem bedrängten König wieder aufzutauchen, der versucht hatte, sich der drohenden Niederlage zu entziehen, indem er sich hinter einem Vorhang versteckte.

Nachdem Silvan alle Figuren aufgesammelt hatte, stellte er sie wieder auf.

»Willst du eine Revanche?«

»Nein, ich habe dieses Spiel so satt!«, wehrte Silvan gereizt ab.

Er wandte sich vom Spieltisch ab und spazierte zum Fenster, um einige Augenblicke hinauszustarren und sich dann ruhelos wieder umzudrehen. »Du sagst, ich bin in Gedanken woanders, Vetter. Ich weiß nicht einmal wo. Schließlich tue ich überhaupt nichts.«

Er schlenderte zu einem Beistelltisch, auf dem Schalen mit gekühlten Früchten, Nüssen und Käse sowie eine Karaffe Wein bereitstanden. Er knackte die Nüsse, als hätte er einen besonderen Zorn auf sie, und pulte dann die Kerne heraus. »Du auch?«

Kiryn schüttelte den Kopf. Silvan warf die Schalen auf den Tisch und wischte sich die Hände ab.

»Ich hasse Nüsse!«, befand er und wanderte zum Fenster. »Wie lange bin ich jetzt König?«, wollte er wissen.

»Einige Wochen, Vetter.«

»Und was habe ich während dieser Zeit geleistet?«

»Es ist doch noch keine so lange Zeit, Vetter.«

»Nichts«, erklärte Silvan mit Nachdruck. »Absolut nichts. Ich soll den Palast nicht verlassen, damit ich mir bloß nicht diese zehrende Krankheit einfange. Ich darf nicht mit meinen Untertanen sprechen, weil Assassinen darunter sein könnten. Ich setze meinen Namen unter Befehle und Edikte, aber ich darf sie nie lesen, denn sie könnten mich ermüden. Die eigentliche Arbeit macht dein Onkel.«

»Das wird auch so bleiben, so lange du ihn gewähren lässt«, bestätigte Kiryn spitz. »Ihn und Glaukus.«

»Glaukus!«, wiederholte Silvan. Er drehte sich um, um seinen Freund misstrauisch zu mustern. »Immer setzt du mir wegen Glaukus zu. Ich muss dir wirklich sagen, ohne Glaukus wüsste ich nicht das Geringste über das, was in meinem eigenen Reich vorgeht. Sieh nur! Sieh dir das an!« Silvan deutete nach draußen. »Das ist wieder so ein Beispiel. Da geschieht etwas. Es geht etwas vor, aber werde ich erfahren, was das ist? Ich werde es«, Silvan schlug einen bitteren Ton an, »aber nur, wenn ich meine Diener frage!«

Man sah einen Mann in Kirathkleidern hastig über den weiten Hof mit seinen Spazierwegen und Gartenanlagen laufen, der den Palast umgab. Einst waren die kunstvoll angelegten Gärten ein bevorzugtes Ziel der Bürger von Silvanost gewesen, wo sie gelustwandelt waren, sich verabredet oder auf den ausgedehnten Grünflächen unter den Weiden ihr Picknick ausgebreitet hatten. Liebespärchen waren in schwanenförmigen Booten über die Wasserläufe gegondelt, welche den Park durchzogen. Studenten hatten sich mit ihren Lehrern ins Gras gesetzt und die philosophischen Diskussionen abgehalten, welche bei Elfen so beliebt sind.

Doch das war, bevor die Seuche Silvanost heimgesucht hatte. Mittlerweile hatten viele Angst davor, ihr Haus zu verlassen, Angst, in Gruppen zusammenzukommen, um sich nur nicht anzustecken. Abgesehen von einigen Soldaten, die gerade Dienstschluss hatten und in ihre Kaserne zurückkehrten, waren die Gärten nahezu leer. Die Soldaten warfen dem eiligen Kirath erstaunte Blicke zu und traten zur Seite, um ihn vorbeizulassen. Der Läufer achtete nicht auf sie, sondern rannte weiter, die breite Marmortreppe zum Palast hinauf, bis er nicht mehr zu sehen war.

»Da! Was habe ich dir gesagt, Kiryn? Es ist etwas Wichtiges

geschehen«, murrte Silvan, der an seiner Unterlippe nagte. »Aber kommt der Bote zu mir? Nein, er geht sofort zu deinem Onkel. Ich bin der König, nicht General Konnal!«

Mit finsterer Miene drehte Silvan dem Fenster den Rücken zu. »Ich werde zu dem, was ich am meisten verachte. Ich werde zu meinem Vetter Gilthas. Zu einer Marionette, deren Fäden ein anderer zieht.«

»Wenn du eine Marionette bist, Silvan, dann deshalb, weil du selbst es so willst«, widersprach Kiryn mutig. »Der Fehler liegt nicht bei meinem Onkel, sondern bei dir! Du hast kein Interesse an den Alltagsgeschäften des Königreichs gezeigt. Du hättest diese Edikte lesen können, aber du warst viel zu beschäftigt, die neuesten Tanzschritte zu lernen.«

Silvan sah ihn voller Ärger an. »Wie kannst du es wagen, so mit mir zu reden! Ich bin dein ...« Doch er hielt sich im Zaum. Eigentlich hatte er »dein König« sagen wollen, doch angesichts des Gesprächsthemas hätte das lächerlich geklungen.

Außerdem musste er sich eingestehen, dass Kiryn nichts als die Wahrheit gesagt hatte. Es hatte Silvan gefallen, den König zu spielen. Er trug die Krone auf dem Kopf, aber den Mantel der Verantwortung wollte er nicht auf seine Schultern legen. Langsam holte er Luft und atmete wieder aus. Er hatte sich wie ein Kind benommen, deshalb hatte man ihn wie ein Kind behandelt. Das würde sich ändern.

»Du hast Recht, Vetter«, lenkte Silvan in ruhigem Ton ein. »Wenn dein Onkel keinen Respekt vor mir hat, dann hat das natürlich seinen Grund. Was habe ich, seit ich hier bin, schon vollbracht, als in meinem Zimmer herumzuhängen, zu spielen und Süßigkeiten zu essen? Respekt muss man sich verdienen. Er lässt sich nicht diktieren. Ich habe nichts getan, um ihm oder meinem Volk zu beweisen, dass ich der König bin. Damit ist jetzt Schluss. Ab heute.«

Silvan stieß die gewaltigen Doppeltüren auf, die in seine Gemächer führten. Sie öffneten sich mit solcher Wucht, dass sie gegen die Wände krachten. Der Knall schreckte die Wachen auf, die an diesem stillen, langweiligen Nachmittag im Stehen gedöst hatten. Sie strafften sich eilig, als Silvan aus dem Zimmer kam und an ihnen vorbeirauschte.

»Eure Majestät!«, rief der eine Wächter. »Wo wollt Ihr hin? Majestät, Ihr sollt doch Euer Zimmer nicht verlassen. General Konnal hat befohlen … Majestät!« Der Wächter stellte fest, dass er zum Rücken des Königs sprach.

Mit schnellen Schritten eilte Silvan die lange, breite Marmortreppe hinunter, dicht gefolgt von Kiryn und den Wachen.

»Silvan«, bedrängte ihn Kiryn, als er seinen Vetter eingeholt hatte, »ich habe doch nicht gemeint, dass du auf der Stelle das Kommando übernehmen sollst. Du musst über Silvanesti und sein Volk noch viel lernen. Schließlich hast du nie hier gelebt. Du bist sehr jung.«

Silvan hatte die Absichten seines Vetters sehr wohl verstanden. Er achtete nicht auf ihn, sondern eilte weiter.

»Was ich meinte«, fuhr Kiryn fort, während er hinter Silvan her trabte, »war, dass du mehr Interesse am Alltagsleben in deinem Königreich zeigen solltest. Stell Fragen. Besuche die Leute zu Hause. Sieh dir an, wie wir leben. Es gibt viele weise Leute in unserem Volk, die dir gern beim Lernen helfen würden. Rolan von den Kirath zum Beispiel. Warum bittest du nicht ihn um Rat? Du würdest feststellen, dass er viel weiser ist als Glaukus, wenn auch weniger unterhaltsam.«

Silvan presste die Lippen zusammen. Er ging weiter. »Ich weiß, was ich tue«, sagte er.

»Ja, genau wie dein Großvater Lorac. Hör mir zu, Silvan«, ergänzte Kiryn ernsthaft. »Mach nicht denselben Fehler. Dein Großvater ist nicht über den Drachen Cyan Blutgeißel gestürzt. Stolz und Angst haben Lorac vernichtet. Der Drache war die Verkörperung seines Stolzes und seiner Angst. Der Stolz flüsterte Lorac zu, er sei weiser als die Weisen. Die Angst drängte ihn, allein zu handeln, Hilfe zurückzuweisen, auf keinen Rat zu hören.«

Silvanoshei blieb stehen. »Mein ganzes Leben, Vetter, habe ich diese Seite der Geschichte gehört. Ich habe sie hingenommen. Man hat mich gelehrt, mich für meinen Großvater zu schämen. Aber vor kurzem hörte ich eine andere Variante, eine Version, die niemand erwähnt, weil es viel leichter ist, meinem Großvater die Schuld an allen Problemen zuzuschreiben. Das Volk von Silvanesti hat den Krieg der Lanze überlebt. *Wegen* meines Großvaters lebt es noch. Wenn er sich damals nicht in dieser Weise geopfert hätte, würden wir beide heute nicht hier stehen und über diese Sache diskutieren. Lorac war für das Wohl seines Volkes verantwortlich. Diese Verantwortung hat er angenommen. Er hat das Volk gerettet, aber anstatt ihn zu segnen, verunglimpft man ihn jetzt.«

»Wer hat dir das erzählt, Vetter?«, fragte Kiryn.

Silvan sah keine Veranlassung, ihm zu antworten, deshalb setzte er seinen Weg einfach fort. Glaukus hatte seinen Großvater gekannt. Er hatte Lorac sehr nahe gestanden. Wer sollte die Wahrheit besser kennen als er?

Kiryn erriet den Namen, den Silvan nicht aussprach. Wortlos lief er mit etwas Abstand hinter seinem König her.

Mit dieser etwas eigenartigen Eskorte aus seinem Vetter und den lärmenden Wachen stürmte Silvan durch die Palastflure. Er kam an prachtvollen Gemälden und zauberhaften Wandbehängen vorbei, die er keines Blickes würdigte. Seine Stiefel hallten laut über den Boden, was für seine Eile und seine Entschlossenheit sprach. Die Diener, die in diesem Teil des Palasts nur Stille gewohnt waren, kamen angelaufen, um zu sehen, was los war.

»Eure Majestät, Eure Majestät«, murmelten sie, während sie sich restlos verwirrt verneigten und einander nach seinem Vorüberziehen befremdet ansahen, als wollten sie sagen: »Der Vogel ist dem Käfig entkommen. Das Kaninchen ist aus seinem Bau entwischt. Gut, gut. Wenig überraschend, schließlich ist er ein Caladon.«

Nach dem Verlassen des Königstraktes gelangte Silvan in die

öffentlichen Bereiche, welche voller Leute waren: Boten kamen und gingen, Adlige aus dem Königshaus standen in Grüppchen zusammen und unterhielten sich, Elfen mit Hauptbüchern unter dem Arm oder Schriftrollen in den Händen liefen geschäftig umher. Hier schlug das wahre Herz des Königreichs. Hier wurden die Geschäfte getätigt. Hier – gegenüber vom königlichen Flügel, in dem Silvan residierte.

Die Höflinge hörten den Lärm, hielten inne und drehten sich um, um festzustellen, was vor sich ging. Als sie ihren König entdeckten, reagierten sie mit Verblüffung, einer solchen Verblüffung, dass einige Lords vergaßen, sich zu verneigen, bis sie sich nach Rippenstößen ihrer empörten Frauen etwas verspätet daran erinnerten.

Sofort bemerkte Silvan den Unterschied zwischen beiden Flügeln des Palasts. Seine Lippen wurden schmaler. Ohne auf die Höflinge zu achten, schob er alle beiseite, die ihn anzusprechen versuchten, bog um eine Ecke und näherte sich einer zweiten Doppeltür. Auch hier standen Wachen, doch die waren nicht am Dösen, sondern hellwach. Als der König nahte, salutierten sie.

»Eure Majestät«, erklärte einer der Männer und machte Anstalten, Silvan den Weg zu versperren. »Verzeiht mir, mein König, aber General Konnal hat den Befehl gegeben, ihn nicht zu stören.«

Silvan fasste den Sprecher lange ins Auge, ehe er sagte: »Teilt dem General mit, dass er gestört werden wird. Sein König ist gekommen, um ihn zu stören.«

Es gefiel Silvan, den inneren Kampf auf dem Gesicht der Wache zu beobachten. Der Elf hatte seine Anweisungen von Konnal, doch nun stand sein König vor ihm. Er musste seine Wahl treffen. Der Wächter blickte in die hellen Augen und auf den zusammengepressten Kiefer des jungen Königs. In beidem erkannte er die Linie, die Silvanesti seit Generationen regierte. Dieser Wächter war ein alter Mann, der vielleicht schon unter Lorac gedient hatte. Vielleicht erinnerte er sich an dieses bleiche Feuer. Er verneigte sich voller Respekt, riss die Türen auf und verkündete mit fester Stimme: »Seine Majestät, der König.«

Verwundert blickte Konnal auf. Auch auf Glaukus' Gesicht malte sich erst Erstaunen, das sich jedoch rasch in stille Freude verwandelte. Womöglich hatte auch er den Tag erwartet, da der Löwe seine Ketten zerreißen würde. Während Glaukus sich verbeugte, warf er Silvan einen Blick zu, der offen verriet: »Verzeiht mir, Majestät, aber ich stehe unter dem Befehl des Generals.«

»Eure Majestät, wie kommen wir zu dieser Ehre?«, wollte Konnal wissen. Diese Unterbrechung verstimmte ihn zutiefst. Offenbar hatte er beunruhigende Nachrichten erhalten, denn sein Gesicht war rot angelaufen und seine Stirn gerunzelt. Er musste sich sehr bemühen, höflich zu erscheinen, doch seine Stimme blieb kalt. Auch Glaukus wirkte betroffen. Sein Gesicht war ernst, und er machte einen verstörten, besorgten Eindruck.

Silvan reagierte nicht auf die Frage des Generals. Stattdessen wandte er sich an den Kirath, der sich augenblicklich sehr tief verbeugte.

»Ihr bringt Neuigkeiten?«, erkundigte sich der König herrisch.

»Allerdings, Majestät«, erwiderte der Kirath.

»Neuigkeiten, die für das Königreich wichtig sind?«

Der Kirath warf einen verstohlenen Blick auf Konnal, der nur mit den Schultern zuckte.

»Von allergrößter Wichtigkeit, Majestät.«

»Und solche Nachrichten überbringt Ihr nicht Eurem König!« Silvan war weiß vor Zorn.

Nun mischte sich der General ein. »Eure Majestät, ich hätte Euch zu gegebener Zeit von der Lage unterrichtet. Es handelt sich um eine sehr ernste Angelegenheit; wir müssen unverzüglich handeln.«

»Ihr wart also der Ansicht, Ihr würdet mir davon erzählen, *nachdem* Ihr gehandelt habt«, folgerte Silvan. Er sah zu dem Kirath zurück. »Wie lautet Eure Nachricht? Nein, seht nicht ihn an! Erstattet mir Bericht! Ich bin Euer König!«

»Einer Einheit Schwarzer Ritter ist es gelungen, den Schild zu durchdringen, Majestät. Sie befinden sich auf dem Territorium von Silvanesti und marschieren auf Silvanost zu.«

»Schwarze Ritter?«, wiederholte Silvan verwundert. »Aber wie ...? Seid Ihr sicher?«

»Ja, Majestät«, beharrte der Kirath. »Ich habe sie selbst gesehen. Wir erhielten Berichte, dass sich eine Ogerarmee außerhalb des Schilds zusammenzöge. Diesen Berichten wollten wir nachgehen, und dabei entdeckten wir die Truppe von etwa vierhundert Menschensoldaten *innerhalb* des Schilds. Die Offiziere zählen zu den Schwarzen Rittern der Takhisis. Wir haben sie an ihrer Rüstung erkannt. Mit ihnen zieht eine Kompanie Bogenschützen, vermutlich Söldner. Außerdem ist ein Minotaurus dabei, der stellvertretender Kommandant ist.«

»Wer führt sie an?«, erkundigte sich Silvan.

»Dafür haben wir jetzt keine Zeit«, setzte Konnal an.

»Ich will alle Einzelheiten wissen«, erwiderte Silvan kühl.

»Mit der Anführerin verhält es sich merkwürdig, Majestät«, berichtete der Kirath. »Es ist eine Menschenfrau. Das allein wäre nicht so überraschend, aber sie ist noch ein Kind, selbst nach menschlichen Maßstäben. Sie kann höchstens achtzehn Menschenjahre zählen, wenn überhaupt. Doch sie ist Ritterin, sogar die Kommandantin. Sie trägt die schwarze Rüstung, und die Soldaten gehorchen ihr widerspruchslos.«

»Das ist eigenartig«, bestätigte Silvan stirnrunzelnd. »Ich kann es kaum glauben. Mir ist die Organisation der Schwarzen Ritter, die sich jetzt Ritter von Neraka nennen, vertraut. Ich habe nie gehört, dass ein so junger Mensch zum Ritter geschlagen, geschweige denn zum Offizier ernannt wurde.«

Silvans Blick wanderte zu Konnal. »Was wollt Ihr gegen diese Bedrohung unternehmen, General?«

»Wir werden augenblicklich die Armee mobilisieren, Majestät«, antwortete Konnal steif. »Ich habe bereits die notwendigen Befehle erteilt. Die Kirath beobachten den Vormarsch des Feindes durch unser Land. Wir werden den Schwarzen Rittern entgegenziehen, sie schlagen und vernichten. Ihre Armee zählt nur vierhundert Mann. Sie haben keinerlei Vorräte, können sich auch keine besorgen. Sie sind abgeschnitten, völlig isoliert. Das wird keine lange Schlacht.«

»Habt Ihr schon einmal gegen die Ritter von Neraka gekämpft, General Konnal?«, erkundigte sich Silvan.

Konnals Gesicht verfinsterte sich. Er schürzte die Lippen. »Nein, Majestät. Das habe ich nicht.«

»Habt Ihr überhaupt schon einmal gegen andere Gegner als die aus dem Traum gekämpft?«, hakte Silvan weiter nach.

Konnal regte sich entsetzlich auf. Auf seinen Wangen bildeten sich zwei flammend rote Flecken. Er sprang auf und schlug mit den Händen auf den vor ihm stehenden Tisch. »Du kleiner ...«

»General!«, warf Glaukus, dessen Gedanken abgeschweift waren, hastig ein. »Er ist dein König.«

Konnal murmelte etwas in die Richtung: »Er ist nicht *mein* König ...«, doch diese Worte waren kaum zu vernehmen.

»Ich habe gegen diese Ritter und ihre Verbündeten gekämpft, General«, fuhr Silvan fort. »Meine Eltern haben die Schwarzen Ritter in den Wäldern um Qualinesti bekämpft. Ich habe gegen Oger und Räuberbanden gekämpft. Ich habe sogar gegen Elfen gekämpft, wie Ihr vielleicht wisst, General.«

Die Elfen, gegen die sie gekämpft hatten, waren Meuchelmörder gewesen, die geschickt worden waren, bevor der Schild errichtet wurde. Sie waren gekommen, um Porthios und Alhana umzubringen, die man zu Dunkelelfen erklärt hatte – vielleicht auf Geheiß von General Konnal.

»Auch wenn ich nicht selbst an diesen Kämpfen teilgenommen habe«, gab Silvan zu, um bei der Wahrheit zu bleiben, »so habe ich doch viele dieser Schlachten mitangesehen. Außerdem habe ich an den Beratungen teilgenommen, in denen meine Eltern und ihre Offizere die Strategien planten.«

»Aber trotz größter Anstrengungen Eures Vaters ist es den

Schwarzen Rittern gelungen, Qualinesti einzunehmen«, betonte Konnal mit leicht verächtlichem Lächeln.

»Richtig«, bestätigte Silvan ernst, »und deshalb warne ich Euch, sie nicht zu unterschätzen. Ich stimme mit Euch überein, General. Wir werden ihnen eine Armee entgegensenden. Ich wünsche eine Karte von dem fraglichen Gebiet.«

»Eure Majestät …«, begann Konnal ungeduldig, doch Silvanoshei war schon dabei, eine Karte auf dem Tisch auszubreiten.

»Wo stehen die Schwarzen Ritter, Kirath?«, fragte Silvan.

Der Waldläufer trat vor und deutete mit dem Finger auf die Stelle, wo sich die Truppen befanden. »Wie Ihr seht, Majestät, sind sie dem Thon-Thalas gefolgt und haben hier, wo der Fluss die Grenze von Silvanesti schneidet, den Schild durchdrungen. Unseren Berichten zufolge halten sie sich zurzeit eng an das Ufer des Thon-Thalas. Wir haben keinen Grund zu der Annahme, dass sie von diesem Kurs abweichen, der sie direkt nach Silvanost führen wird.«

Silvan betrachtete die Karte. »Ich stimme dem Kirath zu; sie werden bestimmt nicht von der Straße abweichen, die am Fluss entlang verläuft. Denn damit würden sie das Risiko eingehen, sich in der unbekannten Wildnis zu verlaufen. Sie wissen, dass sie gesehen wurden, deshalb haben sie keinen Grund, sich zu verstecken, sondern jeden Grund, zügig vorzudringen. Ihre einzige Hoffnung ist ein Angriff, so lange wir noch mit der Erkenntnis kämpfen, dass sie überhaupt innerhalb unserer Grenzen stehen.«

Bei diesen Worten warf er Konnal einen sprechenden Blick zu. Das Gesicht des Generals war hart und kalt wie Stein. Er sagte kein Wort.

»Ich schlage vor, dass wir sie genau hier«, Silvan legte seinen Finger auf die Karte, »in Empfang nehmen. Wenn der Feind aus dem Hügelland herunterkommt, werden unsere Streitkräfte bereits in diesem Tal verteilt sein. Dann sitzen die Ritter zwischen dem Fluss auf der einen und den Bergen auf der anderen Seite fest und können ihre Kräfte schlecht zum eigenen Vorteil aufstellen. Während die Infanterie sie von vorne angreift, kann eine Kompanie Kavallerie einen Bogen schlagen und von hinten zuschlagen. Dann schließen wir die Zange allmählich«, er zog seinen Finger im Halbkreis von der Infanterie vorn bis hinten zur Kavallerie, »und zerquetschen sie.«

Silvan blickte auf. Konnal starrte stirnrunzelnd die Karte an. Er hatte die Hände hinter dem Rücken verschränkt.

»Das ist ein guter Plan, Majestät«, pflichtete Glaukus beeindruckt bei.

»General Konnal?«, wollte Silvan wissen.

»Es könnte funktionieren«, lenkte dieser widerwillig ein.

»Meine einzige Sorge ist, dass die Ritter sich in der Wildnis verstecken könnten«, fügte Silvan hinzu. »Wenn sie das tun, wird es uns schwer fallen, sie von dort zu vertreiben.«

»Pah! Wir würden sie finden«, beharrte Konnal.

»Anscheinend können Eure Soldaten nicht einmal einen riesigen, grünen Drachen finden, General«, gab Silvan zurück. »Seit dreißig Jahren fahnden sie nach Cyan Blutgeißel. Wenn diese Menschenarmee sich verteilen würde, könnten wir sie hundert Jahre lang suchen.«

Glaukus lachte, worauf der General ihn mit einem hasserfüllten Blick bedachte.

»Ich finde das überhaupt nicht komisch«, schnaubte Konnal. »Wie ist etwas so Böses überhaupt durch deinen kostbaren Schild gekommen, Glaukus? Kannst du mir das beantworten?«

»Ich versichere dir, General, dass ich es nicht weiß«, wand sich Glaukus, dessen Gesicht nun wieder bedrückt wirkte. »Jedenfalls noch nicht. Hier ist verruchte Magie am Werk. Ich rieche sie förmlich.«

»Alles, was ich rieche, ist Menschengestank«, erwiderte Konnal bitter.

»Ich schlage vor, dass wir versuchen sollten, diese merkwürdige Kindfrau, die sie anführt, lebend zu fangen. Ich würde mich sehr gern mit ihr unterhalten. Wirklich sehr gern«, ergänzte Glaukus nachdenklich.

»Ich stimme mit Glaukus überein, General.« Silvanoshei wandte sich Konnal zu. »Ihr gebt die erforderlichen Befehle. Außerdem werdet Ihr meine Teilnahme an dem Feldzug vorbereiten.«

»Ausgeschlossen«, wehrte Konnal entschieden ab.

»Ich *werde* gehen«, betonte Silvan herrisch mit einem durchdringenden Blick auf den General, der es nur wagen sollte, ihm zu trotzen. »Ihr werdet alles Nötige vorbereiten. Soll ich mich etwa unter meinem Bett verkriechen, wenn mein Volk auszieht, um seine Heimat zu verteidigen?«

Konnal überlegte, ehe er sich mit eisiger Miene vor seinem König verbeugte. »Also gut. Wenn Eure Majetät darauf besteht, werde ich alles Nötige veranlassen«, lenkte er ein.

Silvan drehte sich um und rauschte aus dem Zimmer. Kiryn warf Glaukus einen nachdenklichen Blick zu, ehe er dem König folgte. Die Wachen schlossen die Türen hinter ihnen und bezogen wieder ihre Posten.

»Ich wüsste zu gern, weshalb du nachgegeben hast, General«, sagte Glaukus leise.

»Schlachten sind zweischneidige Angelegenheiten«, erwiderte Konnal schulterzuckend. »Niemand weiß, wie sie ausgehen. Niemand weiß, wer dem Feind zum Opfer fällt. Sollte Seiner Majestät ein Leid geschehen ...«

»... würdest du ihn ebenso zum Märtyrer machen«, schloss Glaukus, »wie du es mit seinen Eltern getan hast. Man wird dir die Schuld zuschreiben, daran besteht kein Zweifel. Du solltest ihn nicht gehen lassen.« Der Magier war ernst und zog sich wieder in sich selbst zurück. »Ich habe eine Vorahnung. Wenn er geht, wird etwas Furchtbares geschehen.«

»Es ist bereits etwas Furchtbares geschehen, falls du das noch nicht bemerkt hast!«, fluchte Konnal. »Deine Magie versagt, Glaukus! Wie die der anderen! Gib es endlich zu!«

»Aus dir spricht die Furcht, mein Freund«, beschwichtigte Glaukus. »Das verstehe ich, deshalb verzeihe ich dir, dass du an meinen magischen Fähigkeiten zweifelst. Dieses eine Mal will ich dir vergeben.« Seine Stimme wurde sanfter. »Denke gut über das nach, was ich gesagt habe. Ich werde versuchen, Seine Majestät davon abzubringen, selbst in den Krieg zu ziehen. Wenn mir das nicht gelingt, dann lass ihn mitkommen, aber achte auf seine Sicherheit.«

»Verschwinde!«, befahl Konnal grob. »Ich brauche keinen Zauberer, der mir sagt, was ich zu tun habe.«

»Ich gehe schon«, sagte Glaukus, »aber denke daran, General. Du brauchst mich. *Ich* stehe zwischen Silvanesti und der Welt. Wenn du mich verwirfst, verwirfst du jede Hoffnung. Ich bin der Einzige, der euch retten kann.«

Konnal sprach kein Wort und blickte auch nicht mehr auf.

11 Die Berührung der Toten

An demselben Abend, als Silvanoshei sich auf seine erste Schlacht vorbereitete, rüstete auch Goldmond sich wie zu einer Schlacht. Zum ersten Mal seit vielen langen Wochen bat Goldmond darum, dass man ihr einen Handspiegel in ihr Zimmer bringen möge. Zum ersten Mal seit dem Sturm hob sie den Spiegel und blickte in ihr Gesicht.

Als junges Mädchen war Goldmond eitel und eine ganz besondere Schönheit gewesen, die einzige Frau ihres Stammes, deren Haare schimmerten, als wären sie aus den seidigen Fäden von Sonnenstrahlen und Mondschein gewirkt. Man hatte die Häuptlingstochter verwöhnt, verhätschelt und mit einem überzogenen Selbstbild aufwachsen lassen. Stundenlang hatte sie in die Wasserschale blicken können, nur um ihr eigenes Spiegelbild zu betrachten. Die jungen Krieger ihres Stammes beteten sie an, schlugen sich um ihres Lächelns willen. Alle bis auf einen.

Eines Tages hatte sie in die Augen eines hoch gewachsenen Außenseiters geblickt, eines jungen Schäfers namens Flusswind. Im Spiegel seiner Augen sah sie sich selbst. Diese Augen zeigten ihr die eigene Eitelkeit und Selbstsucht. Sie sah, dass sie in seinen Augen hässlich war, und reagierte mit verzweifelter Scham. Für ihn, für Flusswind, wollte Goldmond schön sein.

Also war sie wahrhaft schön geworden, doch erst, nachdem die beiden gemeinsam viele Mühen und Prüfungen bestanden hatten, nachdem sie sich furchtlos dem Tod gestellt hatten, einer in den Armen des anderen. Sie hatte den Stab mit dem blauen Kristall erhalten. Ihr wurde die Macht verliehen, die heilende Liebe der Götter in die Welt zurückzubringen.

Goldmond und Flusswind bekamen Kinder. Sie bemühten sich, die zerstrittenen Stämme der Menschen der Ebenen zu einen. Sie führten ein glückliches Leben mit ihren Kindern und den Freunden, die sie auf ihren Reisen begleitet hatten. Sie hatten sich darauf gefreut, miteinander alt zu werden, sich gemeinsam zur letzten Ruhe zu legen, gemeinsam diese Existenzebene zu verlassen und zur nächsten weiterzuziehen, wie diese auch aussehen mochte. Sie hatten keine Angst, denn sie würden zusammen sein.

Doch es war anders gekommen.

Als die Götter nach dem Chaoskrieg die Welt verlassen hatten, hatte Goldmond ihren Abzug betrauert, ohne sich dagegen aufzulehnen. Sie verstand dieses Opfer, jedenfalls glaubte sie das. Die Götter waren gegangen, damit auch Chaos fortging und die Welt in Frieden weiterbestehen konnte. Sie verstand es nicht wirklich, doch sie hatte Vertrauen zu den Göttern, deshalb tat sie ihr Möglichstes, um gegen die Wut und die Bitterkeit anzukämpfen, die so viele vergifteten.

In ihrem Herzen glaubte sie daran, dass die Götter eines Tages zurückkehren würden. Diese Hoffnung schwand mit dem

Eintreffen der gewaltigen Drachen, die Schrecken und Tod über Ansalon brachten. Als sie die Nachricht erhielt, dass ihr geliebter Flusswind und eine ihrer Töchter von dem grausamen Drachen Malys getötet worden waren, hatte sie allen Glauben verloren. Goldmond hatte sich ebenfalls den Tod gewünscht. Sie hatte sogar vorgehabt, ihrem Leben ein Ende zu bereiten, doch dann war Flusswinds Geist zu ihr gekommen.

Sie müsse bleiben, hatte er ihr erklärt. Sie müsse den Kampf fortsetzen, um der Welt die Hoffnung zu erhalten. Wenn sie die Welt verließe, würde die Finsternis den Sieg davontragen.

Sie hatte seinen Worten nicht folgen wollen, doch schließlich hatte sie nachgegeben.

Und sie war belohnt worden. Zum zweiten Mal hatte sie das Geschenk der Heilkraft erhalten. Diesmal war es nicht der Segen der Götter, sondern eine mystische Kraft des Herzens, die nicht einmal sie selbst begriff. Dieses Geschenk gab sie an andere weiter, bis sie schließlich zusammen die Zitadelle des Lichts erbaut hatten, um alle zu lehren, wie diese Kraft einzusetzen war.

Goldmond war in der Zitadelle alt geworden. Einmal hatte sie den Geist ihres Mannes in Gestalt des schönen, jungen Kriegers von einst gesehen. Obwohl er seine Ungeduld bezähmte, wusste sie, dass er gern weiterziehen wolle und nur darauf wartete, dass sie ihre Reise abschloss.

Goldmond hob den Spiegel und betrachtete ihr Gesicht.

Die Runzeln waren verschwunden. Ihre Haut war glatt. Ihre einst eingesunkenen Wangen waren wieder prall, die blasse Haut rosafarben. Ihre Augen hatten immer geleuchtet, einen unerschütterlichen Mut und eine Hoffnung ausgestrahlt, die sie in den Augen ihrer ergebenen Anhänger jung erscheinen ließ. Ihre vormals schmalen, grauen Lippen waren jetzt voll und korallenrot. Die Haare waren ihre letzte Eitelkeit gewesen. Sie berührte sie mit einer Hand, die wieder jung, glatt und stark war. Ihre Finger fanden goldene und silberne Strähnen. Doch das Haar fühlte sich merkwürdig an. Rauer als in ihrer Erinnerung, weniger fein.

Plötzlich begriff sie, weshalb sie dieses Geschenk hasste, das sie sich nicht gewünscht, um das sie nicht gebeten hatte. Das Gesicht im Spiegel war nicht ihr eigenes Gesicht. Dieses Gesicht war eine Erinnerung an ihr Gesicht, doch es war nicht ihre eigene Erinnerung, sondern die von jemand anderem. Das Gesicht war die Vorstellung, die ein anderer von ihrem Gesicht hatte. Es war perfekt, doch perfekt war ihr Gesicht nie gewesen.

Dasselbe galt für ihren Körper. Dieser jugendlich, kräftige, starke Körper mit der schmalen Taille und den vollen Brüsten war nicht der Körper, an den sie sich erinnerte. Dieser Körper war makellos. Keine Schmerzen, keine Wehwehchen, nicht einmal ein abgebrochener Nagel oder eine Blase an der Ferse.

Ihre alte Seele passte nicht zu diesem neuen, jungen Fleisch. Die alte Seele war leicht und luftig gewesen, bereit, jederzeit in die Ewigkeit aufzusteigen. Jene Seele hätte bereitwillig die Sorgen und Nöte der Welt hinter sich gelassen. Doch jetzt saß sie in einem Käfig aus Fleisch und Blut gefangen, einem Gefängnis, das seine eigenen Forderungen an sie stellte. Sie verstand nicht, wieso und weshalb. Sie wusste keinen Grund dafür. Doch jenes Gesicht im Spiegel entsetzte sie.

Sie legte den Spiegel umgekehrt auf ihren Frisiertisch und bereitete sich nach einem Stoßseufzer darauf vor, das eine Gefängnis zurückzulassen, das sie verlassen konnte, obwohl sie sich die ganze Zeit inständig danach sehnte, das andere hinter sich zu lassen.

Goldmonds Erscheinen im Großen Lyzeum sorgte an jenem Abend für allgemeines Erstaunen. Wie sie befürchtet hatte, wurde ihre Verwandlung für ein Wunder gehalten, ein gutes Wunder, ein Segen.

»Wartet nur, bis sich das herumspricht!«, flüsterten ihre Schüler. »Wartet, bis alle davon hören! Goldmond hat das Alter besiegt. Sie hat dem Tod ein Schnippchen geschlagen! Die Leute werden in Scharen zu uns gelaufen kommen!«

Schüler und Meister scharten sich um sie, um sie zu berühren.

Sie fielen auf die Knie, küssten ihr die Hand. Sie bettelten um ihen Segen und erhoben sich voller Ergriffenheit. Nur wenige schauten Goldmond genauer an und bemerkten den Schmerz und die Qual auf dem jungen, schönen Gesicht, einem Gesicht, das sie mehr an ihren leuchtenden Augen erkannten als an der Ähnlichkeit mit jenem Antlitz voller Zufriedenheit und Weisheit, das sie bisher gekannt und verehrt hatten. Selbst dieses Leuchten wirkte jetzt ungesund. Es erinnerte an Fieberglanz.

Für Goldmond war der Abend eine Tortur. Zu ihren Ehren gab es ein Festmahl, bei dem sie gezwungen war, auf einem Ehrenplatz am Kopfende der Tafel auszuharren. Sie hatte das Gefühl, von jedermann angestarrt zu werden, was auch stimmte. Kaum jemand konnte den Blick von ihr abwenden. Die Leute starrten sie an, bis ihnen aufging, dass sie unhöflich waren, um dann betont in eine andere Richtung zu blicken. Goldmond konnte sich nicht entscheiden, was schlimmer war. Sie aß gut, viel mehr als sonst. Ihr fremder Körper verlangte große Mengen Nahrung, doch sie schmeckte nichts davon. Es kam ihr so vor, als nähre sie ein Feuer, das am Ende womöglich sie selbst verzehren würde.

»In ein paar Tagen haben sie sich daran gewöhnt«, tröstete sie sich trübselig. »Sie werden gar nicht mehr bemerken, dass ich mich so schrecklich verändert habe. Aber *ich* werde es wissen. Wenn ich nur begreifen könnte, warum mir das angetan wurde.«

Palin saß zu ihrer Rechten, doch er wirkte ernst und freudlos. Er stocherte in seinem Essen herum, bis er das Meiste unberührt zurückschob. Auch am Gespräch beteiligte er sich nicht, denn er war in eigene Gedanken versunken. Vermutlich vollzog er wieder und wieder seine Zeitreise nach, um einen Hinweis auf deren unverständliches Ende zu entdecken.

Auch Tolpan war missgestimmt. Der Kender hockte neben Palin, welcher gut auf ihn aufpasste. So trat er gegen die Stuhlbeine und stieß mitunter einen abgrundtiefen Seufzer aus. Der

Großteil seines Essbestecks einschließlich Salzfass und Pfefferstreuer fand den Weg in seine Taschen, doch dieses Leihen geschah bestenfalls halbherzig; es war wie ein Reflex. Jedenfalls hatte er sichtlich wenig Spaß.

»Hilfst du mir morgen bei der Kartierung des Labyrinths?«, fragte sein Nachbar, der Gnom. »Ich habe eine wissenschaftliche Lösung für mein Problem gefunden. Doch für diese Lösung brauche ich eine zweite Person und ein Paar Strümpfe.«

»Morgen?«, gab Tolpan zurück.

»Ja, morgen«, wiederholte der Gnom.

Tolpan schaute Palin an. Der Zauberer schaute Tolpan an.

»Mach ich doch gern«, willigte Tolpan ein. Er rutschte vom Stuhl. »Komm, Conundrum. Du wolltest mir doch dein Schiff zeigen.«

»Ach, ja, mein Schiff.« Der Gnom schob noch ein Stück Brot für später in seine Tasche. »Die Unzerstörbare XVIII. Sie liegt im Hafen. Jedenfalls war sie da. Ich werde nie vergessen, wie überrascht ich war, als ich an Bord ihrer Vorgängerin, der Unzerstörbaren XVII., gehen wollte und feststellen musste, dass sie leider einen völlig unpassenden Namen erhalten hatte. Doch das Komitee hat den Entwurf von Grund auf verändert, so dass ich voller Zuversicht bin ...«

Palin sah Tolpan nach.

»Du musst auf ihn einwirken, Goldmond«, beschwor der Zauberer die Mystikerin mit leiser Stimme. »Überzeuge ihn davon, dass er zurück muss.«

»In den Tod? Wie kann ich das von Tolpan verlangen? Wie könnte ich das von irgendjemandem verlangen?«

»Ich weiß.« Palin, der sich die Schläfen rieb, seufzte, als ob sie schmerzten. »Glaub mir, Großmeisterin, ich wünschte, es gäbe einen anderen Weg. Ich weiß doch auch nur, dass er eigentlich tot sein sollte. Das ist er aber nicht, und darum läuft alles schief.«

»Aber du gibst doch zu, dass du nicht sicher bist, ob es für die

Welt irgendeinen Unterschied macht, ob Tolpan tot oder lebendig ist.«

»Du verstehst das nicht, Großmeisterin …«, setzte Palin müde an.

»Du hast Recht. Ich verstehe es nicht. Was also sollte ich ihm deiner Meinung nach sagen?«, wollte sie in scharfem Ton wissen. »Wie kann ich einen Rat geben, wenn ich nicht begreife, was geschieht?« Sie schüttelte den Kopf. »Es ist ganz allein seine Entscheidung. Ich werde mich nicht einmischen.«

Goldmond legte eine Hand auf ihre glatte Wange. Sie fühlte die Haut mit ihren Fingern, doch die Haut nahm die Berührung ihrer Finger nicht wahr. Es war, als hätte sie ihre Finger auf ein Wachsbild gedrückt.

Endlich war das Bankett zu Ende. Als Goldmond sich erhob, standen auch die anderen respektvoll auf. Einer der Akolyten, ein schwärmerischer, junger Mann, stieß einen Jubelruf aus, der von anderen aufgenommen wurde. Bald wurde herzlich applaudiert.

Der Jubel machte Goldmond Angst. Der Lärm wird auf uns aufmerkam machen, war ihre erste, erschrockene Reaktion. Gleich darauf wunderte sie sich über sich selbst. Sie hatte den befremdlichen Eindruck gehabt, sie säßen in einem Haus gefangen, wo etwas Böses nach ihnen suchte. Das Gefühl ging vorüber, doch der Jubel zerrte weiter an ihren Nerven. Sie hob die Hände, um dem Geschrei Einhalt zu gebieten.

»Ich danke euch, meine Freunde. Meine lieben Freunde«, begann Goldmond, die sich die trockenen Lippen befeuchten musste. »Ich – ich bitte euch, in euren Herzen an mich zu denken. Umgebt mich mit euren guten Gedanken. Ich glaube, ich brauche sie.«

Die Leute schauten einander befremdet an. Das entsprach so gar nicht den Worten, die sie von ihr erwartet hatten. Sie wollten von dem unglaublichen Wunder hören, das Goldmond widerfahren war, und dass sie solche Wunder auch an ihnen vollbringen würde. Doch Goldmond entließ sie mit einem Wink. Alles schob sich aus dem Saal, um wieder an die Arbeit oder ans Lernen zu gehen, doch man sah sich oft nach ihr um und redete mit gedämpfter Stimme.

»Vergebt mir die Störung, Großmeisterin«, begann Lady Camilla, die sich genähert hatte. Sie hatte die Augen niedergeschlagen und gab sich große Mühe, Goldmond nicht anzustarren. »Die Patienten im Krankenhaus vermissen Euch. Ich hatte mich gefragt, ob Ihr nicht zu ihnen gehen könntet – falls Ihr nicht zu müde seid ...«

»Ja, selbstverständlich«, sagte Goldmond bereitwillig. Sie war froh, etwas zu tun zu haben. Bei der Arbeit würde sie sich selbst vergessen. Sie war kein bisschen müde. Jedenfalls dieser seltsame Körper nicht.

»Palin, hättest du Lust, uns zu begleiten?«, fragte sie.

»Wozu? Deine Heiler können nichts für mich tun«, gab er gereizt zurück. »Ich weiß es. Sie haben es versucht.«

»Ihr sprecht mit der Großmeisterin, mein Herr«, ermahnte ihn Lady Camilla vorwurfsvoll.

»Verzeihung, Großmeisterin«, entschuldigte sich Palin mit einer leichten Verneigung. »Bitte vergib mir meine Unhöflichkeit. Ich bin sehr müde, ich habe lange nicht geschlafen. Ich muss den Kender suchen, und danach gehe ich sofort ins Bett. Ich wünsche dir eine gute Nacht.«

Nach einer weiteren Verbeugung drehte er sich um und verschwand.

»Palin!«, rief Goldmond ihm nach, doch entweder hörte er sie nicht, oder er ignorierte sie.

Goldmond begleitete Lady Camilla zum Krankenhaus – einem etwas abseits errichteten Gebäude auf dem Gelände der Zitadelle. Es war eine kühle Nacht, ungewöhnlich kühl für diese Jahreszeit. Goldmond blickte zu den Sternen empor, zu dem blassen Mond, an den sie sich nie richtig gewöhnt hatte, weil sie bei seinem Anblick immer ein Gefühl der Verunsicherung überkam. Heute Nacht sah sie nach den Sternen, doch die wirkten klein und fern. Zum ersten Mal schaute sie an ihnen vorbei, in die endlose, leere Finsternis, die sie umgab.

»Genau wie uns«, flüsterte sie fröstelnd.

»Wie bitte, Großmeisterin?«, fragte Lady Camilla. »Hattet Ihr mit mir gesprochen?«

Einst waren die beiden Frauen Gegnerinnen gewesen. Als Goldmond entschieden hatte, die Zitadelle des Lichts auf dem Schallmeer zu erbauen, war Lady Camilla nicht einverstanden gewesen. Die Solamnierin war den alten Göttern ergeben, den verschwundenen Göttern. Sie hatte diese neue »Kraft des Herzens« mit argwöhnischem Misstrauen beobachtet. Dann war sie Zeugin geworden, wie sich die Mystiker der Zitadelle unablässig bemühten, Gutes zu tun und Licht in die Finsternis zu tragen. Sie hatte gelernt, Goldmond zu lieben und zu bewundern. Inzwischen würde sie für die Großmeisterin alles tun, sagte Lady Camilla gern. Diese Aussage hatte sie auch bewiesen, indem sie unglaublich viel Zeit und Geld für die fruchtlose Suche nach einem verlorenen Kind geopfert hatte, einem Kind, das Goldmond sehr ans Herz gewachsen war, aber seit inzwischen drei Jahren vermisst wurde. Um der Großmeisterin keinen Kummer zu bereiten, erwähnte niemand seinen Namen.

Goldmond dachte oft an das Kind, besonders wenn sie an der Meeresküste spazieren ging.

»Es war nicht wichtig«, wehrte Goldmond ab, um hinzuzufügen: »Ihr müsst mir verzeihen, Lady Camilla. Ich weiß, dass ich eine armselige Gesellschaft abgebe.«

»Ganz und gar nicht, Großmeisterin«, widersprach Lady Camilla. »Ihr habt nur vieles zu überdenken.«

Schweigend setzten die beiden ihren Weg zum Krankenhaus fort.

Dieses Krankenhaus, das in einem der Kristalldome lag, welche die Zitadelle des Lichts prägten, bestand aus einem großen Saal mit einer Reihe ordentlich ausgerichteter Betten an jeder

Seite. Kräuterdüfte wehten durch die Luft, und leise Musik unterstützte die Genesung. Die Heiler betreuten Kranke oder Verwundete, die sie mit der Kraft des Herzens heilten, einer Kraft, die Goldmond entdeckt hatte. Sie hatte sie zum ersten Mal eingesetzt, als der Zwerg Jasper Feuerschmied im Sterben lag.

Seit damals hatte sie viele Wunder vollbracht, jedenfalls wurde es ihr nachgesagt. Sie hatte in scheinbar hoffnungslosen Fällen geholfen. Mit der Berührung ihrer Hände hatte sie gebrochene Knochen zusammengefügt. Sie hatte gelähmten Gliedern neues Leben gegeben und Blinde sehend gemacht. Ihre Wunderheilungen waren so eindrucksvoll wie die, die sie als Klerikerin der Mishakal vollzogen hatte. Sie war froh und dankbar, dass sie in der Lage war, das Leiden anderer zu lindern. Doch das Heilen erfüllte sie nicht mit derselben Freude, die sie empfunden hatte, als ihr der Segen der Heilkunst von ihrer Göttin geschenkt worden war, als sie und Mishakal zusammengearbeitet hatten.

Seit etwa einem Jahr ließen ihre Heilkräfte allmählich nach. Anfangs hatte sie dieses Nachlassen ihrem vorgerückten Alter zugeschrieben. Doch sie war nicht die Einzige, deren Heilkraft abnahm.

»Es ist, als hätte jemand einen Schleier zwischen mir und meinem Patienten aufgespannt«, hatte eine junge Heilerin enttäuscht erklärt. »Ich versuche, den Vorhang beiseite zu ziehen, um den Patienten zu erreichen, aber dann kommt noch einer und noch einer. Ich habe nicht mehr das Gefühl, meinen Patienten richtig nahe zu kommen.«

Schließlich trafen Botschaften von Zitadellenmeistern aus ganz Ansalon ein, die alle dasselbe erschreckende Phänomen an sich beobachteten. Manche schoben die Schuld auf die Drachen. Andere beschuldigten die Ritter von Neraka. Doch dann kamen Gerüchte auf, dass auch die Schwarzen Mystiker der Ritter ihre Kräfte verloren.

Goldmond hatte ihren Berater Spiegel zu Rate gezogen, den

Silberdrachen, welcher der Hüter der Zitadelle war, ob er glaube, dass Malys dafür verantwortlich sei.

»Nein, Großmeisterin, das glaube ich nicht«, hatte Spiegel erwidert. Damals hatte er menschliche Gestalt angenommen, die eines hübschen jungen Burschen mit silbernem Haar. Sie hatte Kummer und Sorge in seinen Augen bemerkt, den Augen, aus denen die jahrhundertelange Weisheit sprach. »Auch ich spüre, dass meine magischen Kräfte schwinden. Unter den Drachen heißt es, dass es unseren Feinden ebenso ergeht.«

»Dann hat die Sache wenigstens eine gute Seite«, fand Goldmond.

Spiegel war ernst geblieben. »Ich fürchte, dem ist nicht so, Großmeisterin. Der Tyrann, dem seine Macht entgleitet, lässt nicht locker, sondern packt fester zu.«

Goldmond verharrte auf der Schwelle zum Krankenhaus. Die Betten waren voller Patienten, die schliefen, sich leise unterhielten oder lasen. Es herrschte eine geruhsame, friedliche Stimmung. Da die Heiler ihrer mystischen Kraft beraubt waren, waren sie zu den Kräuteranwendungen zurückgekehrt, mit denen man sich nach der Umwälzung beholfen hatte. Die Luft war von Düften nach Salbei und Rosmarin, Kamille und Pfefferminze erfüllt. Leise Musik war zu vernehmen. Goldmond spürte den beruhigenden Einfluss dieser Insel der Ruhe, und ihr ging das Herz auf. Vielleicht würde hier auch die Großmeisterin selbst gesunden.

Als eine Heilerin Goldmond bemerkte, kam sie sofort zu ihr, um sie willkommen zu heißen. Diese Begrüßung fand natürlich in gedämpftem Ton statt, um die Patienten nicht durch unnötige Unruhe oder Aufregung zu stören. Die Heilerin betonte, wie sehr sie sich freue, dass die Großmeisterin zurückkehrte, starrte Goldmond dabei aber unablässig an.

Goldmond machte eine freundliche, belanglose Bemerkung und wandte ihr Gesicht von dem erstaunten, forschenden Blick ab, um sich umzusehen. Sie erkundigte sich nach den Patienten.

»Es ist heute Nacht recht ruhig hier, Großmeisterin«, berichtete die Heilerin, während sie Goldmond vorausging. »Wir haben viele Patienten, aber glücklicherweise nur wenige, die ernsthaft gefährdet sind, nämlich ein Baby mit Krupphusten, einen Ritter, der sich beim Turnier das Bein gebrochen hat, und einen jungen Fischer, der fast ertrunken wäre. Die übrigen Patienten sind auf dem Weg der Besserung.«

»Wie geht es Sir Wilfer?«, fragte Lady Camilla.

»Das Bein ist verheilt, Herrin«, antwortete die Heilerin, »aber er ist noch schwach. Er besteht darauf, entlassen zu werden. Leider kann ich ihn nicht davon überzeugen, dass es ihm besser täte, noch ein paar Tage zu bleiben, bis er vollständig genesen ist. Ich weiß, er findet es hier sehr eintönig, aber wenn Ihr vielleicht …«

»Ich rede mit ihm«, sagte Lady Camilla.

Sie schritt die Bettenreihe ab. Die meisten Patienten kamen nicht aus der Zitadelle, sondern aus Dörfern und Städten von Schallmeer. Sie kannten die alte Goldmond, die sie oft zu Hause besucht hatte. Diese jugendliche Goldmond allerdings erkannten sie nicht. Die meisten hielten sie für eine Fremde, die sie kaum beachteten, wofür sie dankbar war. Ganz hinten stand eine Wiege mit einem Baby, dessen Mutter wachsam neben ihm saß. Der kleine Junge hustete und wimmerte. Sein Gesicht war fiebrig rot. Die Heiler bereiteten gerade eine Schale mit Kräutern zu, die mit kochendem Wasser übergossen werden sollte, damit der Dampf die Lunge des Kindes befeuchten und den Husten lindern würde. Goldmond kam näher, denn sie wollte der Mutter Trost spenden.

Als sie sich der Wiege näherte, sah sie ein zweites Gesicht, das über dem unruhigen Kind hing. Zuerst dachte Goldmond, es wäre eine der Heilerinnen. Sie erkannte das Gesicht zwar nicht, aber schließlich war sie wochenlang nicht mehr im Krankenhaus gewesen. Vielleicht handelte es sich um eine neue Schülerin …

Goldmonds Schritte wurden langsamer. Drei Betten vor dem kranken Kind blieb sie stehen und klammerte sich Halt suchend an den hölzernen Bettpfosten.

Diese Gestalt war keine Heilerin. Es war auch keine Studentin. Die Gestalt war nicht am Leben. Über dem Kind schwebte ein Geist, der Geist einer jungen Frau.

»Wenn Ihr mich bitte entschuldigt, Großmeisterin«, bat die Heilerin, »ich will sehen, was ich für dieses kranke Kind tun kann.«

Die Heilerin ging zu dem Kind, dem sie die Hände auflegte. Doch im selben Augenblick gingen die fleischlosen Hände des Geists dazwischen, welche die Hände der Heilerin umklammerten.

»Gib mir die gesegnete Kraft«, wisperte der Geist. »Ich muss sie haben, sonst versinke ich in Vergessenheit!«

Der Husten des Babys wurde schlimmer. Die Mutter beugte sich besorgt über ihr Kind. Kopfschüttelnd zog die Heilerin ihre Hände zurück. Ihre Berührung hatte dem Baby nicht geholfen. Der Geist hatte die Energie für sich selbst abgezogen.

»Er muss diesen Dampf einatmen«, erklärte die Heilerin mit müder, niedergeschlagener Stimme. »Das hilft, die Lunge frei zu machen.«

Der Geist der Frau trieb davon. Weitere substanzlose Gestalten rückten nach, scharten sich um das kranke Baby und starrten die Heilerin aus glühenden Augen gierig an. Als diese sich dem nächsten Bett näherte, folgten die Geister ihr, hafteten wie Spinnweben an ihr. Sobald sie die Hände ausstreckte, um dem nächsten Patienten zu helfen, griffen die Toten nach ihr. Sie schrien und stöhnten.

»Zu mir! Zu mir! Gib mir die Kraft!«

Goldmond taumelte. Hätte sie sich nicht an dem Bettpfosten festgehalten, so wäre sie gestürzt. Sie schloss die Augen, weil sie hoffte, diese schrecklichen Erscheinungen würden verschwinden, doch als sie sie wieder aufschlug, erblickte sie noch mehr

Geister. Legionen von Toten drängelten einander gegenseitig weg, denn jeder wollte die segensreiche, lebenspendende Kraft, die von den Heilern ausging, für sich selbst beanspruchen. Die ruhelosen Toten waren unablässig in Bewegung. Wie ein breiter, aufgewühlter Fluss strömten sie in dieselbe Richtung – nach Norden. Diejenigen, welche die Heiler umringten, durften nicht lange verweilen. Eine unhörbare Stimme rief sie fort, eine unsichtbare Hand zog sie in den Strom zurück.

Der Fluss der Toten änderte die Richtung. Nun umwogte er Goldmond. Die Toten langten nach ihr, bettelten sie mit hohlem Flüstern an, sie zu segnen.

»Nein! Lasst mich in Ruhe!«, schrie sie auf. Sie zuckte zurück. »Ich kann euch nicht helfen!«

Manche der Toten schwammen heulend vor Enttäuschung an ihr vorbei. Andere Geister drängten sich näher heran. Ihr Atem war kalt, ihre Augen glühten. Ihre Worte waren wie Rauch, ihre Berührung wie Asche, die auf Goldmonds Haut fiel.

Erschrockene Gesichter umgaben sie. Die Gesichter der Lebenden.

»Heilerin!«, rief jemand. »Kommt schnell! Die Großmeisterin!«

Die Heilerin war verstört. Hatte sie die Großmeisterin womöglich beleidigt? Das war nicht ihre Absicht gewesen.

Entsetzt schreckte Goldmond vor der Heilerin zurück, die rundum von Toten umgeben war, welche an ihren Armen und an ihren Roben zogen. Geister warfen sich nach vorn, auf Goldmond zu, versuchten, ihre Hände zu ergreifen.

»Gib es uns …«, flehten sie mit ihren furchtbaren Flüsterstimmen. »Gib uns, was wir brauchen … was wir haben müssen …«

»Großmeisterin!« Lady Camilla übertönte das lispelnde Zischen der Toten. In ihrer Stimme schwang Panik mit. »Bitte, wir wollen Euch helfen! Sagt uns, was los ist!«

»Seht ihr sie nicht?«, schrie Goldmond. »Die Toten!« Sie zeigte um sich. »Dort, bei dem Baby! Da, bei der Heilerin. Hier, genau vor mir! Die Toten saugen uns aus, sie stehlen unsere Kraft. Seht ihr sie nicht?«

Goldmond war von Stimmen umgeben, den Stimmen der Lebenden. Sie konnte nichts verstehen, die Laute ergaben keinen Sinn. Ihre eigene Stimme versagte. Sie fühlte, wie sie fiel, konnte aber nichts tun, um ihren Sturz aufzuhalten.

Sie lag im Krankenhaus im Bett. Noch immer lärmten die Stimmen. Als sie die Augen aufschlug, war sie von den Gesichtern der Toten umringt.

12 Das Edikt des Drachen

General Medan suchte sein Hauptquartier in Qualinost nur selten auf. Das von Menschen erbaute Fort war hässlich, bewusst hässlich, ein gedrungenes Quadrat aus grauem Sandstein mit vergitterten Fenstern und schweren, eisenbeschlagenen Türen, das als Beleidigung der Elfen gedacht war, um ihnen einzutrichtern, wer hier der Herr war. Kein Elf näherte sich dem Gebäude freiwillig, obwohl viele sein Inneres kennen gelernt hatten, besonders den Raum tief unter der Erde, in den sie gebracht wurden, wenn der Befehl kam, »sie gründlich zu verhören«.

Marschall Medan hatte eine extreme Abneigung gegen dieses Bauwerk entwickelt, einen Abscheu, der fast so groß war wie der der Elfen. Er zog es vor, seine Geschäfte hauptsächlich von zu Hause aus zu erledigen, wo er im Schatten einer Gartenlaube arbeitete, durch die einzelne Sonnenstrahlen fielen. Er lauschte lieber dem Gesang der Lerche als den Schreien der Gefolterten, zog Rosenduft dem Gestank von Blut vor.

Jener berüchtigte Raum war inzwischen nicht mehr häufig in Gebrauch. Die Elfen, die man für Rebellen oder deren Verbündete hielt, verschwanden wie Schatten, wenn die Sonne sich hinter einer Wolke verbirgt, noch ehe die Ritter von Neraka sie verhaften konnten. Medan wusste genau, dass die Elfen irgendwie fortgeschafft wurden, vermutlich durch unterirdische Tunnel. Damals, als er die Herrschaft über ein besetztes Land angetreten hatte, hätte er Qualinost auf den Kopf gestellt, sein Innerstes nach außen gekehrt, gegraben, gestochert, die Dornenritter nach Magie suchen und Hunderte foltern lassen. Doch jetzt tat er nichts davon. Je mehr er Qualinesti liebte, desto mehr verabscheute er die Folter und den Tod.

Medan liebte dieses Land. Er liebte seine Schönheit, liebte die friedliche Heiterkeit, die Qualinesti durchzog wie der Bach, der sich glitzernd seinen Weg durch den Garten bahnte. Das Elfenvolk liebte Alexis Medan nicht. Die Elfen waren ihm unbegreiflich. Ebenso hätte er sagen können, dass er die Sonne, die Sterne oder den Mond liebte. Er bewunderte sie, wie er die Schönheit einer Orchidee bewunderte, aber lieben konnte er sie nicht. Mitunter beneidete er sie wegen ihrer langen Lebensspanne, doch manchmal bemitleidete er sie aus eben diesem Grund.

Medan liebte auch Laurana nicht als Frau, wie Gerard mittlerweile erkannt hatte. Er sah in ihr die Verkörperung von allem Schönen in seiner Wahlheimat.

Als Gerard Marschall Medans Haus erstmals betrat, war er erstaunt und fasziniert gewesen. Seine Verwunderung hatte sich noch gesteigert, als der Marschall ihm stolz erklärt hatte, dass er die Gestaltung des Hauses persönlich überwacht sowie den Garten ganz nach eigenem Geschmack entworfen hätte.

Elfen hätten sich im Haus des Marschalls nicht wohl gefühlt, denn für ihre Begriffe war es zu ordentlich, zu strukturiert. Ihm war es zuwider, wie die Elfen lebende Bäume als Wände oder baumelnde Schlingpflanzen als Vorhänge nutzten. Er wünschte auch kein Grasdach. Elfen fanden an dem nächtlichen Murmeln und Flüstern ihrer lebenden Wände Gefallen. Medan bevorzugte Wände, die ihn schlafen ließen. Sein Haus bestand aus grob behauenen Steinen. Immerhin achtete er darauf, keine lebenden

Bäume dafür zu schlagen, was bei den Elfen als schweres Verbrechen galt.

Die Oberfläche der Steinmauern war von Efeu und Winden überwuchert. Das Haus selbst lag hinter einer seltenen Blütenpracht verborgen. Gerard fand es unglaublich, dass in der Seele dieses Mannes, einem eingeschworenen Gefolgsmann der Grundsätze der Finsternis, eine derartige Schönheit existieren konnte.

Der Ritter war erst einen Nachmittag zuvor in das Haus umgezogen. Auf Medans Befehl hin hatten die Heiler der Schwarzen Ritter ihre schwindenden Energien vereint und den Solamnier nahezu vollständig wiederhergestellt. Seine Wunden waren erstaunlich schnell verheilt. Gerard lächelte in sich hinein, wenn er sich ihren Zorn vorstellte. Wenn sie wüssten, dass sie ihre begrenzte Energie dafür verwendet hatten, einen Feind zu heilen!

Er bewohnte einen Flügel, der bisher leer gestanden hatte, denn der Marschall hatte keinem seiner Adjutanten gestattet, hier zu wohnen, seit er den letzten, den er ständig im Haus gehabt hatte, dabei erwischt hatte, wie er in den Fischteich urinierte. Diesen Mann hatte Medan zum entferntesten Außenposten an der Grenze des Elfenreichs abgeordnet, einem Außenposten am Rand der Einöde, die als die Staubebene bekannt war. Er hoffte, dem Mann war vor Hitze der Schädel geplatzt.

Gerards Zimmer war klein, aber behaglich. Seine Pflichten in den ersten zwei Tagen waren leicht gewesen. Marschall Medan war Frühaufsteher. Sein Frühstück nahm er an sonnigen Tagen im Garten ein; wenn es regnete, speiste er auf der Veranda oberhalb des Gartens. Gerard stand hinter dem Stuhl des Marschalls bereit, schenkte ihm Tee ein und teilte die Sorgen des Marschalls wegen jener, die Medan als seine zähesten Feinde bezeichnete: Blattläuse, Spinnmilben und Sackträgerraupen. Er erledigte Medans Korrespondenz, ließ Besucher vor, überwachte sie und brachte die Befehle des Marschalls von dessen Haus in das verhasste Hauptquartier. Dort wurde er von den anderen Rittern voll Neid und Eifersucht beobachtet. Sie hatten rüde Bemerkungen über diesen »Senkrechtstarter« gemacht, diesen »Schleimer« und »Arschlecker«.

Anfangs war Gerard unsicher und angespannt gewesen. Es war so vieles so plötzlich geschehen. Vor fünf Tagen erst war er in Lauranas Haus zu Gast gewesen. Jetzt war er Gefangener der Ritter von Neraka, der so lange am Leben bleiben durfte, wie Medan Gerard für nützlich hielt.

Gerard beschloss, so lange bei dem Marschall zu bleiben, wie er brauchen würde, um herauszufinden, wer die Königsmutter ausspionierte. Sobald ihm das gelungen war, würde er diese Information an Laurana weiterleiten und versuchen zu fliehen. Nach dieser Entscheidung entspannte er sich und fühlte sich besser.

Nachdem Medan zu Abend gegessen hatte, wurde Gerard erneut ins Hauptquartier geschickt, um die Berichte des Tages wie auch die Fahndungsliste abzuholen – die Aufstellung derjenigen, die geflohen waren und jetzt als gesuchte Verbrecher galten. Außerdem würde man Gerard alle Befehle aushändigen, die aus anderen Teilen des Kontinents für den Marschall eingetroffen waren. Gewöhnlich kam nicht viel, hatte Medan ihm erklärt. Der Marschall interessierte sich nicht besonders für andere Teile des Kontinents, und die wiederum zeigten auch wenig Interesse an ihm. Heute Abend allerdings kam eine Botschaft, welche in den Klauenhänden von Beryls Drakonierläufer lag.

Gerard hatte von den Drakoniern gehört, die vor Jahren den durch Magie verdorbenen Eiern der guten Drachen entschlüpft waren. Er hatte jedoch noch nie einen zu Gesicht bekommen. Beim Anblick dieses Wesens – eines großen Baaz – entschied er, dass er nichts verpasst hätte, wenn er sein Leben lang keinen gesehen hätte.

Der Drakonier stand auf zwei Beinen wie ein Mensch, doch sein Körper war mit Schuppen bedeckt. Seine Hände waren groß und schuppig, die Finger endeten in scharfen Krallen. Sein Gesicht war das einer Echse oder Schlange, mit scharfen Fangzähnen, die er mit breitem Grinsen zur Schau stellte, und einer langen, zuckenden Zunge. Die kurzen Stummelflügel, die aus seinem Rücken entsprossen, waren ständig leicht in Bewegung, um ihm Luft zuzufächeln.

Der Drakonier erwartete Gerard im Hauptquartier. Gerard bemerkte ihn schon beim Eintreten und konnte ein kurzes Zögern nicht unterdrücken. Er blieb in der Tür stehen, weil ihn der Ekel überwältigte. Die anderen Ritter, die sich im Raum aufhielten, beobachteten ihn mit wissendem Grinsen, das höhnisch wurde, als sie sein Unbehagen bemerkten.

Wütend auf sich selbst betrat Gerard mit festen Schritten das Hauptquartier. Er marschierte an dem Drakonier vorbei, dessen Klauen über den Boden schabten, als dieser aufstand.

Der diensthabende Offizier händigte ihm die Tagesberichte aus. Gerard nahm sie entgegen und wollte wieder gehen, doch der Offizier hielt ihn auf.

»Das Ding da ist auch für den Marschall.« Mit dem Daumen wies er auf den Drakonier, der den Kopf hob und seine Lefzen zurückzog. »Groul hat eine Nachricht für den Marschall.«

Gerard stählte sich. Mit gespieltem Gleichmut, dem man hoffentlich nicht anmerkte, wie aufgesetzt er war, näherte er sich dem abstoßenden Geschöpf.

»Ich bin der Adjutant des Marschalls. Gebt mir den Brief.«

Groul ließ mit einem beunruhigenden Klicken seine Zähne aufeinander schnappen und hielt die Schriftrolle hoch, ohne sie Gerard zu übergeben.

»Ich habe den Befehl, dem Marschall diese Nachricht persönlich zu überreichen«, beharrte Groul.

Gerard hatte erwartet, dass das Reptil kaum etwas begreifen und unverständlich oder bestenfalls eine vereinfachte Form der Gemeinsprache sprechen würde. Mit einer so gewählten, intelligenten Ausdrucksweise hatte er nicht gerechnet. Er sah sich gezwungen, seine Vorstellung davon, wie mit der Kreatur umzugehen war, zu ändern.

»Ich werde dem Marschall die Nachricht überbringen«, erwiderte Gerard. »Es hat bereits verschiedene Anschläge auf sein Leben gegeben. Infolgedessen lässt er keine Fremden mehr zu sich vor. Ihr habt mein Ehrenwort, dass ich ihm die Nachricht umgehend übergebe.«

»Ehrenwort! Das ist es, was ich von deiner Ehre halte.« Grouls Zunge schnellte vor, dann zurück, und der Drakonier spuckte Gerard an. Die Kreatur kam näher. Seine Klauenfüße scharrten über den Boden. »Hör zu, Ritter«, zischte Groul, »mich schickt die hochwohlgeborene Berylinthranox. Sie hat mir befohlen, diese Nachricht Marschall Medan auszuhändigen und seine Antwort abzuwarten. Die Sache ist von höchster Dringlichkeit. Ich werde meine Befehle befolgen. Bring mich zum Marschall.«

Gerard hätte tun können, was der Drakonier verlangte, womit er sich selbst vermutlich jede Menge Ärger erspart hätte. Zwei Gründe sprachen dagegen. Zum einen hatte er tatsächlich vor, die Nachricht des Drachen zu lesen, bevor er sie Medan übergab, und das würde schwierig werden, so lange sie fest in den Klauen des Drakoniers lag. Der zweite Grund war subtiler. Gerard fand ihn schwer verständlich, aber dennoch sehr zwingend. Ihm war die Vorstellung zuwider, das dieses verabscheuungswürdige Geschöpf das schöne Haus des Marschalls betrat, mit seinen Klauenfüßen Löcher in den Boden bohrte, die Blumenbeete aufriss, Pflanzen zertrampelte und mit seinem Schwanz Möbel zertrümmerte. Es sollte nicht höhnisch geifernd überall herumschnüffeln.

Groul hielt die Schriftrolle in beiden Händen. Sein Schwert hing an seiner linken Hüfte. Das bedeutete, dass der Drakonier Rechtshänder war, jedenfalls hoffte Gerard dies. Schließlich bestand auch die Möglichkeit, dass diese Wesen Beidhänder waren. Nachdem er sich entschlossen hatte, mehr über die Drakonierrasse zu lernen, sobald er diese Episode überlebt hatte, zog Gerard mit übertriebenem Schwung sein Schwert und sprang auf den Drakonier zu.

Der überraschte Groul reagierte instinktiv. Er ließ die Schriftrolle fallen und griff mit der rechten Hand zum Schwert. Gerard vollführte eine Drehung, bückte sich und schnappte sich die Rolle. Beim Aufrichten stieß er dem Drakonier mit voller Wucht Schulter und Ellenbogen in die Rippen. Groul ging zu Boden. Schwert und Scheide klapperten; die Flügel flatterten wild. Seine Hände fuchtelten durch die Luft, während er noch um sein Gleichgewicht kämpfte. Er fiel auf eine Bank, die dabei zerbrach.

Die plötzliche Bewegung und der Angriff auf den Drakonier riss einige von Gerards Wunden auf. Während er vor Schmerz die Luft einsog, funkelte er das Wesen dort auf dem Boden wütend an, ehe er sich umdrehte und sich zum Gehen anschickte. Dem Impuls, zu überprüfen, wie schwer er sich selbst verletzt hatte, widerstand er.

Als er das Scharren der Klauenfüße und einen boshaften Fluch hörte, fuhr Gerard mit dem Schwert in der Hand herum, denn er hatte die Absicht, den Kampf auszutragen, falls das Wesen ihn verfolgte. Zu seinem Erstaunen jedoch hatten drei Ritter von Neraka selbst zum Schwert gegriffen und versperrten dem Drakonier den Weg.

»Der Adjutant des Marschalls hat Recht«, befand einer, ein älterer Mann, der seit vielen Jahren in Qualinesti diente und sogar eine Elfe zur Frau genommen hatte. »Wir haben schon von dir gehört, Groul. Vielleicht bringst du wirklich eine Botschaft von Beryl, wie du behauptest. Vielleicht hat der Drache dir aber auch befohlen, unseren Marschall zu beseitigen. Ich rate dir, bleib auf den Überresten dieser Bank sitzen und warte hier. Wenn der Marschall dich zu sehen wünscht, wird er selbst kommen.«

Groul zögerte. Ergrimmt musterte er die Ritter. Zwei Wachen

zogen ihre Schwerter und schlossen sich ihrem Vorgesetzten an. Fluchend steckte der Drakonier sein Schwert weg, grollte, dass er frische Luft bräuchte, und ging zum Fenster, um nach draußen zu starren.

»Geht schon«, sagte der Ritter zu Gerard. »Wir werden ein Auge auf ihn haben.«

»Ja, Sir. Danke.«

Der Ritter grunzte nur und wandte sich wieder seinen Pflichten zu.

Eilig verließ Gerard das Hauptquartier. Die Straße, an der das Gebäude stand, war leer. Elfen kamen nicht freiwillig in seine Nähe. Die meisten Soldaten waren entweder im Dienst oder hatten gerade Dienstschluss und schliefen.

Nachdem Gerard die Straße mit dem Hauptquartier hinter sich gelassen hatte, betrat er die eigentliche Stadt oder besser deren Randgebiete. Jetzt bewegte er sich unter den Einheimischen, so dass ihm eine andere Gefahr drohte. Medan hatte ihm geraten, Brustpanzer und Helm anzulegen und vor Anbruch der Dunkelheit zum Hauptquartier zu laufen. Gerard war sich der schönen Gesichter bewusst. Mandelaugen starrten ihm entweder mit offenkundigem Hass entgegen oder wendeten betont den Blick ab, damit der idyllische Sommerabend nicht von seinem hässlichen Menschengesicht gestört wurde.

Auch war sich Gerard seiner eigenen Fremdartigkeit bewusst. Im Vergleich zu den schlanken, zarten Gestalten der Elfen wirkte sein Körper grobschlächtig und plump. Seine strohgelben Haare, eine Farbe, die bei den Elfen nicht vorkam, galten hier vermutlich als skandalös. Das Gesicht voller Narben und Pusteln galt schon nach menschlichen Maßstäben als hässlich, aber die Elfen mussten es abscheulich finden.

Gerard konnte nachvollziehen, warum manche Menschen einen Hass auf die Elfen entwickelt hatten. Auch er fühlte sich ihnen in jedweder Hinsicht unterlegen – in Bezug auf das Aussehen, die Kultiviertheit, die Weisheit und das Benehmen. Die einzige Art, durch die manche Menschen sich den Elfen überlegen fühlen konnten, war deren Unterjochung durch Eroberung, Folter und Tod.

Gerard bog in die Straße ein, die zu Medans Haus führte. Ein Teil von ihm seufzte, als er die Straßen verließ, in denen die Elfen wohnten und arbeiteten. Es war, als wäre er aus einem herrlichen Traum erwacht und stünde nun vor der bitteren Wirklichkeit. Ein Teil von ihm war aber erleichtert. Er blickte nicht mehr beständig über seine Schulter, um zu sehen, ob sich womöglich jemand mit einem Messer an ihn heranschlich.

Der Weg zum abgelegenen Haus des Marschalls war etwa eine Meile lang. Der Pfad wand sich durch schimmernde Espen, Pappeln und rauschende Weiden, deren Äste sich über einen sprudelnden Bach reckten. Es war ein schöner Tag, wenn auch ungewöhnlich kalt für diese Jahreszeit, was auf einen frühen Herbst hindeutete. Auf halbem Weg sah sich Gerard sorgfältig nach allen Seiten um. Angestrengt lauschte er, ob irgendwelche Schritte zu hören waren. Nachdem er niemanden hörte oder sah, wich er vom Weg ab und schlenderte zum Bach. Dort hockte er sich hin, als wolle er einen Schluck Wasser trinken, und untersuchte die Schriftrolle.

Sie war mit Wachs versiegelt, doch das war leicht zu lösen. Gerard zog sein Messer, um dessen Klinge auf einen flachen Stein zu legen, den die Nachmittagssonne aufgeheizt hatte. Nachdem das Metall heiß war, schob er die Klinge vorsichtig unter das Wachssiegel und löste es in einem Stück ab. Anschließend legte er es auf ein wenig Rinde, um es sicher aufzubewahren. Jetzt wollte Gerard das Futteral öffnen, doch er zögerte noch.

Er hatte vor, eine Nachricht zu lesen, die für seinen Kommandanten bestimmt war. Zwar war Medan sein Feind, so dass er nicht wirklich Gerards Kommandant war, doch es war eine Botschaft, die für Medan persönlich bestimmt war. Kein Mann von Ehre durfte die Korrespondenz eines anderen lesen. Kein Ritter von Solamnia durfte so tief sinken. Der Maßstab rechtfertigte keinen Einsatz von Spionen beim Feind, denn diese galten als »ehrlose Verräter«. Besonders ein Abschnitt fiel ihm ein.

Manche behaupten, Spione seien nützlich, da die Informationen, die auf diese verlogene, heimliche Weise gesammelt werden, uns zum Sieg verhelfen können. Wir Ritter antworten, dass ein Sieg, der auf diese Weise errungen wird, überhaupt kein Sieg ist, sondern die endgültige Niederlage, denn wenn wir die Prinzipien der Ehre verwerfen, für die wir kämpfen, was erhebt uns dann noch über den Feind?

»Ja, was?«, fragte sich Gerard, der noch immer das ungeöffnete Futteral in der Hand hielt. »Wahrscheinlich gar nichts.« Mit einer schnellen Drehung öffnete er den Deckel und zog – nach einem letzten Blick auf den Wald – das Pergament heraus, um es zu entrollen und zu lesen.

Ihn überkam ein Schwächeanfall. Sein Körper wurde kalt. Er musste sich ans Ufer setzen, während er ungläubig weiterlas. Nachdem er sein Sakrileg beendet hatte, überlegte er, was nun zu tun war. Sein erster Gedanke war, diese schreckliche Botschaft zu verbrennen, damit sie niemals ihr Ziel erreichte. Das wagte er jedoch nicht. Zu viele Leute hatten gesehen, wie er sie entgegengenommen hatte. Er dachte daran, sie zu verbrennen und durch eine andere zu ersetzen, doch diese absurde Idee verwarf er sofort wieder. Er hatte weder Pergament noch Feder und Tinte. Außerdem kannte Medan vielleicht die Handschrift des Schreibers, der diese Botschaft auf Geheiß des Drachen verfasst hatte.

Nein, folgerte Gerard, obwohl ihm bei diesem Gedanken flau wurde, ihm blieb nichts anderes übrig, als die Botschaft zu überbringen. Alles andere konnte ihn selbst in Gefahr bringen, aber er war vielleicht der Einzige, der die bösen Pläne des Drachen noch abwehren konnte.

Medan würde sich fragen, wo er blieb. Gerard war bereits länger ausgeblieben als sonst. Eilig rollte er die Nachricht wieder zusammen, schob sie in das Rohr, setzte sorgfältig das Wachssiegel wieder darauf und vergewisserte sich, dass es hielt. Nachdem er das grässliche Ding wieder in den Gürtel geschoben hatte, damit er es möglichst wenig berühren musste, setzte er den Weg zum Haus des Marschalls im Laufschritt fort.

Als Gerard ankam, ging der Marschall im Garten spazieren, um sich nach dem Essen ein wenig Bewegung zu verschaffen. Beim Klang von Gerards Schritten blickte sich der Marschall um.

»Ah, Gerard. Ihr seid spät dran. Ich habe schon befürchtet, Euch wäre etwas zugestoßen.« Er warf einen prüfenden Blick auf Gerards Arm. »Euch ist etwas zugestoßen. Ihr seid verletzt.«

Gerard schaute an seinem Ärmel hinunter, der vom Blut nass war. Die Nachricht hatte ihn dermaßen beschäftigt, dass er seine Wunden und den Kampf mit dem Drakonier ganz vergessen hatte.

»Im Hauptquartier ist es zu einer Auseinandersetzung gekommen«, bestätigte er, da er wusste, dass Medan ohnehin erfahren würde, was geschehen war. »Hier sind die Meldungen.« Er legte sie auf einen Tisch unter einem Spalier, über das Medan geduldig Weinranken zu einem grünen Blätterbogen gezogen hatte. »Und dann ist da noch diese Nachricht, die vom Drachen Beryl stammt.«

Medan nahm die Botschaft mit einer Grimasse entgegen, ohne sie sofort zu öffnen. Er interessierte sich viel mehr für den Kampf. »Was war das für eine Auseinandersetzung, Sir Gerard?«

»Der Drakonierbote bestand darauf, Euch diese Depesche persönlich zu übergeben. Eure Ritter hielten das nicht für erforderlich. Sie haben darauf bestanden, dass er Eure Antwort dort entgegennehmen solle.«

»Durch Euer Zutun vermutlich.« Medan lächelte. »Gut gemacht. Ich bin vor Groul auf der Hut. Wer weiß, was in seinem Echsenhirn vorgeht? Man kann ihm nicht trauen.«

Er wandte seine Aufmerksamkeit der Botschaft zu. Gerard salutierte und wandte sich zum Gehen.

»Nein, nein. Ihr könnt gern hier warten. Ich muss ohnehin eine Antwort schreiben ...« Er wurde still, denn nun las er.

Gerard, der jede Zeile kannte, als wäre sie seinem Gehirn eingebrannt, konnte an Medans Gesicht ablesen, an welcher Stelle dieser sich gerade befand. Der Marschall presste die Lippen aufeinander und straffte den Kiefer. Wäre er vor Freude überglücklich gewesen, dann hätte Gerard den Marschall hier und jetzt getötet, ungeachtet der Folgen.

Aber Medan war nicht außer sich vor Freude, ganz und gar nicht. Alle Farbe wich aus seinem Gesicht. Sie wurde durch eine bleiche, graue Tönung ersetzt. Als er zum Ende gekommen war, las er die Botschaft mit geschultem Gleichmut noch einmal. Anschließend zerknüllte er sie und schleuderte sie fluchend auf den Weg.

Der Marschall verschränkte die Arme vor der Brust, drehte Gerard den Rücken zu und starrte ingrimmig ins Leere, bis er sich wieder einigermaßen gefasst hatte. Gerard blieb schweigend stehen. Dies wäre ein geeigneter Moment gewesen, sich zurückzuziehen, doch er wollte unbedingt wissen, was Medan vorhatte.

Schließlich drehte sich der Marschall zu ihm um. Er warf einen Blick auf das zerknüllte Pergament, dann auf Gerard. »Lest«, sagte er.

»Sir.« Gerard wurde rot. »Es ist nicht für mich ...«

»Lest, verdammt nochmal!«, brüllte Medan. Nachdem er sich mit Mühe beruhigt hatte, fügte er hinzu: »Ihr dürft es ruhig lesen. Ich muss darüber nachdenken, was ich dem Drachen antworte, und wie ich es formuliere. Vorsichtig«, ermahnte er sich selbst leise. »Ich muss vorsichtig vorgehen, sonst ist alles verloren!«

Gerard hob die Depesche auf und strich sie glatt.

»Lest laut vor«, ordnete Medan an. »Vielleicht habe ich mich verlesen. Vielleicht habe ich eine Passage falsch verstanden.« Seine Stimme klang ironisch.

Gerard spulte die förmlichen Anreden herunter, bis er zum eigentlichen Text kam.

»›Mir ist zu Ohren gekommen‹«, las er vor, »›und zwar durch jemanden, der meine Interessen unterstützt, dass der vogelfreie Zauberer Palin Majere einen äußerst wertvollen, wundersamen magischen Gegenstand entdeckt hat, während er sich widerrechtlich auf meinem Territorium aufhielt. Ich gehe daher davon aus, dass dieser Gegenstand mir gehört. Ich muss und werde ihn haben.

Meine Informanten haben mir zugetragen, dass Palin Majere und der Kender mit dem Gegenstand in die Zitadelle des Lichts geflohen sind. Ich gebe dem Elfenkönig Gilthas drei Tage Zeit, den Apparat und die Diebe zurückzuholen, dazu weitere drei Tage, um sie bei mir abzuliefern.

Darüber hinaus wird mir der Elfenkönig den Kopf der Elfenfrau, Lauralanthalasa, schicken, welche den Zauberer und den Kender bei sich aufgenommen und sie bei ihrer Flucht unterstützt hat.

Wenn ich nach Ablauf dieser sechs Tage nicht den Kopf der Elfenverräterin samt dem Gerät und denen, die es gestohlen haben, in den Händen habe, werde ich Qualinesti dem Erdboden gleichmachen. Jeder Mann, jede Frau und jedes Kind dieser schandbaren Nation sollen durch Feuer und Schwert umkommen. Niemand wird überleben. Was die Bewohner der Zitadelle des Lichts angeht, die es wagen, diesen Kriminellen Obdach zu gewähren, so werde ich sie vernichten, die Zitadelle niederbrennen und das magische Gerät zwischen Knochen und Asche herauswühlen.‹«

Gerard war dankbar, dass er die Botschaft bereits überflogen hatte. Unvorbereitet hätte er sie nicht so ruhig vortragen können. Auch so stockte ihm die Stimme, und er war gezwungen, seine Gefühle hinter einem rauen Husten zu verbergen. Nachdem er geendet hatte, stellte er fest, dass Medan ihn genau beobachtete.

»Nun, was haltet Ihr davon?«, wollte Medan wissen.

Gerard räusperte sich. »Ich halte es für anmaßend, dass der Drache Euch Befehle erteilt, Herr. Die Ritter von Neraka sind nicht ihre Privatarmee.«

Medans ernstes Gesicht entspannte sich. Fast hätte er gelächelt. »Ein ausgezeichnetes Argument, Gerard. Wäre es doch wahr! Aber leider ist unser Oberkommando schon vor Jahren vor dem großen Drachen zu Kreuze gekrochen.«

»Das kann nicht ihr Ernst sein, Herr«, gab Gerard vorsichtig zu bedenken. »Das kann sie nicht tun. Doch nicht ein gesamtes Volk ...«

»Sie kann, und sie wird«, erwiderte Medan grimmig. »Bedenkt, was sie in Kenderheim angerichtet hat. Zu Tausenden hat sie die kleinen Plagegeister umgebracht. Nicht, dass es um die Kender besonders schade gewesen wäre, aber es beweist doch, dass sie ihre Worte wahr machen wird.«

Gerard hatte solche Bemerkungen über das Abschlachten der Kender auch von Solamniern gehört. Ihm fiel ein, dass auch er darüber gelacht hatte. Er kannte Ritter von Solamnia, die nicht viel dagegen einzuwenden hätten, wenn die Elfen aus dieser Welt verschwinden würden. Wir halten uns für so viel besser, für so viel moralischer und ehrenhafter als die Schwarzen Ritter, sagte Gerard zu sich. In Wahrheit ist die Rüstung der einzige Unterschied. Ob silbern oder schwarz, sie maskiert dieselben Vorurteile, die gleiche Intoleranz, die gleiche Unkenntnis. Plötzlich verspürte Gerard tiefe Scham.

Medan hatte begonnen, auf dem Weg hin und her zu gehen. »Diese unseligen Elfen! So viele Jahre habe ich mich bemüht, sie zu retten, und jetzt war alles umsonst! Diese verdammte Königsmutter! Hätte sie doch nur auf mich gehört! Aber nein. Sie muss sich ja mit Rebellen und dergleichen verschwören, und was kommt dabei heraus? Sie hat für sich und ihr Volk den Untergang heraufbeschworen. Außer ...«

Er blieb stehen. Mit den Händen auf dem Rücken brütete er vor sich hin. Seine Gedanken richteten sich nach innen. Seine Roben, die ganz nach Elfenmachart waren, fielen geschmeidig um seinen Körper. Der mit Seidenband besetzte Saum streifte seine Füße. Gerard schwieg, denn er war mit seinen eigenen Gedanken beschäftigt – einem Wirrwarr aus Übelkeit erregender Wut auf den Drachen, der die Elfen vernichten wollte, aber auch Zorn auf sich und seine Ritterbrüder, weil sie jahrelang untätig geblieben waren. Sie hatten nie versucht, Beryl Einhalt zu gebieten.

Medan hob den Kopf. Er hatte eine Entscheidung getroffen. »Der Tag ist früher gekommen, als ich vermutet hatte. Ich werde nicht an einem Völkermord teilhaben. Ich habe keine Hemmungen, einen anderen Krieger im Kampf zu töten, aber hilflose Zivilisten, die sich nicht wehren können, werde ich nicht abschlachten. Das ist der Gipfel der Feigheit. Ein solch hemmungsloses Gemetzel würde den Eid brechen, den ich geschworen habe, als ich zum Ritter wurde. Vielleicht gibt es noch eine Möglichkeit, den Drachen aufzuhalten. Aber ich werde Eure Hilfe benötigen.«

»Die habt Ihr, Herr«, versicherte Gerard.

»Ihr werdet mir vertrauen müssen.« Medan zog eine Braue hoch.

»Und Ihr werdet mir vertrauen müssen, Herr«, erwiderte Gerard lächelnd.

Medan nickte. Als Mann schneller, entschlossener Handlungen verschwendete er keine weiteren Worte, sondern setzte sich an den Tisch und griff nach Feder und Tinte. »Wir müssen Zeit schinden«, erklärte er, während er hastig etwas schrieb. »Ihr bringt dem Drakonier Groul meine Antwort, aber er darf den Drachen keinesfalls erreichen. Wir verstehen uns?«

»Ja, Sir«, sagte Gerard.

Medan beendete seinen Brief. Er sprenkelte Sand über das Papier, damit die Tinte schneller trocknete, rollte es zusammen und händigte es Gerard aus. »Steckt es in dasselbe Futteral. Ein Siegel ist überflüssig. Die Botschaft besagt, dass ich Ihrer Hochwohlgeboren ergebener Diener bin und ihren Wunsch erfüllen werde.«

Medan erhob sich. »Sobald Ihr Eure Aufgabe vollbracht habt, kommt Ihr direkt zum Königspalast. Ich werde den Befehl erteilen, Euch dort vorzulassen. Wir müssen uns sputen. Beryl ist ein hinterhältiges Biest, man kann ihr nicht trauen. Unter Umständen hat sie längst beschlossen, eigenmächtig vorzugehen.«

»Ja, Herr.« Gerard nickte. »Und wo werdet Ihr sein, Herr? Wo finde ich Euch?«

Medan lächelte finster. »Ich werde die Königsmutter festnehmen.«

Marschall Medan schritt den Weg entlang, der durch den Park zum Hauptgebäude auf Lauranas bescheidenem Anwesen führte. Die Nacht war hereingebochen. Er hatte eine Fackel bei sich, um den Weg zu erhellen. Die Flamme sengte herunterhängende Blüten an, unter denen er entlangging, so dass deren Blätter schwarz wurden und sich einrollten. Motten flogen ins Feuer. Er hörte sie knistern.

Der Marschall trug nicht seine Elfenroben, sondern hatte die volle Prunkrüstung angelegt. Kelevandros, der auf Medans hallendes Klopfen hin an die Tür kam, bemerkte die Veränderung sofort. Argwöhnisch musterte er den Marschall.

»Marschall Medan. Willkommen. Bitte tretet ein. Ich werde meiner Herrin mitteilen, dass sie Besuch hat. Sie wird Euch wie üblich im Arboretum empfangen.«

»Ich ziehe es vor, zu bleiben, wo ich bin«, gab der Marschall zurück. »Sag deiner Herrin, sie soll hierher kommen. Sag ihr«, fügte er mit schneidender Stimme hinzu, »sie soll reisefertig sein. Sie braucht ihren Mantel, denn die Nachtluft ist frisch. Und sie soll sich beeilen.«

Dabei beobachtete er unablässig intensiv den Garten und achtete besonders auf die Stellen, die im Schatten lagen.

»Meine Herrin wird nach dem Grund fragen«, sagte Kelevandros zögernd.

Medan verpasste ihm einen Schubs, der ihn durch den Raum stolpern ließ. »Geh und hol deine Herrin«, befahl er.

»Reisefertig?«, vergewisserte sich Laurana erstaunt. Sie hatte im Arboretum gesessen, wo sie so getan hatte, als höre sie Kalindas zu, der einen alten Elfentext vorlas. In Wirklichkeit hatte sie kein Wort mitbekommen. »Wo muss ich denn hin?«

Kelevandros schüttelte den Kopf. »Das wollte mir der Marschall nicht verraten, Herrin. Er verhält sich sehr sonderbar.«

»Das gefällt mir nicht, Herrin«, bemerkte Kalindas, der nun das Buch sinken ließ. »Erst Gefangenschaft im eigenen Haus, jetzt das. Ihr solltet nicht mitgehen.«

»Ich bin mit meinem Bruder einer Meinung«, ergänzte Kelevandros. »Ich werde ihm erklären, dass es Euch nicht gut geht. Wir tun das, was wir bereits besprochen hatten. Heute Nacht schmuggeln wir Euch durch die Tunnel hinaus.«

»Keinesfalls«, wehrte Laurana entschieden ab. »Soll ich mich etwa in Sicherheit bringen, während der Rest meines Volkes zurückbleiben muss? Bring mir meinen Mantel.«

»Herrin«, wagte Kelevandros zu widersprechen, »bitte ...«

»Bring mir meinen Mantel«, beharrte Laurana. Ihre Stimme klang freundlich, aber fest. Sie duldete keine weiteren Einsprüche.

Kelevandros verbeugte sich wortlos.

Kalindas ging den Mantel holen. Kelevandros geleitete Laurana zur Vordertür, wo Marschall Medan stand und sie erwartete.

Bei ihrem Anblick straffte er sich. »Lauralanthalasa vom Haus Solostaran«, begann er förmlich, »Ihr steht unter Arrest. Ihr werdet Euch kampflos ergeben und Euch als meine Gefangene betrachten.«

»So?« Laurana blieb ruhig. »Wie lautet die Anklage? Gibt es überhaupt eine Anklage?«, fragte sie. Sie stellte sich so hin, dass Kalindas ihr den Mantel um die Schultern legen konnte.

Das wollte der Elf auch tun, doch Medan nahm ihm den Umhang ab. Mit ernster Miene legte der Marschall den Mantel persönlich um Lauranas Schultern.

»Es gibt eine ganze Reihe Anklagen, Herrin. Ihr habt einen Menschenzauberer beherbergt, der von den Grauen Roben gesucht wird. Ihr habt verheimlicht, dass Ihr von einem wertvollen magischen Gegenstand wusstet, den der Zauberer im Besitz hatte, obwohl Ihr laut Gesetz jeden magischen Gegenstand, der in Qualinesti aufgefunden wird, dem Drachen aushändigen müsst. Ihr habt dem vogelfreien Zauberer dazu verholfen, mit dem Gegenstand aus Qualinesti zu entkommen.«

»Aha«, erwiderte Laurana.

»Ich habe versucht, Euch zu warnen, Herrin, aber Ihr wolltet nicht hören«, fügte Medan hinzu.

»Ja, das habt Ihr, Marschall, und dafür bin ich Euch dankbar.« Laurana schloss den Mantel mit einer edelsteinbesetzten Nadel um ihren Hals. Ihre Hände zitterten nicht einmal. »Und was wird mit mir geschehen, Marschall Medan?«

»Ich habe den Befehl, Euch hinzurichten, Herrin«, erklärte Medan. »Ich soll dem Drachen Euren Kopf schicken.«

Kalindas holte erschrocken Luft. Kelevandros stieß einen heiseren Schrei aus und stürzte sich auf Medan. Mit bloßen Händen griff er nach dessen Kehle.

»Halt, Kelevandros!«, schimpfte Laurana, die sich zwischen den Elfen und den Marschall warf. »Das hilft auch nichts! Lass diesen Wahnsinn!«

Kelevandros fiel keuchend zurück. Voller Hass funkelte er Medan an. Kalindas legte seinem Bruder die Hand auf den Arm, doch Kelevandros schüttelte ihn wütend ab.

»Kommt, Herrin«, bat Marschall Medan, der Laurana nun seinen Arm anbot. Die Fackel rauchte und spuckte. Die Orchideen über der Tür schrumpften vor Hitze.

Laurana legte eine Hand auf den Arm des Marschalls. Sie blickte sich zu den beiden Brüdern um, die mit weißem Gesicht und verhangenen Augen dort standen und zusahen, wie sie in den Tod geführt wurde.

Welcher, fragte sie sich unglücklich. Welcher?

13 Im Bernstein gefangen

Der Mittsommermorgen in Silvanesti begann ungewöhnlich kühl.

»Ein guter Tag für eine Schlacht, meine Herren«, begrüßte Mina die versammelten Offiziere.

Galdar brach als Erster in einen Jubel aus, der die Bäume entlang des Flussufers erbeben ließ, so dass die Espenblätter zitterten.

»Möge unsere Tapferkeit die Elfen ebenso zum Zittern bringen«, sagte Hauptmann Samuval. »Heute werden wir einen großen Sieg erringen, Mina! Wir können nicht scheitern!«

»Im Gegenteil«, erklärte Mina kühl. »Heute werden wir geschlagen.«

Die Ritter und Offiziere starrten sie verständnislos an. Wunder um Wunder hatte sie vor ihren Augen vollbracht. All diese Wunder waren in ihrer Vorstellung übereinander gestapelt wie Geschirr in einem aufgeräumten Schrank. Der Gedanke, dass diese Wunder nun aus dem Schrank kippen und ihnen um die Ohren fliegen könnten, kam einer schier unglaublichen Katastrophe gleich. Deshalb glaubten sie ihr lieber nicht.

»Sie macht einen Scherz«, beruhigte Galdar die anderen, um ihre Bemerkung mit einem Lachen abzutun.

Mina schüttelte den Kopf. »Diese Schlacht heute werden wir verlieren. Eine Armee aus tausend Elfenkriegern zieht uns entgegen. Wir sind zwei zu eins unterlegen. Diese Schlacht können wir nicht gewinnen.«

Die Ritter und Offiziere schauten einander unsicher an, ehe sie Mina zweifelnd anblickten.

»Doch obwohl wir die heutige Schlacht verlieren«, fuhr Mina mit leisem Lächeln fort, während aus dem Hintergrund ihrer Augen ein unheimliches Licht strahlte, das die Gesichter, die es widerspiegelte, wie winzige Sterne glitzern ließ, »gewinnen wir heute den Krieg. Aber nur, wenn ihr mir fraglos gehorcht. Nur, wenn ihr meine Befehle exakt befolgt.«

Die Männer grinsten und entspannten sich. »Jawohl, Mina«, riefen einige. Die übrigen applaudierten.

Mina lächelte nicht mehr. Der Bernstein ihrer Augen floss über die Anwesenden, verfestigte sich und ließ sie an Ort und Stelle erstarren. »Ihr werdet meine Befehle befolgen, auch wenn ihr sie nicht versteht. Ihr werdet meinen Befehlen gehorchen, obwohl sie euch nicht gefallen. Fallt vor mir auf die Knie und schwört, schwört es beim namenlosen Gott, der Zeuge eures Schwurs ist und an jedem Eidbrecher furchtbare Rache nehmen wird. Schwört ihr das?«

Im Halbkreis sanken die Ritter vor ihr auf die Knie, zogen ihre Schwerter und hielten sie knapp vor dem Heft an der Klinge fest. Dann hoben sie Mina die Schwerter entgegen. Auch Hauptmann Samuval sank auf die Knie und senkte den Kopf. Nur Galdar blieb stehen. Mina ließ ihre Augen auf ihm ruhen.

»Ganz besonders von dir, Galdar, hängt der Ausgang dieser Schlacht ab. Mehr als von allen anderen. Wenn du mir den Gehorsam verweigerst, wenn du dich weigerst, dem Gott zu gehorchen, der dir deinen Kampfarm zurückgegeben hat, sind wir verloren. Wir alle. Aber ganz besonders du.«

»Wie lautet dein Befehl, Mina?«, wollte Galdar in rauem Ton wissen. »Sag es mir erst, damit ich es weiß.«

»Nein, Galdar«, mahnte sie sanft. »Entweder vertraust du mir, oder du vertraust mir nicht. Entweder glaubst du an den Gott, oder du tust es nicht. Entscheide dich.«

Langsam kniete Galdar vor ihr nieder. Langsam zog er sein

Schwert aus der Scheide und hielt es hoch wie alle anderen. Er hielt es in der Hand, die der Gott ihm zurückgegeben hatte.

»Das schwöre ich, Mina!«, gelobte er.

Die anderen wiederholten seine Worte einstimmig.

»Das schwöre ich!«

Der Kampfplatz war ein großes Feld am Ufer des Thon-Thalas. Die Elfensoldaten zertraten zarte Weizenhalme unter ihren weichen Lederstiefeln. Die Bogenschützen bezogen zwischen hohen, blühenden Maisstauden Stellung. General Konnal ließ sein Kommandozelt zwischen einigen Pfirsichbäumen aufstellen. Die Flügel einer großen Windmühle drehten sich unablässig quietschend im Wind, der schon einen Hauch Ernteduft mitbrachte.

Auf diesem Feld würde eine furchtbare Ernte stattfinden, blühende Leben würden beendet werden. Wenn alles vorüber war, würde sich das Wasser, das zu Füßen der großen Windmühle floss, rot färben.

Das Feld lag zwischen der anrückenden, feindlichen Armee und der Hauptstadt Silvanost. Die Elfen stellten sich dem Feind in den Weg, um die Armee der Finsternis aufzuhalten, ehe sie das Herz des Elfenreichs erreichen konnte. Die Silvanesti waren außer sich vor Zorn, bestürzt und wütend. Seit Hunderten von Jahren hatte kein Feind mehr einen Fuß in ihr geheiligtes Land gesetzt. Der einzige Feind, den sie bekämpft hatten, war einer gewesen, den sie selbst sich geschaffen hatten, der verworrene Traum von Lorac.

Ihr wundersamer, magischer Schild hatte sie im Stich gelassen. Das Wie und Warum verstanden sie nicht, doch die meisten Elfen waren davon überzeugt, dass üble Machenschaften der Ritter von Neraka die Schuld daran trugen.

»Diesbezüglich, General«, sagte Glaukus gerade, »ist es von größter Wichtigkeit, dass ihre Anführerin gefangen genommen wird. Bring mir dieses Mädchen zum Verhör. Sie soll mir verraten, wie es ihr gelungen ist, die Magie des Schilds zu umgehen.«

»Wie kommst du darauf, dass sie es dir erzählen wird?«, schnaubte Konnal, der sich über den Zauberer ärgerte, welcher ständig auf demselben Thema herumritt.

»Sie kann sich weigern, General«, bestätigte Glaukus, »aber sie wird keine Wahl haben. Ich werde den Wahrheitsfinder einsetzen.«

Die beiden befanden sich im Kommandozelt des Generals. Am frühen Morgen hatten sie die Elfenoffiziere zusammengerufen. Silvan hatte die Strategie erläutert. Die Offiziere hatten zugestimmt, da es sich um eine durchdachte Taktik handelte. Anschließend hatte Konnal sie fortgeschickt, um ihre Männer vorzubereiten. Der Feind stand angeblich fünf Meilen entfernt. Den Spähern zufolge hatten die Ritter von Neraka Halt gemacht, um sich zu bewaffnen und ihre Rüstungen anzulegen. Offensichtlich bereiteten sie sich auf die Schlacht vor.

»Ich habe keine Männer frei, um einen bestimmten Offizier zu fangen, Glaukus«, fügte der General hinzu, der dabei war, seine Befehle in ein großes Buch einzutragen. »Wenn das Mädchen in der Schlacht gefangen genommen wird, gut. Wenn nicht ...« Nach kurzem Schulterzucken schrieb er weiter.

»Ich kümmere mich um ihre Festnahme, General«, bot Silvan an.

»Auf gar keinen Fall, Eure Majestät«, wehrte Glaukus eilig ab.

»Gebt mir eine kleine Abteilung berittener Krieger«, drängte Silvan. Er stellte sich vor den General. »Wir schlagen einen Kreis um ihre Flanke, damit wir von hinten kommen. Anschließend warten wir, bis die Schlacht voll im Gang ist, ehe wir die Linie von hinten aufrollen, ihren Leibwächter niedergeschlagen, diese Kommandantin gefangen nehmen und sie hinter unsere Linien bringen.«

Konnal blickte von seiner Arbeit auf.

»Du hast selbst gesagt, Glaukus, dass es nützlich wäre, herauszufinden, auf welche Weise diese Ausgeburten des Bösen durch den Schild gekommen sind. Ich halte den Plan Seiner Majestät für durchführbar.«

»Seine Majestät bringt sich in zu große Gefahr«, protestierte Glaukus.

»Ich werde einige meiner eigenen Leibwächter dazu abordnen, den König zu begleiten«, schlug Konnal vor. »Ihm wird kein Haar gekrümmt werden.«

»Das wäre auch besser so«, murmelte Glaukus.

Ohne seinen Berater weiter zu beachten, ging Konnal zur Karte und starrte sie an. Er setzte den Finger auf einen bestimmten Punkt. »Ich vermute, dass die feindliche Kommandantin hier, auf dieser Anhöhe, Stellung beziehen wird. Dort solltet Ihr nach dem Mädchen und ihrem Leibwächter Ausschau halten. Ihr könnt das Schlachtfeld umgehen, indem Ihr durch dieses Wäldchen hier reitet, um genau dort herauszukommen. Dann seid Ihr praktisch direkt über ihnen. Ihr werdet das Überraschungsmoment haben und müsstet zuschlagen können, bevor sie Euch bemerken. Seid Ihr damit einverstanden, Majestät?«

»Ein ausgezeichneter Plan, General«, willigte Silvan begeistert ein.

Er würde eine neue Rüstung tragen, wunderbar gearbeitet und traumhaft schön. Auf dem Brustpanzer prangte ein zwölfzackiger Stern, der Helm aus glänzendem Stahl war wie zwei Schwanenflügel geformt. Silvan hatte ein neues Schwert, und inzwischen wusste er es auch zu gebrauchen, denn seit seiner Ankunft in Silvanesti hatte er jeden Tag viele Stunden mit einem Fechtmeister geübt, der die Fortschritte Seiner Majestät in den höchsten Tönen lobte. Deshalb fühlte sich der König unbesiegbar. Heute würde der Sieg an die Elfen gehen, und er war entschlossen, glorreich daran teilzuhaben, damit die Lieder und Geschichten ihn über Generationen dafür rühmen würden.

Glücklich zog er ab, um sich für die Schlacht zu rüsten.

Glaukus blieb zurück.

Konnal war wieder an die Arbeit gegangen. Glaukus gab keinen Ton von sich, doch Konnal spürte seine Gegenwart, wie man spürt, wenn einen im dunklen Wald hungrige Augen anstarren.

»Verschwinde. Ich habe zu tun.«

»Ich gehe schon. Ich möchte nur noch einmal bekräftigen, was ich bereits erwähnte. Die Sicherheit des Königs muss gewährleistet sein.«

Seufzend blickte Konnal auf. »Wenn er zu Schaden kommt, dann nicht durch mich. Ich bin kein Oger, der seine eigenen Artgenossen tötet. Gestern habe ich übereilt gesprochen, ohne nachzudenken. Ich werde meine Wachen anweisen, auf ihn aufzupassen, als wäre er mein eigener Sohn.«

»Ausgezeichnet, General.« Glaukus schenkte ihm sein hinreißendes Lächeln. »Ich bin sehr erleichtert. Auf ihm ruhen meine Hoffnungen für dieses Land und sein Volk. Silvanoshei Caladon muss überleben, um Silvanesti noch viele Jahre zu regieren. Wie einst sein Großvater.«

»Bist du sicher, dass du es dir nicht noch einmal überlegen und mit uns reiten willst, Kiryn? Das wird eine Schlacht, von der man noch Generationen nach uns erzählen wird!«

Silvan zappelte unter den Händen seines Knappen herum, der versuchte, die Riemen der glänzenden Rüstung seines Königs festzuschnallen. Das war nicht gerade die leichteste Aufgabe. Das Leder war neu und steif, weshalb die Riemen schlecht hielten. Dass Silvan sich ununterbrochen bewegte, war auch nicht gerade hilfreich.

»Wenn Eure Majestät bitte still halten würden!«, bettelte der entnervte Knappe.

»Verzeihung«, entschuldigte sich Silvan und befolgte die Bitte, jedenfalls für ein paar Sekunden. Dann sah er wieder Kiryn an, der auf einem Feldbett hockte und den Vorbereitungen zuschaute. »Eine Rüstung könnte ich dir leihen. Ich habe noch eine zweite, vollständige Ausrüstung.«

Kiryn schüttelte den Kopf. »Mein Onkel hat mir einen anderen Auftrag erteilt. Ich soll die Befehle und Botschaften zwischen den Offizieren übermitteln. Keine Rüstung für mich. Ich muss mich rasch bewegen können.«

Eine Trompete erschallte. Silvan zuckte bei diesem Klang vor Aufregung derart zusammen, dass er eine gute Viertelstunde Arbeit zunichte machte. »Der Feind ist in Sicht! Schneller, du Rindvieh!«

Der Knappe holte tief Luft, hielt aber seine Zunge im Zaum. Kiryn stand ihm bei. Gemeinsam bereiteten die beiden den König für die Schlacht vor.

»Ich würde dich gern zum Abschied umarmen, Vetter«, sagte Kiryn, »aber das dürfte mit Blutergüssen enden, die man die ganze Woche lang sieht. Trotzdem wünsche ich dir Glück«, fügte er in ernsterem Ton hinzu, während er Silvans Hand ergriff, »auch wenn du es wohl kaum brauchen wirst.«

Auch Silvan wurde für einen Augenblick ernst. »Eine Schlacht ist oft Glückssache, sagte Samar immer. Die Tapferkeit eines Einzigen kann den Tag retten. Die Feigheit eines Einzigen kann alles verderben. Das ist es, was ich am meisten fürchte, Vetter. Mehr als den Tod. Ich habe Angst, wie ein Feigling vom Feld zu rennen. So etwas habe ich schon gesehen. Ich habe gesehen, wie gute Männer, tapfere Elfen, zitternd auf die Knie sanken und wie die kleinen Kinder weinten.«

»In deinen Adern fließt der Mut deiner Mutter und das Stehvermögen deines Vaters«, beruhigte ihn Kiryn. »Du wirst dem Andenken deiner Eltern gerecht werden. Du wirst deinem Volk gerecht werden. Und du wirst dir selbst gerecht werden.«

Silvan sog die nach Blumen duftende Luft ein und ließ sie langsam wieder entweichen. Der Sonnenschein war wie warmer Honig, der vom Himmel tropfte. Ringsumher bemerkte er vertraute Geräusche und Gerüche, es klang nach Krieg und Kampf, es roch nach Leder und Schweiß. In eine solche Umgebung war er hineingeboren worden, eine solche Umgebung hatte er mit der

Zeit gehasst, doch seltsamerweise hatte er sie auch vermisst. Sein Spielplatz war das Schlachtfeld gewesen, seine Wiege ein Kommandozelt. Hier war er mehr zu Hause, stellte er fest, als in seinem schönen Schloss.

Mit trübseligem Lächeln marschierte er aus dem Haus. Seine Rüstung aus Gold und Silber glänzte hell, als er von seinem Volk begeistert in Empfang genommen wurde.

Die Schlachtpläne beider Seiten waren einfach. Die Elfen stellten sich auf dem Feld auf, hinten die Bogenschützen. Die Armee der Ritter von Neraka zog ihre dünneren Linien am Waldrand des leichten Abhangs entlang, weil sie hofften, die Elfen dazu verleiten zu können, im Sturm und bergauf anzugreifen.

Konnal war viel zu klug, um auf so etwas hereinzufallen. Er war geduldiger als seine Soldaten, die er fest im Griff hatte. Schließlich hatte er alle Zeit der Welt, die Ritter von Neraka, denen die Vorräte ausgingen, jedoch nicht.

Gegen Mitte des Nachmittags erklang eine einzelne, quäkende Trompete aus den Bergen. Die Elfen griffen zu den Waffen. Die Armee der Finsternis stürmte aus den Bergen heran und überschüttete ihre Feinde mit trotzigen Schmähungen. Beide Seiten schossen Pfeilsalven ab, worauf sich ein tödliches Dach über den Armeen bildeten, die mit markerschütterndem Getöse aufeinander prallten.

Nachdem die Schlacht im Gang war, galoppierte Silvan mit seiner Eskorte in den Wald auf der Westseite des Schlachtfelds. Im Schutz der Bäume umritt die kleine Truppe die Flanke ihrer eigenen Armee, überquerte die feindliche Linie und umrundete die feindliche Flanke. Niemand bemerkte sie. Niemand schrie auf. Die Kämpfenden hatten nur Augen für den Gegner vor ihnen. Als sie den Waldrand fast erreicht hatten, gab Silvan das Zeichen zum Anhalten, indem er die Hand hob. Vorsichtig ritt er weiter und nahm nur den Kommandanten der Leibwache des Generals mit sich. Zusammen beobachteten die beiden das Schlachtfeld.

»Schickt die Kundschafter aus«, ordnete Silvan an. »Sie sollen uns sofort benachrichtigen, wenn sie die Kommandanten des Feindes entdeckt haben.«

Die Kundschafter schoben sich durch den Wald näher an das Schlachfeld heran. Silvan wartete. Er sah zu, wie die Schlacht ihren Lauf nahm.

Jetzt herrschten Zweikämpfe vor. Die Bogenschützen beider Seiten waren praktisch nutzlos, da die Armeen in eine blutige Umklammerung verstrickt waren. Zuerst konnte Silvan das Durcheinander vor ihm kaum entwirren, doch nach einer Weile kam es ihm so vor, als würde die Elfenarmee Boden gutmachen.

»Es ist schon jetzt ein glorreicher Sieg, Eure Majestät«, stellte der Kommandant triumphierend fest. »Dieses Gesindel fällt bereits zurück.«

»Ja, Ihr habt Recht«, erwiderte Silvan stirnrunzelnd.

»Eure Majestät erscheint wenig erfreut. Wir zerquetschen diese Menschenwürmer!«

»Es sieht so aus«, bestätigte Silvan. »Aber wenn Ihr genauer hinseht, Kommandant, werdet Ihr feststellen, dass der Feind nicht in heller Panik davonrennt. Sie fallen zurück, gewiss, aber dieser Rückzug ist gezielt und diszipliniert. Seht Ihr, wie sie die Linie erhalten? Seht Ihr, wie immer wieder jemand nachrückt, sobald ein anderer fällt? Unsere Soldaten hingegen«, fügte er abgestoßen hinzu, »führen sich auf wie die Berserker!«

Nachdem die Elfen bemerkt hatten, dass der Feind zurückwich, hatten sie sich aus ihren Einheiten gelöst und prügelten in mörderischer Wut auf den Feind ein, ohne auf die Rufe ihrer Kommandanten zu achten. Einander widersprechende Trompetensignale übertönten die Schreie der Verwundeten und Sterbenden und fochten einen eigenen Kampf aus. Silvan registrierte, dass die Schwarzen Ritter genau auf ihre eigenen Trompeten horchten und deren Befehlen augenblicklich Folge leisteten, während die aufgebrachten Elfen für alles taub waren.

»Dennoch«, meinte Silvan, »ist unser Sieg eigentlich unumgänglich, da wir ihnen zahlenmäßig dermaßen überlegen sind. Wir könnten höchstens noch verlieren, indem wir die Schwerter gegeneinander richten. Trotzdem werde ich nach meiner Rückkehr ein Wörtchen mit General Konnal reden. Samar hätte eine solche Disziplinlosigkeit nie geduldet.«

»Eure Majestät!« Einer der Kundschafter ritt in vollem Galopp auf sie zu. »Wir haben die Offiziere entdeckt!«

Silvan wendete sein Pferd und folgte dem Späher. Schon nach einer kurzen Strecke durch den Wald trafen sie auf einen zweiten Kundschafter, der als Wache zurückgeblieben war.

Er deutete zwischen den Bäumen hindurch. »Dort, Majestät. Auf dieser Anhöhe. Sie sind leicht zu sehen.«

Das stimmte. Auf der Anhöhe stand ein riesiger Minotaurus, der erste, den Silvan je zu Gesicht bekam. Er trug die Insignien eines Ritters von Neraka. An seiner Seite hing ein schweres Schwert. Gebannt verfolgte er den Verlauf der Schlacht. Auch zwölf weitere Ritter zu Pferd beobachteten die Kämpfe. Neben ihnen stand der Fahnenjunker mit einer Standarte, die vielleicht einmal weiß gewesen war. Inzwischen hatte sie eine schmutzig rotbraune Farbe, als wäre sie blutgetränkt. In der Nähe stand ein Adjutant, der ein prachtvolles, rotes Pferd am Zügel hielt.

»Zweifellos ist der Minotaurus ihr Kommandant«, stellte Silvan fest. »Wir wurden falsch informiert.«

»Nein, Eure Majestät«, widersprach der Kundschafter. »Seht dorthin, hinter dem Minotaurus. Das ist die Kommandantin, die mit der blutroten Schärpe.«

Zuerst konnte Silvan sie nicht sehen, doch dann trat der Minotaurus zur Seite, um sich mit einem anderen Ritter zu beraten. Hinter ihm verharrte eine zierliche Menschenfrau auf einem Felsvorsprung. Ihr angespannter Blick galt ganz der Schlacht. Sie trug ihren Helm unter dem Arm. An ihrem Gürtel hing ein Morgenstern.

»*Das* ist ihre Kommandantin?«, vergewisserte sich Silvan erstaunt. »Sie sieht aus, als wäre sie noch nicht einmal alt genug für ihren ersten Ball, geschweige denn, um altgediente Soldaten in die Schlacht zu führen.«

Als hätte sie ihn gehört – obwohl das unmöglich war, da sie gut vierzig lange Schritte entfernt stand –, wandte sich ihr Gesicht in seine Richtung. Plötzlich fühlte er sich ihren Blicken ausgesetzt und wich eilig in den tiefen Schatten des dichten Waldes zurück.

Lange Augenblicke starrte sie in seine Richtung. Silvan war sicher, dass sie bemerkt worden waren. Schon wollte er seine Männer losschicken, da drehte sie ihr Gesicht weg. Sie schien etwas zu dem Minotaurus zu sagen, denn dieser unterbrach sein Gespräch und kam zu ihr. Selbst aus dieser Entfernung konnte Silvan erkennen, dass der Minotaurus das Mädchen mit dem allergrößten Respekt, ja, voller Ehrfurcht behandelte. Aufmerksam lauschte er ihren Befehlen, warf über die Schulter einen Blick auf die Schlacht und nickte mit seinem gehörnten Kopf.

Nachdem er sich umgedreht hatte, rief er die Ritter mit einem Wink zu sich. Laut brüllend stürmte der Minotaurus auf die hinteren Linien seiner eigenen Armee zu. Die Ritter galoppierten hinter ihm her, doch ihr Ziel war für Silvan nicht festzustellen. Ein Gegenangriff vielleicht.

»Das ist unsere Chance, Eure Majestät!«, sagte sein Kommandant aufgeregt. »Sie ist ganz allein.«

Es war ein so unglaublicher Glücksfall, dass Silvan seinem Glück misstraute. Er zögerte, die Männer loszuschicken, denn er befürchtete eine Falle.

»Eure Majestät!«, drängte der Kommandant. »Worauf wartet Ihr?«

Silvan schaute sich gründlich um. Er konnte keinen Hinweis auf einen Hinterhalt entdecken. Die feindlichen Ritter entfernten sich von ihrer Kommandantin.

Und schon gab Silvan seinem Pferd die Sporen und galoppierte hinaus, dicht gefolgt von seinen Soldaten. Wie ein Pfeil, der direkt auf das Herz des Feindes gerichtet war, schossen sie vor.

Silvan stellte die silberne Pfeilspitze dar. Erst als sie auf halbem Weg waren, wurde jemand auf sie aufmerksam. Der Blick des Mädchens galt einzig seinen Truppen. Es war der Fahnenjunker, der sie bemerkte, laut aufschrie und in die Richtung der Angreifer zeigte. Das rote Pferd hob den Kopf und wieherte so laut, dass es den Trompeten Paroli bot.

Bei diesem Geräusch hielt der Minotaurus inne und drehte sich um.

Silvan behielt den Minotaurus im Augenwinkel, während er seinem Pferd die Sporen in die Flanken grub, damit es noch schneller lief. Dieser halsbrecherische Ritt war überwältigend. Als geübter Reiter war er seinen Leibwachen bald voraus. Jetzt war er seinem Ziel nicht mehr fern. Inzwischen musste sie die donnernden Hufe gehört haben, aber sie blickte sich immer noch nicht um.

Ein schreckliches, lautes Brüllen erhob sich über dem Schlachtfeld, ein klagendes Wutgeheul. Das Gebrüll klang so schrecklich, dass Silvans Magen sich zusammenzog und ihm Schweißperlen auf die Stirn traten. Er registrierte, wie der Minotaurus auf ihn zustürmte. Das Riesenschwert war erhoben, um den Elfen in Stücke zu schlagen. Silvan biss die Zähne zusammen und trieb sein Pferd weiter an. Wenn er das Mädchen in die Finger bekam, konnte er sie als Schild und Geisel gleichzeitig benutzen.

Der Minotaurus war unerwartet schnell. Obwohl er zu Fuß lief, während Silvan beritten war, sah es so aus, als würde der rennende Minotaurus Silvan erwischen, noch bevor Silvans Pferd die feindliche Kommandantin erreicht hatte. Silvan schaute von dem Minotaurus zu dem Mädchen. Sie hatte noch immer keine Notiz von ihm genommen; offenbar war sie sich der Gefahr gar nicht bewusst. Ihr Blick fixierte den Minotaurus.

»Galdar!«, rief sie mit einer auffällig tiefen Stimme von wunderbarer Klarheit. »Denk an deinen Eid.«

Ihre Stimme übertönte die Schreie und das Klirren des Stahls. Auf den Minotaurus wirkte ihr Ruf, als hätte ihn ein Speer mitten ins Herz getroffen. Er brach seinen wütenden Lauf ab. Mit bittenden Augen starrte er sie an.

Doch sie schien nicht nachgeben zu wollen. Ihr Blick wanderte von ihm zum Himmel. Der Minotaurus stieß ein neuerliches Wutgeheul aus, dann stach er sein Schwert in die Erde. Er bohrte es mit solcher Gewalt in das Maisfeld, dass die halbe Klinge in der Erde verschwand.

Silvan galoppierte den Hügel hinauf. Endlich wandte das Mädchen seinen Blick vom Himmel ab. Ihre Augen richteten sich direkt auf Silvan.

Bernsteinaugen. So etwas hatte Silvan noch nie gesehen. Ihre Augen stießen ihn nicht weg, sondern zogen ihn näher heran. Er ritt auf sie zu, doch er nahm nur noch ihre Augen wahr. Es war, als würde er direkt in diese Augen hineinreiten.

Sie griff nach ihrem Morgenstern, nahm ihn zur Hand und erwartete ihn ohne Furcht.

Silvan hetzte sein Pferd die Anhöhe hinauf, bis er auf gleicher Höhe mit dem Mädchen war. Sie schlug mit ihrem Morgenstern nach ihm, doch diesen Hieb konnte er leicht abwehren, indem er die Waffe mit dem Fuß wegtrat. Ein zweiter Tritt riss ihr den Morgenstern aus der Hand und ließ sie zurücktaumeln. Sie verlor das Gleichgewicht und landete unsanft auf dem Boden. Sofort war sie von Silvans Wachen umringt. Sie töteten den Fahnenjunker und versuchten, das Pferd zu erobern, doch das Tier keilte aus, riss sich los und galoppierte direkt auf die hinteren Linien zu, als wolle es sich reiterlos in die Schlacht stürzen.

Das Mädchen lag benommen am Boden. Sie war blutverschmiert, doch Silvan konnte nicht erkennen, ob es ihr Blut oder das ihres Junkers war, dem man den Kopf abgeschlagen hatte.

Da Silvan befürchtete, sie könne zertrampelt werden, wies er seine Wachen wütend an zurückzuweichen, ehe er vom Pferd glitt und zu ihr lief. Als er sie hochhob, stöhnte sie. Ihre Augenlider flatterten. Silvan atmete auf. Sie war am Leben.

»Ich nehme sie, Eure Majestät«, bot sein Kommandant an.

Doch Silvan wollte sie nicht hergeben. Er setzte sie auf seinen Sattel und stieg hinter ihr auf. Mit einem Arm umfing er das Mädchen, in der anderen Hand hielt er die Zügel. Ihr Kopf lehnte an seinem silbernen Brustpanzer. In seinem ganzen Leben hatte er noch kein so zartes, so perfekt ausgebildetes, so schönes Gesicht gesehen. Zärtlich besorgt hielt er sie fest.

»Los!«, befahl er und hielt auf den Wald zu. Er ritt schnell, aber nicht so schnell, dass er riskiert hätte, sie zu verletzen.

Silvan kam an dem Minotaurus vorbei, der mit kummervoll gesenktem Kopf neben seinem in den Boden gerammten Schwert auf den Knien verharrte.

»Was macht Ihr denn da?«, schimpfte Silvan. Mehrere seiner Elfen wollten mit erhobenen Schwertern auf den Minotaurus zuhalten. »Er ist keine Bedrohung für uns. Lasst ihn in Ruhe.«

»Er ist ein Minotaurus, Eure Majestät. Damit ist er grundsätzlich eine Bedrohung«, protestierte sein Kommandant.

»Wollt Ihr ihn töten, so lange er unbewaffnet ist und keinen Widerstand leistet?«, rügte Silvan ihn streng.

»In der umgekehrten Situation hätte er auch keine Hemmungen, uns zu töten«, gab der Kommandant finster zurück.

»Damit lassen wir uns auf das Niveau wilder Tiere herab«, stellte Silvan kalt fest. »Ich sagte, lasst ihn in Ruhe, Kommandant. Wir haben unser Ziel erreicht. Lasst uns von hier verschwinden, bevor man uns überrennt.«

Das war durchaus möglich. Die Armee der Ritter von Neraka wich jetzt rasch zurück. Es war ein geordneter Rückzug; ihre Reihen blieben ohne Lücken. Als Silvan und seine Ritter vom Feld galoppierten, hielt der junge König stolz seine Beute in den Armen.

Schließlich erreichten sie den Schutz der Bäume. Das Mädchen regte sich, stöhnte wieder und schlug die Augen auf.

Silvan blickte hinein und sah sich selbst im Bernstein schwimmen.

Das Mädchen erwies sich als gefügige Gefangene, die keinen Ärger machte und ihr Schicksal ohne Murren hinnahm. Nachdem sie anmutig von Silvans Pferd geglitten war, überließ sie sich bereitwillig den Wachen. Die Elfen legten ihr eiserne Schellen um Hände und Füße, ehe man sie in ein Zelt brachte, in dem es nur einen Strohsack und eine Decke gab.

Silvan folgte ihr. Er konnte sie nicht einfach verlassen.

»Seid Ihr verwundet? Soll ich die Heiler rufen lassen?«

Sie schüttelte den Kopf. Sie hatte bisher weder zu ihm noch zu anderen ein Wort gesprochen. Auch Essen oder Trinken schlug sie aus.

Er stand an der Klappe ihres Zelts und kam sich in seiner königlichen Rüstung lächerlich hilflos vor. Sie hingegen war zwar blutbesudelt und in Ketten, aber ruhig und selbstsicher. Im Schneidersitz setzte sie sich auf ihre Decke, um lange in die Dunkelheit zu starren. Silvan verließ das Zelt mit dem unangenehmen Gefühl, dass er derjenige war, der gefangen war.

»Wo ist Glaukus?«, wollte Silvan wissen. »Er wollte sie verhören.«

Doch niemand konnte ihm sagen, was aus Glaukus geworden war. Seit Beginn der Schlacht hatte man ihn nicht mehr gesehen.

»Gebt mir Bescheid, wenn er zum Verhör kommt«, befahl Silvan. Dann ging er in sein Zelt, um die Rüstung abzulegen. Diesmal hielt er tatsächlich still, während sein Knappe die Schnallen öffnete und ihm Stück für Stück die Rüstung abnahm.

»Meinen Glückwunsch, Vetter!« Kiryn duckte sich unter der Zeltklappe hinduch. »Du bist ein Held! Ich brauche dein Lied gar nicht mehr zu schreiben. Dein Volk besingt dich schon jetzt!« Er erwartete eine gut gelaunte Antwort. Als diese nicht kam, fasste er Silvan genauer ins Auge. »Vetter? Was ist los? Du siehst nicht gut aus. Bist du verwundet?«

»Hast du sie gesehen, Kiryn?«, fragte Silvan. »Geh weg!«, schnauzte er seinen Knappen ab. »Geh schon. Den Rest mache ich alleine.«

Der Knappe verneigte sich und verschwand. Silvan setzte sich auf sein Feldbett. Einen Stiefel hatte er noch an.

»Ob ich die Gefangene gesehen habe? Nur ganz kurz«, antwortete Kiryn. »Warum?«

»Was hältst du von ihr?«

»Sie ist der erste Mensch, den ich je gesehen habe, und ich finde sie gar nicht so hässlich, wie man immer sagt. Trotzdem fand ich sie ausgesprochen fremdartig. Bezaubernd. Unheimlich.« Kiryn verzog das Gesicht. »Ist es bei den Menschenfrauen eigentlich Brauch, sich den Kopf zu scheren?«

»Wie? Oh, nein. Vielleicht bei den Rittern von Neraka.« Mit einem Stiefel in der Hand starrte Silvan in die Finsternis, wo er bernsteinfarbene Augen wahrzunehmen glaubte. »Ich finde sie schön. Die schönste Frau, die ich je gesehen habe.«

Kiryn setzte sich neben seinen Vetter. »Silvan, sie ist unsere Feindin. Ihretwegen liegen Hunderte von Elfen tot oder sterbend auf dem Schlachtfeld.«

»Ich weiß. Ich weiß!«, rief Silvan. Er stand auf und warf den Stiefel in die Ecke. Dann setzte er sich, um mit aller Gewalt an dem anderen zu zerren. »Sie hat kein Wort zu mir gesagt. Sie hat mir nicht einmal ihren Namen verraten. Sie hat mich nur mit diesen seltsamen Augen angesehen.«

»Eure Majestät.« Am Eingang tauchte ein Offizier auf. »General Konnal hat mich gebeten, Euch die Meldungen zu bringen. Der Tag gehört uns. Wir haben gesiegt.«

Silvan reagierte nicht. Er hatte aufgehört, an dem Stiefel herumzuziehen. Wieder starrte er in die dunkle Ecke des Zelts.

Kiryn erhob sich und ging hinaus. »Seine Majestät ist erschöpft«, erklärte er. »Ich bin sicher, er ist überglücklich.«

»Da dürfte er der Einzige sein«, konstatierte der Offizier trocken.

Die Elfen hatten zwar gesiegt, doch in jener Nacht wurde im Elfenlager nicht gefeiert. Man hatte den Feind aufgehalten, ihn zurückgedrängt und daran gehindert, Silvanost zu erreichen, doch sie hatten ihn nicht vernichtet. Dreißig Menschenleichen lagen auf dem Schlachtfeld, nicht vierhundert, wie sie erwartet hatten. Das musste an dem merkwürdigen Nebel liegen, der aus dem Fluss aufgestiegen war, ein kalter, feuchter, grauer Nebel, der dicht über dem Boden hing. Seine wabernden Schwaden hatten Gegner und Kameraden gleichermaßen voreinander verborgen. In diesem Nebel war der Feind einfach verschwunden, als hätte sich die blutgedrängte Erde aufgetan und ihn verschluckt.

»Wahrscheinlich ist genau das geschehen«, meinte General Konnal zu seinen Offizieren. »Sie hatten ihren Rückzug von vornherein geplant. Sie sind zurückgewichen, und als der Nebel kam, sind sie in ihr Versteck gerannt. Jetzt kauern sie irgendwo in der Nähe in den Höhlen herum.«

»Aus welchem Grund, General?«, wollte Silvan ungeduldig wissen.

Der König war gereizt und fühlte sich nicht wohl. Er war unruhig und rastlos. Deshalb hatte er sein Zelt verlassen, das ihm plötzlich zu eng wurde, und war auf der Offiziersversammlung erschienen. Mit großen Worten hatte man Silvans Mut gepriesen. Zweifellos war er der Held des Tages, wie selbst General Konnal zugab. Doch die Lobesworte waren Silvan gleichgültig. Immer wieder glitt sein Blick zu dem Zelt, in dem das Mädchen gefangen gehalten wurde.

»Die Menschen haben keine Vorräte, keinen Nachschub«, fuhr Silvan fort. »Und keine Möglichkeit, sich welchen zu verschaffen. Sie sind völlig abgeschnitten. Sie wissen jetzt, dass sie Silvanost niemals einnehmen können. Bestimmt versuchen sie, sich an die Grenze zurückzuziehen.«

»Sie wissen, dass wir sie niedermähen würden, wenn sie das versuchen«, gab Konnal zu bedenken. »Aber Ihr habt Recht, Majestät, sie können sich nicht für immer versteckt halten. Früher oder später müssen sie herauskommen, und dann haben wir sie. Ich wünschte nur«, fügte er mehr zu sich selbst als zu den anderen hinzu, »ich wüsste, was sie vorhaben. Denn es steckt ein Plan dahinter, so wahr ich hier stehe.«

Seine Offiziere boten verschiedene Theorien an: Die Menschen wären in Panik geraten und in alle Himmelsrichtungen geflohen. Die Menschen hätten sich unter die Erde zurückgezogen, wo sie Tunnel in Richtung Norden zu finden hofften, und so weiter. Jede Theorie hatte ihre Haken; schon bald debattierten die Elfen heftig. Diese Wortgefechte hatte Silvan rasch satt und zog sich abrupt in die Nacht zurück.

»Es gibt nur eine Person, die es weiß«, sagte er sich, »und die soll es mir erklären. Sie *wird* mit mir reden!«

Entschlossen hielt er auf ihr Zelt zu, an den Lagerfeuern vorbei, an denen die Elfen saßen und voller Kummer noch einmal die Schlacht durchlebten. Die Soldaten fühlten sich gedemütigt, weil es ihnen nicht gelungen war, den Feind zu vernichten. Sie schworen, dass sie von der Dämmerung an jeden Stein umdrehen würden, bis sie die feigen Menschen gefunden hätten, die angesichts ihrer bevorstehenden Niederlage davongelaufen waren, um sich zu verstecken. Die Elfen gelobten, jeden Einzelnen von ihnen zu erschlagen.

Silvan stellte fest, dass er nicht der Einzige war, der sich für die Gefangene interessierte. Am Eingang zu ihrem Zelt stand Glaukus, den der Wächter gerade durchgelassen hatte. Silvan wollte schon hingehen und sich zeigen, als er merkte, dass Glaukus ihn nicht gesehen hatte.

Plötzlich war Silvan neugierig, welche Fragen Glaukus ihr stellen würde. Er stellte sich an die Rückwand des Gefangenenzelts. Es war eine dunkle Nacht. Hier stand keine Wache. Silvan schlich sich dicht an das Zelt heran, wobei er darauf achtete, kein Geräusch zu verursachen. Sogar die Geräusche seines Atems dämpfte er so weit wie möglich.

Im Zelt flammte eine Kerze auf, die auf dem Boden stand und zwei dunklen Silhouetten Gestalt verlieh – der des Mädchens mit seinem glatten Kopf und dem langen, graziösen Hals und der des großen, hoch aufgerichteten Elfen, dessen weiße Roben gegen das Licht schwarz wirkten. Die beiden starrten einander lange wortlos an, bis Glaukus plötzlich zurückfuhr. Er zuckte von ihr weg, obwohl sie ihm nichts getan hatte. Weder hatte sie sich bewegt noch die Hand gehoben noch ein Wort gesagt.

»Wer *bist* du?«, wollte er wissen. In seiner Stimme lag Ehrfurcht.

»Ich heiße Mina«, antwortete sie.

»Und ich bin …«

»Das ist überflüssig«, wehrte sie ab. »Ich kenne deinen Namen.«

»Wie ist das möglich?«, fragte er erstaunt. »Das kann nicht sein. Du hast mich noch nie gesehen.«

»Aber ich kenne ihn«, wiederholte sie ruhig.

Glaukus hatte sich wieder gefangen. »Beantworte mir eine Frage, Hexe. Wie seid ihr durch meinen Schild gekommen? Durch welche Magie? Welche bösen Kräfte hast du eingesetzt?«

»Keine Magie«, sagte sie. »Keine bösen Kräfte. Die Hand des Gottes griff herab, und der Schild hob sich.«

»Welche Hand?« Glaukus war aufgebracht, denn er glaubte, sie würde ihn verspotten. »Welcher Gott? Es gibt keine Götter! Nicht mehr!«

»Es gibt einen Gott«, beharrte Mina.

»Und wie lautet der Name dieses Gottes?«

»Der Gott hat keinen Namen. Der Gott braucht keinen Namen. Der Gott ist der Eine, der Wahre Gott, der Einzige Gott.«

»Lügen! Du wirst mir schon verraten, was ich wissen will.« Glaukus hob die Hand.

Silvanoshei erwartete, dass Glaukus zum Wahrheitsfinder griff, der auch bei ihm selbst angewendet worden war.

»Du fühlst, wie deine Kehle enger wird«, begann Glaukus. »Du japst nach Luft, aber es kommt keine. Du beginnst zu ersticken.«

»Das ist nicht der Wahrheitsfinder«, sagte sich Silvan. »Was tut er da?«

»Deine Lungen brennen, sie stehen kurz vor dem Bersten«, fuhr Glaukus fort. »Die Magie zieht sich immer mehr zusammen, bis du bewusstlos wirst. Ich werde deine Qualen beenden, wenn du zusicherst, mir die Wahrheit zu sagen.«

Er stimmte einen Vers aus seltsamen Worten an, Worte, die Silvan nicht verstand, die jedoch zu einem magischen Spruch gehören mussten. Aus Angst um Minas Sicherheit wäre Silvan am liebsten zu ihrer Rettung geeilt, hätte den Stoff des Zelts nötigenfalls mit bloßen Händen zerrissen, um zu ihr zu gelangen.

Mina saß gelassen auf ihrem Strohsack. Sie keuchte nicht, sie würgte nicht. Sie atmete einfach normal weiter.

Glaukus beendete seinen Vers. Erstaunt starrte er sie an. »Du trotzt mir! Wie?«

»Deine Magie hat auf mich keine Wirkung«, sagte Mina achselzuckend. Die Ketten, die sie banden, klirrten wie silberne Glocken. Sie schaute zu ihm hoch. »Ich kenne dich. Ich kenne die Wahrheit.«

Glaukus betrachtete sie wortlos. Obwohl Silvan nur seine Silhouette sehen konnte, erkannte er, dass der Elf wütend war, gleichzeitig aber auch Angst hatte.

Unvermittelt verließ Glaukus das Zelt.

Verwirrt und nachdenklich kam Silvan nach vorn. Er wartete im Dunkeln, bis er sah, dass Glaukus das Zelt von General Konnal betrat. Erst dann näherte er sich der Wache.

»Ich möchte mit der Gefangenen sprechen«, erklärte er.

»Ja, Eure Majestät.« Die Wache verbeugte sich und schickte sich an, den König zu begleiten.

»Allein«, betonte Silvan. »Ihr dürft Euch zurückziehen.«

Die Wache rührte sich nicht.

»Ich bin nicht in Gefahr. Sie wurde in Ketten gelegt! Geht und holt Euch etwas zu essen. Ich übernehme Eure Wache.«

»Majestät, ich habe meine Befehle …«

»Ich hebe sie auf!«, schimpfte Silvan, der den Eindruck hatte, unter dem Blick dieser Bernsteinaugen eine ziemlich armselige Gestalt abzugeben. »Geht und nehmt Euren Kameraden mit.«

Der Elf zögerte noch einen Moment, doch schließlich hatte sein König gesprochen. Er wagte keinen Ungehorsam. Er und sein Kamerad gingen in Richtung der Lagerfeuer davon. Silvan betrat das Zelt. Als er die Gefangene ansah, stand er innerhalb des Bernsteins ihrer Augen, der ihn warm umflutete.

»Ich möchte wissen ... ob ... ob Ihr gut behandelt werdet ...« Was für ein dumme Frage, dachte Silvan, noch während die Worte stockend aus seinem Mund drangen.

»Danke, Silvanoshei Caladon«, erwiderte das Mädchen. »Ich brauche nichts. Mein Gott sorgt für mich.«

»Ihr wisst, wer ich bin?«, erkundigte sich Silvan.

»Natürlich. Ihr seid Silvanoshei, Sohn von Alhana Sternenwind, der Tochter von Lorac Caladon, und von Porthios aus dem Hause Solostaran.«

»Und Ihr seid ...?«

»Mina.«

»Einfach Mina?«

Sie zuckte mit den Schultern, wobei die Ketten an ihren Handgelenken klirrten. »Einfach Mina.«

Der Bernstein um Silvan begann zu gerinnen. Er merkte, wie sein Atmen mühsamer wurde, als wäre er derjenige, der Glaukus' Erstickungszauber zum Opfer fiel. Er kam näher, kniete auf einem Bein vor ihr nieder, um diese hinreißenden Augen auf die gleiche Höhe mit seinen eigenen zu bringen.

»Ihr erwähnt Euren Gott. Ich möchte Euch eine Frage stellen. Wenn die Ritter von Neraka diesem Gott folgen, dann muss ich davon ausgehen, dass dieser Gott böse ist. Warum beschreitet jemand, der so jung und so schön ist, die Wege der Finsternis?«

Mina lächelte ihn an. Es war ein freundlich mitleidiges Lächeln, wie man es jemandem schenkt, der blind oder geistig zurückgeblieben ist.

»Es gibt kein Gut, es gibt kein Böse. Es gibt kein Licht, es gibt keine Finsternis. Es gibt nur Eines. Eine Wahrheit. Alles andere ist Falschheit.«

»Aber dieser Gott muss schlecht sein«, hielt Silvan dagegen. »Denn warum hättet Ihr sonst unser Land angegriffen? Wir sind friedliebend. Wir haben nichts getan, um diesen Krieg zu provozieren. Nun aber sind viele meiner Leute durch die Hände ihrer Feinde umgekommen.«

»Ich komme nicht zum Erobern«, entgegnete Mina. »Ich komme, um Euch zu befreien, um Euch und Euer Volk zu retten. Wenn manche sterben, dann nur, damit unzählige andere überleben. Die Toten begreifen ihr Opfer.«

»*Sie* vielleicht«, räumte Silvan mit einem Kopfschütteln ein. »Ich gestehe, dass es mir nicht so geht. Wie wollt Ihr – ein einzelner Mensch, ganz auf sich gestellt – die Elfennation retten?«

Mina blieb lange still sitzen, so reglos, dass ihre Ketten kein Geräusch verursachten. Der Blick ihrer Bernsteinaugen verließ ihn, glitt zur Kerzenflamme. Er hätte sich damit begnügen können, ihr zu Füßen zu sitzen und sie die ganze Nacht, vielleicht sogar sein Leben lang, anzustarren. Noch nie hatte er eine Menschenfrau mit so zarten Gesichtszügen gesehen, so feinen Knochen, einer so glatten Haut. Jede Bewegung war graziös und fließend. Er merkte, wie seine Augen von ihrem geschorenen Kopf angezogen wurden. Die Form des Schädels war perfekt. Er war von weicher Haut bedeckt, auf der ein leichter, rötlicher Schimmer zu sehen war, der sich wie Daunen anfühlen musste ...

»Es ist mir gestattet, Euch ein Geheimnis anzuvertrauen, Silvanoshei«, sagte Mina schließlich.

Silvan, der ganz in seine Betrachtung versunken war, schrak beim Klang ihrer Stimme zusammen. »Wer gibt Euch diese Erlaubnis?«

»Ihr müsst schwören, dass Ihr es nicht weitererzählt.«

»Ich schwöre es«, versicherte Silvan.

»Richtig schwören«, mahnte Mina.

»Ich schwöre es«, wiederholte Silvan langsam, »beim Grab meiner Mutter.«

»Diesen Schwur kann ich nicht akzeptieren«, widersprach Mina. »Eure Mutter ist nicht tot.«

»Was?« Verblüfft sank Silvan nach hinten. »Was sagt Ihr da?«

»Eure Mutter lebt, genau wie Euer Vater. Die Oger haben Eure Mutter und ihre Anhänger nicht getötet, wie Ihr befürchtet habt. Sie wurden von der Stahllegion gerettet. Aber die Geschichte Eurer Eltern ist zu Ende, sie leben in der Vergangenheit. Eure Geschichte hingegen fängt gerade erst an, Silvanoshei Caladon.«

Mina streckte die Hand aus. Ihre Ketten klangen wie Altarglocken. Sie berührte Silvans Wange. Mit leichtem Nachdruck zog sie ihn zu sich heran. »Schwört mir bei dem Einen, Wahren Gott, dass Ihr niemandem enthüllt, was ich Euch jetzt sage.«

»Aber ich glaube nicht an diesen Gott«, stotterte Silvan. Ihre Berührung war wie der Blitz, der so dicht neben ihm eingeschlagen hatte. Die Haare in seinem Nacken und auf seinen Armen stellten sich auf. Prickelndes Begehren durchrauschte ihn.

»Der eine Gott glaubt an Euch, Silvanoshei«, versicherte ihm Mina. »Das ist alles, was zählt. Der eine Gott wird Euren Eid akzeptieren.«

»Dann schwöre ich also bei ... dem einen Gott.« Ihm war unwohl bei diesem Gelübde. Er glaubte ganz und gar nicht daran, aber dennoch hatte er das seltsame, beunruhigende Gefühl, dass sein Schwur von einer unsterblichen Hand aufgezeichnet wurde, und dass er tatsächlich zählte.

»Wie seid *Ihr* durch den Schild gekommen?«, wollte Mina wissen.

»Glaukus hat den Schild angehoben, damit ich ...«, setzte Silvan an, doch als er ihr Lächeln bemerkte, hielt er inne. »Wie? Hat dieser Gott ihn für mich angehoben, wie Ihr Glaukus gesagt habt?«

»Ich habe ihm gesagt, was er hören wollte. In Wahrheit habt

Ihr den Schild nicht durchdrungen. Der Schild hat Euch eingefangen, als Ihr hilflos wart.«

»Ja, ich verstehe, was Ihr damit sagen wollt.« Silvan entsann sich der Nacht des Sturms. »Ich war bewusstlos. Ich bin auf der einen Seite des Schilds zusammengebrochen, aber als ich aufwachte, befand ich mich auf der anderen. *Ich* hatte mich nicht bewegt. Der Schild hat sich über mich geschoben! Natürlich, das ist die Erklärung!«

»Der Schild hält jedem Angriff stand, aber er versucht, die Hilflosen zu erfassen. So wurde es mir offenbart. Meine Soldaten und ich schliefen, und während wir schliefen, schob sich der Schild über uns.«

»Aber wenn der Schild die Elfen schützt«, argumentierte Silvan, »wie kann er dann unsere Feinde einlassen?«

»Der Schild schützt Euch nicht«, erwiderte Mina. »Der Schild hält jeden ab, der Euch helfen möchte. In Wirklichkeit ist der Schild Euer Kerker. Und nicht nur Euer Kerker, sondern obendrein Euer Scharfrichter.«

Silvan entzog sich ihrer Berührung. Ihre Nähe verwirrte ihn und erschwerte jeden klaren Gedanken. »Was meint Ihr damit?«

»Euer Volk erliegt einer heimtückischen Seuche«, erklärte Mina. »Jeden Tag erkranken mehr Leute daran. Manche glauben, es sei der Schild, der die Krankheit hervorruft. Zum Teil haben sie Recht. Was sie nicht wissen, ist, dass den Elfen Lebenskraft entzogen wird, die den Schild speist. Das Leben Eures Volkes erhält den Schild aufrecht. Jetzt ist der Schild ein Kerker. Bald wird er Euer Grabmal sein.«

Silvan hockte sich auf die Fersen. »Das glaube ich nicht.«

»Ich habe Beweise«, betonte Mina. »Ich spreche die Wahrheit. Das schwöre ich bei meinem Gott.«

»Dann gebt mir Eure Beweise«, drängte Silvan. »Damit ich sie beurteilen kann.«

»Ich will Euch alles erzählen, Silvanoshei, und zwar gern. Zu diesem Zweck hat mein Gott mich hierher geschickt. Glaukus ...«

»Eure Majestät!«, rief eine strenge Stimme vor dem Zelt.

Silvan fluchte leise und wendete sich rasch um.

»Denkt daran, kein Wort!«, warnte Mina.

Mit zitternder Hand schlug Silvan die Zeltklappe zurück. Draußen stand General Konnal, flankiert von den beiden Wachen.

»Eure Majestät«, wiederholte General Konnal. Seine Stimme hatte einen bevormundenden Ton, der Silvan kränkte, »nicht einmal ein König darf Soldaten wegschicken, die einen so wichtigen und gefährlichen Gefangenen bewachen. Eure Majestät bringt sich selbst in Lebensgefahr, das kann nicht gestattet werden. Nehmt Eure Posten ein«, befahl der General.

Die Elfenwache baute sich wieder vor dem Zelt der Gefangenen auf.

Silvan lagen Erklärungen auf der Zunge, doch er konnte nichts davon aussprechen. Er hätte sagen können, dass er gekommen war, um die Gefangene wegen des Schilds zu verhören, doch das kam ihrem Geheimnis so nahe, dass er befürchtete, nicht das eine erwähnen zu können, ohne das andere auszuplaudern.

»Ich werde Seine Majestät zum Zelt zurückbegleiten«, bot sich Konnal an. »Auch Helden müssen schlafen.«

Silvan bewahrte ein Schweigen, das hoffentlich wie das Schweigen verletzter Würde und missverstandener Absichten wirkte. Dann schloss er sich dem General an. Sie gingen an den Lagerfeuern vorbei, die langsam niederbrannten. Die Elfen, die nicht auf Streife waren, um nach den Menschen zu suchen, hatten sich in ihre Decken gewickelt und schliefen bereits. Die Verwundeten wurden von Elfenheilern betreut, die ihnen ihre Lage erleichterten. Im Lager war es still und ruhig.

»Gute Nacht, General«, sagte Silvan kalt. »Ich gratuliere Euch zu Eurem heutigen Sieg.« Er wollte in sein Zelt treten.

»Ich rate Eurer Majestät, sich gleich hinzulegen«, antwortete der General. »Ihr müsst Euch für morgen ausruhen. Damit Ihr der Hinrichtung beiwohnen könnt.«

»Was?«, keuchte Silvan. Er hielt sich an der Zeltstange fest, um nicht zu taumeln. »Welcher Hinrichtung? Wessen?«

»Morgen Mittag, wenn die strahlende Sonne als Zeugin hoch am Himmel steht, werden wir die Menschenfrau hinrichten«, teilte Konnal ihm mit. Bei diesen Worten sah er den König nicht an, sondern starrte in die Nacht hinaus. »Glaukus hat es empfohlen, und in dieser Hinsicht bin ich mit ihm einer Meinung.«

»Glaukus!«, wiederholte Silvan.

Er erinnerte sich daran, welche Angst Glaukus im Zelt ausgestrahlt hatte. Mina hatte Silvan etwas über Glaukus mitteilen wollen, bevor sie unterbrochen worden waren.

»Ihr könnt sie nicht töten!«, widersprach Silvan mit fester Stimme. »Ihr werdet es nicht tun. Ich untersage es.«

»Ich fürchte, Eure Majestät hat in dieser Angelegenheit keine Entscheidungsfreiheit«, sagte Konnal. »Die Oberhäupter der Häuser wurden von der Situation unterrichtet. Sie haben abgestimmt, und ihr Votum war einstimmig.«

»Wie soll sie sterben?«, wollte Silvan erfahren.

Konnal legte dem König freundlich die Hand auf die Schulter. »Ich weiß, dass dies eine unangenehme Aufgabe ist, Majestät. Ihr müsst dabei nicht zusehen. Tretet einfach vor und sprecht ein paar Worte, dann könnt Ihr Euch in Euer Zelt zurückziehen. Niemand wird es Euch verdenken.«

»Antwortet mir, verdammt noch mal!«, fluchte Silvan, der die Hand des anderen wegschlug.

Konnals Gesicht gefror. »Die Frau wird auf das Feld geführt, das mit dem Blut unseres Volkes getränkt wurde. Man wird sie an einen Pfahl binden. Dann werden sieben unserer besten Bogenschützen ausgewählt. Sobald die Sonne direkt über uns steht und die Frau keinen Schatten mehr wirft, schießen ihr diese Männer sieben Pfeile in den Körper.«

Silvan war von einer so grellweißen Wut erfüllt, dass er den General nicht mehr wahrnahm. Er ballte die Faust und grub seine Nägel in sein Fleisch. Der Schmerz half ihm, seine Stimme zu beherrschen. »Warum behauptet Glaukus, dass sie sterben muss?«

»Seine Argumente klingen vernünftig. Solange sie lebt, werden die Menschen im Umkreis bleiben, weil sie hoffen, sie retten zu können. Durch ihre Hinrichtung werden sie alle Hoffnung verlieren. Sie werden demoralisiert. Damit sind sie leichter zu finden und leichter zu vernichten.«

Silvan merkte, wie ihm die Galle hochkam. Er befürchtete, sich zu übergeben, aber er wollte doch noch einen letzten Einwand anbringen. »Wir Elfen verehren das Leben. Unser Gesetz verbietet uns, einem Elfen das Leben zu nehmen, ganz gleich, was er verbrochen hat. Es gibt zwar auch elfische Meuchelmörder, aber nur außerhalb des Gesetzes.«

»Wir nehmen keiner Elfe das Leben«, antwortete Konnal, »sondern einer Menschenfrau. Gute Nacht, Majestät. Ich schicke Euch vor Anbruch der Dämmerung einen Burschen.«

Silvan betrat sein Zelt und schloss die Klappe hinter sich. Seine Diener erwarteten ihn.

»Lasst mich allein«, befahl Silvan gereizt. Die Diener verschwanden eilig.

Der junge König warf sich auf sein Bett, doch gleich darauf stand er schon wieder. Er ließ sich auf einem Stuhl nieder und starrte übellaunig in die Dunkelheit. Er konnte dieses Mädchen nicht sterben lassen. Er liebte sie. Betete sie an. Seit er sie mutig und furchtlos neben ihren Soldaten gesehen hatte, liebte er sie. Er war von den sicheren Pfaden der gesunden Wahrnehmung abgewichen und auf die scharfen Felsen der Liebe abgestürzt, die ihn jetzt zerrissen. In diesem Schmerz schwelgte er und wollte mehr.

In seinem Kopf entstand ein Plan. Was er tat, war falsch. Vielleicht brachte er sogar sein Volk in Gefahr, aber, befand er, was sie taten, war auch falsch, und ihr Fehler war schlimmer als seiner. Gewissermaßen rettete er sie vor sich selbst.

Silvan ließ dem General Zeit, in sein Zelt zurückzukehren, ehe er sich in eine dunklen Umhang hüllte. Er schob ein langes, scharfes Messer in seinen Stiefel. Anschließend spähte er nach draußen, um sich zu vergewissern, dass niemand in der Nähe war. Dann verließ er das Zelt. Auf leisen Sohlen stahl er sich durch das schlafende Lager.

Vor Minas Zelt standen zwei aufmerkame Wachen. Silvan kam nicht in ihre Nähe, sondern huschte hinter das Zelt, von wo aus er Glaukus belauscht hatte. Vorsichtig blickte er sich um. Der Wald war nur wenige Schritte weiter. Sie konnten ihn leicht erreichen. Dort würden sie eine Höhle finden. Er würde sie in Sicherheit bringen und sie des Nachts besuchen, ihr Nahrung, Wasser und seine Liebe bringen …

Silvan zog sein Messer und setzte die scharfe Spitze an die Zeltplane. Mit geschickten, lautlosen Bewegungen schnitt er dicht am Boden einen Schlitz hinein. Durch diesen Schlitz kroch er ins Zelt.

Die Kerze brannte noch. Silvan achtete drauf, nicht vor ihr vorbeizugehen, damit die Wachen seinen Schatten nicht bemerkten.

Mina war auf ihrem Strohsack eingeschlafen. Sie ruhte mit angezogenen Beinen auf der Seite, die Hände, die immer noch in Ketten lagen, an die Brust gedrückt. Sie wirkte sehr zerbrechlich. Ihr Schlaf schien friedlich und traumlos zu sein. Ganz ruhig strömte ihr Atem durch ihre Nase und die leicht geöffneten Lippen.

Silvan legte ihr eine Hand über den Mund, um einem erschrockenen Aufschrei zuvorzukommen. »Mina!«, flüsterte er drängend. »Mina.«

Ihre Augen öffneten sich. Sie gab keinen Laut von sich. Ihre Bernsteinaugen blickten zu ihm auf. Sie erkannte ihn und ihre Umgebung.

»Habt keine Angst«, wisperte er, doch noch während er das aussprach, ging ihm auf, dass dieses Mädchen keine Angst kannte. Auch jetzt nicht. »Ich bin gekommen, um Euch zu befreien.« Er versuchte, seine Stimme zu beherrschen, doch sie zitterte ebenso wie seine Hände. »Wir können durch die rückwärtige Zeltwand in den Wald entkommen. Wir müssen nur diese Handschellen lösen.«

Er wies nach draußen. »Ruft den Wächter. Er hat den Schlüssel. Sagt ihm, Ihr wärt krank. Ich warte im Schatten und ...«

Mina legte ihm einen Finger auf die Lippen, um ihn zum Schweigen zu bringen. »Nein«, erwiderte sie. »Danke, aber ich laufe nicht fort.«

»Was war das?«, fragte die eine Wache die andere. »Hast du etwas gehört?«

»Es kam aus dem Zelt.«

Silvan hob sein Messer. Mina legte ihm beschwichtigend eine Hand auf den Arm. Sie begann zu singen.

Schlaf ein, mein Lieb', schlaf ein,
Von den Armen der Nacht liebkost,
Die deiner Seele schenkt Trost.
Schlaf ein, mein Lieb', schlaf ein.

Die Stimmen der Wachen verstummten.

»So«, sagte sie zu Silvan. »Die Wachen schlafen. Jetzt können wir reden.«

»Schlafen ...« Silvan hob die Zeltklappe. Die Wachen standen noch an ihren Posten, doch sie hatten die Köpfe gesenkt, sodass das Kinn auf der Brust ruhte. Ihre Augen waren geschlossen.

»Seid Ihr eine Zauberin?«, wollte er wissen, als er zu ihr zurückkehrte.

»Nein, ich bin nur eine getreue Jüngerin«, gab Mina zur Antwort. »Die Gaben, die ich bringe, stammen von meinem Gott.«

»Möge Euer Gott Euch sicher bewahren. Schnell, Mina! Hier raus. Ganz in der Nähe gibt es einen Pfad. Der Pfad verläuft durch ...« Silvan brach ab.

Sie schüttelte den Kopf.

»Mina«, drängte er verzweifelt, »wir müssen fort! Morgen Mittag wollen sie Euch hinrichten. Wenn die Sonne am höchsten steht. Glaukus hat alle überzeugt. Er fürchtet Euch, Mina.«

»Er hat gute Gründe, mich zu fürchten«, stellte sie fest.

»Warum, Mina?«, hakte Silvan nach. »Vorhin wolltet Ihr mir etwas über ihn erzählen. Was war das?«

»Nur, dass er nicht ist, wofür er sich ausgibt, und dass es seine Magie ist, durch die Euer Volk stirbt. Sagt mir eines«, sie legte ihre Hand auf seine Wange, »ist es Euer Wunsch, Glaukus zu bestrafen? Eurem Volk seine Absichten zu enthüllen und damit seinen mörderischen Plan anzuprangern?«

»Ja, natürlich, aber was …«

»Dann befolgt meine Anweisungen«, sagte Mina. »Tut genau, was ich Euch sage. Mein Leben liegt in Eurer Hand. Wenn Ihr mich im Stich lasst …«

»Ich werde Euch nicht im Stich lassen, Mina«, flüsterte Silvan. Er griff nach ihrer Hand und drückte sie an seine Lippen. »Ich stehe Euch zur Verfügung.«

»Ihr werdet meiner Hinrichtung beiwohnen – halt! Keine Widerrede. Ihr habt es versprochen. Sorgt dafür, dass Ihr bewaffnet seid. Stellt Euch neben Glaukus auf. Ihr müsst eine größere Anzahl Leibwachen bei Euch haben. Werdet Ihr das tun?«

»Ja, aber was dann? Muss ich Euch sterben sehen?«

»Wenn es soweit ist, werdet Ihr wissen, was Ihr zu tun habt. Nur ruhig. Der eine Gott ist mit uns. Ihr müsst jetzt gehen, Silvan. Der General wird jemanden in Euer Zelt schicken, um zu prüfen, ob Ihr dort seid. Er darf nicht merken, dass Ihr fort wart.«

Sie zu verlassen, war, als ließe er einen Teil von sich selbst zurück. Silvan streckte die Hand aus und ließ seine Finger über ihren Kopf gleiten. Er fühlte die Wärme ihrer Haut, die Weichheit des Haarflaums, die harten Knochen darunter. Sie hielt ganz still. Weder kam sie ihm entgegen, noch entzog sie sich seiner Berührung.

»Wie haben Eure Haare ausgesehen, Mina?«, fragte er.

»Sie waren feuerrot, lang und dicht. Die Strähnen ringelten sich einem um den Finger und schlichen sich ins Herz wie die Hand eines Babys.«

»Eure Haare waren sicher wunderschön«, sinnierte Silvan. »Habt Ihr sie wegen einer Krankheit verloren?«

»Ich habe sie abgeschnitten«, teilte sie ihm mit. »Ich habe ein Messer genommen und sie an der Wurzel abgeschnitten.«

»Warum?« Er reagierte entgeistert.

»Mein Gott hat es von mir verlangt. Ich habe zu viel Wert auf mein Aussehen gelegt«, entgegnete Mina. »Ich ließ mich gern verhätscheln, bewundern, lieben. Meine Haare nährten meinen Stolz und meine Eitelkeit. Ich habe sie geopfert, um meinen Glauben zu beweisen. Jetzt empfinde ich nur noch eine Liebe, ich bin nur einem treu. Du musst jetzt gehen, Silvan.«

Silvan erhob sich. Widerstrebend schlich er zur hinteren Zeltwand.

»Du bist meine einzige Liebe, Mina«, flüsterte er.

»Nicht ich bin es, die du liebst«, wehrte sie ab. »Es ist der Gott in mir.«

Silvan wusste nicht, wie er aus dem Zelt gekommen war, doch er fand sich draußen in der Finsternis wieder.

14 Zum Wohl!

Über das Schlachtfeld in Silvanesti brach die Nacht herein, welche die Leichen verhüllte, die feierlich für die Beisetzung vorbereitet wurden. Dieselbe Nacht schlang sich wie ein gewundenes Tuch um die Elfenhauptstadt Qualinost.

Diese Nacht fühlte sich verhängnisvoll an, fand Gerard. Mit der Hand am Schwert marschierte er durch die Straßen der Elfenhauptstadt, während sein wachsamer Blick in jeder dunklen

Ecke, jedem finsteren Hauseingang nach blitzendem Stahl Ausschau hielt. Er überquerte die Straße, um nicht an der Einmündung einer Seitengasse vorbeizumüssen. Jeden Vorhang in den Obergeschossen prüfte er daraufhin, ob er flatterte, weil vielleicht ein Bogenschütze dahinter lauerte.

Die ganze Zeit über war er sich der Augen bewusst, die ihn beobachteten, und einmal fühlte er sich so bedroht, dass er kampfbereit herumfuhr, um nicht ein Messer in den Rücken zu bekommen. Obwohl er niemanden entdecken konnte, war er sicher, dass jemand dort gewesen war, jemand, den vielleicht die schwere Rüstung des Ritters und sein glänzendes Schwert eingeschüchtert hatten.

Nicht einmal, als er das Hauptquartier der Ritter von Neraka sicher erreicht hatte, konnte Gerard erleichtert aufatmen. Jetzt lag die Gefahr zwar nicht länger heimtückisch hinter ihm, dafür jedoch befand sie sich direkt vor seiner Nase.

Beim Betreten des Hauptquartiers hatte ein einziger Offizier Dienst. Der Drakonier schlief auf dem Boden.

»Hier ist Marschall Medans Antwort für Beryl«, verkündete Gerard, nachdem er salutiert hatte.

»Wird aber auch Zeit!«, murrte der Offizier. »Kaum zu glauben, wie laut der Kerl schnarcht.«

Gerard ging zu dem Drakonier, der im Schlaf zuckte und fremdartige, kehlige Laute von sich gab.

»Groul«, sprach Gerard ihn an und streckte die Hand aus, um den Schlafenden zu wecken.

Ein Zischen, ein Fauchen, flatternde Flügel und scharrende Füße. Klauenhände griffen nach Gerards Kehle.

»He!«, schrie Gerard, während er noch den Angriff des Drakoniers abwehrte. »Immer mit der Ruhe, ja?«

Groul funkelte ihn aus seinen geschlitzen Echsenaugen an. Seine Zunge zuckte. Er nahm seine Hand von Gerards Hals und zog sich zurück. »Verzeihung«, murmelte er. »Du hast mich überrascht.«

Grouls Klauenabdrücke auf Gerards Haut brannten. »Mein Fehler«, erwiderte der Ritter steif. »Ich hätte Euch nicht so plötzlich aufwecken dürfen.« Er streckte ihm die Schriftrolle entgegen. »Hier ist die Antwort des Marschalls.«

Groul nahm sie und prüfte, ob das Siegel unberührt war. Anschließend schob er die Rolle in den Gürtel seines Harnischs, drehte sich um und wollte grunzend gehen. Gerard registrierte, dass der Drakonier keine Rüstung trug – allerdings brauchte er auch keine. Seine dicke Schuppenhaut bot genug Schutz.

Gerard holte tief Luft, stieß sie seufzend wieder aus und folgte dem Drakonier.

Groul drehte sich um. »Was soll das, Nerakaner?«

»Ihr befindet Euch in Feindesland. Es ist dunkel. Ich habe den Befehl, Euch sicher zur Grenze zu geleiten«, erklärte Gerard.

»Du willst mich beschützen?« Groul stieß ein Gurgeln aus, das wohl ein Lachen sein sollte. »Pah! Leg dich wieder in dein weiches Bett, Nerakaner. Ich bin nicht in Gefahr. Ich weiß, wie man mit diesem Elfengesindel umspringt.«

»Ich habe meine Befehle«, beharrte Gerard störrisch. »Wenn Euch etwas zustößt, würde der Marschall mir dasselbe antun.«

Grouls Echsenaugen blitzten wütend auf.

»Ich habe etwas bei mir, das uns beiden die Reise verkürzen dürfte«, fügte Gerard hinzu. Er schlug seinen Mantel auf, um eine Flasche zu enthüllen, die er an der Hüfte trug.

Aus dem zornigen Glitzern wurde ein begehrliches Leuchten, das Groul jedoch schnell unterdrückte.

»Was ist in der Flasche, Nerakaner?«, wollte Groul wissen, dessen Zunge zwischen seinen scharfen Zähnen hervorlugte.

»Zwergenschnaps.« Gerard grinste. »Ein Geschenk vom Marschall. Er bittet uns, sobald wir sicher über die Grenze sind, mit ihm auf den Untergang der Elfen zu trinken.«

Jetzt hatte Groul keine Einwände mehr gegen Gerards Gesellschaft. Zusammen trotteten die beiden über die stillen Straßen von Qualinost. Wieder fühlte sich Gerard beobachtet, doch niemand griff sie an. Das war wenig überrraschend, denn der Drakonier war ein erschreckender Gegner.

Nachdem die beiden die Wildnis erreicht hatten, folgte der Drakonier zunächst einem der Hauptpfade in den Wald. Dann aber drang der Drakonier überrraschend ins Unterholz ein, vermutlich um einen Weg zu nehmen, der nur ihm bekannt war. Der Drakonier konnte bei Nacht offenbar ausgezeichnet sehen, denn er kam im dichten Wald sehr schnell voran. Der Mond war nur eine abnehmende Sichel, doch die Sterne und die Lichter von Qualinost spendeten Helligkeit. Der Waldboden war dicht überwuchert. Gerard, den das Gewicht seiner Rüstung belastete, fand den Marsch anstrengend. Er musste keine Müdigkeit vorschützen, als er den Drakonier bat anzuhalten.

»Wir brauchen uns schließlich nicht umzubringen«, keuchte er. »Wie wäre es mit einer kurzen Pause?«

»Menschen!«, fauchte Groul abfällig. Er atmete nicht einmal schwerer, machte aber doch Halt und blickte den Ritter an. Genauer gesagt schielte der Drakonier nach der Flasche. »Aber dieses Laufen macht durchaus durstig. Ich könnte eine Erfrischung vertragen.«

Gerard zögerte. »Meine Befehle ...«

»Zum Abgrund mit deinen Befehlen!«, fluchte Groul.

»Nun, ein kleiner Schluck kann wohl nichts schaden«, lenkte Gerard ein und zog die Flasche heraus. Er öffnete den Korken und schnüffelte. Der stechende, schwere Geruch des Zwergenschnapses stieg ihm in die Nase. Weil er niesen musste, hielt er die Flasche auf Armeslänge von sich weg. »Ein guter Jahrgang«, äußerte er mit tränenden Augen.

Der Drakonier schnappte ihm die Flasche weg und setzte sie an seinen Mund. Er nahm einen langen Schluck, ehe er sie mit zufriedenem Seufzer wieder absetzte. »Sehr gut«, sagte er kehlig und rülpste.

»Zum Wohl«, antwortete Gerard, der nun auch die Flasche zum Mund führte. Er legte die Zunge fest vor die Öffnung und tat nur so, als ob er schluckte. »So«, sagte er mit gespieltem Bedauern, während er die Flasche wieder verkorkte, »das reicht. Wir sollten weitergehen.«

»Nicht so schnell!« Groul schnappte sich die Flasche, zog den Korken heraus und warf ihn weg. »Setz dich, Nerakaner.«

»Aber Euer Auftrag ...«

»Beryl läuft uns nicht davon«, sagte Groul, der sich mit dem Rücken zu einem Baumstamm setzte. »Ob sie diese Nachricht morgen oder morgen in einem Jahr bekommt, spielt keine Rolle. Ihre Pläne für die Elfen sind längst in Gang.«

Gerards Herz setzte einmal aus. »Was soll das heißen?«, erkundigte er sich so gleichgültig wie möglich. Er setzte sich neben den Drakonier und griff nach der Flasche.

Groul händigte sie ihm mit sichtlichem Widerstreben aus. Sein Blick hing an Gerard, denn er neidete dem Ritter jeden Tropfen, den dieser zu trinken schien. Sobald Gerard die Flasche absetzte, schnappte der Drakonier sie ihm wieder weg.

Gurgelnd rann die Flüssigkeit in den Schlund des Drakoniers. Gerard war erschrocken, wie viel dieses Wesen trinken konnte. Er fragte sich, ob die eine Flasche reichen würde.

Groul seufzte, rülpste und wischte sich mit dem Handrücken den Mund ab.

»Ihr wolltet mir von Beryl erzählen«, erinnerte ihn Gerard.

»Ach, ja!« Groul hielt die Flasche ins Mondlicht. »Auf meine Drachenherrin, die liebliche Beryl. Und auf den Tod der Elfen.«

Er trank. Gerard tat, als ob auch er tränke.

»Ja.« Gerard grinste. »Der Marschall hat es mir erzählt. Sie hat den Elfen sechs Tage Zeit gegeben ...«

»Haha! Sechs Tage!« In Grouls Kehle blubberte ein Lachen. »Die Elfen haben keine sechs Minuten! Wahrscheinlich überquert Beryls Armee gerade die Grenze! Es ist eine riesige Armee, die größte, die Ansalon seit dem Chaoskrieg gesehen hat. Drakonier, Goblins, Hobgoblins, Oger, Menschensöldner. Wir greifen Qualinost von außen an. Ihr Ritter von Neraka greift sie von innen an. Dann sitzen die Qualinesti zwischen Feuer und Wasser gefangen und können nirgendwohin. Und schließlich werde ich erleben, wie ein Tag anbricht, den keiner von diesem spitzohrigen Gesindel mehr erlebt.«

Gerard drehte sich der Magen um. Beryls Armee überquerte bereits die Grenze! Stand vielleicht einen Tagesmarsch vor Qualinost!

»Wird Beryl selbst kommen, um den Sieg sicherzustellen?«, fragte er. Er hoffte, Groul würde das Beben in seiner Stimme für eine Nachwirkung des scharfen Alkohols halten.

»Nein, nein.« Groul lachte. »Die Elfen überlässt sie uns. Beryl fliegt nach Schallmeer rüber, wo sie die so genannte Zitadelle des Lichts zerstören wird. Und so einen kümmerlichen Zauberer einfangen will. Komm, Nerakaner, gib die Flasche her!«

Groul griff nach der Flasche und schlang seine Zunge um den Hals.

Gerards Hand schloss sich um das Heft seines Messers. Langsam und leise zog er aus der Scheide. Er wartete, bis Groul die Flasche noch einmal angesetzt hatte. Sie war beinahe leer. Der Drakonier legte den Kopf in den Nacken, um noch den letzten Tropfen herauszuholen.

Gerard stieß zu. Mit aller Kraft trieb er dem Drakonier das Messer zwischen die Rippen, dort, wo er das Herz zu treffen hoffte.

Das Herz eines Menschen hätte er erwischt, doch Drakonierherzen saßen offenbar an einer anderen Stelle. Oder diese Wesen besaßen überhaupt kein Herz, was Gerard noch nicht einmal überrascht hätte.

Als der Ritter merkte, dass sein Stoß nicht getötet hatte, riss er das blutige Messer zurück. Noch während er aufsprang, zog er sein Schwert.

Groul war verletzt, aber nicht lebensgefährlich. Sein schmerzerfülltes Aufstöhnen steigerte sich zu Wutgeheul. Brüllend sprang er aus dem Gestrüpp und langte nach seinem Schwert.

Mit einem hackenden Schlag versuchte er, seinem Gegner den Schädel zu spalten.

Gerard parierte den Hieb, wobei es ihm gelang, Groul das Schwert aus der Hand zu schlagen. Die Waffe landete vor Gerards Füßen im Dickicht. Als Groul versuchte, danach zu greifen, trat der Ritter sie hektisch weg. Dann traf Gerard den Drakonier mit dem Stiefel am Kinn, was ihn zurücktrieb, aber nicht zu Fall brachte.

Groul zog einen Dolch mit gekrümmter Klinge und sprang in die Luft. Seine Flügel trugen ihn deutlich über Gerards Kopf. Dann warf sich Groul von oben auf den Ritter, um ihn mit dem Dolch anzugreifen.

Sein Gewicht und die Wucht des Stoßes warfen Gerard auf die Erde. Er landete heftig auf dem Rücken. Groul lag fauchend und greifernd auf ihm. Er versuchte, Gerard mit seinem Dolch zu treffen. Die Flügel des Drakoniers flatterten wie wild. Sie schlugen Gerard ins Gesicht und wirbelten Staub auf, der ihm in die Augen geriet. Er kämpfte verzweifelt um sein Leben und stach mit dem Messer nach Groul, während er versuchte, dem Drakonier den Dolch zu entwinden.

Die beiden rollten durch den Staub. Gerard fühlte, wie sein Dolch mehrmals traf. Der Ritter war voller Blut, doch ob dieses Blut von ihm oder Groul stammte, war ihm nicht klar. Noch immer wollte Groul nicht sterben, aber Gerards Kraft ließ allmählich nach. Das Einzige, was ihn noch antrieb, war die Kraft der Verzweiflung, doch auch die nahm bereits ab.

Plötzlich begann Groul zu husten und zu würgen. Der Drakonier spie Blut über Gerards Gesicht, das diesem den Blick trübte. Groul wurde steif. Er fauchte vor Wut, hob sich von Gerards Körper und riss seinen Dolch hoch. Doch die Klinge glitt ihm aus der Hand. Er fiel auf Gerard zurück. Dieses Mal bewegte sich der Drakonier nicht mehr. Er war tot.

Gerard hielt inne, um erleichtert, aber auch erschauernd durchzuatmen. Diese Pause wurde ihm zum Verhängnis. Zu spät erinnerte er sich an Medans Warnung: Ein toter Drakonier ist genauso gefährlich wie ein lebender. Bevor Gerard den Leichnam von sich stoßen konnte, hatte sich der Körper des Baaz' in harten Stein verwandelt. Gerard kam sich vor, als läge eine ganze Gruft auf ihm. Der versteinerte Leichnam drückte ihn in den Boden. Er konnte nicht atmen und war am Ersticken. Obwohl er darum kämpfte, den Steinbrocken von sich zu wälzen, war dieser zu schwer. Gerard holte keuchend Luft, um jedes verbliebene Quäntchen Energie zu mobilisieren.

Die Steinstatue zerbröselte zu Staub.

Taumelnd richtete Gerard sich auf und sank gleich darauf an einen Baum. Er wischte Grouls Blut aus seinen Augen und spuckte angeekelt, bis er alles aus den Mund hatte. Dann ruhte er ein paar Momente aus, bis sein Herz nicht mehr so klopfte, als wolle es gleich durch die Rüstung springen, und bis er etwas anderes als Kampfeswut empfand. Als er wieder klar sehen konnte, tastete er nach dem Harnisch des Drakoniers, an dem die Schriftrolle hing, die er nun an sich nahm.

Gerard warf einen letzten Blick auf den Staub, der einst Groul gewesen war. Danach drehte der Ritter sich um. Noch immer bemühte er sich, spuckend den üblen Geschmack aus dem Mund zu bekommen. Erschöpft marschierte er auf die flackernden Lichter von Qualinost zu, Lichter, die in der sich ankündigenden Morgendämmerung bereits verblassten.

Durch die Kristallfenster des Palasts der Stimme der Sonne strömte das Tageslicht herein. Gilthas saß inmitten dieses Lichts und war in seine Arbeit vertieft. Er schrieb ein neues Gedicht, diesmal eines über die Abenteuer seines Vaters während des Lanzenkriegs, ein Werk, das nebenbei verschlüsselte Nachrichten an zwei Elfenfamilien enthielt, welche in den Verdacht gekommen waren, mit den Rebellen zu sympathisieren.

Er hatte seine Arbeit fast beendet und wollte Planchet bereits losschicken, um das Gedicht denen auszuhändigen, die sich für die literarischen Ambitionen ihres Königs interessierten, als Gilthas plötzlich erschauerte. Seine Finger mit der Schreibfeder bebten. Er hinterließ einen Klecks auf dem Manuskript. Eilig legte er die Feder weg. Kalter Schweiß stand auf seiner Stirn.

»Eure Majestät!«, erkundigte sich Planchet erschrocken. »Was ist los? Geht es Euch nicht gut?« Er ließ die Papiere des Königs liegen, die er geordnet hatte, und eilte an Gilthas' Seite.

»Eure Majestät?«, wiederholte er besorgt.

»Ich hatte nur ein ganz komisches Gefühl«, erklärte Gilthas gedämpft. »Eine Art Vision.«

»Eine Vision, Majestät?« Planchet war sprachlos.

»Es war dieses Gefühl, wenn einen aus einem unerklärlichem Grund ein Schauer überläuft, so dass man eine Gänsehaut bekommt. Genau so kam ich mir gerade vor. Besonders seltsam ist, dass ich einen Augenblick ganz deutlich das Gesicht meines Vetters vor mir sah! Silvanoshei. Ich konnte ihn klar erkennen, so klar, wie ich dich sehe.«

»Silvanoshei ist tot, Majestät«, erinnerte ihn Planchet. »Von Ogern erschlagen.«

»Ich weiß nicht recht«, sagte Gilthas nachdenklich. »Jedenfalls sah er ganz und gar nicht tot aus. Er trug eine Silberrüstung wie die Krieger von Silvanesti. Ich sah Rauch und Blut. Eine Schlacht wütete um ihn herum, aber er war nicht daran beteiligt. Er stand am Rande eines Abgrunds. Ich habe die Hand ausgestreckt, aber ob ich ihn zurückziehen oder hinunterstoßen wollte, weiß ich nicht.«

»Gewiss wolltet Ihr ihn zurückziehen, Eure Majestät«, empörte sich Planchet leicht schockiert.

»Ja, gewiss.« Gilthas schüttelte stirnrunzelnd den Kopf. »Ich erinnere mich, dass ich aufgebracht war, aber auch Angst hatte. Seltsam.« Er zuckte mit den Schultern. »Wie auch immer, jetzt ist das Gefühl vorbei.«

»Sicher sind Eure Majestät eingeschlafen. Ihr habt in letzter Zeit wenig Schlaf bekommen …«

Plötzlich unterbrach Planchet sich selbst. Mit einem Wink mahnte er auch Gilthas zum Schweigen, schlich durch das Zimmer und legte sein Ohr an die Tür.

»Es kommt jemand, Majestät«, meldete Planchet in der Gemeinsprache.

»In aller Frühe? Ich erwarte niemanden. Ich hoffe, es ist nicht Palthainon«, murrte Gilthas. »Ich muss diese Verse fertig stellen. Sag ihm, ich will nicht gestört werden.«

»Lasst mich durch!« Draußen sprach eine Elfenstimme zu den Wachen. Die Stimme war ruhig, enthielt aber einen Anflug von Spannung. »Ich habe eine Botschaft für den König. Von seiner Mutter.«

Eine der Wachen klopfte laut an. Planchet warf Gilthas einen warnenden Blick zu, worauf dieser sich wieder setzte und die Feder zur Hand nahm.

»Weg mit den Kleidern!«, flüsterte er drängend und zeigte auf eine Truhe. Dort lagen Gilthas' Reisekleider sauber gefaltet für den nächsten nächtlichen Ausflug bereit.

Planchet verstaute die Kleider hastig in der Truhe, die er anschließend zuklappte und verschloss. Den Schlüssel ließ er in eine große Vase mit frisch geschnittenen Rosen fallen. Erst danach ging er zur Tür, um auf das Klopfen zu reagieren.

Gilthas spielte mit seiner Feder und gab sich einen nachdenklichen Anschein. Er lehnte sich in seinem Stuhl zurück, legte die Füße auf ein Polster, fuhr mit der Feder an seinen Lippen entlang und starrte an die Decke.

»Der Läufer Kelevandros«, meldete die Wache, »er möchte zu Seiner Majestät.«

»Lasst ihn ein«, willigte Gilthas langmütig ein.

Augenblicklich sprang Kelevandros ins Zimmer. Er trug Mantel und Kapuze, so dass sein Gesicht verdeckt war. Nachdem Planchet die Tür hinter ihm geschlossen hatte, warf Kelevandros die Kapuze zurück. Sein Gesicht war kreidebleich.

Unwillkürlich sprang Gilthas auf.

»Was ...«

»Majestät, Ihr dürft Euch doch nicht aufregen«, ermahnte ihn Planchet mit einem Blick zur Tür, um den König daran zu erinnern, dass die Wachen ihn hören konnten.

»Was ist geschehen, Kelevandros?«, erkundigte sich Gilthas langsam. »Du siehst aus, als wärst du einem Gespenst begegnet.«

»Eure Majestät!«, berichtete Kelevandros mit leiser, zitternder Stimme. »Die Königsmutter wurde verhaftet!«

»Verhaftet?«, wiederholte Gilthas erstaunt. »Wer war das? Wer wagt so etwas? Und warum? Wie lautet die Anklage?«

»Marschall Medan, Eure Majestät.« Kelevandros schluckte. »Ich weiß nicht, wie ich das sagen soll ...«

»Heraus damit, Mann!«, forderte Gilthas ihn scharf auf.

»Gestern Abend hat Marschall Medan Eure verehrte Frau Mutter unter Arrest gestellt. Der Drache Beryl hat befohlen, sie ... die Königsmutter hinzurichten.«

Gilthas starrte ihn wortlos an. Alles Blut war aus seinem Gesicht gewichen, als hätte jemand ein Messer genommen und ihm die Kehle aufgeschlitzt. Er war so blass und erschüttert, dass Planchet von der Tür zu seinem König eilte, um Gilthas tröstend eine Hand auf die Schulter zu legen.

»Ich habe versucht, ihn aufzuhalten, Majestät«, gestand Kelevandros kläglich. »Ich habe versagt.«

»Gestern Abend!«, rief Gilthas erschüttert. »Warum bist du nicht augenblicklich zu mir gekommen?«

»Ich habe es versucht, Majestät«, versicherte Kelevandros, »aber ohne die Erlaubnis von Palthainon wollten die Wachen mich nicht durchlassen.«

»Wohin hat Medan die Königsmutter gebracht?«, wollte Planchet wissen. »Wessen ist sie angeklagt?«

»Sie wird angeklagt, den Zauberer Palin versteckt und ihm geholfen zu haben, mit dem magischen Gerät, das der Kender gebracht hat, zu fliehen. Ich weiß nicht, wohin Medan meine

Herrin gebracht hat. Zuerst war ich im Hauptquartier der Ritter, aber falls sie dort festgehalten wird, hat es mir niemand verraten. Ich habe sie die ganze Nacht suchen lassen. Alle Leute sollten sich bei Kalindas melden, der sich angeboten hat, im Haus zu bleiben, falls es etwa Neues gibt. Schließlich hat mich doch eine Wache, die unsere Sache unterstützt, vorgelassen. Ich bin sogleich zu Euch gekommen. Ihr habt also nichts gehört?« Ängstlich sah Kelevandros den König an.

»Nein«, hauchte Gilthas tonlos und mit weißen Lippen.

»Ich glaube, wir werden bald mehr erfahren«, warf Planchet ein, der die Ohren spitzte. »Ich höre Medans schwere Schritte auf der Treppe. Da wackelt immer das ganze Haus. Er kommt rasch.«

Sie hörten das Aufstampfen der Wachen, als diese salutierten. Dann kam das Auftreffen der Speerstangen auf dem Boden. Eine Wache wollte klopfen, doch das wurde ihr abgenommen. In Begleitung einer seiner Leibwachen – mit Helm und in schwarzer Lederrüstung – stieß Medan die Tür auf und schritt in den Raum.

»Eure Majestät ...«

Gilthas sprang auf. Mit zwei langen Sätzen hatte er die Entfernung zwischen sich und dem Marschall überbrückt. Nachdem er den überraschten Medan an der Kehle gepackt hatte, stieß Gilthas den Menschen rücklings gegen die Wand, während Planchet sich den Leibwächter vornahm, dem er den Arm verdrehte und ein Messer ans Ohr hielt.

»Was habt Ihr mit meiner Mutter gemacht?«, fluchte Gilthas mit harter Stimme. »Sagt es mir!« Er drückte seine Hand um Medans Hals zusammen. »Sagt es mir!«

Der plötzliche Angriff des Königs hatte den Marschall überrumpelt. Medan rührte sich nicht. Die Finger des jungen Königs waren außerordentlich stark, zudem schien er genau zu wissen, was er tat.

Der Marschall zeigte keinerlei Furcht. Seine Hand lag am Dolch, den er jederzeit ziehen und dem König in den Leib stoßen konnte. Doch dazu war Medan nicht hergekommen.

Er starrte Gilthas lange wortlos an, bis er – so gut das unter dem Würgegriff möglich war – gurgelte: »Entweder ist das Küken zum Adler geworden, oder ich stehe vor einem vollendeten Schauspieler.« Nachdem er die furchtlose Entschlossenheit in den Augen des jungen Elfen, die Festigkeit seines Kiefers, die Kraft seiner Finger und deren exakten Griff zusammengezählt hatte, kannte Medan die Antwort.

»Ich vermute Letzteres«, keuchte er.

»Meine Mutter, Sir!«, zischte Gilthas durch zusammengebissene Zähne. »Wo ist sie?«

»Ich bin hier, Gilthas«, meldete sich Laurana, deren Stimme blechern unter dem Helm des Ritters hervorklang.

»Königsmutter!«, erschrak Planchet. Er ließ das Messer fallen und sank auf die Knie. »Vergebt mir! Ich hatte keine Ahnung ...«

»Das solltest du auch nicht, Planchet.« Laurana lächelte, während sie den Helm abnahm. »Lass den Marschall laufen, Gilthas. Ich bin sicher. Vorläufig. So sicher, wie wir nur sein können.«

Gilthas ließ Medan los, der von der Wand wegtrat und seinen schmerzenden Hals massierte.

»Mutter, bist du verletzt?«, wollte Gilthas wissen. »Hat er dir etwas getan? Wenn ja, dann schwöre ich ...«

»Nein, mein Sohn, nein!«, versicherte ihm Laurana. »Der Marschall hat sich sehr respektvoll verhalten. Sogar äußerst zuvorkommend. Er brachte mich gestern Abend in sein Haus. Heute Morgen hat er mir diese Verkleidung zur Verfügung gestellt. Der Marschall fürchtet um mein Leben. Er hat mich zu meiner eigenen Sicherheit in Gewahrsam genommen.«

Gilthas runzelte die Stirn, als fände er das alles schwer zu glauben. »Setz dich, Mutter. Du siehst erschöpft aus. Planchet, bring meiner Mutter Wein.«

Während Planchet den Wein holte, ging der Marschall zur Tür, riss sie auf und trat in den Gang. Die Wachen salutierten eilig.

»Wachen, es wurden Rebellen innerhalb der Stadt gesichtet.

Das Leben Seiner Majestät ist in Gefahr. Räumt das Haus. Schickt alle Dienstboten nach Hause. Jeden. Niemand darf im Palast zurückbleiben. Verstanden? Ich wünsche Wachen an jedem Eingang. Lasst niemanden ein, ausgenommen meinen Adjutanten. Sobald er eintrifft, soll er sofort in die Gemächer des Königs geschickt werden. Geht!«

Die Wachen zogen ab. Bald hörte man, wie sie alle Leute aus dem Palast scheuchten. Unter den Dienstboten herrschte Verwirrung und Befremden. Es war früh am Morgen. Das Frühstück war vorbereitet, aber noch nicht serviert, und die Böden waren nicht gefegt. Doch die Wachen waren eisern. Stimmengewirr erhob sich, man hörte laute, ängstliche Rufe, den Schrei einer aufgeregten Zofe. Die Wachen trieben jedermann nach draußen und postierten sich wie befohlen an den Außentüren.

Innerhalb kürzester Zeit war der Palast gespenstisch still.

Medan kehrte zurück. »Wo willst du denn hin?«, schimpfte er, als er feststellte, dass Kelevandros gehen wollte.

»Ich muss meinen Bruder benachrichtigen, Herr«, erklärte Kelevandros. »Er macht sich schreckliche Sorgen …«

»Du benachrichtigst weder deinen Bruder noch sonst jemanden. Setz dich und sei still.«

Bei diesen Worten blickte Laurana kurz auf und sah Kelevandros forschend an. Der Elf warf ihr einen unsicheren Blick zu, dann tat er, wie ihm geheißen war.

Medan ließ die Tür hinter sich offen. »Ich will hören können, was draußen vorgeht. Geht es Euch gut, meine Dame?«

»Ja, danke, Marschall. Möchtet Ihr auch ein Glas Wein?«

»Wenn Seine Majestät gestattet.« Der Marschall verneigte sich leicht.

»Planchet«, wies Gilthas seinen Diener an, »schenk dem Marschall Wein ein.« Der König blieb schützend hinter seiner Mutter stehen und funkelte noch immer den Marschall an.

Medan erhob sein Glas. »Ich gratuliere Euch, Majestät. Das ist das erste und einzige Mal in meinem Leben, dass man mich derart an der Nase herumgeführt hat. Ich bin wirklich auf den schwachen, wankelmütigen Dichter hereingefallen. Schon lange habe ich mich gefragt, wie und warum so viele meiner besten Pläne vereitelt wurden. Offenbar habe ich nun die Antwort. Auf Euer Wohl, Majestät.«

Medan trank seinen Wein. Gilthas kehrte dem Mann den Rücken zu.

»Mutter, was geht hier eigentlich vor?«

»Setz dich, Gilthas, dann erkläre ich es dir«, bot Laurana an. »Oder, besser noch, lies selbst.«

Sie blickte zu Medan hin. Der griff in seine Rüstung, zog die Schriftrolle hervor, die der Drache geschickt hatte, und händigte sie mit ganz neuem, deutlichem Respekt dem König aus.

Gilthas ging zum Fenster, wo er das Pergament entrollte. Er hielt es ans Licht, um es langsam und genau zu lesen.

»Das kann nicht ihr Ernst sein«, sagte er schließlich angestrengt.

»Oh, doch«, versicherte Medan grimmig. »Daran besteht kein Zweifel, Majestät. Beryl sucht schon lange nach einem Vorwand, um Qualinesti zu zerstören. Die Angriffe der Rebellen wurden frecher. Sie verdächtigt die Elfen, ihr den Turm von Wayreth vorzuenthalten. Als dummerweise herauskam, dass Palin Majere sich im Haus der Königsmutter versteckt gehalten hat, bestätigte dies dem Drachen nur, dass die Elfen und die Zauberer sich verschworen haben, sie ihrer Magie zu berauben.«

»Wir zahlen ihr doch Tribut«, begann Gilthas.

»Pah! Was bedeutet ihr schon Geld? Den Tribut erhebt sie nur, weil sie den Gedanken genießt, Euch etwas abzuverlangen. Sie begehrt nur die Magie, die Magie der alten Welt, göttliche Magie. Zu dumm, dass dieses verdammte Gerät je hierher kam. Zu dumm, dass Ihr versucht habt, es mir zu verheimlichen, meine Dame.« Die Stimme des Marschalls war streng. »Hättet Ihr es mir ausgehändigt, so hätten wir diese Tragödie vielleicht noch abwenden können.«

Medan zuckte mit den Schultern. »Aber es ist nun mal geschehen. Die Würfel sind gefallen. Jetzt müsst Ihr das Gerät zurückholen. Ihr müsst, meine Dame«, wiederholte er. »Ich habe getan, was in meiner Macht steht, um Zeit zu schinden, aber damit habe ich uns höchstens ein paar Tage erkauft. Schickt Euren Greif zur Zitadelle. Palin Majere soll das Gerät mit dem Kender, der es besitzt, ausliefern. Ich werde sie persönlich zum Drachen bringen. Vielleicht kann ich das drohende Verhängnis noch abwenden, das uns …«

»Uns?«, rief Gilthas wütend. »*Ihr* haltet die Axt des Scharfrichters in der Hand, Marschall! Diese Axt hängt über unseren Köpfen, nicht über dem Euren!«

»Verzeiht, Majestät«, gab Medan mit einer tiefen Verbeugung zurück. »Ich lebe schon so lange in diesem Land, dass es mir wie meine Heimat vorkommt.«

»Ihr seid der Besatzer«, betonte Gilthas bitter. »Ihr habt hier die Oberherrschaft. Ihr seid unser Kerkermeister. Qualinesti kann Euch niemals zur Heimat werden.«

»Wahrscheinlich nicht, Majestät«, bestätigte Medan nach einer kurzen Pause. »Ich möchte Euch jedoch daran erinnern, dass ich Eure Mutter zum Palast geführt habe, nicht zum Richtblock. Ich bin gekommen, um Euch vor den Absichten des Drachen zu warnen, anstatt Gefangene zum Marktplatz zu führen, damit sie meinen Bogenschützen als Zielscheibe dienen können.«

»Und was wird uns all diese Großzügigkeit kosten?«, wollte Gilthas mit kalter Stimme wissen. »Welchen Preis verlangt Ihr für unser Leben, Marschall Medan?«

Medan lächelte leicht. »Ich möchte in meinem Garten sterben, Majestät. In hohem Alter, wenn das möglich ist.« Er schenkte sich ein zweites Glas Wein ein.

»Traut ihm nicht, Majestät«, warnte Planchet leise, als er kam, um dem König Wein einzugießen.

»Keine Sorge«, sagte Gilthas, der den zarten Stiel seines Glases zwischen den Fingern drehte.

»Verehrte Dame, wir haben nicht viel Zeit«, mahnte der Marschall. »Hier sind Papier und Tinte. Setzt Euren Brief an Majere auf.«

»Nein, Marschall«, weigerte sich Laurana fest. »Ich habe gründlich über diese Sache nachgedacht. Beryl darf keinesfalls in den Besitz dieses Geräts kommen. Eher sterbe ich hundert Tode.«

»Ihr könntet hundert Tode sterben«, erklärte Medan finster, »aber was ist mit Tausenden von Leben? Was ist mit Eurem Volk? Wollt Ihr es für das Spielzeug eines Zauberers opfern?«

Laurana war blass, aber entschlossen. »Das ist kein Spielzeug, Marschall Medan. Wenn Palin Recht hat, ist es einer der mächtigsten magischen Gegenstände, die es je gab. Eher lasse ich Qualinesti niederbrennen, als dass ich Beryl dieses Ding gebe.«

»Dann sagt mir, was für ein Ding das ist«, bat Medan.

»Das kann ich nicht, Marschall«, erwiderte Laurana. »Schlimm genug, dass Beryl von seiner Existenz weiß. Ich werde ihr keine weiteren Informationen zukommen lassen.« Ruhig schlug sie ihre blauen Augen auf und begegnete seinem zornigen Blick. »Wisst Ihr, ich habe Grund zu der Annahme, dass man mich ausspioniert.«

Medan wurde rot. Er schien etwas erwidern zu wollen, änderte aber seine Meinung und wandte sich abrupt an den König.

»Majestät. Was habt Ihr dazu zu sagen?«

»Dasselbe wie meine Mutter. Sie hat mir von dem Apparat erzählt, mir seine Kräfte beschrieben. Ich werde ihn nicht dem Drachen überlassen.«

»Begreift Ihr, was das bedeutet? Ihr verurteilt Eure Nation zum Tode! Kein magischer Gegnstand ist das wert«, protestierte Medan aufgebracht.

»Dieser schon, Marschall«, widersprach Laurana. »Ihr müsst mir vertrauen.«

Medan sah sie eindringlich an.

Sie begegnete seinem Blick, hielt ihm stand, ohne zu zwinkern oder auszuweichen.

»Still!«, warnte Planchet. »Es kommt jemand.«

Sie hörten Schritte auf der Treppe, immer zwei Stufen auf einmal.

»Mein Adjutant«, erläuterte Medan.

»Kann man ihm trauen?«, fragte Laurana.

Medan lächelte müde. »Urteilt selbst, meine Dame.«

Ein Ritter betrat den Raum. Seine schwarze Rüstung war mit Blut und grauem Staub überzogen. Er blieb kurze Zeit stehen, denn er keuchte heftig und hielt den Kopf gesenkt, als hätte ihn das Treppensteigen den letzten Rest Energie gekostet. Schließlich hob er den Kopf und streckte dem Marschall eine Schriftrolle entgegen.

»Ich habe es, Herr. Groul ist tot.«

»Gut gemacht, Sir Gerard«, lobte Medan, während er die Schriftrolle entgegennahm. Er sah den Ritter an und musterte das Blut auf dessen Rüstung. »Seid Ihr verwundet?«, fragte er.

»Um ehrlich zu sein, Herr, ich bin mir nicht sicher.« Gerard schnitt eine Grimasse. »Mir tut einfach alles weh. Aber im Zweifelsfall ist es nichts Ernstes, sonst läge ich tot auf der Straße.«

Laurana starrte ihn erstaunt an.

»Königsmutter.« Gerard verbeugte sich.

Sie wollte etwas sagen, doch nach einem Blick auf Medan hielt sie sich zurück.

»Ich glaube kaum, dass wir uns kennen«, äußerte sie kühl.

Gerards blutverschmiertes Gesicht verzog sich zu einem Lächeln. »Danke, Herrin, dass Ihr versucht, mich zu schützen, aber der Marschall weiß, dass ich Ritter von Solamnia bin. In Wahrheit bin ich sein Gefangener.«

»Ein Solamnier?« Gilthas reagierte überrascht.

»Der, von dem ich dir erzählt habe«, erläuterte Laurana. »Der Ritter, der Palin und den Kender begleitet hat.«

»Verstehe. Also seid Ihr der Gefangene des Marschalls. Hat er Euch das angetan?«, wollte Gilthas verärgert erfahren.

»Nein, Eure Majestät.« Gerard schüttelte den Kopf. »Das war ein Drakonier. Beryls Bote. Beziehungsweise Beryls ehemaliger Bote.« Er sank seufzend auf einen Stuhl und schloss die Augen.

»Wein«, befahl Medan. »Der Drache wird keine Reaktion mehr aus Qualinesti erhalten«, ergänzte er zufrieden. »Beryl wird wenigstens einen Tag lang darauf warten, von mir zu hören. Wenn sie nichts hört, muss sie einen zweiten Boten schicken. Damit bleibt uns ein wenig mehr Zeit.«

Er reichte Gerard ein Glas Wein.

»Nein, Herr«, sagte Gerard, der den Wein annahm, ohne davon zu trinken. »Das stimmt nicht. Der Drache hat uns getäuscht. Beryls Truppen sind bereits unterwegs. Groul glaubte, sie dürften bereits die Grenze überqueren. Die größte Armee seit dem Chaoskrieg marschiert in Qualinesti ein.«

Totenstille legte sich über den Raum. Diese Nachricht mussten alle erst einmal verdauen. Niemand suchte den Blick eines anderen. Keiner wollte das Echo seiner eigenen Angst sehen.

Marschall Medan lächelte unglücklich. Er schüttelte den Kopf.

»Demnach werde ich wohl doch kein hohes Alter erreichen«, sagte er, während er sich erneut Wein nachschenkte.

15 Der bleiche Strom der Toten

An diesem Abend verließ Goldmond das Krankenhaus, ohne auf das Flehen der Helfer und Lady Camillas zu hören.

»Es geht mir gut«, wehrte Goldmond ihre Versuche ab, sie im Bett zu halten. »Ich brauche Ruhe, das ist alles, und diese Ruhe finde ich hier nicht!«

Nicht bei den Toten.

Geschwind lief sie durch die hell erleuchteten Gärten und Höfe der weiträumigen Zitadelle. Sie sah weder nach rechts noch nach links und reagierte auch nicht auf Grüße, sondern hielt den Blick starr auf den Weg gerichtet. Wenn sie sich umsah, würde sie die Toten erblicken. Sie folgten ihr.

Sie hörte ihr flüsterndes Betteln. Sie spürte ihre seidenweichen Berührungen an Händen und Gesicht. Wie zarte Schals schlangen sich die Toten um sie. Goldmond hatte Angst, Flusswind zu sehen, wenn sie sie anschaute. Dann dachte sie: Vielleicht kommt sein Geist deshalb nicht mehr zu mir. Er ist verloren, er wird von diesem Strom mitgerissen. Ich werde ihn nie mehr wiederfinden.

Nachdem sie das Große Lyzeum erreicht hatte, lief sie eilig die vielen Stufen zu ihren Räumen hinauf. Zum ersten Mal segnete sie diesen seltsamen, jungen Körper, der nicht nur schnell war, sondern bereitwillig die Anstrengungen auf sich nehmen wollte, die sie jetzt von ihm verlangte. In die Enge getrieben, stellte sich Goldmond ihren Verfolgern.

»Fort mit euch. Ich habe nichts für euch.«

Die Toten kamen näher. Ein uralter Mann, ein Dieb, ein Krieger, ein verkrüppeltes Kind. Lauter Bettler mit ausgestreckten Händen. Dann verschwanden sie plötzlich – als hätte eine Stimme sie fortbefohlen. Aber nicht ihre Stimme.

Goldmond schloss die Tür hinter sich.

In ihrem Zimmer war sie allein, wirklich allein. Hier waren keine Toten. Vielleicht hatten sie sich auf die Suche nach einer anderen Beute gemacht, weil sie ihnen nicht gegeben hatte, was sie suchten. Überwältigt von diesem Schreckensbild lehnte sie sich an die Tür. Jetzt im Dunkeln sah sie im Geiste wieder, wie die Toten Goldmonds Anhängern die lebensspendende Kraft entzogen. Deshalb versagte auf der ganzen Welt das Heilen. Die Toten bestahlen die Lebenden. Aber warum? Wozu brauchten die Toten diese mystische Kraft? Welche Kraft zwang sie dazu? Wo wollten sie so dringend hin?

»Und warum habe ich die Gabe erhalten, sie zu sehen?«, murmelte Goldmond.

Es klopfte, worauf sie sich tastend vergewisserte, ob die Tür verschlossen war. Das Klopfen wurde mehrmals wiederholt. Stimmen – die Stimmen der Lebenden – riefen nach ihr. Wenn sie nicht antwortete, würden die anderen verwirrt sein. Sie hörte bereits, wie sie sich laut fragten, was sie tun sollten.

»Geht weg!«, befahl sie ihnen erschöpft. »Geht weg und lasst mich in Frieden.«

Schließlich zogen die Lebenden – wie die Toten – ab und ließen sie allein.

Goldmond durchquerte ihr Zimmer, bis sie vor den großen Fenstern stand, von denen aus man das Meer sehen konnte. Sie stieß die Flügel auf.

Der abnehmende Mond warf ein bleiches Licht über den Ozean. Das Meer sah seltsam aus. Ein Ölfilm hatte sich darüber ausgebreitet, und darunter war das Wasser glatt und still. Kein Windhauch wühlte es auf, nicht einmal eine Brise. Die Luft hatte einen fauligen Geruch, der vielleicht von dem Öl auf dem Wasser stammte. Es war eine klare Nacht mit hellen Sternen und einem leeren Himmel.

Schiffe stachen in See. Vor dem mondbeschienenen Wasser wirkten sie schwarz. Die Luft roch nach Gewitter. Erfahrene Seefahrer bemerkten die Vorzeichen und hielten auf die offene See zu, die für sie weitaus sicherer war als die Küstennähe, wo die Brecher sie auf die Hafenmauern oder die Felsen der Inselküste werfen konnten. Goldmond beobachtete sie vom Fenster aus. Es sah aus, als ob Spielzeugschiffchen über einen dunklen Spiegel glitten.

Dort über den Ozean zogen die Toten.

Goldmond sank am Fenster auf die Knie. Sie legte beide Hände auf das Fensterbrett, legte ihr Kinn darauf und schaute zu, wie die Toten das Meer überquerten. Der Mond sank hinter den Horizont, versank im schwarzen Wasser. Die Sterne standen kalt und teilnahmslos am Himmel und spiegelten sich im Wasser, das so still war, dass Goldmond nicht feststellen konnte, wo der Himmel endete und die See begann. Kurze Wellen schwappten mit verlorener Dringlichkeit sachte an den Strand wie ein krankes, unruhiges Kind, das jemanden auf sich aufmerksam machen möchte. Die Toten zogen nach Norden, ein bleicher Strom, der auf nichts anderes achtete als auf jenen Ruf, den allein sie hören konnten.

Nicht ganz allein.

Goldmond vernahm das Lied. Die Stimme, die es sang, war zwingend. Sie wühlte Goldmond bis in die Tiefen ihrer Seele auf.

»Du wirst ihn finden«, versprach die Stimme. »Er dient mir. Ihr werdet zusammen sein.«

Mit gesenktem Kopf kauerte Goldmond am Fenster und erschauerte vor Ehrfurcht, Angst und einer Erregung, die sie sehnsüchtig aufschreien ließ. Ihre Hände sehnten sich nach jener Stimme, die dieses Lied sang, wie die Toten sehnsüchtig ihr die Hände entgegengereckt hatten. Die ganze Nacht verbrachte Goldmond auf den Knien und lauschte innerlich diesem Lied mit einer Spannung, die schmerzhaft und glücklich zugleich war. Sie beobachtete, wie die Toten nach Norden wanderten, weil sie dem Ruf folgten, während die Wellen der stillen See sich so lange wie möglich am Ufer anklammerten, ehe sie zurückwichen und nur den glatten, leeren Sand hinterließen.

Es dämmerte. Die Sonne schob sich aus dem öligen Wasser. Ihr Licht schien von demselben Ölfilm bedeckt zu sein, denn über dem Gelb lag ein grünlicher Schimmer. Die Luft war verseucht, heiß und unangenehm einzuatmen. Keine Wolke stand am Himmel.

Goldmond erhob sich. Ihre Muskeln waren von der ungewohnten Haltung steif und verspannt, doch als sie sich bewegte, wurden sie rasch wieder geschmeidig warm. Sie hob einen schweren, dicken Mantel auf und wickelte sich hinein, obwohl schon der frühe Morgen heiß war.

Als sie die Tür aufmachte, stand draußen Palin die Hand zum Klopfen erhoben.

»Großmeisterin«, begann er. »Wir alle haben uns Sorgen gemacht ...«

Die Toten waren rings um ihn herum. Sie zupften an den Ärmeln seiner Roben. Ihre Lippen drückten sich auf seine gebrochenen Finger; ihre Hände gierten nach dem magischen Ring, den er trug. Sie versuchten, ihn abzuziehen, und heulten enttäuscht über ihren Misserfolg.

»Was?« Ihr Gesichtsausdruck ließ Palin seine besorgte Rede unterbrechen. »Was ist, Großmeisterin? Warum starrst du mich so an?«

Sie schob sich an ihm vorbei, schubste ihn mit solcher Kraft von sich, dass er zurücktaumelte. Goldmond raffte die Röcke ihrer weißen Roben und rannte mit wehendem Mantel die Treppe hinab. Unten in der Halle erschreckte sie Meister wie Studenten. Man rief ihr nach, manche folgten ihr. Die Wachen sahen nur hilflos zu. Goldmond ignorierte alle und rannte weiter.

An den Kristalldomen vorbei, an den Gärten und Springbrunnen vorbei, am Labyrinth mit der Silbertreppe, den Rittern und Wachen, den Besuchern und Schülern und den Toten vorbei. Sie rannte zum Hafen hinunter, zur stillen, glatten See.

Tolpan und der Gnom vermaßen das Heckenlabyrinth – vermaßen es erfolgreich, was der erste Erfolg in der langen, wenig ruhmreichen Geschichte der Gnomenwissenschaft sein dürfte.

»Was meinst du, haben wir es bald?«, erkundigte sich Tolpan bei dem Gnom. »Ich glaube nämlich, ich verliere allmählich jedes Gefühl in meinem linken Fuß.«

»Halt still!«, wies ihn Conundrum zurecht. »Nicht bewegen. Ich hab's gleich. Dämlicher Wind«, fügte er gereizt hinzu. »Ich wünschte, er würde aufhören. Dauernd bläst er mir die Karte weg.«

Tolpan versuchte, den Befehl zu befolgen, obwohl ihm das

Nichtbewegen ausgesprochen schwer fiel. Er stand auf dem Weg inmitten der Hecken, wo er wackelig auf dem linken Bein balancierte. Das rechte Bein hielt er höchst unbequem in die Luft, denn sein Fuß war mit einem Faden aus seinem aufgeribbelten rechten Socken an einen Zweig der Hecke geknüpft. Dieser Socken war bereits beträchtlich kleiner geworden, denn sein heller Faden markierte den Weg durch das Labyrinth.

Der Plan des Gnoms, die Socken zu benutzen, hatte sich als brillante Idee erwiesen, obwohl Conundrum innerlich seufzte, dass der Methode, mit der er endlich das Labyrinth aufzeichnen würde, all die Schalter, Hebel, Seilzüge, Spindeln und Räder fehlten, die für den Verstand eines Wissenschaftlers so tröstlich sind.

Dass er den wundersamen Mechanismus, mit dem er seine Lebensaufgabe erfüllt hatte, mit den Worten »zwei Socken, Wolle« beschreiben musste, war ein furchtbarer Schlag. Die ganze Nacht hatte er darüber nachgedacht, wie er doch noch Dampf einbeziehen könnte, bis er schließlich Schneeschuhe erfunden hatte, die nicht nur besonders schnell waren, sondern auch die Füße warm hielten. Doch das half ihm bei seiner Lebensaufgabe nicht weiter.

Letztlich hatte Conundrum doch auf den schlichten Plan zurückgreifen müssen, der ihm zu Beginn eingefallen war. Schließlich konnte er das Vorgehen immer noch während des Abschlussberichts ausschmücken. Sie begannen früh am Morgen, mit dem ersten Dämmern. Conundrum postierte Tolpan am Zugang zum Labyrinth, band ein Ende der Kendersocke an einen Ast und ließ Tolpan losmarschieren. Der Socken ribbelte wunschgemäß auf und hinterließ eine cremefarbene Spur. Sobald Tolpan in einer Sackgasse landete, wendete er und rollte den Faden wieder auf, bis er die fragliche Abzweigung wieder erreicht hatte, wo er nun den richtigen Weg einschlagen konnte. So stießen sie immer weiter in die Mitte des Irrgartens vor.

Immer wenn sie eine richtige Abzweigung fanden, warf sich

Conundrum flach auf den Bauch, um den Weg auf seiner Karte einzuzeichnen. Auf diese Weise kam er weiter denn je. Falls Tolpan nicht das Strumpfgarn ausging, würde der Gnom bis zum Abend bestimmt den ganzen Irrgarten korrekt auf seiner Karte stehen haben.

Was Tolpan betraf, so war dieser nicht so fröhlich, wie von jemandem zu erwarten gewesen wäre, der gerade einen wunderbaren, wissenschaftlichen Durchbruch miterlebte. Jedes Mal, wenn er seine Hand in eine Tasche steckte, fühlte er die pieksigen Edelsteine und die kalte, harte Oberfläche des Zeitreisegeräts. Es kam ihm fast so vor, als würde sich das Gerät einen Spaß daraus machen, in Taschen aufzutauchen, in denen es vor zehn Minuten ganz bestimmt noch nicht gewesen war. Egal, wohin er seine Hände schob, überall stach ihn das Gerät.

Natürlich hielten Kender ihre Versprechen traditionell für etwa so bindend wie einen Strang seidiger Spinnweben im Altweibersommer – passend zum Fangen von Schmetterlingen, aber nicht viel mehr. Normalerweise würde man jeden, der sich auf ein Kenderversprechen verließ, für verrückt, unfähig oder einfach strohdumm halten, lauter Beschreibungen, die auf Fizban gewissermaßen zutrafen. Tolpan hätte sich bestimmt nicht gescheut, ein Versprechen zu brechen, das er von vornherein nicht hatte halten wollen, und von dem er angenommen hätte, dass Fizban wusste, dass er es nicht zu halten gedachte. Aber dann war da noch das, was Palin über seine – Tolpans – Beerdigung gesagt hatte.

Diese Grabrede schien darauf hinzudeuten, dass Fizban erwartete, dass Tolpan sein Versprechen hielt. Fizban erwartete es, weil Tolpan kein gewöhnlicher Kender war. Er war ein tapferer Kender, ein mutiger Kender und – dieses abscheuliche Wort – ein *ehrenhafter* Kender.

Tolpan sah sich die Ehre von oben bis unten an, von innen und von allen Seiten, doch da gab es nichts zu rütteln. Ehrenhafte Leute hielten ihre Versprechen. Selbst Versprechen, die schrecklich waren, weil sie bedeuteten, das man durch die Zeit zurückreisen musste, damit ein Riese einen platt und tot treten konnte.

»Sehr gut! Das reicht!«, wies der Gnom ihn knapp an. »Du kannst den Fuß runternehmen. Jetzt hüpfst du um die Ecke dort. Nach rechts. Nein, links. Nein, rechts …«

Tolpan hüpfte weiter und spürte dabei, wie sein Socken sich von seinem Bein schälte. Nach der nächsten Ecke kam er an eine Treppe. Eine Wendeltreppe – ganz aus Silber. Eine silberne Wendeltreppe im Zentrum des Irrgartens.

»Wir haben es geschafft!«, jubelte der Gnom begeistert.

»Wirklich?«, erkundigte sich Tolpan, der die Treppe musterte. »Was haben wir geschafft?«

»Wir haben das Zentrum des Labyrinths erreicht!« Der Gnom tanzte umher und versprühte seine Tinte in alle vier Himmelsrichtungen.

»Wie wunderbar!«, stellte Tolpan fest, während er auf die Silbertreppe zuging.

»Halt! Du läufst zu schnell!«, jammerte der Gnom. »Wir müssen doch noch den Weg zum Ausgang aufschreiben.«

In diesem Augenblick war Tolpans Socke verbraucht, was der Kender jedoch kaum mitbekam, so interessiert war er an der Treppe. Die Treppe schien sich aus dem Nichts zu erheben. Sie besaß keine Stützpfeiler, sondern hing stabil in der Luft, glänzend und fließend wie Quecksilber. In unzähligen Windungen schraubte sie sich nach oben. Als Tolpan an ihrem Fuß ankam, blickte er hinauf zur Spitze.

Sein Blick wanderte immer weiter empor, doch alles, was er sah, war der Himmel, ein blauer Himmel, der endlos weiterging wie ein heller, schöner Sommertag, von dem man sich wünscht, dass er nie enden möge. Dennoch weiß man, dass dieser Himmel die Botschaft enthielt, dass die Nacht kommen müsse, sonst würde es morgen keinen neuen Tag geben. Und auch die Nacht hat ihren eigenen Segen, ihre eigene Schönheit.

Tolpan begann, die Silbertreppe zu erklimmen.

Etwas später begann auch Conundrum mit dem Aufstieg. »Merkwürdige Konstruktion«, bemerkte er. »Keine Stützen, keine Verstrebungen, keine Nieten, keine Geländersäulen, nicht einmal ein Geländer – ein Sicherheitsmanko. Sollte gemeldet werden.« In zwanzig Stufen Höhe blieb der Gnom stehen und schaute sich um. »Meine Güte, was für ein Blick. Ich kann den Hafen sehen.«

Der Gnom stieß einen Schrei aus, den man mit dem Mittagspfiff im Berg Machtnichts hätte verwechseln können, der gewöhnlich um drei Uhr morgens losging.

»Mein Schiff!«

Conundrum ließ seine Karten fallen. Er verschüttete die Tinte. Seine dünnen Haare flatterten im Wind, so schnell raste er die Treppe hinunter, bis er über Tolpans Socken stolperte, der an das Ende der Hecke gebunden war. Dann rannte er in einem Tempo zum Hafen, das den Herstellern der dampfbetriebenen Schneeschuhe mit Kolbenantrieb zur Ehre gereicht hätte.

»Haltet den Dieb!«, brüllte der Gnom. »Das ist mein Schiff!«

Tolpan schaute sich um, denn er wollte wissen, was die ganze Aufregung zu bedeuten hatte. Als er bemerkte, dass der Gnom sie verursachte, dachte er sich nichts weiter dabei. Gnomen waren immer so erregbar.

Der Kender setzte sich auf die Treppe, legte sein kleines, spitzes Kinn in die Hände und sann über Versprechen nach.

Palin versuchte, Goldmond einzuholen, wurde jedoch durch einen Krampf im Bein aufgehalten, der ihn vor Schmerz aufkeuchen ließ. Er massierte sein Bein, bis er wieder laufen konnte, humpelte die Treppe hinunter und fand unten alles in hellem Aufruhr. Wie eine Wahnsinnige war Goldmond hier vorbeigerannt und ins Freie gestürmt, bevor jemand sie aufhalten konnte. Die Meister und Heiler waren so überrascht, dass es eine Weile dauerte, bis einige auf die Idee kamen, ihr nachzusetzen. Zu diesem Zeitpunkt war sie jedoch bereits verschwunden. Man stellte die ganze Zitadelle auf den Kopf, um sie zu finden.

Palin behielt für sich, was Goldmond zu ihm gesagt hatte. Die anderen sprachen ohnehin schon in beunruhigtem Flüsterton über sie. Ihr irres Gerede über die Toten, die von ihm zehrten, würde die anderen nur – wie ihn – davon überzeugen, dass die Ärmste durch ihre unerwartete Verwandlung den Verstand verloren hatte. Noch immer sah er ihren entsetzten Blick, fühlte den heftigen Stoß, durch den er an die Wand zurückgetaumelt war. Er bot sich an, bei der Suche zu helfen, doch Lady Camilla erklärte ihm schroff, sie hätte bereits ihre Ritter und die Wächter der Zitadelle ausgeschickt, um die Großmeisterin zu finden. Sie seien durchaus in der Lage, diese Situation zu meistern.

Da er sonst nichts zu tun hatte, kehrte er in seine Gemächer zurück. Lady Camilla bat er, ihn unbedingt zu benachrichtigen, sobald die Großmeisterin wieder auftauchte.

»Bis dahin«, sagte er sich seufzend, »wäre es wohl das Beste, Schallmeer zu verlassen. Ich habe alles durcheinander gebracht. Tolpan kommt nicht mehr in meine Nähe, was ich ihm nicht verdenken kann. Für Goldmond bin ich nur eine weitere Last. Vielleicht bin ich sogar für ihren Wahnsinn verantwortlich!«

Sein Gästezimmer im ersten Stock der Zitadelle war geräumig. Er hatte ein kleines Schlafzimmer, ein Arbeitszimmer und einen Salon. Eine Wand des Salons bestand aus Kristall. Sie wies nach Westen, was ihm einen prächtigen Ausblick auf die See gewährte. Er war erschöpft, aber zu aufgewühlt, um zu schlafen, deshalb wanderte er ruhelos in den Salon, wo er über das Meer starrte. Das Wasser war wie grünes Glas, in dem sich der Himmel spiegelte. Abgesehen von einer graugrünen Linie am Horizont war kaum zu erkennen, wo das eine anfing und das andere endete. Der Anblick war seltsam beunruhigend.

Palin verließ den Salon, trat in sein Arbeitszimmer und setzte sich an den Tisch, um einen Brief an Jenna zu schreiben. Er griff nach der Feder, doch die Worte in seinem Kopf überschlugen sich, sie waren sinnlos. Er rieb sich die brennenden Augen, denn er hatte die ganze Nacht über keinen Schlaf gefunden. Immer wenn er eindöste, hatte er geglaubt, eine Stimme zu hören, die ihn rief, und war hochgeschreckt. Doch nie war jemand da gewesen.

Sein Kopf sank auf die Arme. Palin schloss die Augen. Die glatte, spiegelnde See umspülte ihn mit ihrem warmen, dunklen Wasser.

»Palin!«, rief eine Stimme. Sie klang wie ein hohles Flüstern. »Palin! Wach auf!«

»Ja, ja, gleich, Vater«, antwortete Palin, der träumte, er wäre wieder ein Kind. »Ich bin gleich da …«

Caramon stand über ihm. So stark und groß, aber auch so großherzig, wie Palin ihn zum letzten Mal gesehen hatte, nur war er jetzt substanzlos und flüchtig wie der Rauch erlöschender Kohlen. Sein Vater war nicht allein. Er war von Geistern umgeben, die gierig die Hände nach Palin ausstreckten.

»Vater!«, rief Palin. Sein Kopf fuhr hoch. Erstaunt blickte er sich um. Er wusste nichts mehr zu sagen, konnte nur noch mit offenem Mund diese gespenstischen Schatten anstarren, die sich um ihn geschart hatten und offenbar versuchten, von ihm Besitz zu ergreifen.

»Zurück!«, fluchte Caramon mit dieser schauerlichen Flüsterstimme. Wütend schaute er sich um. Die Geister schraken zurück, doch nur ein Stück weit. Noch immer starrten sie Palin mit gierigen Augen an.

»Vater«, sagte Palin. Zumindest versuchte er es. Seine Kehle war so trocken, dass die Worte ihn regelrecht schmerzten. »Vater, was …«

»Ich habe dich gesucht!«, erklärte Caramon verzweifelt. »Hör zu! Raistlin ist nicht hier! Ich kann ihn nicht finden! Etwas stimmt nicht …«

Mehr Geister tauchten im Zimmer auf. Sie umringten Caramon, flogen an ihm vorbei und um ihn herum. Sie konnten nicht lange an einem Ort bleiben. Wie ein panischer Mob, der alle, die ihm angehörten, ins Verhängnis reißt, packten sie Caramon und versuchten, ihn mitzuziehen.

Mit aller Macht entzog sich Caramon dem wirbelnden Fluss und warf sich auf Palin zu.

»Palin!«, brüllte er lautlos. »Töte Tolpan nicht! Er ist der …«

Plötzlich war Caramon verschwunden. Die schemenhaften Gestalten wirbelten kurz umher, dann zerstoben sie zu einzelnen Fäden, als hätte eine Hand Rauch auseinander gewedelt. Ein eisiger Wind trug die Schwaden davon.

»Vater? Das verstehe ich nicht! Vater!«

Palin erwachte vom Klang seiner eigenen Stimme. Er fuhr hoch, als hätte man ihn mit kaltem Wasser übergossen. Entsetzt schaute er sich um. »Vater!«

Das Zimmer war leer. Durch das offene Fenster strömte Sonnenlicht herein. Die Luft war heiß und stickig.

»Ein Traum«, stellte Palin benommen fest.

Aber ein sehr realer Traum. Nachdem Palin sich ins Gedächtnis zurückrief, wie die Toten sich um ihn geschart hatten, merkte er, wie ihn der Schrecken wieder überfiel, bis ihm die Haare zu Berge standen. Noch immer schien er die grapschenden Hände der Toten zu fühlen, die an seinen Kleidern zupften, flüsterten, bettelten. Er fuhr sich über das Gesicht, als wäre er bei Nacht in Spinnweben gelaufen.

Genau wie Goldmond gesagt hatte …

»Unsinn«, schalt er sich laut, denn nach all dem schrecklichen Gewisper musste er eine echte Stimme hören. »Sie hat mir diesen Gedanken eingegeben, das ist alles. Kein Wunder, dass ich Albträume habe. Heute Nacht nehme ich einen Schlaftrunk.«

Jemand rüttelte an der Tür, versuchte, sie zu öffnen, doch sie war verschlossen. Palin schlug das Herz bis zum Hals.

Dann kam ein metallisches Geräusch – ein Dietrich, der sich klirrend ins Türschloss vortastete.

Keine Geister. Nur ein Kender.

Seufzend stand Palin auf, ging zur Tür und machte auf.

»Guten Morgen, Tolpan«, begrüßte Palin den Kender.

»Oh, hallo«, erwiderte Tolpan. Der Kender stand gebückt da, einen Dietrich in der Hand, und spähte forschend an die Stelle, wo sich eben noch das Schloss befunden hatte. Dann richtete er sich auf und schob den Dietrich wieder in eine Vordertasche.

»Ich dachte, du schläfst vielleicht, darum wollte ich dich nicht stören. Hast du was zu essen?« Der Kender schlenderte herein und fühlte sich gleich wie zu Hause.

»Hör mal, Tolpan«, begann Palin. Er bemühte sich sehr um Geduld. »Das ist kein guter Zeitpunkt. Ich bin sehr müde. Ich habe schlecht geschlafen.«

»Ich auch«, erwiderte Tolpan, der jetzt in den Salon spazierte, wo er sich auf einem Stuhl niederließ. »Du hast wohl wirklich nichts zu essen. Macht nichts. Ich bin eigentlich gar nicht hungrig.«

Schweigend saß er da, baumelte mit den Beinen. Er betrachtete Himmel und Meer. Der Kender war einige Minuten lang still.

Als Palin dieses völlig ungewöhnliche Phänomen registrierte, zog er einen zweiten Stuhl heran und setzte sich neben den Kender.

»Was ist los, Tolpan?«, erkundigte er sich freundlich.

»Ich habe mich entschieden, zurückzugehen«, sagte Tolpan, ohne Palin anzusehen. Sein Blick galt noch immer dem leeren Himmel. »Ich habe es versprochen. Ich habe nie so richtig darüber nachgedacht, aber ein Versprechen gibt man nicht mit dem Mund. Man gibt es mit dem Herzen. Jedes Mal, wenn man ein Versprechen bricht, bricht das Herz ein bisschen, bis man schließlich lauter Risse darin hat. Also dürfte es alles in allem besser sein, von einem Riesen zertreten zu werden.«

»Du bist sehr weise, Tolpan«, äußerte Palin, der sich seiner selbst schämte. »Du bist viel weiser als ich.«

Er machte eine kurze Pause. Wieder hörte er die Stimme seines Vaters. *Töte Tolpan nicht!* Diese Vision war real, viel realer als jeder Traum. Ein Magier lernt, seinen Instinkten zu trauen, den inneren Stimmen von Herz und Seele zu lauschen, denn das sind die Stimmen, welche die Sprache der Magie verstehen. Er fragte sich, ob dieser Traum nicht vielleicht diese innere Stimme war, die ihn mahnte, langsamer zu machen, nichts Voreiliges zu tun, weiterzuforschen.

»Tolpan«, sagte Palin langsam. »Ich habe meine Meinung geändert. Ich will dich nicht mehr zurückschicken. Jedenfalls noch nicht.«

Tolpan sprang hoch. »Was? Ich muss nicht sterben? Ist das wahr? Dein voller Ernst?«

»Ich habe nur gesagt, du müsstest noch nicht zurück«, erinnerte Palin. »Irgendwann musst du natürlich gehen.«

Diese Worte erreichten den aufgeregten Kender gar nicht mehr. Tolpan hüpfte im Zimmer herum und verstreute dabei den Inhalt seiner Beutel in alle Richtungen. »Das ist wunderbar! Können wir auch in einem Boot wegfahren wie Goldmond?«

»Goldmond ist in einem Boot weggefahren?«, vergewisserte sich Palin verblüfft.

»Ja«, berichtete Tolpan fröhlich. »Mit dem Gnom. Jedenfalls vermute ich, dass Conundrum sie eingeholt hat. Er ist furchtbar schnell geschwommen. Ich wusste gar nicht, dass Gnomen so gut schwimmen können.«

»Sie ist verrückt geworden«, sagte sich Palin. Er hielt auf die Tür zu. »Wir müssen den Wachen Bescheid geben. Jemand muss sie retten.«

»Oh, die sind schon unterwegs«, erklärte Tolpan ungerührt, »aber ich glaube kaum, dass sie die beiden finden werden. Conundrum hat mir nämlich erzählt, dass die Unzerstörbare unter das Wasser tauchen kann – wie ein Delfin. Es ist ein Unterseeboot oder wie das heißt. Ein Schiff, das unter Wasser fährt. Conundrum hat es mir gestern Abend gezeigt. Sieht genauso aus wie ein Riesenfisch aus Stahl. Hey, vielleicht können wir sie von hier aus sogar sehen.«

Tolpan eilte ans Fenster, wo er die Nase gegen die Kristallscheibe drückte und hinausspähte, um vielleicht das Boot zu entdecken. Palin vergaß vor lauter Staunen und Befremden seine irritierende Vision. Er hoffte inständig, dies wäre nur wieder eine von Tolpans Geschichten und Goldmond sei nicht in einem Gnomenboot davongezogen.

Schon wollte er nach unten gehen, um die Wahrheit herauszufinden, da wurde die morgendliche Stille von einem Fanfarenstoß durchdrungen. Die Glocken läuteten laut und anhaltend. Auf dem Gang waren Stimmen zu hören, die fragten, was los wäre. Andere Stimmen antworteten voller Panik.

»Was ist das?«, fragte Tolpan, der immer noch aus dem Fenster spähte.

»Sie rufen zu den Waffen«, antwortete Palin. »Ich frage mich, warum …«

»Vielleicht hat es etwas mit den Drachen dort zu tun«, schlug Tolpan vor und wies über das Meer.

Geflügelte Gestalten, die vor dem Morgenhimmel schwarz wirkten, flogen auf die Zitadelle zu. Eine Gestalt in der Mitte war größer als die übrigen, so groß, dass es aussah, als wäre der grüne Schimmer am Himmel der Widerschein des Sonnenlichts auf den Drachenschuppen. Palin schaute genauer hin. Dann zog er sich erschüttert in die Mitte des Zimmers zurück, in den Schatten. Als ob die roten Augen des Drachen ihn noch auf diese Entfernung ausmachen könnten.

»Das ist Beryl!«, erklärte er mit zugeschnürter Kehle. »Beryl mit ihrem Gefolge.«

Tolpan machte große Augen. »Und ich dachte, dieses eigenartige Gefühl in meinem Bauch käme davon, dass ich nicht zurückgehen und sterben muss. Das ist der Fluch, hm?« Er starrte Palin an. »Wozu kommt sie her?«

Eine gute Frage. Natürlich konnte Beryl aus einer Laune heraus beschlossen haben, die Zitadelle anzugreifen, doch das bezweifelte Palin. Die Zitadelle des Lichts lag auf dem Territorium von Khellendros, dem blauen Drachen, der diesen Teil der Welt beherrschte. Beryl würde nur in das Territorium des Blauen eindringen, wenn sie keinen anderen Ausweg sah. Deshalb glaubte Palin den Grund zu erraten.

»Sie will das Gerät«, sann Palin.

»Das magische Gerät?« Tolpan langte in eine Tasche und zog es hervor.

»Igitt!« Er strich mit einer Hand über sein Gesicht. »Hier drin muss es Spinnen geben. Ich habe das Gefühl, voller Spinnweben zu hängen.« Schützend umklammerte er das Gerät. »Kann der Drache es riechen, Palin? Woher weiß sie, dass wir hier sind?«

»Keine Ahnung«, erwiderte Palin grimmig. Ihm war das alles ziemlich klar. »Spielt auch keine Rolle.« Er streckte die Hand aus. »Gib es her.«

»Was sollen wir tun?« Tolpan zögerte. Er war immer noch ein wenig misstrauisch.

»Wir müssen von hier verschwinden«, drängte Palin. »Sie darf das magische Gerät nicht bekommen.«

Palin konnte sich kaum ausmalen, was der Drache damit anrichten würde. Die Magie des Zeitreisegeräts würde den Drachen zur unumstößlichen Herrin über Ansalon machen. Selbst wenn es die Vergangenheit nicht mehr gab, konnte sie doch zu dem Zeitpunkt zurückreisen, als die großen Drachen damals in Ansalon eingetroffen waren. Sie konnte zu jedem beliebigen Zeitpunkt zurückgehen und die Ereignisse verändern, damit sie aus jeder Schlacht siegreich hervorging. Zumindest aber konnte sie das Gerät ausnutzen, um ihren aufgeblasenen, fetten Leib um die ganze Welt zu schieben. Kein Ort wäre mehr vor ihren Raubzügen sicher.

»Gib es her«, wiederholte Palin drängend. Er griff nach dem Gerät. »Wir müssen weg. Schnell, Tolpan!«

»Aber ich komme mit?«, vergewisserte sich Tolpan, der immer noch nicht losließ.

»Ja!« Palin brüllte beinahe. Er wollte hinzufügen, dass sie

nicht viel Zeit hätten – doch Zeit war das Einzige, wovon sie wirklich genug besaßen. »Gib mir einfach das Gerät.«

Tolpan reichte es ihm. »Wo wollen wir hin?«, frage er eifrig.

Eine gute Frage. In all dem Chaos hatte Palin über diese wichtige Entscheidung noch gar nicht weiter nachgedacht.

»Solace«, überlegte er. »Wir kehren nach Solace zurück und alarmieren die Ritter von Solamnia. Die Ritter in der Garnison haben Silberdrachen. Sie können den Leuten hier zu Hilfe kommen.«

Jetzt waren die Drachen näher, viel näher. Die Sonne beschien grüne und rote Schuppen. Ihre breiten Schwingen warfen Schatten, die über das ölige Wasser glitten. Vor der Tür lärmten die Glocken, die alle dazu drängten, Schutz zu suchen, in die Berge oder Wälder zu fliehen. Trompeten erklangen, riefen gellend zu den Waffen. Man hörte Gerenne, klirrenden Stahl, Stimmen, die hektisch Befehle riefen.

Palin hielt das Gerät in den Händen. Die Magie wärmte ihn, beruhigte wie ein Schluck guter Brandy. Er schloss die Augen und rief sich die Worte des Spruchs ins Gedächtnis, mit dem man das Gerät bediente.

»Bleib dicht bei mir!«, schärfte er Tolpan ein.

Gehorsam hielt sich der Kender am Ärmel von Palins Robe fest.

Palin begann mit dem Zauber.

»›Deine Zeit gehört dir allein …‹«

Er versuchte, die funkelnde Stirnseite des Geräts nach oben zu drehen. Etwas stimmte nicht. Der Mechanismus hakte. Palin wendete etwas mehr Kraft auf, dann verschob sich die Vorderseite.

»›Auch wenn du quer durch sie reist …‹«

Palin schob die Stirnseite von links nach rechts. Es kratzte ein wenig, aber sie bewegte sich.

»›Sie dehnt sich vor dir …‹«

Jetzt sollte die hintere Platte nach unten klappen, so dass zwei

Kugeln entstanden, die durch Stäbe miteinander verbunden waren. Doch erstaunlicherweise fiel die hintere Platte ganz ab. Klappernd landete sie auf dem Boden.

»Hupsala«, meinte Tolpan, der die gebogene Platte ansah, die über den Boden kullerte. »War das Absicht?«

»Nein!«, flüsterte Palin. Er hielt eine Kugel aus der ein Stab herausragte, in der Hand und starrte entsetzt auf die Platte hinunter.

»Komm, ich mach's wieder heil!« Hilfsbereit las Tolpan das abgebrochene Teil auf.

»Gib her!« Palin griff nach der Platte. Hilflos starrte er sie an. Er versuchte, den Stab daran zu befestigen, doch es war kein Platz dafür vorgesehen. Ein nebliger Schleier aus Angst und Enttäuschung legte sich vor seine Augen, und er konnte nichts mehr sehen.

Voller Panik wiederholte er den Vers. »›Sie dehnt sich vor dir!‹« Er schüttelte Kugel, Stab und Platte. »Los!«, fluchte er verzweifelt. »Los, verdammt noch mal!«

Die Kette fiel heraus, glitt Palin durch die Finger, obwohl er zupacken wollte. Wie eine glitzernde, silberne Schlange lag sie auf dem Boden. Der Stab rutschte aus der Kugel. Die Juwelen funkelten im Sonnenlicht. Doch dann wurde es im Zimmer dunkel, das Licht der Edelsteine verschwand. Die Drachenflügel hatten sich vor die Sonne geschoben.

Palin Majere stand in der Zitadelle des Lichts und hielt in seinen verkrüppelten Händen die Bruchstücke des Zeitreisegeräts.

Die Toten! Goldmond hatte es ihm gesagt. Sie zehren von uns!

Er sah seinen Vater, sah den Strom der Toten, der ihn umspült hatte. Ein Traum. Nein, kein Traum. Die Wirklichkeit war der Traum. Das hatte Goldmond ihm zu erklären versucht.

»Das ist es, was mit der Magie nicht stimmt! Deshalb gehen meine Sprüche schief. Die Toten entziehen mir die magische Kraft. Sie sind überall, sie berühren mich mit ihren Händen, ihren Lippen …«

Er konnte sie fühlen. Ihre Berührung war wie Spinnweben, die über seine Haut strichen. Oder Insektenflügel, wie es ihm in Lauranas Haus vorgekommen war. So viel stand jetzt fest. Der Verlust der Magie bedeutete nicht, dass er seine Macht verloren hatte, sondern dass die Toten sie von ihm absaugten.

»Tja«, seufzte Tolpan, »wenigstens bekommt der Drache das Gerät nicht.«

»Nein«, meinte Palin leise. »Nur uns.«

Obwohl er sie nicht sehen konnte, spürte er, dass er von Toten umgeben war, die an ihm nagten.

16 Die Hinrichtung

Die Kerze, die die Stunden zählte, stand neben Silvans Bett. Er lag auf dem Bauch und beobachtete, wie die Stunden mit dem Wachs dahinschmolzen. Eine nach der anderen verschwanden die Stundenlinien, bis nur noch eine letzte übrig war. Die Kerze war dazu geschaffen, zwölf Stunden zu brennen. Um Mitternacht hatte Silvan sie angezündet. Elf Stunden hatte die Flamme verzehrt. Jetzt war es bald Mittag, der Zeitpunkt für Minas Hinrichtung.

Silvan pustete die Kerze aus. Er stand auf und legte seine besten Kleider an, die Gewänder, die er für den Rückmarsch – den Siegesmarsch – nach Silvanost mitgebracht hatte. Das weiche, perlgraue Wams war mit Silberfäden bestickt. Auch Hose und Stiefel waren grau. Ärmelenden und Kragen waren mit weißer Spitze besetzt.

»Eure Majestät?«, rief eine Stimme vor seinem Zelt. »Ich bin es, Kiryn. Darf ich eintreten?«

»Wenn du willst«, antwortete Silvan schroff, »aber niemand anders.«

»Ich war vorhin schon einmal da«, erzählte Kiryn, nachdem er eingetreten war. »Du hast nicht reagiert. Bestimmt hast du geschlafen.«

»Ich habe kein Auge zugetan«, erwiderte Silvan kalt, während er seinen Kragen zurecht schob.

Kiryn schwieg einen Augenblick. Die Stille war unangenehm. »Hast du schon gefrühstückt?«, fragte er dann.

Jeden anderen hätte Silvans Blick getötet. Er würdigte seinen Cousin keiner Antwort.

»Vetter, ich weiß, wie du dich fühlst«, fuhr Kiryn fort. »Was sie vorhaben, ist ungeheuerlich. Einfach scheußlich. Ich habe mit meinem Onkel und den anderen gestritten, bis ich heiser war, aber nichts konnte sie umstimmen. Glaukus nährt ihre Ängste. Sie ersticken sich selbst mit ihrer Angst.«

»Du speist nicht mit ihnen?«, fragte Silvan halb zu ihm gewandt.

»Nein, Vetter! Natürlich nicht!« Kiryn war erstaunt. »Hast du geglaubt, dass ich das täte? Das ist Mord. Schlicht und einfach Mord. Auch wenn sie es eine ›Hinrichtung‹ nennen und das Ganze so aufziehen, dass es anständig aussieht, können sie die hässliche Wahrheit nicht übertünchen. Mir ist es egal, ob diese Frau der schlimmste, verwerflichste, gefährlichste Mensch ist, der je gelebt hat. Ihr Blut wird den Boden, auf den es fällt, für immer besudeln, ein Fleck, der sich wie die Blattern unter uns ausbreiten wird.«

Kiryn senkte die Stimme. Er warf einen misstrauischen Blick aus dem Zelt. »Glaukus redet bereits von Verrätern aus unserem eigenen Volk, Vetter. Er will dieselbe Strafe auch für Elfen einführen. Mein Onkel wie auch die Oberhäupter der Häuser waren alle entsetzt und einstimmig dagegen, aber ich befürchte, sie werden doch noch dazu übergehen, sich gegenseitig zu beschuldigen.«

»Glaukus«, wiederholte Silvan leise. Er hätte mehr sagen können, doch er dachte an sein Versprechen an Mina. »Holst du mir meinen Brustpanzer, Vetter? Und mein Schwert. Hilf mir, beides anzulegen, ja?«

»Ich kann deine Pagen rufen«, bot Kiryn an.

»Nein, ich will keinen sehen.« Silvan ballte die Faust. »Wenn einer meiner Diener etwas Abfälliges über sie sagt, könnte ich ... könnte ich etwas tun, was ich später bereue.«

Kiryn half mit den Lederschnallen.

»Ich habe gehört, sie sei recht hübsch. Für eine Menschenfrau«, fügte er hinzu.

Silvan warf seinem Vetter einen scharfen, argwöhnischen Blick zu.

Kiryn schaute nicht auf. Er murmelte etwas vor sich hin, während er so tat, als wäre er mit einem störrischen Riemen beschäftigt.

Silvan entspannte sich wieder. »Sie ist die schönste Frau, die ich je gesehen habe, Kiryn! So zierlich und zart. Und ihre Augen! Noch nie habe ich solche Augen gesehen!«

»Aber dennoch, Vetter«, rügte Kiryn sanft, »ist sie eine Ritterin von Neraka. Eine von denen, die uns vernichten wollen.«

»Ein Irrtum!«, schrie Silvan, der blitzartig von Eis zu Feuer wechselte. »Ich bin mir sicher! Sie wurde von den Rittern verhext oder ... oder sie halten ihre Familie als Geiseln ... oder aus welchen Gründen auch immer! In Wirklichkeit ist sie gekommen, um uns zu retten.«

»Und dazu hat sie eine bewaffnete Armee mitgebracht«, bemerkte Kiryn trocken.

»Du wirst schon sehen, Vetter«, prophezeite Silvan. »Du wirst sehen, dass ich Recht habe. Ich werde es dir beweisen.« Er umkreiste Kiryn. »Weißt du, was ich getan habe? Ich bin gestern Nacht zu ihr gegangen, um sie frei zu lassen. Wirklich? Ich habe ein Loch ins Zelt geschnitten. Ich wollte ihre Ketten lösen. Sie hat sich geweigert fortzulaufen.«

»Du hast was?«, japste Kiryn fassungslos. »Vetter ...«

»Egal«, wehrte Silvan ab. Die Flamme erlosch, das Eis kehrte zurück. »Ich will nicht darüber streiten. Ich hätte es dir nicht erzählen sollen. Du bist so schlimm wie der Rest. Geh jetzt! Lass mich allein.«

Kiryn hielt es für das Beste, ihm zu gehorchen. Er legte eine Hand an die Zeltklappe und war schon halb draußen, als Silvan ihn an der Schulter erwischte und aufhielt.

»Willst du jetzt zu Konnal laufen und ihm verraten, was ich dir erzählt habe? Denn wenn du das vorhast ...«

»Keineswegs, Vetter«, antwortete Kiryn ruhig. »Ich bewahre über deine Worte Stillschweigen. Du brauchst mir nicht zu drohen.«

Silvan wirkte beschämt. Nachdem er etwas gemurmelt hatte, ließ er Kiryns Ärmel los und drehte ihm den Rücken zu.

Unglücklich, besorgt und voller Angst um sein Volk wie um seinen Cousin blieb Kiryn vor dem Zelt des Königs stehen, denn er musste überlegen, was er jetzt tun sollte. Er traute dem Menschenmädchen nicht. Er wusste nicht viel von den Rittern von Neraka, aber er musste davon ausgehen, dass sie niemanden, der ihnen nur ungern oder widerwillig diente, zum Kommandanten befördern würden. Zwar sagte kein Elf freiwillig etwas Gutes über einen Menschen, aber die Elfensoldaten hatten grollend von der Zähigkeit und Disziplin des Feindes in der Schlacht gesprochen. Selbst General Konnal, der alle Menschen verabscheute, hatte zugegeben, dass diese Soldaten gut gekämpft hatten. Und obwohl sie zurückgewichen waren, hatten sie einen geordneten Rückzug angetreten. Sie waren dem Mädchen durch den Schild in ein sehr wehrhaftes Reich gefolgt, obwohl sie zweifellos gewusst hatten, dass sie direkt in den Tod zogen. Nein, diese Menschen dienten keiner unwilligen, verräterischen Kommandantin.

Es war nicht das Mädchen, das verhext war. Sie war es, die andere verhexte. Silvan war eindeutig in sie verliebt. Er war in einem Alter, in dem Elfenmänner allmählich die Leidenschaft entdecken, dem Alter, in dem sich ein Mann in sich selbst verliebt. Einem Alter, in dem er vor Anbetung trunken werden konnte.

»Ich liebe aus Liebe zu meiner Liebe«, war die erste Zeile des Refrains eines beliebten Elfenlieds. Welch ein Unglück, dass das Schicksal die beiden zusammengeführt hatte. Es hatte das exotische, schöne Menschenmädchen dem jungen König geradezu in die Arme geworfen.

Silvan führte etwas im Schilde. Kiryn hatte keine Ahnung, was das war, aber er hatte kein gutes Gefühl dabei. Kiryn mochte seinen Vetter. Er fand, Silvan hätte das Zeug zu einem guten König. Diese Torheit konnte ihn ruinieren. Dass er versucht hatte, dieses Mädchen zu befreien, eine Todfeindin der Elfen, reichte aus, um ihn als Verräter zu brandmarken, falls jemand davon erfuhr. Die Oberhäupter der Häuser würden Silvan nie verzeihen. Sie würden ihn zum »Dunkelelfen« erklären und ausstoßen, wie sie schon seine Eltern ins Exil geschickt hatten. General Konnal lauerte nur auf einen Vorwand.

Kiryn dachte keinen Augenblick daran, sein Gelübde gegenüber dem König zu brechen. Er würde niemanden erzählen, was Silvan ihm anvertraut hatte. Aber er wünschte sich so sehr, Silvan hätte nie davon gesprochen. Unglücklich fragte sich Kiryn, was der König wohl vorhatte, und ob er seinen Vetter an einer törichten, hitzköpfigen, impulsiven Handlung hindern könnte, die ihn zu Fall bringen würde. Am besten blieb er dicht bei Silvan, bereit, ihn notfalls aufzuhalten.

Die Sonne stand senkrecht über ihnen, starrte wie ein Einäugiger durch den Schleier des Schilds, als wäre sie verärgert darüber, keine klarere Aussicht zu haben. Ihr verwaschener Blick galt dem blutigen Feld, das für neuerliches Blutvergießen vorbereitet wurde. Ohne zu blinzeln, starrte die Sonne auf die Sämänner des Todes, die statt Samen Leichname in die Erde legten. Gestern war der Thon-Thalas blutrot gewesen. Niemand hatte aus ihm trinken können.

Die Elfen hatten im Wald einen umgestürzten Baum gefunden, der als Pfahl dienen konnte. Die Waldpfleger hatten ihn so bearbeitet, dass er jetzt glatt, kräfig und gerade war. Sie trieben den Pfahl tief in den Boden, bis er so stabil stand, dass er nicht umkippen würde.

General Konnal trat in Begleitung von Glaukus aufs Feld. Er trug Rüstung und Schwert. Das Gesicht des Generals war streng und gefasst. Glaukus war erfreut, er triumphierte. Die Offiziere stellten die Elfenarmee in Reih und Glied auf und ließen alle still stehen. Das Feld war von Elfensoldaten umringt, die einen schützenden Kreis bildeten und nach den Menschen Ausschau hielten, die womöglich auf die Idee kamen, ihre Anführerin retten zu wollen. Auch die Oberhäupter der Häuser versammelten sich. Die Verwundeten, die sich aus ihren Betten schleppen konnten, kamen zum Zuschauen.

Kiryn nahm seinen Platz neben seinem Onkel ein. Der junge Mann wirkte so betroffen, dass Konnal ihm in gedämpftem Ton riet, in sein Zelt zurückzukehren. Aber Kiryn schüttelte den Kopf und blieb, wo er war.

Man hatte sieben Bogenschützen als Hinrichtungskommando ausgewählt, die sich zwanzig Schritte vor dem Pfahl in einer Reihe aufstellten. Sie legten Pfeile auf und hielten die Bögen bereit.

Eine Trompete erscholl, um die Ankunft Seiner Majestät, des Sternensprechers, bekannt zu geben. Ohne Eskorte betrat Silvanoshei das Feld. Er war leichenblass, so bleich, dass die Oberhäupter der Häuser einander zuflüsterten, Seine Majestät hätte in der Schlacht eine Wunde davongetragen, aus der sein Herzblut floss.

Am Rand des Feldes blieb Silvan stehen. Er prüfte, wie die Truppen verteilt waren, musterte den Pfahl, betrachtete die Oberhäupter der Häuser, Konnal und Glaukus. An einer Seite des Feldes stand ein Stuhl für den König – in sicherer Entfernung von dem Bereich, wo die Gefangene ihre letzten Schritte tun würde. Silvan warf einen Blick auf den Stuhl und ging daran vorbei. Er bezog neben General Konnal Stellung, zwischen Konnal und Glaukus.

Konnal zeigte sich nicht erfreut. »Wir haben einen Stuhl für Eure Majestät. An einem sicheren Ort.«

»Ich stehe an Eurer Seite, General«, erwiderte Silvan, der Konnal nun direkt ansah. »Einen sichereren Ort kann ich mir nicht vorstellen. Ihr vielleicht?«

Der General lief rot an. Er warf Glaukus einen Blick zu, doch der zuckte mit den Schultern, als wollte er sagen: »Verschwende deine Zeit nicht mit Streitereien. Was soll's?«

»Bringt die Gefangene!«, ordnete Konnal an.

Silvan hielt sich sehr aufrecht. Seine Hand lag am Schwertgriff. Sein starres Gesicht gab nichts von seinen persönlichen Gedanken und Gefühlen preis.

Sechs Elfenwachen mit blanken Schwertern, deren Klingen im Sonnenlicht weiß aufblitzten, führten die Gefangene auf das Feld. Die Wachen waren groß und in voller Plattenrüstung. Das Mädchen trug ein schlichtes, weißes Hemd ohne jeden Zierrat, wie ein Kindernachtgewand. Ihre Hände und Füße lagen in Ketten. Sie wirkte klein und zerbrechlich, zart und fein, ein heimatloses Kind inmitten von Erwachsenen. Grausamen Erwachsenen.

Ein Murmeln ging durch die Oberhäupter der Häuser. Manche äußerten Mitleid oder Widerwillen, auch Zweifel. Das war die gefürchtete Kommandantin! Dieses Mädchen! Dieses Kind! Das Murmeln rief bei den Soldaten wütenden Groll hervor. Sie war ein Mensch. Sie war der Feind.

Konnal brachte das Unbehagen wie auch den Zorn mit einem einzigen funkelnden Blick zum Schweigen.

»Führt die Gefangene zu mir«, rief Konnal, »damit sie hört, wie die Anklage lautet, deretwegen ihr Leben verwirkt ist!«

Die Wachen eskortierten die Gefangene, die wegen der Fußfesseln zwar langsam ging, sich aber hoheitsvoll aufrecht hielt. Ihr Rücken war gerade, der Kopf erhoben. Auf ihren Lippen lag ein seltsames, ruhiges Lächeln. Ihre Wachen hingegen fühlten sich überhaupt nicht wohl in ihrer Haut. Das Mädchen ging leichten Schrittes, als würde sie kaum den Boden berühren. Die Wachen schlurften durch den zertretenen Boden, als kämen sie kaum voran. Bis sie die Gefangene vor den General geführt hatten, waren sie völlig ausgepumpt. Mit wachsamen, nervösen Blicken beobachteten sie das Mädchen, das sie wiederum kein einziges Mal angesehen hatte.

Mina würdigte Silvanoshei keines Blickes. Er hingegen legte sein ganzes Herz, seine ganze Seele in seine Augen, damit sie ihm ein Zeichen gab. Gegen die gesamte Elfenarmee hätte er gekämpft, wenn sie nur ein Wort gesagt hätte. Minas Bernsteinaugen fixierten nur General Konnal, der sich zwar noch einen Moment wehrte, aber vergeblich. Schon schloss er sich den anderen Insekten an, die in diesem goldenen Harz gefangen waren.

Jetzt hielt Konnal eine Rede, die erläuterte, weshalb es nötig war, gegen Brauch und Überzeugung der Elfen diese Person ihres wertvollsten Guts zu berauben – ihres Lebens. Er war ein wirkungsvoller Redner und brachte viele überzeugende Punkte vor. Seine Rede wäre auch gut angekommen, wenn er sie früher gehalten hätte, ehe die Zuschauer die Gefangene zu Gesicht bekommen hatten. So jedoch vermittelte er den Anschein eines grausamen Vaters, der ein hilfloses Kind unangemessen hart bestraft. Er merkte, dass er sein Publikum verlor. Viele in der Menge wurden unruhig, denn sie überdachten das Urteil noch einmal. Deshalb brachte Konnal seine Ansprache etwas übereilt zu Ende.

»Gefangene, wie lautet Euer Name?«, bellte er in der Gemeinsprache. Seine unnatürlich laute Stimme wurde von den Bergen zu ihm zurückgeworfen.

»Mina«, antwortete sie so kühl wie der blutrote Thon-Thalas.

»Nachname?«, fuhr er fort. »Für die Schreiber.«

»Mina ist mein einziger Name«, erwiderte sie.

»Gefangene Mina«, begann General Konnal streng. »Ihr habt eine bewaffnete Armee in unser Land geführt. Grundlos, denn wir sind ein friedliebendes Volk. Da zwischen unseren Völkern keine formelle Kriegserklärung ausgesprochen wurde, geltet Ihr hier als Räuberin, Gesetzlose und Mörderin. Deswegen verurteilen wir Euch jetzt zum Tode. Habt Ihr zu diesen Anklagepunkten etwas zu sagen?«

»Ja«, erklärte Mina sehr ernst. »Ich bin nicht gekommen, um Krieg gegen die Silvanesti zu führen. Ich bin gekommen, um sie zu retten.«

Konnal lachte bitter auf. »Wir wissen nur zu gut, dass ›Rettung‹ bei den Rittern von Neraka nur ein anderes Wort für Eroberung und Versklavung ist.«

»Ich bin gekommen, um Euer Volk zu retten«, beharrte Mina sanft, »und das werde ich auch tun.«

»Sie hält dich zum Narren, General«, flüsterte Glaukus Konnal drängend ins Ohr. »Bring die Sache zu Ende!«

Konnal achtete nicht auf seinen Berater, sondern schüttelte ihn ab und rückte einen Schritt von ihm weg.

»Ich habe noch eine Frage, Gefangene«, fuhr der General in gewichtigem Ton fort. »Eure Antwort wird Euch nicht vor dem Tode retten, aber wenn Ihr Euch kooperativ zeigt, werden die Pfeile vielleicht ein wenig genauer fliegen und ihr Ziel etwas schneller finden. Wie ist es Euch gelungen, den Schild zu durchdringen?«

»Das will ich Euch gern verraten«, sagte Mina sofort. »Die Hand des Gottes, dem ich folge, die Hand des einen, wahren Gottes der Welt und aller, die in dieser Welt leben, kam vom Himmel herunter und hob den Schild, damit ich und meine Begleiter eintreten konnten.«

Das Wispern, das von Elf zu Elf ging, war wie ein unerwarteter eisiger Windstoß an einem Sommertag. Man wiederholte ihre Worte, obwohl das nicht nötig war. Alle hatten sie deutlich gehört.

»Ihr lügt, Gefangene!«, schimpfte Konnal mit wütender, hohler Stimme. »Die Götter sind verschwunden und werden nie wiederkehren.«

»Ich habe dich gewarnt«, seufzte Glaukus. Unsicher starrte er Mina an. »Verurteile sie zum Tode! Jetzt!«

»Nicht ich bin die Lügnerin«, wehrte sich Mina. »Nicht ich werde heute sterben. Nicht mein Leben ist verwirkt. Hört die Worte des einen, wahren Gottes.«

Sie starrte Glaukus ins Gesicht. »Gieriger, Ehrgeiziger, du hast dich mit meinen Feinden verbündet, um mir zu stehlen, was rechtmäßig mir gehört. Die Strafe für Treulosigkeit ist der Tod.«

Mina hob die Hände. Keine Wolke stand am Himmel, doch die Schellen um ihre Handgelenke zerbarsten wie vom Blitz getroffen und fielen klirrend zu Boden. Ihre Ketten lösten sich einfach auf. Frei von allen Fesseln deutete sie auf Glaukus' Brust.

»Dein Zauber ist gebrochen! Die Illusion ist vorbei! Du kannst deinen Körper nicht mehr auf der Ebene der Bezauberung verbergen, während deine Seele in anderer Gestalt umherläuft. Zeig ihnen deine wahre Gestalt, Cyan Blutgeißel. Zeig den Elfen ihren ›Retter‹.«

Aus der Brust des Elfen, den alle als Glaukus kannten, fuhr ein flammender Blitz. Er schrie vor Schmerzen und langte nach einem magischen Amulett an seinem Hals, doch die Silberschnur, an der es gehangen hatte, war zerrissen und damit auch der Zauber, den das Amulett bewirkt hatte, unterbrochen.

Den Elfen bot sich ein erstaunlicher Anblick. Die Gestalt von Glaukus wuchs und streckte sich, so dass sein Elfenkörper für die Dauer eines Herzschlags riesenhaft verzerrt wirkte. Dem Elfen wuchsen grüne Flügel. Grüne Schuppen schoben sich über seinen hassverzerrten Mund und sprossen entlang der Nase, die sich zusehends verlängerte. Aus seinen in die Länge gezogenen Kiefern schossen Reißzähne hervor, welche die bösartigen Flüche behinderten, die aus seinem Mund drangen. Die Worte wurden zu giftigen Dämpfen. Seine Arme verwandelten sich in Beine, die in scharfen Klauen endeten. Die Beine wurden zu starken, muskulösen Hinterbeinen. Sein dicker Schwanz rollte sich zusammen, um mit der tödlichen Gewalt einer Peitsche oder einer zustoßenden Schlange loszuschlagen.

»Cyan!«, schrien die Elfen erschüttert. »Cyan, Cyan!«

Niemand rührte sich. Keiner konnte sich rühren. Ihre Glieder waren von Drachenangst gelähmt, welche Hand und Herz erstarren ließ, die Elfen packte und schüttelte wie ein Wolf, der einem Kaninchen das Rückgrat zu brechen sucht.

Aber Cyan Blutgeißel war noch nicht ganz unter ihnen. Seine Seele und sein Körper waren noch nicht vollständig vereint. Er steckte mitten in der Transformation und wusste genau, wie verwundbar er war. Er brauchte nur noch Sekunden, um ganz zu werden, doch diese wenigen kostbaren Sekunden waren unverzichtbar.

Mit Hilfe der Drachenangst erkaufte er sich die nötige Zeit, machte die Elfen hilflos, manche von ihnen sogar panisch vor Angst. General Konnal war so entsetzt darüber, was er seinem Volk Schreckliches angetan hatte, dass er fassungslos stehen blieb. Er versuchte noch, sein Schwert zu ziehen, doch seine rechte Hand weigerte sich einfach, diesen Gedanken zu befolgen.

Cyan achtete nicht auf den General. Mit dieser Laus konnte er sich später befassen. Der Drache konzentrierte seine ganze hemmungslose Wut auf die eine, wahre Gefahr – das Wesen, das ihn entlarvt hatte. Das Wesen, dem es irgendwie gelungen war, den mächtigen Zauber des Amuletts zu brechen, welches Körper und Seele gestattete, getrennt voneinander zu überleben. Dieses Amulett hatte der Drache von seinem einstigen Gebieter geschenkt bekommen, dem berüchtigten Zauberer Raistlin Majere.

Mina zitterte vor Drachenangst. Dagegen half nicht einmal ihr Glaube. Sie war unbewaffnet und hilflos. Cyan stieß seine giftigen Gase aus. Noch waren sie so schwach wie seine zermalmenden Kiefer. Doch das tödliche Gas würde diese armselige Sterbliche lähmen, und dann würden seine Kiefer stark genug sein, ihr das Menschenherz aus der Brust und den Kopf vom Rumpf zu reißen.

Auch Silvan war ganz von Drachenangst erfüllt – Angst und

Staunen, Entsetzen sowie der furchtbaren Erkenntnis: Cyan Blutgeißel, der zum Fluch seines Großvaters geworden war, war jetzt der Fluch des Enkels. Silvan erschauerte, wenn er daran dachte, was er auf Glaukus' Geheiß hin womöglich getan hätte, wenn Mina ihm nicht die Augen geöffnet hätte.

Mina! Er drehte sich nach ihr um, sah sie zurücktaumeln und nach ihrer Kehle greifen. Besinnungslos stürzte sie vor dem Drachen, der seine geifernden Kiefer weit aufgerissen hatte, auf den Boden.

Durch Silvans Blut raste die Angst um Mina, die stärker und mächtiger war als die Drachenangst. Mit gezogenem Schwert sprang er vor und stellte sich über sie, um sie vor dem zuschlagenden Drachen abzuschirmen.

Ursprünglich hatte Cyan für diesen Caladon keinen so schnellen Tod vorgesehen. Er hatte sich darauf gefreut, ihn jahrelang zu peinigen, wie er schon seinen Großvater gepeinigt hatte. Welch eine Enttäuschung, doch da war nichts zu machen. Er blies dem Elfen sein giftiges Gas entgegen.

Silvan hustete und würgte. Ihm wurde übel, er merkte, wie er in den Dämpfen erstickte. Obwohl seine Kraft nachließ, schlug er dennoch ungezielt mit dem Schwert nach dem hässlichen Drachenkopf.

Die Klinge drang unterhalb des Kiefers in das weiche Fleisch, wo sie wenig wirklichen Schaden anrichtete, dem Drachen aber Schmerzen zufügte. Noch während das Schwert in seinem Maul steckte, fuhr Cyan zurück, womit er Silvan die Waffe aus der schlaffen Hand riss. Nach einem Ruck des Drachenkopfes spritzte sein Blut über das Feld, und das Schwert flog durch die Luft.

Die Verwandlung war abgeschlossen. Der Drache war mächtig und wütend. In ihm brodelte der Hass auf die Elfen. Er wollte sein Gift über sie speien und zusehen, wie sie qualvoll erstickten. Cyan breitete die Flügel aus und schwang sich in die Luft.

»Seht mich an!«, brüllte der Drache. »Seht mich an, Silvanesti! Seht meine Macht, meine Kraft, und seht euren Untergang!«

Plötzlich wurde General Konnal das volle Ausmaß von Glaukus' Täuschung bewusst. Er hatte sich von dem Drachen hereinlegen lassen. Er hatte sich von Cyan Blutgeißel genauso manipulieren lassen wie der Mann, den Konnal verachtet hatte, Lorac Caladon. In diesen letzten Augenblicken erkannte Konnal die Wahrheit. Der Schild schützte sie nicht. Er brachte sie um. Fassungslos über das schreckliche Schicksal, das er seinem Volk unwissentlich auferlegt hatte, starrte Konnal zu dem grünen Drachen hoch, der ihm zum Fluch geworden war. Er öffnete den Mund, um den Befehl zum Angriff zu geben, doch in diesem Moment versagte vor Wut und Schuld sein Herz. Er kippte vornüber.

Kiryn rannte zu seinem Onkel hin, aber Konnal war tot.

Der Drache stieg höher, kreiste, wirbelte mit seinen großen Flügeln die Luft auf und ließ die Drachenangst wie einen dichten, undurchdringlichen Nebel über die Elfen sinken.

Silvan, dessen Augenlicht nachließ, sank neben Mina zu Boden. Noch im Sterben versuchte er, ihren Körper mit seinem zu schützen.

»Mina!«, flüsterte er. Es waren seine letzten Worte. »Ich liebe dich!«

Er brach zusammen. Um ihn schloss sich die Finsternis.

Mina hörte seine Worte. Ihre Bernsteinaugen klappten auf. Sie blickte sich um, bemerkte Silvan neben sich. Er atmete nicht mehr. Der Drache bereitete über dem Schlachtfeld seinen Angriff vor. Die Elfen waren hilflos, denn die Drachenangst lähmte sie, erdrückte ihre Herzen, bis ihnen der Atem stockte. Sie konnten sich nicht rühren und nur noch an den bevorstehenden, entsetzlichen Schmerz denken. Die Elfenschützen starrten dem Tod ins Auge, die Pfeile aufgelegt, die Bögen schussbereit, doch ihre zitternden Hände konnten kaum die Waffen halten, geschweige denn die Sehnen spannen.

Ihr General lag tot auf der Erde.

Mina beugte sich über Silvanoshei. Mit einem Kuss flüsterte sie: »Du darfst nicht sterben! Ich brauche dich!«

Er begann zu atmen, doch er regte sich nicht.

»Die Bogenschützen, Silvanoshei!«, rief sie. »Befiehl ihnen zu schießen! Du bist ihr König! Dir werden sie gehorchen.«

Sie rüttelte ihn. »Silvanoshei!«

Stöhnend bewegte er sich. Seine Augenlider zuckten, aber Mina wurde die Zeit knapp.

Sie sprang auf. »Bogenschützen!«, schrie sie in akzentfreiem Silvanesti. »*Sagasto*! Feuer! Feuer!«

Wie eine Fanfare durchdrang ihr Ruf die Drachenangst eines einzigen Schützen. Er wusste nicht, wer gerufen hatte. Er hörte nur dieses eine Wort, das mit der Wucht eines eisernen Dorns in sein Gehirn gedrungen war. Er hob den Bogen und zielte auf den Drachen.

»Sagasto!«, schrie Mina wieder. »Tötet ihn! Er hat euch betrogen!«

Ein zweiter Schütze hörte ihre Worte und gehorchte, dann noch einer und noch einer. Sie schossen ihre Pfeile ab und überwanden damit ihre eigene Angst. Jetzt sahen die Elfen nur noch einen Feind, einen sterblichen Feind, und legten eilig weitere Pfeile auf. Die ersten Geschosse kamen noch ungezielt aus ihren zitternden Händen, doch da das Ziel so gewaltig war, traf selbst der schlechteste Schluss, wenn auch nicht unbedingt so wie ursprünglich anvisiert. Zwei Pfeile rissen Löcher in die Drachenschwingen. Einer blieb in dem peitschenden Schwanz stecken. Einer traf die grünen Schuppen an der Brust, von denen er abprallte und zu Boden fiel.

Nachdem die Drachenangst einmal überwunden war, konnten die Elfen davon nicht erneut befallen werden. Jetzt peilten sie die verwundbaren Körperteile des Drachen an, das zarte Fleisch unterhalb der Vorderbeine in Herznähe, das nicht von Schuppen bedeckt war. Sie zielten auf die Gelenke, mit denen die Flügel am Rumpf befestigt waren. Und auf die Drachenaugen.

Inzwischen hoben auch die anderen Elfen die Köpfe. Erst Dutzende, dann Hunderte schüttelten die Drachenangst ab, um sich mit Pfeil und Bogen, Speer und Lanze dem Kampf zu stellen.

Entsetzensschreie wandelten sich zu Kampfgebrüll. Endlich konnten sie den Gegner bekämpfen, der Verzweiflung und Tod über ihr Land gebracht hatte. Der Himmel war schwarz vor Pfeilen – und vom tropfenden Blut des Drachen.

Der Schmerz machte Cyan Blutgeißel so verrückt, dass er einen Fehler beging. Er zog sich nicht aus dem Kampf zurück, was ihm trotz seiner schweren Verletzungen jetzt noch gelungen wäre. Noch hätte er zu einem seiner vielen Schlupfwinkel fliegen können, um dort seine Wunden zu lecken. Aber er konnte nicht fassen, dass dieses lächerliche Volk, das so lange seinem Willen unterworfen gewesen war, ihm so viel körperlichen Schmerz zufügen konnte. Ein kräftiger Giftstoß würde sie erledigen. Mit einem Atemzug würde alles vorbei sein.

Cyan holte Luft und stieß sie wieder aus. Doch der Atemzug, der eine tödliche Wolke hätte sein sollen, kam als Japsen. Das Giftgas war kaum mehr als ein feiner Nebel, der im leichten Morgenwind zerstob. Der nächste Atemzug blieb rasselnd in seiner Brust stecken. Er fühlte die Pfeile tief in seine Eingeweide eindringen. Sie durchbohrten seine Lunge. Zu spät versuchte er, sich dem Kampf zu entziehen. Zu spät bemühte er sich, seinen Feinden zu entkommen. Die zerfetzten Flügel konnten ihn nicht mehr in der Luft halten. Er verlor an Höhe.

Cyan drehte sich auf den Rücken. Er stürzte ab und konnte nichts tun, um seinen Fall abzuwenden. Während er dem Boden entgegenraste, erkannte er in einem letzten Moment bitterer Verzweiflung, dass diese letzte Windung ihn vom Schlachtfeld entfernt hatte, wo sein herunterstürzender Körper wenigstens noch viele seiner Feinde mit in den Tod gerissen hätte. Jetzt befand er sich über den Bäumen des Waldes.

Mit einem letzten zornigen Wutgebrüll stürzte Cyan Blutgeißel in die Bäume von Silvanesti, jene Bäume, die er während des Traumes verdreht und gequält hatte. Die Bäume warteten schon auf ihn. Espen und Eichen, Zypressen und Kiefern standen wie tapfere Pikeniere bereit. Unter seinem Gewicht gaben sie nicht nach, sondern hielten wacker stand, als ihr Feind auf sie fiel. Die Bäume durchstießen Cyan Blutgeißels Schuppen, durchbohrten sein Fleisch, spießten ihn mit ihren zersplitternden Stämmen und Ästen auf. So nahmen die Bäume von Silvanesti selbst Rache an ihm.

Als Silvanoshei die Augen aufschlug, stand Mina schützend über ihm. Taumelnd richtete er sich auf. Er war benommen, doch es ging ihm zunehmend besser. Mina beobachtete den Kampf gegen den Drachen. Ihr Gesicht blieb ausdruckslos, während die Pfeile, die für ihren eigenen Körper bestimmt gewesen waren, den Körper ihres Gegners durchbohrten.

Silvan hatte kaum Augen für den Kampf. Seine Gedanken kreisten nur um Mina.

»Du hast mich aus dem Tod zurückgeholt«, flüsterte Silvan, dessen Kehle vom Gas wund war. »Ich lag im Sterben, ich war tot. Ich merkte, wie meine Seele sich löste. Ich sah meinen eigenen Körper auf dem Boden liegen. Und ich sah, wie du mich geküsst hast. Du hast mich geküsst, ich konnte dich nicht verlassen! Deshalb lebe ich!«

»Der eine Gott hat dich zurückgeholt, Silvanoshei«, erklärte Mina ruhig. »Der eine Gott hat noch etwas mit dir vor.«

»Nein, du!«, beharrte er. »Du hat mich ins Leben zurückgerufen! Weil du mich liebst! Mein Leben gehört jetzt dir, Mina. Mein Leben und mein Herz.«

Mina lächelte, doch sie verfolgte weiter den Kampf. »Sieh hin, Silvanoshei.« Sie deutete über das Feld. »Heute hast du deinen schrecklichsten Feind besiegt, Cyan Blutgeißel, der dich auf den Thron gesetzt hat, weil er dachte, du wärst so schwach wie dein Großvater. Du hast ihm das Gegenteil bewiesen.«

»Unseren Sieg verdanken wir dir, Mina«, erwiderte Silvan beglückt. »Du hast den Befehl zum Feuern gegeben. Ich habe deine Stimme durch die Finsternis vernommen.«

»Wir haben noch nicht ganz gesiegt«, äußerte sie. Ihr Blick

schweifte in die Ferne. »Noch nicht. Die Schlacht ist noch nicht vorüber. Dein Volk schwebt weiter in Lebensgefahr. Cyan Blutgeißel wird sterben, aber der Schild, den er über euch gelegt hat, bleibt.«

Über dem Jubel seines Volkes und dem wütenden Heulen des tödlich verwundeten Drachen konnte Silvan ihre Stimme kaum vernehmen. Er legte einen Arm um ihre schmale Taille und zog sie an sich, um ihre Worte besser zu verstehen.

»Sag es mir noch einmal, Mina«, bat er. »Sag mir noch einmal, was du mir über den Schild erzählt hast.«

»Ich verrate dir nichts anderes als das, was Cyan Blutgeißel euch erklärt hat«, antwortete Mina. »Er hat die Angst der Elfen vor der Welt gegen euch selbst benutzt. Sie glauben, der Schild würde sie beschützen, aber in Wirklichkeit bringt er sie um. Die Magie des Schilds entzieht den Elfen ihre Lebenskraft, um selbst zu existieren. So lange er bleibt, wird dein Volk langsam sterben, bis irgendwann niemand mehr da sein wird, den der Schild beschützen kann. So wollte Cyan Blutgeißel euch einen nach dem anderen auslöschen und sich dabei ins Fäustchen lachen, weil ihr euch so sicher fühlt, während ihr in Wahrheit euch selbst vernichtet.«

»Wenn das wahr ist, muss der Schild zerstört werden«, stellte Silvan fest. »Aber ich bezweifle, dass selbst unsere mächtigsten Zauberer seine mächtige Magie durchbrechen könnten.«

»Du brauchst keine Zauberer, Silvan. Du bist der Enkel von Lorac Caladon. Du kannst beenden, was dein Großvater begonnen hat. Du hast die Macht, den Schild niederzureißen. Komm mit.« Mina hielt ihm die Hand hin. »Ich zeige dir, was du zu tun hast.«

Silvan ergriff ihre feinknochige, zarte Hand. Er drückte sie an sein Herz und sah Mina in die Augen, in deren Bernstein er sich selbst erkannte.

»Du musst mich küssen«, forderte sie ihn auf und spitzte die Lippen.

Silvan gehorchte willig. Seine Lippen berühten ihre und fanden die Süße, nach der er hungerte.

Nicht weit entfernt wachte Kiryn neben dem Körper seines Onkels. Er hatte Silvanoshei fallen sehen. Er hatte gewusst, dass sein Vetter tot war, denn niemand konnte den giftigen Atem des Drachen überleben. Kiryn trauerte um beide, um seinen Vetter wie um seinen Onkel. Beide hatten sich von Glaukus täuschen lassen. Beide hatten dafür bezahlt. Kiryn hatte neben seinem Onkel gekniet und seinen eigenen Tod erwartet. Der Drache würde auch ihn umbringen.

Doch dann hatte er erstaunt mitangesehen, wie das Menschenmädchen, Mina, den Kopf gehoben hatte und aufgestanden war. Sie war stark, geistesgegenwärtig und offenbar durch das Gift nicht beeinträchtigt. Sie blickte auf Silvanoshei hinunter, der neben ihr lag, küsste dessen leblose Lippen, worauf sein Vetter – zu Kiryns Verwunderung und Unbehagen – wieder geatmet hatte.

Kiryn sah, wie Mina den erlahmten Kampfgeist der Elfen neu entfachte. Er hörte ihre Stimme, hörte, wie sie auf Elfisch Befehle erteilte. Er sah, wie sein Volk den Kampf gegen den Drachen aufnahm. Und er sah den Drachen sterben.

Das alles beobachtete er mit grenzenloser Freude, einer Freude, die ihm die Tränen in die Augen trieb, aber doch auch mit Unruhe im Herzen.

Warum hatte diese Frau das getan? Welchen Grund hatte sie? Weshalb hatte sie an dem einen Tag zugesehen, wie ihre Armee die Elfen tötete, um anderntags die Elfen zu retten?

Er wurde Zeuge, wie sie Silvan umarmte. Kiryn wollte hinlaufen und seinen Cousin dem Mädchen entreißen. Er wollte ihn schütteln, bis dieser wieder klar denken konnte. Aber Silvan würde nicht auf ihn hören.

Warum sollte er auch, überlegte Kiryn.

Er selbst war doch auch überwältigt von den schrecklichen Geschehnissen dieses Tages. Warum sollte sein Vetter auf Kiryns warnende Worte hören, wenn dieser nur einen dunklen Schatten zum Beweis anbringen konnte, der sich jedes Mal, wenn er Mina ansah, über seine Seele legte.

Kiryn wandte sich von ihnen ab. Mit sanfter Hand schloss er seinem Onkel die starren Augen. Seine Pflicht als Neffe galt dem Toten.

»Komm mit, Silvan«, bedrängte ihn Mina, deren weiche Lippen an seiner Wange lagen. »Tu es für dein Volk.«

»Ich tue es für dich, Mina«, flüsterte Silvan. Mit geschlossenen Augen legte er seine Lippen auf ihre.

Ihr Kuss war wie Honig, doch er stach zugleich. Silvan ertrank in der Süße, zuckte jedoch vor dem sengenden Schmerz zurück. Sie zog ihn in die Finsternis, eine Schwärze, die dem Dunkel der Sturmwolken glich. Ihr Kuss war wie ein Blitz, der ihn blendete, ihn über den Rand eines Abgrunds stolpern ließ. Er konnte seinen Sturz nicht aufhalten. Er schlug auf Felsen auf, fühlte, wie seine Knochen brachen, wie sein ganzer Körper schmerzte. Es war ein entsetzlicher Schmerz, aber in dem Schmerz lag Ekstase. Er sehnte sich so dringend nach dem Ende, dass er dafür den Tod in Kauf genommen hätte. Doch zugleich wollte er, dass der Schmerz für immer anhielt.

Ihre Lippen entzogen sich seinen. Der Bann war gebrochen.

Wie von den Toten auferstanden, schlug Silvan die Augen auf. Zu seiner Überraschung erblickte er die blutrote Abendsonne. Es war doch Mittag gewesen, als er sie geküsst hatte. Offenbar waren die Stunden vergangen, aber wie? In ihr verloren, in ihr vergessen. Um ihn herum war es still und ruhig. Der Drache war verschwunden. Langsam wurde Silvan klar, dass er nicht mehr auf dem Schlachtfeld stand. Er befand sich in einem Garten, einem Garten, der ihm im schwindenden Tageslicht irgendwie bekannt vorkam.

Ich kenne diesen Ort, überlegte er benommen. Er kommt mir bekannt vor. Aber wo bin ich? Und wie bin ich hierher gekommen? Mina! Mina! Einen Augenblick erfasste ihn Panik, denn er glaubte, er hätte sie verloren.

Er spürte, wie ihre Hand sich um seine schloss. Mit einem tiefen Aufseufzen legte er seine Hand über ihre.

Ich befinde mich im Garten von Astarin, stellte er fest. Dem Palastgarten. Einem Garten, den ich von meinem Schlafgemach aus sehen kann. Einmal bin ich hier gewesen, es war grässlich. Ein grauenvoller Ort. Da – eine tote Pflanze. Da noch eine, dort noch eine. Ein Baum, der vor meinen Augen verdorrt, dessen Blätter sich wie unter Schmerzen winden und verdorren. Sie werden grau und fallen ab. In diesem Garten wächst nur deshalb etwas, weil die Palastgärtner und die Waldpfleger die toten Pflanzen durch neue aus ihren eigenen Gärten ersetzen. Doch alles Lebende, was in diesen Garten gebracht wird, ist zum Tode verurteilt.

Nur ein Baum in diesem Garten überlebt. Der Baum im Zentrum. Der, den sie den Schildbaum nennen, weil er einst von einem leuchtenden Schild umgeben war, den nichts durchdringen konnte. Glaukus behauptet, die Magie dieses Baumes hielte den Schild an Ort und Stelle. Das stimmt, aber die Wurzeln dieses Baumes nähren sich nicht aus dem Boden. Sie reichen ins Herz eines jeden Elfen von Silvanesti.

Er spürte, wie die Wurzeln des Baumes sich auch in sein Herz schlichen.

Mit Mina an der Hand lief Silvanoshei durch den siechenden Garten bis zu dem Baum in dessen Mitte. Der Schildbaum lebte. Er gedieh. Seine Blätter waren grün und gesund, so grün wie die Schuppen des grünen Drachen. Der Stamm des Schildbaums war blutrot, schien regelrecht Blut zu schwitzen. Seine Äste waren verkrümmt; sie wanden sich wie Schlangen.

Ich muss den Baum herausreißen. Ich bin der Enkel von Lorac. Ich muss die Wurzeln des Baumes aus den Herzen der Elfen herausreißen, dann kann ich sie befreien. Aber ich will dieses schreckliche Ding nicht berühren. Ich suche mir eine Axt und hacke ihn ab.

Und wenn du ihn hundertmal abhackst, flüsterte eine Stimme ihm zu, *er würde hundertmal wieder wachsen.*

Nun, da Cyan Blutgeißel tot ist, wird er absterben. Der Drache hat ihn am Leben erhalten.

Du erhältst ihn am Leben. Mina sprach kein Wort, sondern legte ihre Hand auf sein Herz. *Du und dein Volk. Fühlst du nicht, wie seine Wurzeln sich in dich hineinbohren, deine Kraft absaugen, dir das Leben entziehen?*

Silvan konnte etwas in seinem Herzen wahrnehmen, doch ob es das Böse in dem Baum war oder die Berührung ihrer Hand, war schwer zu unterscheiden.

Er griff nach ihrer Hand und küsste sie. Dann ließ er sie zwischen den sterbenden Pflanzen auf dem Weg stehen und ging auf den lebenden Baum zu. Der Baum fühlte die Gefahr. Graue Ranken wanden sich um Silvans Knöchel. Tote Zweige fielen auf ihn herab, trafen ihn auf Rücken und Schultern. Er trat nach den Ranken und schleuderte die Zweige von sich.

Als er dem Baum näher kam, fühlte er die Schwäche. Je dichter er herankam, desto größer wurde sie. Der Baum wollte ihn töten wie so viele andere vor ihm. Sein Saft strotzte vom Blut des Elfenvolkes. Jedes glänzende Blatt war die Seele eines ermordeten Elfen.

Der Baum war groß, aber sein Stamm spindeldürr. Silvan konnte leicht die Hände darum legen. Von den Nachwirkungen des Gifts war ihm noch wacklig zumute. Er fragte sich, ob er die Kraft haben würde, den Baum auszureißen.

Du hast die Kraft. Du allein.

Silvan schlang beide Hände um den Baumstamm. Der Stamm wand sich wie eine Schlange. Das schreckliche Gefühl ließ ihn erschauern.

Er ließ los, wich zurück. Wenn der Schild fällt, dachte er, weil ihn plötzlich Zweifel überkamen, ist unser Land schutzlos.

Jahrhundertelang hat sich die Nation der Silanesti auf den Mut und die Erfahrung ihrer Krieger verlassen. Diese ruhmrei-

chen Tage werden wiederkehren. Die Tage, in denen die Welt die Elfen geachtet, geehrt und gefürchtet hat. Du wirst König einer mächtigen Nation und eines starken Volkes sein.

Ich werde König sein, sagte Silvan in sich hinein. Sie wird sehen, dass ich ebenso gewaltig wie edel bin. Dafür wird sie mich lieben.

Er stemmte beide Füße gegen den Boden. Dann umklammerte er den geschmeidigen Baumstamm, nahm die Kraft seiner Aufregung, seiner Liebe, seines Ehrgeizes und seiner Träume zusammen und zog daran.

Eine einzelne Wurzel brach ab. Vielleicht war es die, die sein eigenes Herz angezapft hatte, denn nachdem sie gelöst war, wuchsen seine Kraft und sein Wille. Er zog und zerrte, seine Schultern spannten sich. Weitere Wurzeln gaben nach. Er verdoppelte seine Anstrengungen.

»Für Mina!«, sagte er in sich hinein.

Die Wurzeln gaben so plötzlich nach, dass Silvan nach hinten kippte. Krachend landete der Baum auf ihm, doch er war unverletzt. Allerdings konnte er durch die Blätter und Zweige, die ihn bedeckten, nichts erkennen.

Wütend, weil er sich zum Narren gemacht hatte, kroch er darunter hervor. Sein Gesicht war rot vor Stolz wie vor Scham, als er sich den Dreck von den Händen wischte.

Die Sonne schien heiß in sein Gesicht. Als Silvan aufblickte, sah er nur ihr wütendes, rotes Feuer. Kein Schleier verdunkelte ihre Strahlen, keine schimmernde Aura filterte ihr Licht. Er merkte, dass er nicht direkt in die grelle Sonne oder in ihre Nähe blicken durfte. Ihr Anblick tat seinen Augen weh. Obwohl er die Tränen wegblinzelte, sah er nichts als einen schwarzen Fleck dort, wo die Sonne gewesen war.

»Mina!«, rief er. Er legte eine Hand über die Augen, um sie zu finden. »Sieh her, Mina! Dein Gott hatte Recht. Der Schild ist fort!«

Silvan stolperte auf den Weg hinaus. Er konnte noch nicht wieder richtig sehen. »Mina?«, rief er. »Mina?«

Silvan rief und rief. Er rief noch lange, nachdem die Sonne vom Himmel verschwunden war, rief immer wieder in die Dunkelheit. Er rief ihren Namen, bis seine Stimme versagte und er nur noch flüstern konnte.

»Mina!«

Aber es kam keine Antwort.

7 Aus Liebe zu Mina

Galdar hatte seit dem Tag der Schlacht nicht mehr geschlafen. Die ganze lange Nacht hatte er am Rand der Höhlen Wache gehalten, in denen die verbliebenen Ritter Schutz gesucht hatten. Er hatte sich geweigert, sich von jemandem ablösen zu lassen, obwohl viele ihm das angeboten hatten. Jeden Vorschlag lehnte er kopfschüttelnd ab, schickte alle weg, bis keiner mehr kam.

Die Männer, die die Schlacht überlebt hatten, lagen müde und verängstigt in den Höhlen, ohne viel zu sprechen. Die Verwundeten gaben sich große Mühe, ihr Stöhnen und Jammern zu unterdrücken, denn sie hatten Angst, den Feind auf sich aufmerksam zu machen. Meistens flüsterten sie einen Namen, ihren Namen, und fragten sich, warum sie nicht kam, um sie zu trösten. Wer starb, starb mit ihrem Namen auf den Lippen.

Galdar hielt nicht nach dem Feind Ausschau. Diese Aufgabe hatte er anderen übertragen. Im dichten Blattwerk hockten Posten, die auf Elfenspäher achten sollten, die auf ihr Versteck stoßen könnten. Zwei Elfen war dies am Morgen geglückt. Die Posten hatten kurzen Prozess mit ihnen gemacht, ihnen lautlos den Hals gebrochen und die Leichen dem tiefen, reißenden Thon-Thalas übergeben.

Galdar brauste auf, als er herausfand, dass seine Männer die Elfen zunächst sogar lebend erwischt hatten.

»Ich wollte sie verhören, ihr Vollidioten!«, brüllte er los und hätte beinahe den einen der Posten geohrfeigt.

»Langsam, Galdar«, mahnte Samuval, der dem Minotaurus eine Hand auf den Arm legte. »Was hätte es uns genutzt, sie zu foltern? Die Elfen hätten doch nicht geredet, aber ihre Schreie hätte man meilenweit gehört.«

»Sie hätten mir verraten, was sie mit ihr gemacht haben«, erwiderte Galdar, während er den Arm sinken ließ. Die Späher zogen sich unter seinen bösen Blicken hastig zurück. »Sie sollten mir verraten, wo sie gefangen sitzt. Dafür hätte ich schon gesorgt.« Er ballte die Faust und entspannte sie wieder.

»Mina hat befohlen, keine Gefangenen zu machen, Galdar. Sie hat befohlen, jeden aufgegriffenen Elfen auf der Stelle zu töten. Du hast geschworen, ihren Befehlen zu gehorchen. Willst du eidbrüchig werden?«, fragte Samuval.

»Ich halte meinen Schwur«, grollte Galdar, der wieder seinen Posten bezog. »Ich habe es ihr versprochen, und dieses Versprechen werde ich halten. Habe ich es gestern etwa nicht gehalten? Ich stand da und musste mitansehen, wie dieser Hundesohn von einem Elfenkönig sie gefangen nahm. Ihr erbittertster Feind. Wie er sie im Triumph einem ungewissen Schicksal entgegen schleppte. Man wird sie verhöhnen, versklaven, quälen, töten. Ich habe ihr geschworen, ich würde mich nicht einmischen, und ich habe zu meinem Wort gestanden. Aber jetzt tut es mir Leid!«, fügte er bitter hinzu.

»Denk daran, was sie gesagt hat, mein Freund«, erinnerte ihn Samuval leise. »Denk an ihre Worte. ›Sie glauben, sie könnten mich gefangen nehmen. Aber wenn sie das tun, nehme ich sie gefangen, jeden Einzelnen.‹ Denk daran, dann verlierst du nicht den Glauben.«

Den ganzen Morgen harrte Galdar am Eingang der Höhle aus. Er sah die Sonne den Zenit erklimmen, sah ihr zorniges Auge durch den Schild starren, und er beneidete sie inständig, denn im Gegensatz zu ihm konnte die Sonne Mina sehen.

Staunend verfolgte er den Kampf gegen den grünen Drachen, sah Blut und grüne Schuppen vom Himmel regnen. Galdar hatte wenig für Drachen übrig, auch nicht für solche, die an seiner Seite kämpften. Ein altes Minotaurensprichwort, das noch aus der Zeit ihres großen Helden, Kaz, stammte, besagte, dass Drachen nur eine einzige Seite kennen: ihre eigene. Galdar hörte den Todesschrei des Drachen und fühlte, wie der Boden erzitterte, als das Ungetüm vom Himmel fiel. Er fragte sich nur, was für ein Vorzeichen das war. Für sie wie für Mina.

Hauptmann Samuval beobachtete den Kampf an Galdars Seite. Er brachte dem Minotaurus etwas zu essen – eine Ratte, die man in der Höhle gefangen hatte – und zu trinken. Galdar trank das Wasser, aber das Rattenfleisch wies er zurück. Die Männer hatten ohnehin schon wenig zu beißen. Andere brauchten die Nahrung dringender als er. Hauptmann Samuval zuckte mit den Schultern und verzehrte die Ratte selbst. Galdar wachte weiter.

Die Stunden verstrichen. Die Verwundeten stöhnten leise, starben leise. Irgendwann wollte die Sonne untergehen, eine blutrote Sonne, die sich hinter ihren Gazevorhang zurückzog. Sie war verzerrt und ähnelte gar nicht mehr der Sonne, die Galdar kannte. Er wandte seinen Blick ab. Es war ihm unangenehm, durch den Schild in Richtung Sonne zu blicken. Er fragte sich, wie die Elfen das aushielten.

Unwillkürlich fielen ihm die Augen zu. Er nickte ein, döste im Stehen, bis neben ihm Hauptmann Samuvals Stimme erklang, die wie ein Feuerball über dem Minotaurus zerbarst.

»Sieh dir das an!«

Galdar riss die Augen auf. Er tastete nach seinem Schwert. »Was? Wo?«

»Die Sonne!«, rief Hauptmann Samuval. »Nein, sieh nicht direkt hinein. Davon wirst du blind!« Er legte eine Hand über die Augen und spähte darunter hindurch. »Verdammt!«

Galdar blickte zum Himmel empor. Das Licht war so hell, dass seine Augen tränten. Schnell musste er wegsehen. Er wischte sich die Tränen von den Nüstern und blinzelte. Die Sonne hatte den Schleier weggebrannt. Wild und grausam brannte sie auf die Welt herab, als wäre sie eben neu erschaffen worden und schwelgte in ihrer Macht. Halb blind senkte er den Blick.

Vor ihnen, umgeben vom blutroten Licht der neugeborenen Sonne, stand Mina.

Galdar wollte einen Freudenschrei ausstoßen, doch sie legte einen Finger an ihre Lippen und mahnte zur Ruhe. Der Minotaurus begnügte sich mit einem breiten Grinsen. Er konnte ihr nicht sagen, dass er dankbar war, sie zu sehen. Sie hatte versprochen zurückzukommen, und er wollte nicht, dass sie auf die Idee kam, er hätte an ihr gezweifelt. In Wahrheit hatte er nicht gezweifelt. Nicht in seinem Herzen. Mit einem Daumen wies er zum Horizont.

»Was hat das zu bedeuten?«, fragte er.

»Der Schild ist gefallen«, antwortete Mina. Sie war blass und zum Umfallen müde. Als sie ihm die Hand hinstreckte, fühlte sich Galdar geehrt, sie mit seinem Arm – dem rechten Arm – stützen zu dürfen. »Der Zauber ist gebrochen. In diesem Augenblick marschiert die Armee von General Dogah, viele tausend Mann stark, in Silvanesti ein.«

Auf Galdars starken Arm gestützt, betrat Mina die Höhle. Die Männer hätten losgejubelt, doch das Mädchen hieß sie Schweigen bewahren.

Die Soldaten versammelten sich um sie, streckten die Hände aus, um sie zu berühren. Trotz ihrer Müdigkeit sprach sie mit jedem Einzelnen, nannte jeden beim Namen. Sie wollte weder essen noch trinken noch schlafen, ehe sie die Verwundeten aufgesucht und den Gott gebeten hatte, sie zu heilen. Auch betete sie bei jedem der Toten. Mit gesenktem Kopf hielt sie die kalten Hände in ihren eigenen.

Dann, erst dann, nahm sie Wasser an und setzte sich. Sie berief die Ritter und Offiziere zum Kriegsrat ein.

»Wir müssen uns nicht mehr lange versteckt halten«, teilte sie ihnen mit. »Mein Plan lautet: Wir schließen uns General Dogahs Armee an und nehmen zusammen mit ihm Silvanost ein.«

»Wie bald kann er hier sein?«, erkundigte sich Samuval.

»Dogah und seine Männer können einen Eilmarsch einlegen«, erwiderte Mina. »Er wird auf keinen Widerstand stoßen. Die Grenzpatrouillen wurden zurückgerufen, um gegen uns zu kämpfen. Die Armee ist in Auflösung begriffen. Ihr General ist tot. Der Schild ist gefallen.«

»Wie, Mina?«, wollten Galdar und die anderen verwundert wissen. »Sag uns, wie hast du den Schild zu Fall gebracht?«

»Ich habe dem König die Wahrheit gesagt«, lächelte Mina. »Ich habe ihm gesagt, dass der Schild sein Volk umbringt. Ihr König selbst hat den Schild entfernt.«

Die Ritter lachten über diese ironische Wendung. Sie waren bestens gelaunt, denn Minas Rückkehr und die wundersame Entfernung des magischen Schilds, der sie so lange von ihren Feinden fern gehalten hatte, hatten sie aufgeheitert und ihnen neuen Mut eingeflößt.

Als Galdar Mina noch etwas fragen wollte, bemerkte er, dass sie eingeschlafen war. Liebevoll hob er sie hoch – sie war leicht wie ein Kind – und trug sie zu dem Bett, das er für sie vorbereitet hatte: einer Decke über trockenen Kiefernnadeln in einer Nische in der Felswand. Dort legte er sie nieder und deckte sie zu. Sie öffnete noch nicht einmal die Augen.

Der Minotaurus setzte sich neben sie. Er lehnte seinen breiten Rücken gegen die Felsen, um ihren Schlaf zu bewachen.

Hauptmann Samuval bezog neben Galdar Stellung. Wieder bot der Hauptmann dem Minotaurus Rattenfleisch an. Diesmal schlug Galdar es nicht aus.

»Warum hat der König den Schild gesenkt?«, fragte sich Galdar, während er die Ratte mitsamt Knochen vertilgte. »Warum hat er den Elfen ihre einzige Verteidigung genommen? Das ist doch absurd. Elfen sind verschlagen. Vielleicht ist es eine Falle.«

»Keine Falle.« Samuval schüttelte den Kopf. Er schob eine zusammengefaltete Decke unter seinen Kopf und streckte sich auf dem kalten Höhlenboden aus. »Du wirst schon sehen, mein Freund. In einer Woche flanieren wir Arm in Arm durch die Straßen von Silvanost.«

»Aber warum sollte er so etwas tun?«, beharrte Galdar.

»Warum wohl?« Samuval gähnte, bis seine Kiefer knackten. »Du hast doch gesehen, wie er sie angeschaut hat. Du hast gesehen, wie sie ihn gefangen genommen hat. Natürlich aus Liebe zu ihr.«

Galdar wurde ruhiger. Er dachte über die Antwort nach und beschloss, dass sein Kamerad Recht hatte. Vor dem Einschlafen flüsterte er die Worte leise in die Nacht.

»Aus Liebe zu Mina.«

Epilog

Weit entfernt von Minas Schlafplatz inmitten ihrer Soldaten beobachtete Gilthas aus einem Fenster des Sonnenturms, wie die Sonne am Himmel höher stieg. Er stellte sich vor, wie ihre Strahlen die Speere von Beryls Armee vergoldeten, die gerade über die Grenze von Qualinesti zog. Der Solamnier, Gerard, hatte einen Plan vorgeschlagen, einen verzweifelten Plan. Nun warteten er und Marschall Medan auf Gilthas' Entscheidung, eine Entscheidung, die entweder die Rettung oder die völlige Vernichtung seines Volkes nach sich ziehen würde. Gilthas würde diese Entscheidung treffen. Er würde es tun, weil er der König war. Aber er wollte sie noch einen Augenblick lang hinausschieben. Diesen Augenblick wollte er genießen, wie das Sonnenlicht auf den grünen Blättern der Bäume seiner Heimat schimmerte.

In Schallmeer sahen Tolpan und Palin Beryl mit ihren Untergebenen immer näher kommen. Sie hörten die Trompetenstöße, hörten die Entsetzensschreie der Menschen. Man rief nach Goldmond, aber die war verschwunden. Die zerbrochenen Überreste des magischen Zeitreisegeräts lagen auf dem Boden, wo das Blitzen der Juwelen vom Schatten der Drachenflügel gedämpft wurde.

Goldmond sah die Sonne nicht. Sie sah auch die Drachen nicht. Sie befand sich tief unten im Ozean, in dessen Finsternis sie eingetaucht war. Der Gnom rannte schwitzend hin und her, flitzte herum, wischte Wasser auf, füllte Öl nach, drehte an Kurbeln und pumpte an Blasebälgen. Goldmond achtete nicht auf ihn. Sie ging in der Dunkelheit auf. Mit dem Strom der Toten reiste sie nach Norden.

Silvanoshei stand allein im Garten von Astarin neben dem sterbenden Schildbaum und schaute zu, wie die neue, gleißende Sonne dessen Wurzeln verdorren ließ.

An der Grenze zu Silvanesti beobachtete General Dogah von den Rittern von Neraka, wie die Sonne aus dem Dunstkreis des gefallenen Schildes auftauchte. Am nächsten Morgen, als die Sonne hell und klar vom Himmel leuchtete, gab General Dogah seiner Armee den Befehl zum Aufbruch.